呪縛伝説殺人事件

羽純未雪
二階堂黎人

南雲堂

呪縛伝説殺人事件

呪縛伝説殺人事件◉目次

第3部　二つの殺人

第4部　殺人者の正体

登場人物一覧

米沢喜八〔よねざわきはち〕（72）……庭師。

蓮巳〔はすみ〕家（藤屋敷）

蓮巳芙由〔ふゆ〕（75）……蓮巳家の隠居。
蓮巳幸佑〔こうすけ〕（49）……芙由の長男。
蓮巳幸乃〔ゆきの〕（46）……芙由の長女。幸佑の妹。緑山加工（産業廃棄物処理会社）の社長。
蓮巳広樹〔ひろき〕（53）入り婿。幸乃の夫。緑山加工の専務。
蓮巳澪乃〔みおの〕（27）……幸乃の娘。和壱の幼馴染み。
宮田花琳〔みやたかりん〕（38）……幸佑の恋人。元ホステス。
徳島五郎〔とくしまごろう〕（68）……〈藤屋敷〉派の老人。

関守〔せきもり〕家（梅屋敷）

清澄綾子〔きよすみあやこ〕（31）……関守和壱の婚約者。
清澄茉奈〔まな〕（5）……綾子と前夫との子。
関守和壱〔かずいち〕（27）……綾子の婚約者（死亡）。
関守奈津〔なつ〕（75）……関守家の隠居。和壱の祖母。
関守久寿子〔ひさこ〕（52）……奈津の長女。和壱の母。梅加工品販売の梅屋敷株式会社を経営。
関守東真〔とうま〕（55）……入り婿。久寿子の夫。和壱の父。画家。
関守寿太郎〔じゅたろう〕（50）……奈津の長男。久寿子の弟。梅屋敷株式会社の役員。
関守麻里子〔まりこ〕（24）……分家の娘。梅園の管理事務所勤務。
関守花枝〔はなえ〕（50）……分家の妻。麻里子の母。
竹見芙美子〔たけみふみこ〕（60）……関守奈津の介護人。関守家の遠縁。

その他の関係者

迫島拓〔さこしまひらく〕（27）……和壱の友人。フリー・カメラマン。

谷名彰晏〔やなしょうあん〕（85）……碧龍寺住職。村の重鎮。

青田公平〔あおたこうへい〕（38）……消防団副団長。〈青田バイク商会〉三代目。

杉下義太郎〔すぎしたぎたろう〕（58）……村役場助役。関守家の遠縁。

大林五作〔おおばやしごさく〕（56）……郵便局長。

大林元子〔もとこ〕（52）……自治会婦人部代表。郵便局長の妻。

三宅良次〔みやけりょうじ〕（60）……診療所の医者。

田山浩一郎〔たやまこういちろう〕（45）……梅里村駐在。

丸井聡〔まるいさとし〕（40）……碧龍寺の新しい寺男。

高橋次郎〔たかはしじろう〕（71）……関守家の弁護士。

明科さく〔あかしなさく〕（80）……通称〈赤婆〉。蓮巳家の遠縁。

清澄太市〔きよすみたいち〕（65）……綾子の父。自称〈町の発明家〉。

笠原美里〔かさはらみさと〕（30）……綾子の義妹。綾子の父・太市の再婚相手の連れ子。

笠原道夫〔みちお〕（40）……美里の夫。

相葉岳〔あいばがく〕（55）……栃木県警捜査一課刑事。

栃山真治〔とちやましんじ〕（35）……栃木県警捜査一課刑事。相葉の部下。

故人

関守道造〔せきもりみちぞう〕……奈津・芙由の父親。和壱の曽祖父。

関守多恵〔たえ〕……道造の妻。

お蝶〔おちょう〕……道造の愛人。本名：志麻〔しま〕。

関守壱太郎〔いちたろう〕……奈津の夫。和壱の祖父。

関守美寿々〔みすず〕……壱太郎と奈津の次女。

蓮巳吉之〔はすみよしゆき〕……幸乃の長男。

橋本仁〔はしもとひとし〕……碧龍寺の前寺男。

蓮巳宥〔はすみゆう〕……芙由の夫。

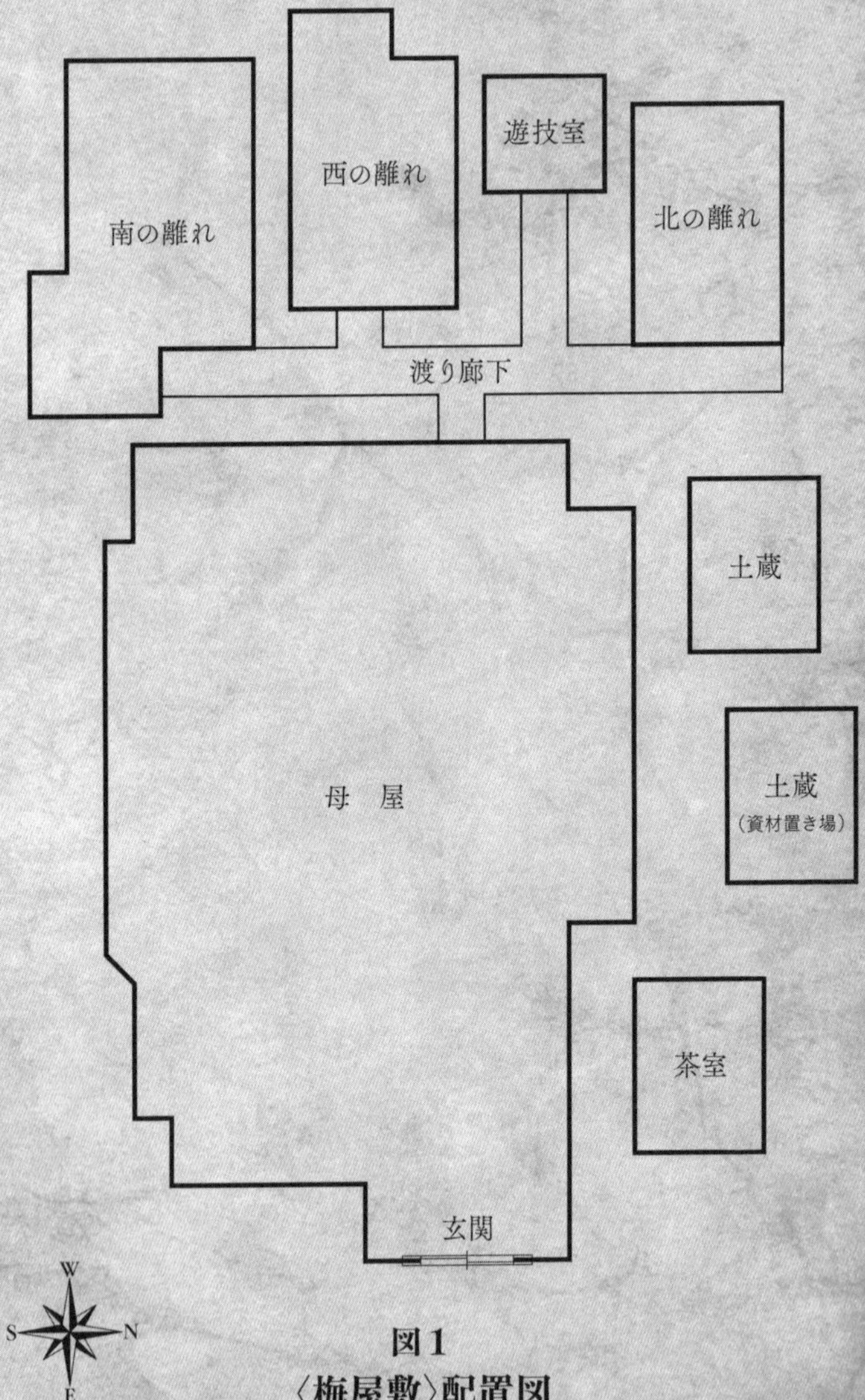

図1
〈梅屋敷〉配置図

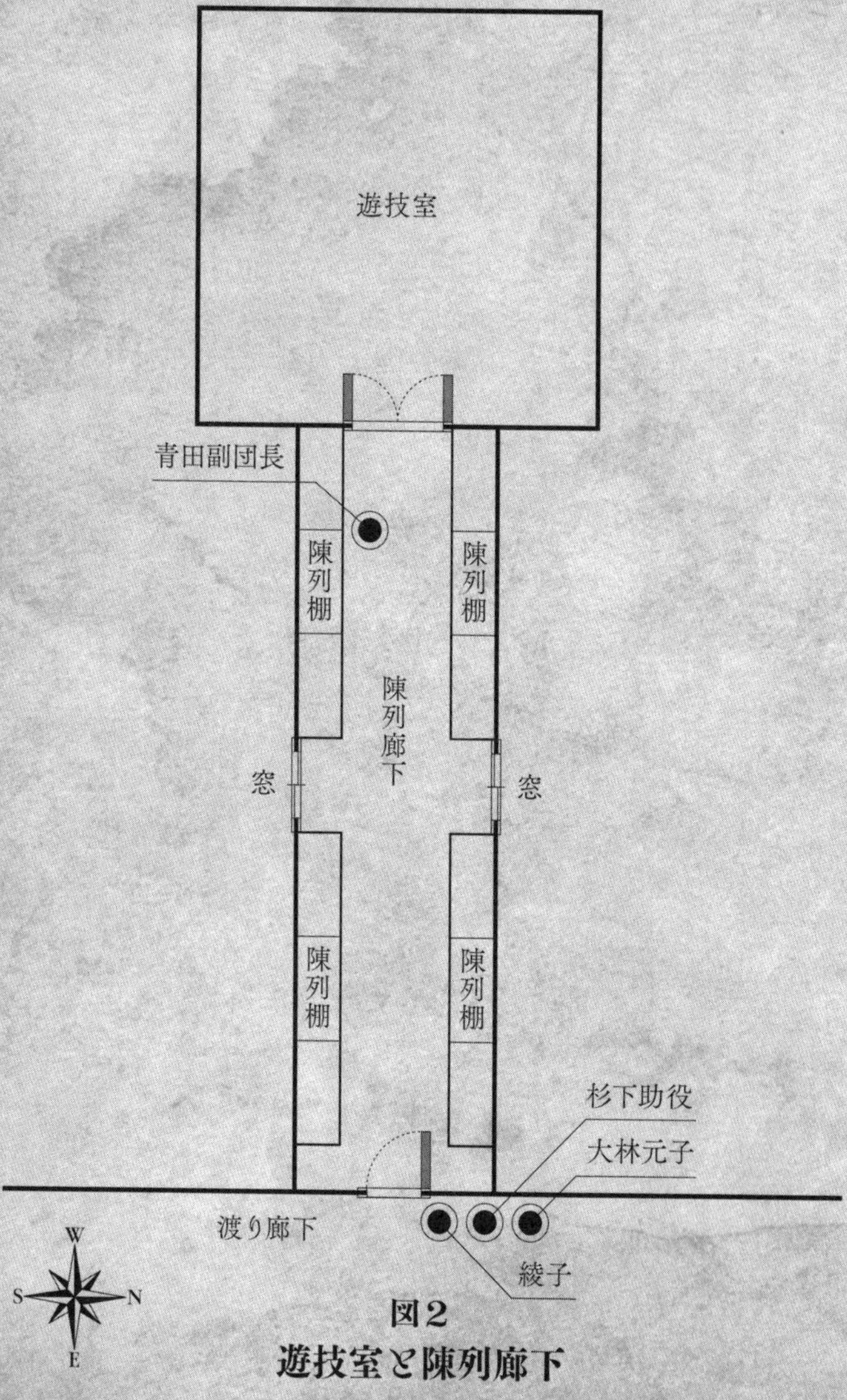
遊技室
青田副団長
陳列棚
陳列棚
陳列廊下
窓
窓
陳列棚
陳列棚
杉下助役
大林元子
渡り廊下
綾子
W
S
N
E

図2
遊技室と陳列廊下

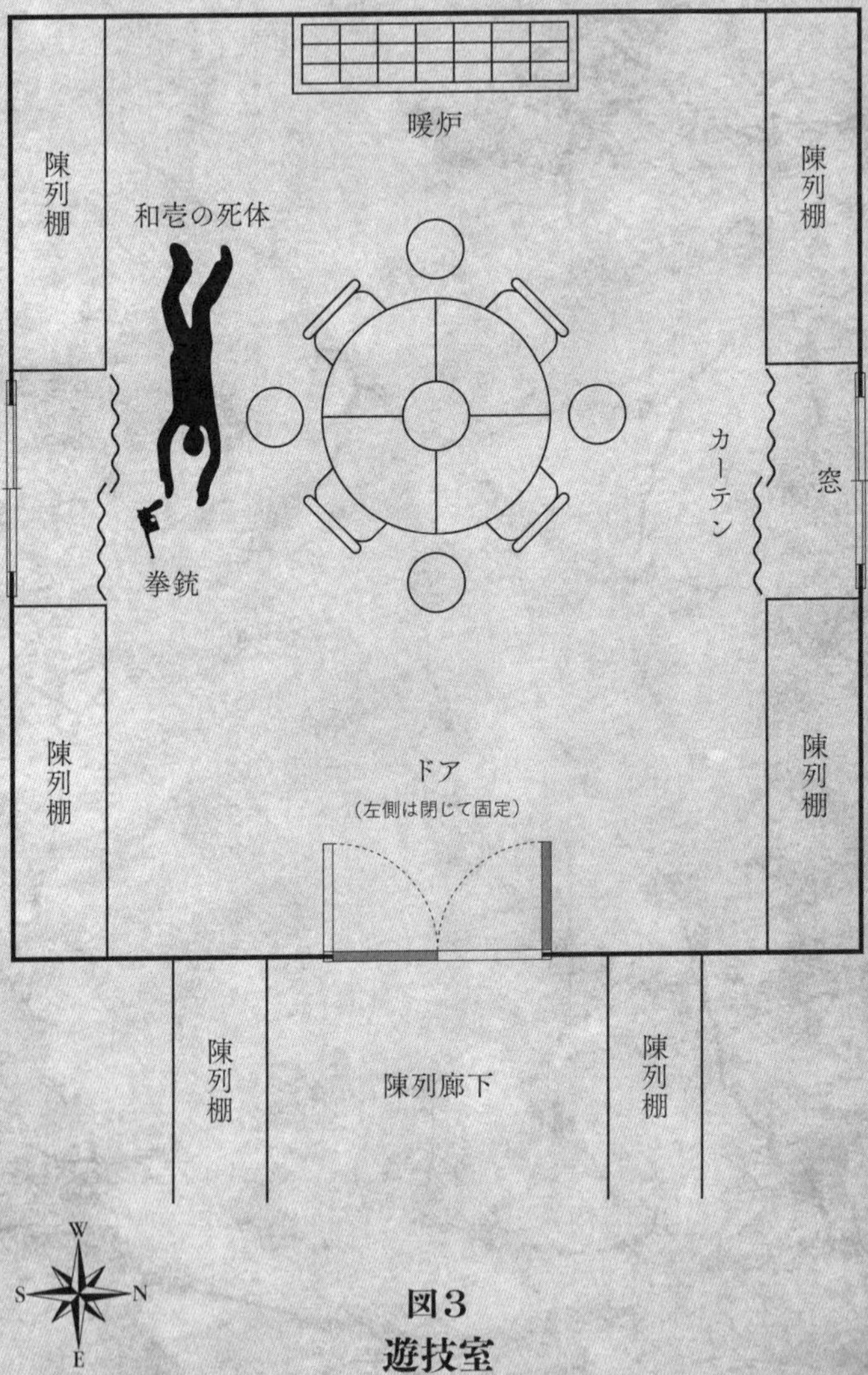
暖炉
陳列棚
和壱の死体
陳列棚
カーテン
窓
拳銃
陳列棚
陳列棚
ドア
（左側は閉じて固定）
陳列棚
陳列廊下
陳列棚
W
S
N
E

図3
遊技室

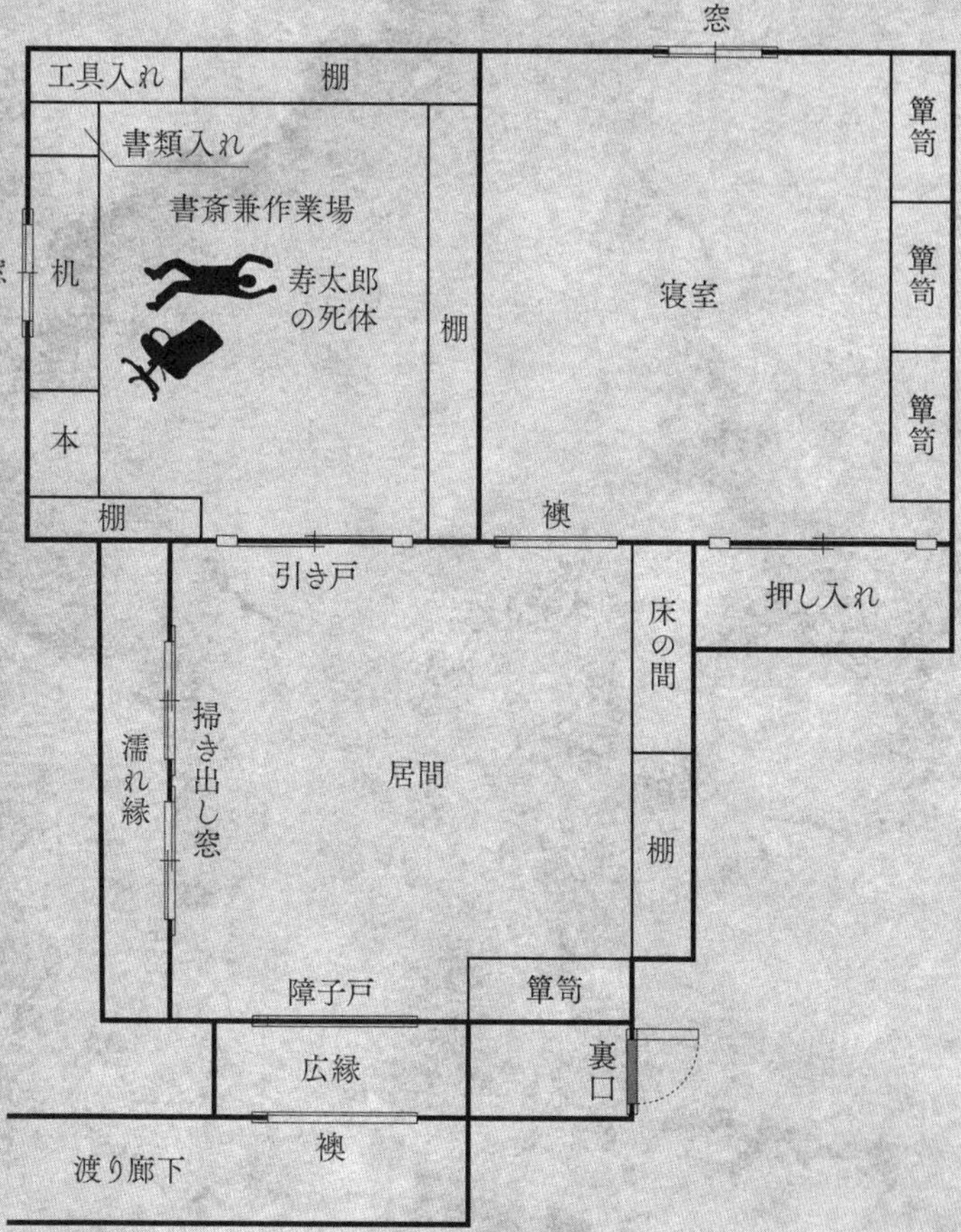

図4

寿太郎の部屋

（北の離れ）

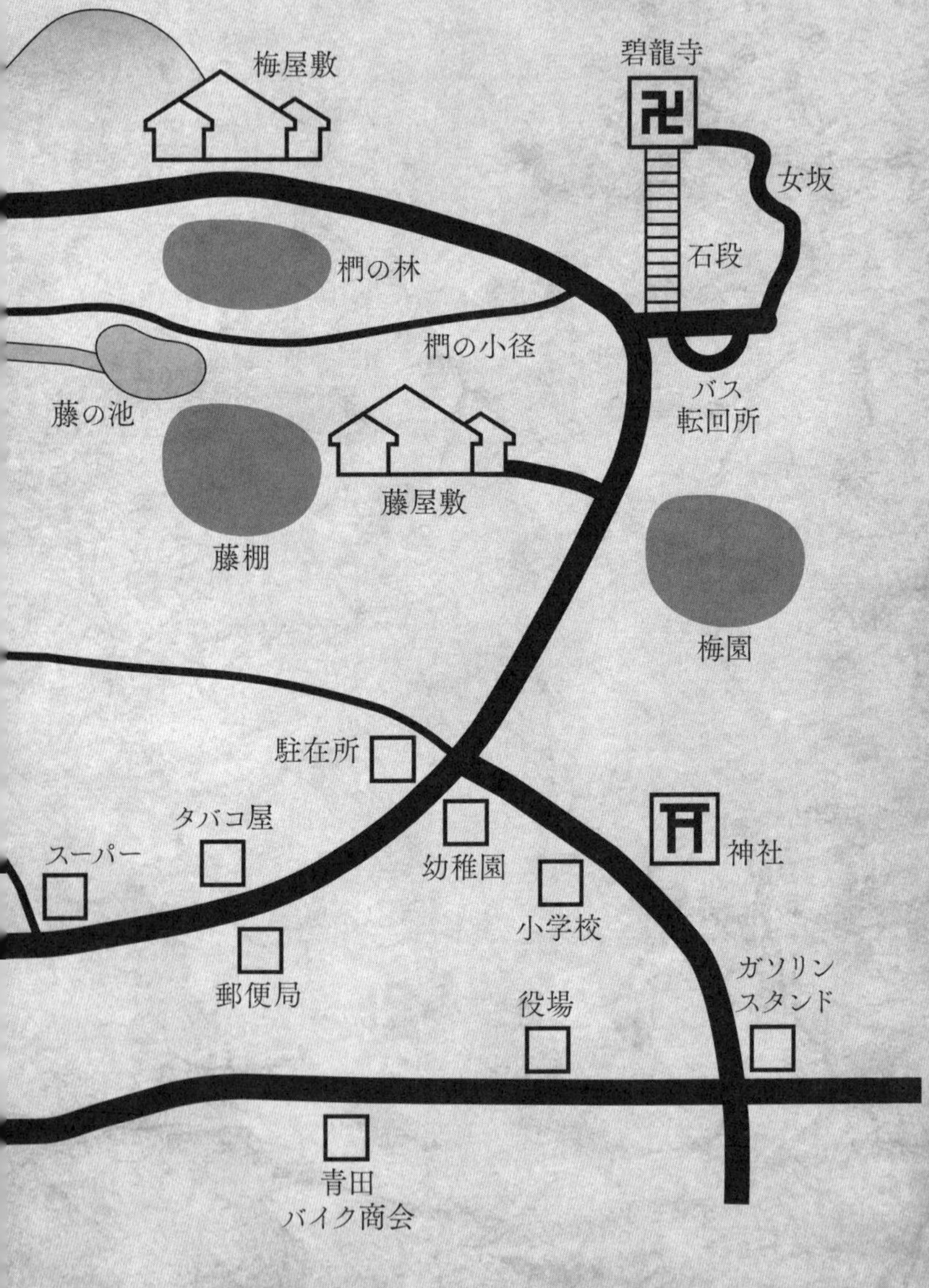
碧龍寺
梅屋敷
女坂
石段
椚の林
椚の小径
バス
転回所
藤の池
藤屋敷
藤棚
梅園
駐在所
タバコ屋
スーパー
幼稚園
神社
小学校
郵便局
役場
ガソリン
スタンド
青田
バイク商会

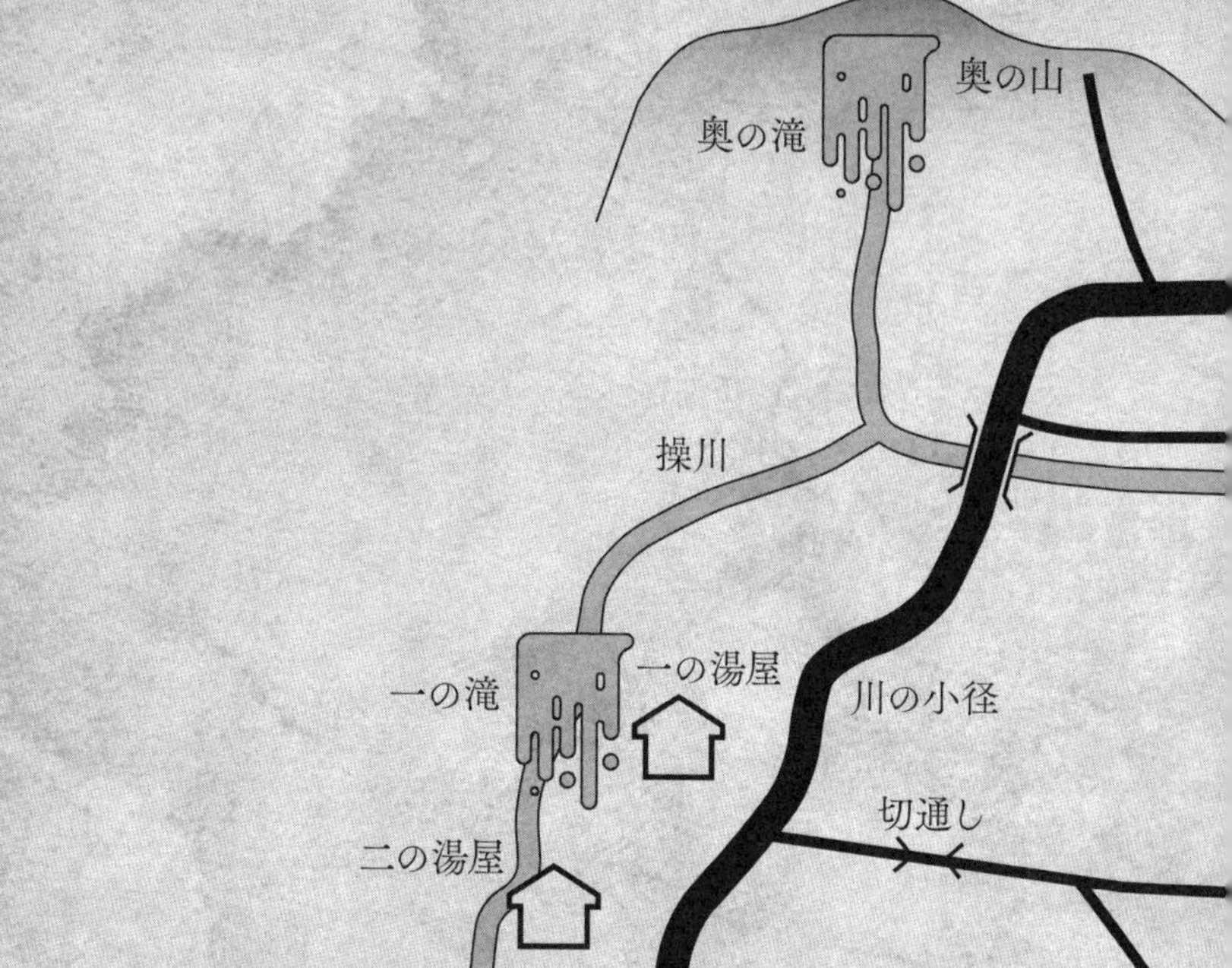

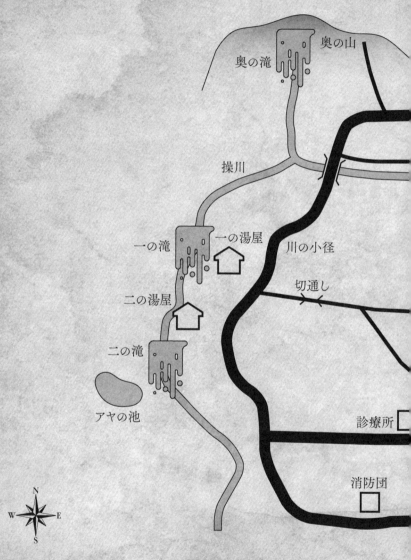

梅里村　配置図

［ブックデザイン］
奥定泰之
［写真］
lnmt24/Shutterstock.com
dk tazunoki/Shutterstock.com

開幕

ある老人の話

……わしに、何を聞きたいんじゃ。

アヤの祟りだ？

しっ、そんな大きな声を出すもんじゃない。

誰に聞いたんじゃ……そりゃあ、村のモンなら皆知っとる。そう、誰もが知っておる、じゃが、軽々しく口に出しちゃあいかん。あの女のことは、何一つ……。

……どうしても？　そうさな……そんなら、少しだけ。けれど、お前さんの身にどんな禍《わざわい》が降りかかっても、わしは知らんぞよ。

この村でアヤという名が嫌われるわけは……そうじゃな、いつの頃からか……ずうっと昔からの、この村の古い仕来りじゃ。そう、何代も何代も何代も前からのな。

世の中が乱れに乱れ、武士たちが互いに殺し合い、あちこちの町や村を焼き払い、百姓や家畜まで斬り殺しとった……そんな、地獄のような頃の話じゃ。

この村に、アヤという女がおった。器量良しで気立ても良い働き者。幼馴染みの男と所帯を持って、貧しいけれども幸せに暮らしとった。子供はなかなかできなかったけれど、二人とも若かったしな、まだまだこれからと思っておったんじゃ。

その頃の村長は、色と欲に目のない輩でな、アヤに目をつけ、自分の息子の嫁にという口実で二人を別れさせ、実は我がものにしようと狙っとったという。

……ああ、ほんに、悪いヤツじゃて。

アヤの不幸の始まりは、秋の大雨の夜のことじゃった。アヤの夫が、田圃の様子を見に行ったまま行方知れずになったんじゃ。川に流されたと噂が立って、だいぶ後になって見つかったんじゃが、それもずうっと川の下の方でな。荒い流れにもまれて、ボロ雑巾みたくなっとったと。

アヤは、夫の変わり果てた姿を見て泣き崩れ、どうしてもその体から離れようとせんかったそうじゃ。村長も村人たちも村中でアヤを慰め、皆で村の墓地に葬ってやったのさ。粗末な墓じゃったというが、それはまあ村の大方の家がそうじゃからな。

それから一ヵ月ほど経った頃、妙な噂が流れだしたんじゃ。アヤの夫は、誰かに川へ突き落とされた、殺されたんじゃとな。おまけに、手を下したのは村長かもしれんという尾ひれのついた話じゃった。

それを聞いた村長はもうかんかんになってな、そんな出鱈目な噂を流すモンは容赦せんぞと怒りまくったのさ。

そんな中でも、村長は不幸の塊のようなアヤの所へ、口実を作っちゃあ足しげく通っておった。食べ物はむろん、女物の着物や毎日入り用な薪なんぞと、暮らしに困らんよう面倒を見てやっとったんじゃ。そりゃあ見返りを求めてな……そのうちに村長はとうとう、嫌がるアヤを力ずくでな……どうにも悪い奴じゃった。

狭い村でそんなことを隠し通せるわけもねえ、そのうち村人たちにばれてしもうた。むろん、村長の妻にもじゃ。それでこの女は、アヤを恨《うら》むようになったんじゃ。

そうこうしとるうちに、次の夏が来た……。

その年は、春頃から子供が神隠しに遭い、しばらくして亡きがらが見つかるという恐ろしいことが続いとったんじゃ。可哀想に、どの子も首に絞められた痕があったと。

……ああ。あんまり大勢の死人が出たんで、お山の天狗様じゃ、いや森の奥の鬼じゃ、いやいや川に棲んどるカッパの仕業じゃと、村人は怯えきって神仏におすがりしたんじゃ。

村はずれに住む祈禱のおばばも、これは呪いじゃ、祟りじゃと、恐ろしいことを言ってなあ。〈奥の山〉の地中深くに棲んでいる雄呂血《おろち》が怒っているから、毎日、崖の側にある洞に供物を捧げるようにと、村人たちに告げたんじゃ。

そうして神仏の御加護にすがりたい村人たちの間でも、いつしか、アヤが怪しまれるようになったんじゃ。

そうさ、身よりのない若い女、不幸を売り物に村長に取りいっとる女、と陰口を叩くモンがあってな、そのうちに、さもそれらしい話が出てきたのさ。

アヤは、村人たちが農作業で忙しい間に、子供らの面倒をようみとったからじゃ。その子供らの中から神隠しが次々と出たんで、アヤが何か悪さをしとんじゃねえかと、疑われたわけさねえ。

行方知れずになった子供と、最後に一緒におったんはアヤじゃ、とか、消えた子を家に連れこむところを見かけたとか、それらしい噂もいろいろと出始めてなあ……。

……そうじゃ。それはみんな、村長の妻が、言いふらしておったんじゃよ。夫をアヤに取られて逆恨みし、悪い噂を流したわけさね。

もちろん、アヤは、濡れ衣じゃ、と言い張った。けれど、誰も味方はおらん。それでも村長は彼女を不憫に思い、こっそり〈奥の山〉の小さな木樵小屋にかくまったんじゃ。

ところが、それを知った村長の妻が、アヤが山に逃げた、やっぱりあいつの仕業じゃったと村中に触れまわった。そして、捕まえろ！　子供らの仇を討て！　と、焚《た》きつけたんじゃ。

そんで、山狩りが決まってな、止めさせようとした村長がまず、皆に殴り殺された。村長は日頃からいばりくさって、村人を虐《しいた》げとったから、皆から嫌われておったんじゃよ。

村長を血祭りに上げた村人たちは、狂ったようになって、まるで悪鬼に取り憑かれたようじゃった。目を血走らせて、顔を怒りで歪めて、殺せ！　殺せ！　アヤを殺せ！　などと怒声を上げて、鎌や包丁や棍棒なんかを振り回して、アヤを追い詰めていったんじゃ。

アヤは必死に、森の中を逃げまわった。けれど、とうとう奥の滝の縁に追い詰められてしまったんじゃ。もう逃げられんと覚悟を決めたんじゃろう、アヤは追ってきた村人たちに顔を向けた。そうじゃ、煩く追ってくる男たちをじいっと見据えてな。そうして、アヤは遂におかしくなったと皆が思うほど、何も言わず青白い顔で、ごうごういう滝の音を聞きながら、虚ろな目でぼうっと皆の顔を見て、それから――口を開けて笑いだしたんじゃと。

皆がぞうっとしたと言い合ったそうじゃ。そらそうじゃろ。

そうして……アヤの口から、村を呪い、村人を呪い、村長を呪い、さんざん恨み言が吐き出されたそうじゃ。それもな、声を張り上げとるわけでもなく、滝の音もあるのに、誰もが耳をふさぎたくなるほど、大声で叫ばれとるような心持ちになったと。

そして、皆が気がついたら大きな水音がして、アヤの姿は消えておったそうじゃ。

……アヤの体はいくら探しても見つからんかった。ただ、滝壺が真っ赤に染まっとった、という。

ある木樵の話

……俺の知っていること？

じゃあ、飲みながらゆっくり聞いてくれ。これは地酒じゃ。うまいと評判でなあ……。

……アヤの死に様か。それはなあ、いろいろな言い伝えがあるんじゃよ。

洞に閉じこめられ、食べ物も水ももらえず飢え死にした。

落ちた丸太橋を架け替える時に、人柱にされた。

村人たちが河原で石を拾い、皆でアヤを取り囲んで石をぶつけて殺した。

〈二の滝〉の側にある小さな池に、簀巻《すま》きにしたアヤを投げこみ、溺れさせた……。

いつの頃の話かはっきりしとらんのに、不思議と様々な話が伝わっておるわ。

……ただ、アヤが死んだ後に、小さな池がアヤの血で真っ赤に染まった、いうのは同じでなあ……それで、今では〈アヤの池〉と呼ばれるようになったんじゃ。

それからじゃった。村に次々と祟りが起こったんじゃ。

まずは流行り病《やまい》じゃった。大勢の者がバタバタ倒れて、体中から血を流して死んでしもうた。

ある年は、米麦が実を結ばんかった。イナゴやヘビやゲジゲジなんかが群をなしてな、畑を駄目にした。

そんで飢え死にするモンがたくさんいたんじゃ。

生まれたばかりの赤ん坊が、すぐに息絶えるということも続けて起きた。それも、首にはいつの間にか、女のような細い指の痕《あと》が痣《あざ》のように残っておった。

……それでなあ、すべてアヤの祟りじゃ、いうことになって、村人たちは、神主様や、お寺のお坊様や、霊験あらたかな修験者に助けを求めたんじゃよ。

それでもなあ……祟りを追い払うことはできんかった。

とうとう最後には、アヤの魂を鎮めようと、村外れに供養塔をこしらえたんじゃ。しばらくは穏やかだったけれども、何年かするとまた禍に見舞われ、死人が出るようなことが繰りかえされたわけさ……。

そんで、いつの頃からか、この村に、アヤいう名の子供はおらんようになった。そういう名の他所《よそ》モンは、すぐに追い出されるか、名前を変えるよう強いられたんじゃよ。

……そらそうじゃろ、不吉なことは、すべてアヤの祟りじゃと騒がれるんじゃから。そんな恐ろしい名を、我が子に付けようという親はおらん。

……そうよ、今も悪い噂が絶えん。

……そう、江戸の終わりじゃったかのう。

吉蔵んとこに来た嫁の名が、アヤメというた。二人に赤子ができたが、まったく泣きやまん子でなあ、嫁はだんだん感情が乱れてしもうた。

そのうち嫁は、吉蔵が野良仕事に出ている間に、赤子を布団でくるんで殺してしもうた。おまけに、その子を抱いて、〈アヤの池〉に身を投げたんじゃよ。

他にも、ある年の冬、村で一番大きな梅の木で首を括っとったのは、野田んとこの三男、アヤタロウじゃったろ……。

……あれも、アヤに呼ばれたんじゃ、と噂されたな……。

うん？　嫁にしたい女がおる……名前が……じゃと。

……いかん、いかん。やめとけ。お前さん、跡取りじゃないかね。村を出て他所で暮らすわけにいかんじゃろ。どうしてもいうなら、家に入れる前に名前を変えてしまえ。誰にも知られんようにな。すぐに、じゃぞ。

……そうさ、俺は、お前さんの幸せを祈っとるよ。

誰にも言わん。誰にも、な……。

迫島拓の調査記録①

事件の発生日

一九八九年（平成元年）八月三十日（火）。

場所

栃木県下杉里郡梅里村、〈梅屋敷〉こと関守《せきもり》家。

地元一の大家。広大な梅園を持ち、梅加工業の梅屋敷株式会社を経営。

〈図1〉を参照。

〈梅屋敷〉には大きな母屋があり、その西側に三つの離れ（南の離れ、西の離れ、北の離れ）が建っている形だ。また、茶室と、遊技室という小さめの建物もある。

〈図2〉を参照。

事件が発生したのは遊技室であり、ここは、西の離れと北の離れの間にある。北の離れに行く渡り廊下の途中から陳列廊下という別の廊下（長さ十メートルほど）に入れば、その先が遊技室だ。

清澄綾子の証言

急逝した和壱《かずいち》君の婚約者。まだ籍は入っていないが、近々その予定だった。三十一歳。連れ子あり。数年前に死亡した前夫（品野陽士《しなのようじ》）との子で、茉奈《まな》（五歳）。また和壱君との子を妊娠中。髪はショートカット。細身。小さい声でしゃべる。薄幸が顔に滲み出ている感じの女性。

……大きな地震の、縦揺れがズドンと来た感じで……すぐ近くで大輪の花火が打ち上がったような……

〈図３〉を参照。

あんな感じの音と衝撃でした。

壁もドアもびりびりと震えて、空気も震えました。

それが、銃声だったんです。

テレビとか映画とかで、拳銃を撃つ場面を観たことがあって、それと同じ音でした。

二つのドアと、陳列廊下が間にあったのに……。

あの音を聞いた途端に、私の胸は、嫌な予感でぎゅっと締め付けられました。

「おい、どうした、和壱!?」

ドアの向こうから切羽詰まった声が聞こえたんです。はい、消防団副団長の青田公平《あおたこうへい》さんでした。

渡り廊下に出ていた私は、あわててすぐまたドアを開けました。

陳列廊下は、そのドアの向こう側にある、十メートルくらいの真っ直ぐな廊下です。寿太郎《じゅたろう》叔父様の収集品を展示するために、造り付けのガラス戸棚が左右に並んでいて、それで、陳列廊下と呼ばれているんです。

……私がドアを開けた時、その陳列廊下の突き当たりで、副団長さんが同時に遊技室のドアを開けて、中を覗きこみました。その途端、副団長さんは体全体を硬直させて――後ろ姿でも、はっきり解りました――驚いた悲鳴を上げました。それから、

「和壱！」

と名前を強く呼び、彼は震えながら、ゆっくりと中へ入っていったんです。

気づいたら、私は陳列廊下を駆け抜けて、遊技室へ飛びこんでいました。

遊技室というのは、和壱さんの亡くなった祖父、関守壱太郎《いちたろう》さんが造った、趣味の麻雀専用の部屋です。だいぶ後になって、寿太郎叔父様が、自分が集めた骨董品や鉱物類や工芸品などを展示するために、遊技室や陳列廊下を改造したそうです。だから、部屋の中にも、がっしりしたガラス戸棚があって、いろいろな物が飾られています。

副団長さんは、中に一歩入った所で立ちつくしていました。走りこんだ私は、そのままの勢いで彼の背中にぶつかってしまって……そして、彼の広い背中の横から、和壱さんが倒れているのを……見たんです。和壱さんは、テーブルの南側に、顔を右に向け、俯せになって倒れていました。頭が血だらけで……。はい、あの部屋のまん中あたりにある、ごつくて丸いテーブルです。四方の端を取り外すと四角くなって、上の天板を引っ繰りかえすと麻雀卓になるものです。椅子は四つ、テーブルとお揃いの物がもともとあって、あの夜は他の部屋から持ってきた椅子も別に四つありました。

その横に……たった数分前までは元気だったのに……テーブルの上のグラスなんかを片付けていたのに……。

「だめだ、近寄っては！」

私は、副団長さんによって抱きとめられ、強い力でドアの方へ引っ張られたんです。私、悲鳴を上げて、和壱さんにすがりつこうとしていました。

「嫌！　和壱さん！　どうして!?」

などと叫んでいたと思います。副団長さんの腕を振りほどこうとして、もがきました。その時、何か変な匂い――花火とか火薬みたいな――を嗅いだ気がしました。きっと、拳銃が撃たれた後の匂いだったんでしょう。

「綾子《あやこ》さん！　触っちゃだめだ！」

副団長さんが、両手で私を廊下の方へ押しやった途端、足からすっと力が抜け、目の前が真っ暗になって……。

はい、気絶してしまったようです。

その先のことは、私には解りません。

……私が目を覚ましたのは、何時間も経ってからでした。誰かの口から和壱さんが亡くなったと聞いて、あれは悪夢じゃなかったのだと解りました。そして、また気が遠くなって……。

次の日まで、起き上がれませんでした。

私に言えることは、一つだけ……和壱さんが、私や茉奈、そして、お腹の子を残して自殺するなんてこと、絶対にありません……。

杉下義太郎の証言

村役場の助役。五十八歳。関守家の遠縁。

小柄。薄毛で、チョビ髭。よれた背広。猫背。やや甲高い声。

……そうなんですよ。あの夜は、遊技室で話し合いがもたれていました。そういう顔合わせは、和壱君が戻って三度目で、三週連続でした。和壱君と家族が和解したと聞いて、私たちは胸を撫で下ろしていたんですがね……。

話の内容は、次の村長選挙に〈梅屋敷〉から誰を立てるかでした。関守家の縁者や、梅屋敷株式会社の後援者たちの総意として、今度こそ、〈梅屋敷〉の男子に立候補してもらいたいと思い、私が強く頼んだわけです。

本来なら――というか、大昔から――この梅里村では、〈梅屋敷〉の関守家と〈藤屋敷〉の蓮巳《はすみ》家が拮抗する大家で、何もかも競い合ってきました。そのため、村長にしろ何にしろ、それぞれの家から交互に出すのが慣習だったのです。

しかし、〈藤屋敷〉の跡取りである幸佑《こうすけ》氏が若くして家を出ていってしまい、同じように、八年前――祖父の壱太郎翁《おう》が亡くなった後――関守家の跡取りの和壱君も、もうここには戻らないと宣言して、まあ家出同然に東京へ行ってしまったんです。

そのため、ここ数年は、村人たちの話し合いの末、どちらの側でもない人物を村長に選んでいました。それが、中学の元校長だった男です。

ところが、彼は〈藤屋敷〉派に取りこまれて、そのせいで、〈藤屋敷〉が誘致したゴミ処理場が、反対派を押しきり、村外れに造られてしまったのです。

ですので、今度こそ、〈梅屋敷〉派の人間が村長になる必要があると、我々は切望しているのです。

……はい。遊技室に集まっていたのは六人です。和壱君と、その婚約者の綾子さん、和壱君の叔父である寿太郎氏。消防団の副団長である青田公平君と、郵便局長の奥さんで自治会婦人部代表の大林《おおばやし》元子《もとこ》さん。そして、この私です。

　私たちは、寿太郎氏と和壱君に、

「どちらかが、村長に立候補してください。それから、今度こそ〈二の湯屋〉の側にある〈アヤの池〉を潰し、国道へ抜ける道路を造るという公約を掲げ、実現させませんか」

　と、お願いしました。

　私たちの村から国道へ出るには、南にある岩山を大きく迂回しなければなりません。しかし、〈アヤの池〉を埋め立て、川を越える橋を造って新しい道路を通せば、とても便利になります。この計画は昔から何度も持ち上がってきましたが、〈アヤの池〉の祟りに関する言い伝えがあるので、反対派の勢力も強く、実現していません。

　しかし、あの夜も寿太郎氏は、

「俺は前にも断わったとおり、今回も、今後も、村長などになる気はない。みんなも知っているように、俺はこのところ病気がちで、体力も気力もないんだ。

　正直に言うが、俺はこの先一生、この家の中で趣味に生きていくつもりだ。だから、〈梅屋敷〉の跡取りも和壱に譲る代わりに、村でのそういった責任や義務のような事柄も、すべて任せたいんだ」

　と、前回、前々回と同じことを言いました。

　困ったことに、その横で和壱君も苦い顔をして、首を振るんです。

「僕は、そういうしがらみが嫌で、この村と〈梅屋敷〉から逃げ出した。もうこの時代、村が二つに分かれ、覇権争いをしているなんて馬鹿馬鹿しいよ。この屋敷も梅屋敷株式会社も、僕の母がしっかり目を光らせているから、当分の間、それでいいじゃないか」

「しかし、それでは、私たち村人が困るのです」

と、私は何度もお二人に訴えましたが、渋い返事ばかりです。

和壱君は思案した後、答えました。

「僕はまだ帰ってきたばかりだ。今、村長になれたとしても、村人全員から信頼されるとは思えない。将来はそうしたことも考える時が来るかもしれないけど、やはり今、みんなの先頭に立つのは無理だよ」

それなら誰か他に適任者がいるかという議論になりましたが、適当な人間は見つかりません。

というわけで、話は堂々巡りに陥っていたのです。

会合は午後七時頃から始まり——軽くビールやジュース、つまみなどが出ていまして——午後九時少し前に、寿太郎氏が立ち上がりました。

「——悪いが、俺はもう疲れた。後はお前たちでやってくれ。俺でなければ、誰に決まっても反対しないから」

と言い残し、先に部屋を去りました。

残った私たちは、それから三十分間、議論を続けました。私は何とか和壱君に村長を引き受けてもらいたいと懇願しましたが、彼は嫌だと言って譲りません。

正直な話、私は腹が立ってきました。青田副団長や大林さんなどもそうだと思います。この村の要である〈梅屋敷〉の跡取りが、そんなわがままを言うなんて……。

結局、話はまとまらず、来週また改めて話し合うことにして、会合を終えました。

和壱君が、後片付けは自分がすると言ってくれたので、私たちは部屋を出ました。私、大林さん、副団長、綾子さんの順です。綾子さんは、いつも私たちを玄関まで送ってくれます。まあ、広いお屋敷ですからね。

ただ、あの日は、副団長が途中で立ち止まって、陳列棚の中を覗いていましたね。

「すぐ行きますよ」

と、手を振って言うので、私たち三人は先に陳列廊下を抜けて渡り廊下に出ました。そのドアを閉めた途端ですよ、あの恐ろしい爆発音がしたのは。

銃声だと解ったのはだいぶ後のことで、その時には雷が落ちたか、ガス・ボンベか何かが破裂したのだと思いました。

どららにせよ、私は驚きのあまり、心臓が止まりそうになりました。大林さんもギョッとした顔で、竦み上がっていました。

――ええ。そうです。銃声が聞こえた時、遊技室内にいたのは、和壱君一人です。

陳列棚のある陳列廊下にいたのは青田副団長だけ。

北の離れに続く渡り廊下にいたのが、私、大林さん、綾子さんの三人、という状況でした。

青田公平の証言

消防団副団長。三十八歳。

がっしりした体格。短髪で四角い顔。自宅は〈青田バイク商会〉。自動車修理工で、いつも青いツナギを着ている。

――部屋を出て、右側の戸棚をふっと見たんだ。そう、南側の棚だ、その二番目の棚のガラス扉の、下の方の掛け金が外れていたんだ。それで何気なく足を止めたわけさ。

――うん。みんなに「先に行ってくれ」と言ったかもしれない。ただ、その時は、これはちゃんと掛けておいた方がいいかな、と考えながら、ガラス越しに戸棚の中を覗いていたんだ。

真正面には、帯青茶褐色の――つまり、国防色の――軍服が、軍帽を含めて一式飾ってあった。その横に、勲章も二つ吊ってある。確か、和壱の曽《ひい》じいちゃんの弟が戦争に行った時に着ていたものだ。いつも、ズボンの足下には、黒くて、握りの所が茶色いモーゼル銃が置いてあった。革製の拳銃嚢《ホルスター》も一緒だ。

ところが、その時は、銃がなかったんだ。

おや、変だなと思った。前に見た時は、ちゃんと銃もあったからね。まあ、きっと手入れでもするんで寿太郎さんが出したんだろうと、俺は考えた。

それで、また歩きだそうとした時だった。

遊技室のドアの向こうで、ズドンッていう銃声がしたんだ。その圧力で空気が震え、天井も、床も、ドアも、陳列棚のガラス扉も揺れたよ。

――ああ、俺は猟友会にも入っていて、熊や猪をライフルで仕留めたこともある。だから、銃の発射音だとすぐに解ったのさ。

といっても家の中だからな、俺はひどく驚き、飛び上がった。

「和壱！」

俺はあわててドアに飛びついてノブを回した。そして遊技室の中を見たが、恐怖のあまり、足が動かなくなった。

俺から見て、テーブルの左側――つまり、南側――に、和壱が俯せぎみに倒れていたんだ。顔は、左頬の側が下になっていた。両手は肘の所でほぼ直角に曲がって、前に出ていた。

問題は、顔の右側だった。大半が、真っ赤な血で染まっていたんだ。こめかみに出来た傷口から鮮血が噴き出し、さらに流れ出ている状態だった。テーブルの上なんかも血だらけで、悲惨な有様で……。

一目で彼が死んでいるのは解ったし、拳銃を使って自殺したのもはっきりしていた。和壱の右手のすぐ側に、モーゼル拳銃が落ちていたからな。

俺は愕然となった。しかし、後ろから綾子さんが駆けてきて俺の背中にぶつかったんで、我に返った。彼女は悲鳴を上げ、泣きわめきながら、和壱の死体にしがみつこうとした。

「だめだ、触っちゃいけない！」

俺はそう怒鳴って、彼女を羽交い締めにした。もがく彼女を、腕ずくで無理矢理ドアの外に引っ張り出した。

現場を保存する必要がある、と考えたんだ。消防団で働いていると、火事を消した後、火元を調査することが毎度で、だから、現場を踏み荒らしたりはしない。それと同じことだ。

すると、綾子さんが気絶して倒れそうになり、俺は何とか抱きとめた。騒ぎを聞いて、大林さんや助役さんも戻ってきたから、

「駐在さんや、三宅《みやけ》先生を呼んでくれ、電話をしてくれ！　和壱が自殺したんだ！」

と、大声で頼んだと思う。

まあ、そんな具合だったよ。とにかく、俺は、あの時は無我夢中で行動していたんだ――。

大林元子の証言

自治会婦人部代表。五十二歳。関守家の遠縁。郵便局長の妻。

ずんぐりむっくり。顔は下ぶくれ。若い頃は看護婦をしていたという。声は酒焼けした感じ。


……そりゃあ、震えあがりましたよ。銃声が聞こえたんですからね。あれは、腹の底に響き渡るような恐ろしい音だったわ。

あたしたちは、その時もう陳列廊下を出て、渡り廊下にいたけど、すぐに取って返したわけ。

遊技室のドアの前には、気を失った綾子さんと、膝を突いて、彼女を抱きとめている青田君がいたの。ドアが開いていたから、二人の上から室内を覗きこんだわ。

そうしたら、何て恐ろしいことでしょう。倒れている和壱さんの姿が目に飛びこんできて、あたし、声にならない悲鳴を上げたと思うわ。

だって、あの人、俯せで顔を右横に向けていたけど、頭のほとんどが血で真っ赤に染まっていたんだから。

あたしは震えあがったわ。変わり果てた和壱さんの姿から、視線を逸らせたいのにどうしてもできなくて……。

青田君が険しい顔で、あたしたちを振りかえり、

「早く、駐在さんと、三宅先生に電話を！　あと、久寿子《ひさこ》さんたちにも報せて！」

とか何とか大声を出して、それで、あたしもはっとした。

助役さんも真っ青な顔をしていたけど、

「わ、解った！」

と答えて、渡り廊下の方へ駆け出ていったの。

――ええ。三宅先生というのは、この村の診療所のお医者様よ。助役さんは母屋へ、電話を掛けに行ったわ。

助役さんと入れ替わるように、寿太郎さんがまた姿を見せたわ。あの人の部屋は北の離れだから、遊技室に一番近いのよ。

「どうしたんだ!?」

と、怒鳴るように訊かれて、あたしは早口に事情を話したわ。

「くそ！　和壱の奴、何て馬鹿なことを！　副団長、早く綾子を母屋の座敷へ運んでくれ。元子さんは、和壱の状態を見てくれ！」

悪態を吐いた後、寿太郎さんは、血走った目でそう言ったわ。というのも、あたしが若い頃に、隣り町の病院で看護婦をしていたのを知っていたからでしょう。

青田君は力があるから、綾子さんを両腕で抱き上げて、母屋へ走っていったわ。

それから、寿太郎さんは、震えているあたしを従えて室内に入ったの。

「元子さんは、和壱の脈を見てくれ。まだ生きているかもしれん」

「え、ええ……でも、まさか……」

あたしは血の気が引く思いだった。それほどの恐怖だった。だって、和壱さんが死んでいるのは一目瞭然だったから。頭の傷のあたりは大量の血にいろんなものが混ざってて、皮膚や骨なんかでぐしゃぐしゃ。

鉄錆のような血の匂いもひどかったし、もう悲惨な有様だったわね。

でも、震えながら、あたしは和壱さんの側に膝を突いて、投げ出された彼の右手首を触った。まだ温かかったけど、脈なんかあるはずなかった……。

その間に、寿太郎さんは、南と北のカーテンを開けて、窓の鍵が掛かっているかどうかを確認していた。南側のカーテンを横に寄せた時には、茶色い蛾、たぶんマイマイガね、それが飛び出てきたのを覚えているわ。

寿太郎さんが窓を確認したのは、念のためでしょうね。あの人、けっこう神経質だから、カーテンの陰に人が隠れていないか、窓が開いていたんじゃないかと、気になったのでしょうね。

でも、そんなの馬鹿げてるわ。だって、ついさっきまで、あたしたちはその部屋で話をしてたのよ。気配からしても、他の人が潜んでいるはずがないじゃない。二時間以上も、カーテンの後ろにじっと立っているなんて、無理に決まっているもの。

それに、引き違いの窓は腰窓というもので、少し高い位置にあるのよ。カーテンも、裾は床より五センチほど上の所にあるから、その後ろに人が隠れていたって、足先は見えてしまうと思うわ。

おまけに、窓ガラスの外には網戸と、さらに面格子もあるのよ。縦格子の間隔がとても狭いから、窓の鍵が開いていたとしても、面格子が邪魔で、人なんか出入りできないわ。

――そうね。寿太郎さんは甥の悲惨な姿を見て、すっかり動転してたんでしょ。だから、自分でも何をしているか、自覚していなかったんだわ。

「寿太郎さん、和壱さんは亡くなってるわ」

そう言うと、寿太郎さんは怖い顔で振りかえったの。今思うと、悲しいっていうより、怒ったような感じだった。

「そうか。覚悟の自殺だな……」

和壱さんの右手の近くには、ごつごつした形の拳銃が落ちていた。モーゼル銃とかいう奴だって、後で駐在さんに教えてもらったの。〈陳列廊下〉に飾られていたらしいから、和壱さん、そこから持ち出したのね。

弾は、和壱さんの右のこめかみから入って、頭の左側から抜けたようだったわ。テーブルの上に、大量の血飛沫が飛び散っていたから。

倒れていた位置から考えると、和壱さんはテーブルの南側に立っていて、ドアの方を向いて拳銃を右手で握り、右のこめかみに銃口を当てて引き金を引いたんでしょう。

ええ、想像するだけでも恐ろしいわ……。

それから、寿太郎さんとあたしは遊技室の外に出たんだけど、ドアを閉めながら、寿太郎さんがこう頼んできたわ。

「元子さん。悪いが、駐在さんが来るまでこのドアの前にいてくれ。誰も中に入れるなよ」

それで、解りました、と答えようとした時に、バタバタと足音がして、久寿子さんが駆けつけてきたの。あの人はひどく取り乱していて、和壱さんの名前を叫びながら中に入ろうとしたわ。

でも、寿太郎さんが彼女の両肩を捕まえて、

「姉さん、だめだ！　見るんじゃない！　もう死んでいるんだ！」

と、大声で止めたけど、久寿子さんも半狂乱だったわ。

「寿太郎、放しなさい！　邪魔しないで！」

と怒鳴って、弟の腕を振り解いて中に入ってしまったの。

「――ああ、どうして!?　和壱！　どうしてこんなことに……」

久寿子さんは愕然とした感じで、背中を震わせて、がくっと膝から崩れ落ちたわ。そして、遺体の前で、息子の名前を何度も叫んでた。

可哀想にね。久寿子さんのあの悲痛な泣き声が、まだ耳から離れないわ……。

関守寿太郎の証言

〈梅屋敷〉の当主である久寿子の弟。五十歳。病弱で、家から出ることはあまりない。痩せぎすで、神経質な面がある。顔色が悪く、頬がこけている。


――もう、いろいろと、みんなから話を聞いたんだろう？　だったら、俺から話すことは特にないな。

遊技室での会合は、毎度のごとく、俺か和壱に村長選に出ろっていう内容だった。だが、俺は体が弱いので、そういう頼みはすべて断わっている。家のことや会社のことだって、姉さんに全部任せているんだ。だから、俺は誰に決まっても反対しないと言い、先に席を立った。自室に戻って、奥の部屋でちょっと調べ物をしていたんだ。

四十分くらいたった頃かな。窓の向こうから、鈍い爆発音が聞こえた。そっちの方には、狭い路地を挟んで遊技室がある。

――ああ、北の離れ全体が俺のすみかだ。居間と寝室と、書斎兼作業場がある。

俺は何だろうと居間へ出ていった。すると、渡り廊下の方が何か騒がしい。

急いで遊技室に駆けつけると、和壱が拳銃自殺していて、大変な事態になっていたわけさ。

――まあ、なあ。あいつも心の弱いところがあったから、プレッシャーに耐えきれなかったんだろう。八年前にあいつの祖父が亡くなった時だって、「家を継ぐのは嫌だ」と、東京へ逃げていったくらいさ。この屋敷の様々な重圧を嫌ってな。

――うん。あのモーゼル銃は、この家に前からあったものだ。祖父の弟が満州へ出征してな、終戦と共に持ち帰ったものだ。軍服や勲章と一緒に、陳列廊下の陳列棚の中に展示してあった。ただ、弾はなかったから、和壱がどこから弾を入手したのか不思議だよ。

陳列棚のガラス扉には、特に鍵は掛けていないし、モーゼル銃はそこから無くなっていた。和壱が、自殺に使おうと思って持ち出したんだろうな。

――ああ。本当に、和壱も馬鹿なことをしたものさ。綾子さんや彼女の連れ子、いや、お腹の中にいる自分の子供のことだって、もっと考えるべきだったんだ――。

この事件の問題点

〈図2〉と〈図3〉を参照。

和壱君は、拳銃を使って自殺をした――と、認められている。

当夜、和壱君といた人たちの証言、それから、村のお医者さん、駐在さん、町の刑事さんたちの調べによる。

何より、拳銃が発射された時、密室状態の現場にいたのは和壱君のみである。彼は右手で拳銃を握り、右のこめかみに銃口を当て、引き金を引いたとしか思われない。銃弾によって作られた傷口の周囲には、焼け焦げた痕があったそうだ。

遊技室は、広さ十六畳くらいの真四角な部屋だ。南側と北側に窓があるが、駆けつけた駐在さんが確認したところ、鍵（クレセント錠）も掛かっていた（その前に寿太郎さんも確認している）。部屋にいた人たちの証言によれば、さらにカーテンも閉められていた。

そのカーテンはガラス戸のすぐ前ではなく、陳列棚のガラス扉と面一にある感じで垂れ下がっている。引き違い窓には、透明のガラスがはまっている。外側には網戸（ガラス戸片側分）がある。それから、アルミ製の面格子まで取り付けてある。格子の幅はひどく狭い。確認したところ、縦格子と縦格子の隙間は三センチしかない。女性の手首でも通らないような幅だ。

したがって、この窓から人間が侵入したり脱出したりすることなどはできない。不可能である。それは、拳銃にも当てはまる。格子の幅より拳銃の厚みの方が大きい。


事件当日は、夕方、山向こうで雷雨があったらしく、やや冷たい風が〈奥の山〉から吹き下ろしていたそうだ。それで、窓は閉めてあったらしい。東京だと、八月末の夜はまだまだ蒸し暑い。しかし、高地にあるこの田舎の村では、お盆が終わると秋風が吹く。だから、窓を閉めていてもおかしくはない。

西側の壁にはレンガ造りの暖炉があるが、ＦＦファンヒーターを組みこんだもので、煙突は存在しない。故に、そこから人や物が出入りすることはできない。

二つの窓の両脇には、天井まである堅牢な陳列棚が置かれている。奥行きは外寸で八十センチもあり、前面は透明なガラス扉になっている。中にはずらりと、寿太郎さんの収集品、鉱物とか宝石の原石などが飾ってある。他にアンモナイトの化石や古い陶器なども並ぶ。棚は二段から四段あるし、ガラスは透明だから、この陳列棚の中に誰かが隠れるのは無理だ。

和壱君の側に落ちていた拳銃の種類は、モーゼルC96というもの。最大幅（握りの部分）は三センチ六ミリはあるので、窓の格子の間を通すことはできない。よって、窓の外から銃弾を発射し、その後、部屋の中に拳銃を投げこむというような手段は不可能だ。だいいち、和壱君のこめかみあたりの皮膚は焼け焦げていたのだから、接射したことは間違いない。

さらに、この部屋のドア（両開きで片側――南側――は固定）は一ヵ所だけで、銃声が聞こえた時、ドアのすぐ外には、消防団副団長の青田公平氏が立っていた。さらに、陳列廊下の反対側にあるドアの外には、綾子さんたち三人がいた。

つまり、遊技室の中に和壱君を殺した犯人がいたとしても、この四人に見られずに、ドアから逃亡することはできない。

陳列廊下のまん中には、両側――南北――に窓がある。ここも、遊技室内の窓と同様に鍵が掛かり、外側には網戸と面格子が設置されている（ただし、カーテンはない）。

銃声が聞こえ、あわてて部屋に入った人たちは、硝煙によると思われる匂いを嗅いでいる。

以上のことから、拳銃は発射されたばかりであり、しかし、室内に銃を撃った第三者がいたとは考えられない。やはり、引き金を引いたのは、和壱君自身なのか……。

ここまで考察して、一つ思いついたことがある。部屋のドアの外にいた青田副団長のことだ。彼が、犯人ということはあり得ないだろうか。

綾子さんが陳列廊下の反対側のドアを開けて中を覗いた時、副団長が遊技室のドアの前にいたそうだが、それは、彼が銃声を聞いてドアを開けようとしていたのではなく、ドアを閉めた瞬間だったとすれば——。

この推測が正しいとすると、犯行手順は次のようになる。

その少し前に、副団長は遊技室のドアを少し開け、銃を遊技室にいる和壱君に投げつけると、すぐさまドアを閉めた。銃は和壱君の頭にぶつかり、衝撃で暴発し、弾を彼の頭に撃ちこんだ——というわけである。

そんなふうに上手くいくかどうかは——銃口の角度も含めて——偶然性の問題だが、完全に否定はできない。

それに、拳銃には引き金のやたらに軽いものもあるから（その場合、指を触れただけで銃弾が発射される）、そういう偶然が生じた可能性もあるのではないか。拳銃はまだ警察が保管しているらしいので、引き金の具合を調べてもらうよう頼んでみたい。

また、この事件は最初から自殺として処理されたため、拳銃の指紋の有無はろくに調べられていないようだ。これも何とかして、確認する方法はないだろうか。

和壱君が死亡した出来事が自殺とされたのには、現場が密室であった他に、もう一つ大きな理由がある。

それは、遺書らしきものが見つかったことにある。

通報を受けて駆けつけた駐在さん（田山浩一郎《たやまこういちろう》、四十五歳）が、室内を調べたところ、暖炉の上に、和壱君が書いたとおぼしきメモが置かれていたという。四つ折りになっていて、開いてみると、次のような文言が書かれていた。

母さんへ
やはり僕には耐えられない。この家を継ぐ責任を負うのは、僕のような者には無理だ。この家に居続けることはできない。ごめんなさい。

文字はボールペンで書かれていた。紙は古いノートの一ページを切り取ったもののようだ。が、ノート自体は見つかっていない。

和壱君の心理に関する疑問点もある。
普通、自殺する人は、人気《ひとけ》がない場所、人気がない時間を選んで実行する。たった今まで、みんなが集まっていた所で急に自殺をするなんて、おかしな話だ。
それに、椅子があるのに座らず、立ったまま拳銃で自殺をするのも不自然だ。どんなに決意が固くても、拳銃の引き金を引く際には恐怖が湧き出る。多少は躊躇するし、足が震える場合もあるから、椅子に腰かけて勇気を奮い、引き金を引くのが一般的だ。

現場の有様から言えば、自殺という判断が妥当だろう。けれども、僕の知っている和壱君の優しい性格や、ここ最近の彼が置かれていた状況からすれば、自殺など考えられない。
綾子さんも言っていたが、彼は綾子さんと結婚するため、そして、彼女のお腹の中にいる自分の子供のために、〈梅屋敷〉に戻ることを決意した。家族に謝罪し、綾子さん共々、この屋敷で暮らすことを選んだのだ。相当な覚悟をしていたはずなのに。

そんな彼が、〈梅屋敷〉の務めに関する重圧——村長になることを強く嘆願されたなど——に負けて自殺しただなんて、どうしても信じられない。

きっと、真相は別にある。そうに違いない。

何故、和壱君は死んだのか。自殺か事故か。いや、誰かに殺されたのか。だとすれば、どうやって殺されたのか。

彼が死んだ理由はもちろん、犯人がいるのなら、その人物の動機を探り、見つけ出す。闇の中から、絶対に真実をつかみ出すのだ。

拳銃に関する疑問

和壱君はどうやって、モーゼル銃を部屋に持ちこんだのだろう。綾子さんによれば、当夜の彼は、薄紫色の半袖シャツに灰色のスラックスを穿いていたそうだ。

モーゼル銃の大きさは——拳銃雑誌で調べてみたら——全長二九八ミリ、銃身長二五五ミリ、全高一六四ミリ、全幅三六ミリ、重量二〇四グラム——だそうだ。意外に大きい。少なくとも、和壱君が着ていた衣服のポケットには入りきらない。バッグや袋なども持っていなかったという。

ならば、あの遊技室の中に、事前に隠してあったのか。陳列棚の中の大きな鉱石の後ろなどに置いていたのか。または、テーブルや椅子の裏側に、ガムテープで貼り付けてあったのか。あの日は別の部屋から椅子も運びこんでいたというし……。

隠し場所には困らない部屋ではあるが、それなら計画的ということになる。

あれは、やはり殺人だろう。犯人が拳銃を持って室内に入り、和壱君を撃ち殺したのだ。そして、拳銃を床に投げ捨て、部屋から消え失せたに違いない。

最大の問題は、遊技室が、部屋の構造と、居合わせた人々の目によって、完全と言ってもいいほどの密室状態だったことにある。

つまり、他殺だとしたら、堅牢な密室殺人ということになるではないか。

第1部

遊技室での死

かごめ　かごめ
籠の中の鳥は
いついつ　出やる
夜明けの　晩に
猟師のてっぽう　火噴いた
倒れた鳥は　だあれ

第1章　訪問者

1

秋の日差しが夏の名残《なごり》を抱えこんで、まだ眩しいような九月の末――。

私は竹箒を持って、勝手口から延びる飛び石沿いを掃いていた。もっと季節が進んで十月の中頃から十一月になれば、ここは落ち葉でいっぱいになるそうだ。それを奇麗に掃除するのは大変だろうけど、早く見てみたい気もする。

〈梅屋敷〉の広い敷地は、黒い瓦を載せた立派な塀で囲まれている。築地塀という物らしい。何もかもが広くて大きくて、立派なお屋敷。裏口の小振りな通用門でさえ、普通の家の正門くらいある大きさだ。敷地内の広い庭は、全体に形の整った松やモミジ、梅などの植え込みが多くあって、造園の美しさを誇っている。

庭にある植木の大半には、細い竹で冬囲いがしてある。いつもは春になると取り外すらしいけど、今年は庭師のおじさんが病気になって、裏庭の物が残ってしまったという。

通用門の閉じられた木戸の側に、御影石《みかげいし》をくり貫いた直径五十センチくらいの手水鉢《ちょうずばち》がある。底からは、こんこんと清水が湧いている。溢れ出た水は、細い流れになり、前庭にある小さな池へと流れて行く。

すうっと、左目から涙がこぼれ、頬を伝わり落ちた。

「――ほら、この湧き水、奇麗だろ。夏でも冬でも、ほとんど同じ水温なんだよ」

と、明るい笑顔で和壱さんが教えてくれたのを、思い出したからだ。

スイカやトマト、キュウリをここで冷やして食べると美味しいと言って、実際にやってくれた。確かに、冷蔵庫で冷やしたのとは違う美味しさだった。

「和壱さん……」

もういない人の名を呟くと、ますます寂しさが増してくる。

あの日を最後に、突然、永遠の別れが来て……。

どうして、何も言わずにあんなことを……。

私は左袖で涙を拭い、右手を伸ばして手水鉢の湧水に触れた。冷たく、清々しく、そして今は、どこかよそよそしく思える水に……。

2

あの日の朝。

目覚めると、隣の布団は空だった。

柱時計の針は、午前六時を回ったところで、障子の向こうはほんのり明るく、小鳥たちの鳴き声も聞こえる。

私の布団で一緒に寝ている茉奈は、まだ眠っている。いつも、食事の支度ができ上がる頃まで起きてこない子だから、しばらく寝ているだろう。

玄関へ行ってみると、土間に和壱さんの靴がなかった。

その横にある南向きの小部屋では、久寿子お義母様が、白木の神棚に向かって手を叩いていた。米、塩、水、酒を、この人が毎朝丁寧に供えている。緑豊かな榊《さかき》も、月に二度以上は替えるそうだ。商売をしている家だから、神棚を大事にするのは当然なのだろう。

湧き水を汲んだ清水。酒蔵に特別に造らせた酒。農地を貸している人に納めさせる古代米。庭か〈奥の山〉にある木から切ってきた榊。そして、遠く伊豆から取り寄せる清めの塩――すべてにこだわりがある。

その一方、仏壇の世話は、先週から私に任されている。やり方は、奈津《なつ》お祖母様と竹見《たけみ》おばさんが教えてくれた。

お祖母様は、背中を丸め、蠟燭に火を灯しながら私に言った。

「――あんたは都会育ちだから、知らんじゃろうが、仏壇には、常に五つのお供えをする、それを〈五供〉と言うんじゃ。〈香〉〈花〉〈灯燭〉〈浄水〉〈飲食〉の五つを、毎日、欠かさずお供えしなければならん。それがご先祖様への供養というものじゃぞ」

「あなたは物覚えが悪いようだし、解らなくなったら、必ずあたしに訊くんですよ」

と、皮肉めいた言い方をしたのは、竹見おばさんだ。

赤縁眼鏡を掛けたこの中年女性は、だいぶ前から体が弱ったお祖母様の介護人をしている。留守がちなお義母様に代わり、〈梅屋敷〉の奥のことをほとんど仕切っていた。

煌《きら》びやかな仏壇は押し入れ一間分もある大きさで、どこもかしこも純金の箔押で飾られていた。お香もかなり高級品に思える。玄関に入った時から、それは匂い立っていて、廊下を奥へ進むほど強くなる。

「……あのう、和壱さんを知りませんか」

私は朝の挨拶をしてから、お義母様におずおずと訊ねた。

「たぶん、〈一の湯屋〉へでも行っているんだよ。あの子、朝風呂が好きだからねえ」

踏み台を脇に片付けながら、そう答えたお義母様の言葉に、納得がいく。

確かに、和壱さんは毎朝のように、〈一の湯屋〉で掛け流しの温泉に浸かっていた。東京のアパートでの狭いお風呂には、ずいぶん我慢していたんだろう。

この家にも、タイル張りの立派な風呂場があるけど、お年寄りと病人の他は、〈一の湯屋〉へよく行っている。

「今朝は、一緒に会社に顔を出すから、早く戻るように、あの子に言ってほしいんだけど。悪いけど〈一の湯屋〉まで迎えに行ってくれない？　朝食の支度は私が見ておくから」

そうお義母様に命じられ、私は急いで外に出た。

まだ朝なのに暑さはもう厳しく、日差しも強くて、目が痛くなった。

そして、私が辿りついた〈一の湯屋〉。いつものように、微かに硫黄の匂いが漂っている。

木製の湯屋と岩場で囲まれた露天風呂は、渓流に面していて、開放感いっぱいの、気持ちのいい温泉だ。湯に浸かりながら緑豊かな景色を楽しめるし、小さな滝や川のせせらぎの音で、耳からも癒やされる。

「――和壱さん、いるの？」

扉の前から声を掛けると、

「いるよ。君もどうだい！」

と、和壱さんの明るい返事があった。

私も湯屋の中に入り、先ほどのお義母様の顔を思い浮かべながら、伝言を口にした。

和壱さんはのんびりした表情で温泉に浸かり、全身をくつろがせたままだ。

「あわてることはないよ。僕がいなくたって会社は潰れない。君も入ったら」

「だめよ。早く戻らないと、お義母様に怒られます」

私が首を振ると、彼は子供が遊ぶように両手で湯をすくい、私に向かってかけようとした。私も釣られて、笑いながら……。

……あの日の朝は、そんなふうに幸せだったのに。

……あの日の夜には、あんなことが起きて……。

もう、和壱さんはどこにもいない。

彼に、ここにいてほしい……それだけが、私の願い……。

3

……もうけっして叶わない、哀しい願い。

それはよく解っている……。

私は大きく息を吐いて、気持ちを切り替えた。掃き掃除を続けながら、少しずつ移動して、正門に近づいた。

屋敷の正門は、敷地の南南東の角近くにある。そう広くない舗装路に面していて、切妻屋根の門がでんと構えていた。四本の太い柱が屋根を支えていて、見るからに重々しく、堅固な門構えだ。その太い柱の一つに、立派な表札が掛かっている。

〈関守〉という苗字が立体的に彫られているけど、村人はここを〈梅屋敷〉と呼ぶ。

梅里村は梅園が有名で、そこで採れる梅を加工するのは梅屋敷株式会社。この関守家が経営している。村人の多くがその会社で働いているし、そこから繋がる他の仕事——運送業とか——からいろいろな恩恵を受けている。

「——ああ、ちょっと」

手を休めて、正門の横にある大きな松の木を眺めていたら、後ろから竹見おばさんの声がした。ぎくりとして振りかえる。

「は、はい……」

「こんな所にいたのかい、綾子さん。裏庭かと思って探してたよ。もう掃除はすんだ？」

どこか意地悪な口調で、不器用な私に対する皮肉もこもっている。眼鏡のレンズの後ろにはキツネみたいに吊り上がった目があり、こちらを値踏みしている感じ。

「もう少しです。ここが終われば……」

私の返事は、どうしてもしどろもどろになる。

「何をやっても、遅いんだねえ」

竹見おばさんは、わざとらしくため息を吐いた。教育係として、私への厳しさは隠さない。

でも、これが〈梅屋敷〉が絡むと、私に対するこの人の態度はがらりと変わる。外の誰かが私をけなしたり、攻撃したりすると、竹見おばさんは私を守る側に回るのだ。ただし、私を家族として認めているのではなく、〈梅屋敷〉への侮辱と受け取るらしかった。

昨日の昼前もそうだった。

二人で村の入口近くにあるスーパーへ買い物に行き、竹見おばさんが先に店を出た。私がお金を払い、後から駐車場へ向かう途中で、

「――冗談じゃない！ あんたこそ、禍の元なんだよ！ 下らないことを言いふらすのは、やめてほしいね！」

と、竹見おばさんの刺々しい声が聞こえてきた。

びっくりした私は、背の高いRV車の陰ですくんでしまった。

「この村は、昔から〈梅屋敷〉のお陰で暮らしていけているんだ。あんたに何が解るんだい。ここを逃げ出して、余所でもうまくいかなくって、結局は出戻ってきたくせにさ。大きな顔をするんじゃないよ！」

竹見おばさんが怒鳴る。それに対して、女性の太い声が、ちょっと、と言いかえす。

「そんな言い方、ないでしょう。このお婆さんだって、いろいろ苦労してるのよ。それに、〈梅屋敷〉さんのお陰って……この頃は昔ほどの羽振りじゃないでしょうに。今はうちの方が、よっぽど村に貢献してるわよ」

言い方に強い毒がある。〈梅屋敷〉に敵意を持っていて、『うちの方が』と言うからには、〈藤屋敷〉の誰かに違いない。

竹見おばさんが、はは、と棘のある笑い声を上げた。

「〈藤屋敷〉が貢献だって？ みんなの反対を押しきって、あんな所にゴミ処理場を造ってさ。何様のつもり？」

「禍じゃ、こん村からアヤを追い出すんじゃ！　アヤは不幸をもたらすんじゃ！」

息を呑む。全身の血が凍りついた。二人の中年女性の言い合いに混ざった、老婆のしわがれた声。それは、間違いなく〈赤婆《あかばば》〉の声だった。

「〈アヤの池〉を潰そうとしたから、祟られたんじゃ！　〈アヤの呪い〉で、〈梅屋敷〉の和壱が死んだ！　アヤを村に入れたせいで……。すぐさま、追い出すんじゃ！」

〈赤婆〉はヒステリックに叫び、〈藤屋敷〉の女性がそれに加勢した。

「そうよ、お宅のお嫁さん、アヤコっていうんでしょ？　あの子のせいで、和壱君があんなことに――」

「いいかげんにして！　いくら〈藤屋敷〉の奥さんでも、和壱坊ちゃんのことをそんな……うちの大奥様や奥様が、どんだけ心を痛めとられるか……」

竹見おばさんが言いよどむのを聞いて、私ははっとした。〈藤屋敷〉の奥さんといえば、蓮巳幸乃《ゆきの》という人だ。〈赤婆〉は、その蓮巳家の遠縁だと聞いている。

幸乃さんと〈赤婆〉が非難するのは、綾子という女、つまり私だ。この村に禍をもたらすという〈アヤ〉。その呪いの主である女性と、ただ単に名前が似ているだけで……。

胸が締めつけられる。悲しくて、辛くて、暗い気持ちになる。まだ信じたくないのに……和壱さんが死んだことも、それが自殺だったと言われることも……。

声を張り上げ、続いていた女たちの言い争いが、急に途切れた。

男の低い声が聞こえ、車のエンジンが掛かり、出ていく音がする。〈藤屋敷〉の女性二人は車で去ったらしい。

私がじっとしていると、竹見おばさんと白髪の男性が近づいてきた。郵便局長の大林五作《ごさく》さんだ。

竹見おばさんは、車の陰にいる私に気づくと、

「――おや、そこにおったんかね。今、〈赤婆〉と〈藤屋敷〉の奥さんが騒いでてね。まったく口の悪い人たちで困るよ。でも、二人には、きつく言っといたから」

と、苦い顔をしながら、そう言った。

私はほっとして、二人に小さく頭を下げた。

「ありがとうございます」

「ちょうど郵便局長さんが来てくれたしね。それで、あの二人、逃げてったのさ」

と、竹見おばさんは唇を歪めて、嫌な笑いを浮かべた。

「気にすることないぞ。〈藤屋敷〉の連中は、あんたにかこつけて〈梅屋敷〉を貶《おとし》めたいだけだからな。俺らはみんな、あんたの味方だよ」

と、郵便局長さんは優しい声を掛けてくれた。

もちろん、私の味方というよりは、〈梅屋敷〉のお祖母様やお義母様の味方というのが正しい。それは、私にもよく解っている……。

4

「――さ、そろそろ夕食の支度を始めるから、早く手伝っておくれ」

竹見おばさんにそう言われ、はい、と答えて箒をまた使い出した。今日はお義母様も家にいる。あの厳しい目があると、食事作りでも粗探《あら》しをされそうで、気が重い。

竹見おばさんは先に母屋に戻り、私は急いで正門前の残りの部分を掃き終えた。道具を片づけるため、裏庭へ回ろうとした時、

「――こんにちは」

と、聞き慣れない声がした。

あわてて振り向くと、正門の下に知らない男性が立っている。

その人は私を見て、人懐こい笑みを浮かべた。

二十代後半だろうか、中肉中背の男性で、ちょっと変わった格好をしていた。明るい茶色の髪は房毎に渦を巻き、それぞれ勝手な方向に跳ね上がっている。その斜めの前髪の下には、理知的な目があった。着ているのは、柿色の長袖シャツに、前側にポケットが六つも付いたチョッキ、ゆったりした紺色のズボン。革製らしい、がっしりした登山靴を履いて、大きなリュックサックを背負い、左右の肩から二つのショルダーバッグをたすき掛け。胸の前には、長いレンズの付いた立派なカメラをぶら下げている。

「――あのう、お忙しいところ恐れ入ります。こちらは、関守和壱君のご実家でしょうか。先日、亡くなったという連絡を受けた者なんですが……」

穏やかな声が響いてくる。

「……は、はい」

と、私は戸惑いながら頷いた。

「もしかして、あなたはその、和壱君の……？」

「婚約者の、綾子です。失礼ですけれど、和壱さんのお知りあいでしょうか」

私は、精いっぱいの声を絞り出した。

男はポケットの一つからハンカチを出して、額を拭う。

「大変失礼しました。僕は、迫島拓《さこしまひらく》といいます。東京で、和壱君と同じ大学に通っていたご縁で、親しくしていました――」

そう言えば、和壱さんが亡くなった後、彼の持っていた住所録の相手全員に――十数人だったろうか――葉書で訃報を送った。住所録を葬儀屋に渡して発送を任せたので、宛先はよく知らなかったけれど、ただサコシマという名前には覚えがあった。

「以前、和壱君の卒論を、僕が手伝ったんです。紅茶十缶の報酬で。僕、高級ブランドのマリアージュの紅茶が大好きだったんで、それで――」

その話を、和壱さんから聞いたことがあった。二人とも大の紅茶党だったことから、意気投合したと言っていた。

「この半年ほど、仕事で北海道に行っておりまして、訃報を知らなかったのです。先日帰ってきて、家で郵便物を見たら……この度のご不幸を……どうも、ご愁傷様です」

迫島さんが深々と頭を下げたので、私もお辞儀を返す。

そこへ、

「ママ！　ママ！」

玄関の方から、子供の声と小さな駆け足の音が聞こえた。金木犀《きんもくせい》の向こうから姿を見せたのは、娘の茉奈だ。

でも、私を呼び続ける元気な声は、知らない人を見て、ぱっと消えた。五歳の茉奈は、かなり人見知りだ。恥ずかしそうな顔で私の後ろに回りこむと、スカートの裾をつかんでうつむいた。

迫島さんは目を見開き、私と茉奈を見比べながら、

「おや、こちらの小さなお嬢さんは？」

と、優しい声で尋ねる。

「私の子です。茉奈です」

と、私は小声で紹介した。幸い、迫島さんは、それだけで事情を察したらしい。

「そうですか……可愛いお子さんですね」

「あのう、どのようなご用件でしょうか」

と思い切って尋ねると、迫島さんは改まった口調で、

「ご連絡もせず、突然うかがって恐縮です。和壱君に、お線香をあげさせていただきたいのですが……」

と、言葉を続けた。

「それは……わざわざご丁寧に、恐れ入ります」

少し戸惑いながら、私は頭を下げる。

顔を上げると、彼の思慮深そうな目が、私の目を真っ直ぐに覗きこんでいた。

「そして、差し支えなければ、彼がどうして、どのように亡くなったのか、詳しく教えていただけないでしょうか――」

第2章　友人の事情

1

ちぃん……。

哀しげな金属質の音が、座敷の重苦しい空気を縫って、開いた障子から縁側へと流れ出す。

仏間にいる迫島さんは、大きな仏壇の前で、分厚い座布団に正座している。般若心経だろうか、短いお経を上げ、和壱さんの遺影に向けて手を合わせた。蠟燭と線香の匂いが、隣の部屋にいる私のところまで流れてくる。

私は未だに、笑っている和壱さんの遺影をまともに見ることができない。仏間に入ると、視線はどうしても畳に落ちてしまう。

和壱さんの葬儀は、近親者のみの家族葬という形で、これは村一番の大家という〈梅屋敷〉としては例のないことだった。彼の自殺は恥であり、家名に泥を塗ったという意識が、奈津お祖母様や久寿子お義母様にはある感じだ。

葬儀の後で、仏間の畳や障子、襖《ふすま》はすべて新しく換えられた。それでも、昔からこの部屋にこびり付いている黴臭《かびくさ》い空気は、まだ残っている。

仏壇は厳《おごそ》かな飾りが多く、隅々まで磨き上げられていた。小さなお寺のお堂に収まっているような、立派なものである。欄間や扉の凝った浮き彫り細工はとても見事で、初めて見た時には体が震えるくらい圧倒された。

私の実家は貧しく、仏壇なんてなかった。母の小さな位牌《いはい》は部屋の片隅の、味気ない小さな木の台にひっそりと置かれ、命日でもろくに花も供えられなかった。

この〈梅屋敷〉では、仏花や線香の煙は絶えることがない。いくつもの位牌が並んでいるし、壁の長押《なげし》の上には、ご先祖様の白黒写真がずらりと並んでいる。

右側から順に写真が古くなる。和壱さんの祖父、壱太郎さんは、八年前に脳梗塞で亡くなったらしい。そのすぐ左が、和壱さんの叔母、美寿々《みすず》さん。三十一年前に、十八歳の若さで亡くなったという。華奢で、楚々とした美少女だ。

和壱さんの遺影も、いつか壱太郎さんの右に移り、私たちを見下ろすのだろう。今は、まだ小さな写真が位牌の横に置かれ、その後ろには白い布張りを被った骨箱がある。

毎日、私は仏壇に手を合わせている。でも、どうしても実感が湧かない。

和壱さんが、この世のどこにもいないなんて……。

2

拝み終わった迫島さんは、静かに、こちらの部屋に戻ってきた。敷居を越えた所で正座し、頭を下げた。

お祖母様をはじめ、私たちも同じように返す。

「――こんな田舎まで、よく来てくださったな。和壱も喜んでおろう。さあ、どうぞ足を崩して、お茶でも飲んでくだされ」

お祖母様は手招きして、迫島さんを座卓へと誘った。一枚板の大きな座卓は黒柿が材料で、かなりの値打ち物だと竹見おばさんが自慢している。その縁側寄りに、お祖母様とお義母様と竹見おばさん、廊下側の端に、お茶と菓子などを配り終えた私が座った。

「じゃあ、遠慮なく」

屈託なく会釈すると、迫島さんは茶碗を口に運んだ。

「ああ、美味しい。実は喉が渇いていたんですよ。こっちに着いたら、自動販売機でジュースでも買おうと思っていたら、何もなくて」

「飲み物も食料品も、村に唯一あるスーパーまで行かなくては手に入りません。私たちは慣れていますけど、都会の方には不便でしょうね」

お義母様は恐縮顔で言う。

すると、迫島さんは手を打ち、

「そうだ。まずはお渡ししたいものがあったんだった」

と、思い出したように言った。脇に置いたバッグから、大きめの茶封筒を取り出す。

「アルバムの形で持ってこようと思ったんですけど、時間がなくて……」

茶封筒の中には、たくさんの写真が入っていた。彼は、それらを卓上に広げた。

少し首を伸ばした私たちの目の前に――和壱さんの姿が次々に現われた。

「こ、これ……あの子の……大学の頃ね」

お義母様の声が上擦《うわず》り、写真に視線が釘付けになった。

身を乗り出したお祖母様に、竹見おばさんが数枚の写真を手渡した。その一枚には、登山服姿の和壱さんが写っていた。

「和壱の？　本当かい？」

私は――手も伸ばせない。声も出ない。あまりに突然、私の知らない時代の和壱さんが現われ、驚き、感情も体も固まってしまったからだ。

「迫島さん……ありがとう。あの子の写真、大学に入った後のはほとんどないのよ。お正月や法事のものばかりで……こんな、普段着のあの子を、見られるなんて……」

お義母様の声が途切れがちになる。

お祖母様も、すっかり涙ぐんでいる。

「迫島さんや、本当にありがたい……こうやって来てくださっただけでも、ありがたいのに……。

……もう、今日はゆっくりうちにおって、学生時代の、和壱の話を聞かせてくれないかね。夕食も一緒に――いや、うちに泊まって、そうじゃ、お泊まりくだされ。なあ、久寿子」

「そうよ、もちろんだわ。ええ……」

お義母様の声は、涙で掠れてしまった。

私は深呼吸をしてから、写真の何枚かを手に取った。若い頃の和壱さんが、いろんな表情で私を見返してくる。怖いくらいの嬉しさと、彼を失った哀しさとが、心の中で渦を巻いた。

3

私が写真を見ている間に、迫島さんが今夜、この屋敷に泊まることが決まっていた。

彼も、特に断わるでもなく、

「まあ、今夜は町の方のビジネスホテルで一泊して、明日、東京に戻ろうと思っていたんで、お邪魔でなければお願いします」

と、あっさり受け入れてしまった。

「迫島さん。それがいい、それが。わざわざ、こんな田舎まで出向いてくださったんじゃ。このお写真のお礼もある、この屋敷でゆっくりしていってくだされ。部屋はたくさんあるんじゃからな」

お祖母様が、またうるみそうな目で、駄目押しした。

「──綾子さん」

ふいに私の名前が耳に入った。

顔を向けると、竹見おばさんが目配せしていた。

「……は、はい」

「お客様にお茶のお代わりを」

その言い方には、本当に気が利かない人だねえ、という非難が含まれている。

「すみません。すぐに……」

萎縮した私は、謝るしかない。この屋敷に来てからというもの、至らない私は焦るばかり。和壱さんがいた頃はかばってもらえたが、今は息苦しさが募るだけだ。

私は急須のお茶の葉を取り換え、ポットから湯を注いだ。まろやかな香りがふわりと湧き立つ。

迫島さんは、新しいお茶を一口含み、邪気のない笑顔を私たちに振りまいた。

「それにしても、このあたりは本当に、古き佳き日本らしい、風情のある土地柄ですね。不思議と懐かしい気分になりますよ。

僕は東京の吉祥寺の出身なんで、建物だらけだし、人が多くて賑やかすぎたんです。だから、夏休みに、おじいちゃん、おばあちゃんのいる田舎に帰る友達が、すごく羨ましかったものですよ」

「風情ねえ。どうってことない栃木の片田舎ですよ」

涙を隠すように、わざとさらりと流すお義母様の言葉に、迫島さんは、おおげさに首を横に振った。

「灯台下暗しってことでしょうか。素晴らしい風景だらけですよ。

ええと、操川《そうかわ》って言いましたっけ。僕が乗ったバスの中に観光案内のパンフレットがあって、その川には三つの滝があるとか紹介されてましたけど」

村の風景の話題に移り、お祖母様もようやく涙が収まってきたようだ。お義母様も普段の、きびきびした口調に戻って説明する。

「そうですよ、奥の滝、一の滝、二の滝という名でね、あとの二つは小さな滝です。ここの西側にある渓流沿いの小径を下って行くと、順番に見えて来ますよ。

奥の滝は、落差が五十メートルもある立派なものです。水飛沫も盛大に上がるし、晴れた日には滝壺に虹も浮かびます。ただ、〈奥の山〉をだいぶ登った先なので、見に行くのには難儀しますよ」

「写真を観たら、滝の幅や流れ方、周りの岩肌が三つともまるきり違いますし、季節毎の変化も素晴らしいじゃないですか。

それに、周辺の景色も美しい。春はいく種類もの桜、梅雨の時季は水量が増えて滝の迫力がパワーアップ、秋は紅葉、冬は雪景色と、飽きることのない変化があります」

熱のこもった声で言う迫島さんに、そんなものかねえ、と応《こた》えながら、お祖母様も嬉しそうだ。そして、

「それよりも、バスのパンフレットって、あれは、もう古臭いものじゃろうが。そろそろ、新しく作り直すって、誰か言っていなかったかい？」

と、すっかりいつもの声に戻っていた。

「役所の観光課長が張り切っていたけど、どうなるかしらね」

お義母様が、少し馬鹿にしたように答える。きっと、その人は〈藤屋敷〉の血縁か関係者なんだろう。

迫島さんはさらに瞳を輝かせ、お義母様の話に食いついた。

「あの、それならぜひ、僕に写真を撮らせてもらえませんか。申し遅れましたが、僕、フリー・カメラマンなんです。その道では、ちょっとは名が知られています」

そう言うと、彼は壁際に置いた荷物の方に目を向けた。

「これも、着替えの他は、ほとんどカメラとカメラ用の機材なんです」

さらに、彼はすぐ横に置いていた大きなカメラをつかんだ。

「今回は、愛用する一眼レフ・カメラを二つと、コンパクト・カメラを一つ持ってきました。僕はキヤノンが好きで、この一眼レフ・カメラは、今年四月に新発売になったばかりのＥＯＳ６３０というものです。それから、カメラのレンズをいろいろ。単焦点もズームもそれぞれ複数揃えています。Ｆ値といって、レンズの明るさの違うものもあります。レンズ・フィルターだって、何枚もありますよ。フィルターを交換することで、撮影の効果を変えることができますからね。

他に、三脚、折り畳み椅子、レリーズ、ストロボ、電池、メンテナンス・キットなども入れてあるし、雨が降った時のためのカッパも必需品なんです。あっ、使い捨てカイロもありますよ。

あともちろん、フィルムが大事です。これもバッグの中にたくさん入れてあります。ＩＳＯと言って、感度の違うものも揃えてありますしね――」

と、写真関係の説明がずっと続く。紅潮したその顔を見ると、この人はカメラのこととなると話が止まらなくなるようだ。

「――こんな機会といっては失礼ですけど、こちらに伺って、この土地の風景にすっかり魅了されました。こんなに撮影のしがいがある場所は、なかなか見つかりません。カメラマンとしての、僕の撮影魂に火が点いた感じです」

それを聞いたお義母様は、小さく首を傾げた。

「でも、どうかしらねえ。三つの滝を一望できる場所はないはずだけど。まあ、それぞれ特色があるのは確かだし、一の滝と二の滝の横には温泉も湧いていて、名物と言えば名物かしら。

どちらも小さな温泉ですけど、実用的でね。この村は、家にお風呂のない家もまだあるし、ただで、効能豊かな温泉に入れる方がいいっていう人も多いのよ」

「それは趣《おもむき》がありそうですね。入ってみたいなあ」

という迫島さんの言葉が終わらないうちに、

「温泉の湯屋はな、村のために、うちが建てたんじゃ。それも皆忘れかけとるようじゃがな」

と、お祖母様の苦々しい言葉が被さる。

「すると、その二つの温泉も、こちらのお宅が所有されているんですか」

と迫島さんが身を乗り出すようにして訊き、答えたのは竹見おばさんだった。

「そうですよ。滝も温泉も、この〈梅屋敷〉の土地にありますからね。でも、大昔から、温泉は誰でも自由に入っていいことになっているんです。あの〈藤屋敷〉の人たちも来るんですよ、厚かましいことに。数年前に、湯屋も新しく作り替えたんですよ。扉には鍵を付けて、脱衣場に棚も作ったしね。お陰で、女性も入りやすくなったんですよ」

と、竹見おばさんは自慢する。

「それで、村の皆さんが、交代でお掃除してくださっているんです」

私がつい口を挟むと、途端に、お義母様に厳しく睨まれた。

「お掃除くらい、何です。村の方で手分けしてするのは当たり前でしょう。あそこに湯屋を建てたり、水道を引いたりするのには、ずいぶんお金がかかったんだから」

竹見おばさんも、

「この間なんて、五郎《ごろう》じいさんが、『〈二の湯屋〉の中の水道を新しくしてくれ』なんて言ってきたのよ。『緑青がふいていて汚いし、水が出ない、壊れてる』って。でも、そんなのは嘘っぱち。まだ新しいんだから」

と言って、鼻の頭にしわを寄せる。

その人はひどい不平屋なので、村人の多くに煙たがられているらしい。

「〈藤屋敷〉のモンなんか、相手にせんでええさ」

お祖母様の顔が歪み、ぴしゃりと切り捨てる。

ここの温泉は、どれも温度が高めなので、小さな子供でも入れるよう、水でうめるために、湯屋を建てた時に水道も設置したという話だ。

そう言えば、和壱さんが亡くなる一週間くらい前に、〈二の湯屋〉で事故があった。寺男の橋本《はしもと》さんという方が、そこの湯船で溺死したという話だった。

駐在さんの調べによると、その人は、湯船のまわりを、洗い場の端にある水道に繋げたホースを使って洗っていたらしい。ところが、濡れた床で足を滑らせ、転んで岩に頭を打ちつけて気を失った。そして、湯船に落ちて溺れ死んだというわけである。

お祖母様にすれば、そんな死に方はみっともないし、そんな場所は縁起が悪いのだろう。

4

気まずい雰囲気になりかけたが、迫島さんが明るい口調で話題を変えた。

「――そう言えば、こちらのお宅は、本当に有名なんですね。和壱君から聞いてはいたんですけど、駅前から出発寸前のバスに飛び乗って、ほっとしたのも束の間、最寄りのバス停やご住所までうっかり忘れて……。

まあ、村の中で降りれば何とかなるだろうと楽観してたんですけど、『関守さんの梅屋敷』と言ったら、運転手さんが、『それなら、村の終点にあるバスの転回所で降りればいいんですよ。歩いてすぐですから。バス停を背にして、真っ直ぐ西の方に向かって進んでください』と、丁寧に教えてくれました」

それを聞いて、表情を柔らかくしたお祖母様は、

「右松《みぎまつ》んとこの坊じゃな、あれも、この村の出やからなあ。気を回したんじゃろ」

と、満足げに言い、深く頷いた。

「この村では、バスを見たら手を上げればいいのさ。バス停でなくても停まって、乗せてくれるんだ」

と、和壱さんに教えてもらったことを、思い出す。そういうのんびりした感じが、田舎の良いところなんだろう……。

「――本当に、素敵なお庭ですね。手入れが行き届いていて」

ふと迫島さんは立ち上がり、縁側に近づいて、ガラス戸越しに庭の景色を誉めた。

もう夕暮れが忍び寄っている。見晴らしの良い場所から眺めれば、村を囲む山の稜線がなだらかに曲線を描き、夕焼けを背景に薄墨色のシルエットを形作っているのが見えるはずだ。

「この美しい景色は、お金では絶対買えないものだよ」

と、和壱さんもよく言っていた……。

「和壱君は、こんな素敵な場所で育ったから、あんなに優しい性格だったんですね」

亡くなった孫のことを誉めてくれる迫島さんに、お祖母様は普段とはまったく違う、穏やかな眼差しを注いだ。どうやら、気難しい老人のお眼鏡にかなったらしい。

「まあ、田舎の人間はみんな、気が良いからねえ。その中でも和壱は、一番素直な子じゃった……」

5

と、その時だった。

中廊下を、パタパタと早足で誰かがやって来る音がした。

襖がザッと開いて、花柄のワンピース姿の女性が勢いよく飛びこんできた。

「あ、お茶だったの！　ちょうどよかった。あたし、お腹空いちゃって、喉もからからなの！　ねえ、あたしにもお茶！」

彼女は元気よく言うと、私の横に勝手に座りこんだ。昔流行ったようなおかっぱ頭で、揃えた前髪の下には、猫のようにころころと変わる大きな瞳が、鋭く煌めいている。十代の女の子にも見えるけど、これでも二十四歳だったはず。

「何ですね、麻里子《まりこ》。はしたない。お客様がいらっしゃっているのに！」

厳しい声でお義母様が叱りつけたけど、彼女はぜんぜん気にしなかった。

「あら、ごめんなさい。こんな素敵な殿方がいるのに、あたしとしたことが」

若い娘はペロリと舌を出して、可愛い表情になった。

迫島さんは驚いた顔で、彼女をまじまじと見詰めている。

お祖母様も渋い表情になると、

「すみませんね、迫島さん。この娘は分家の子でねえ、麻里子って言うんですよ。和壱の又従妹《またいとこ》になりますけど、躾《しつ》けがなってないものだから、いつもこんな感じでねえ」

と、少し呆れたような口調で紹介した。

麻里子さんは、色白ではっきりとした顔立ちの、可愛らしい人なのに、いつも落ち着きがないので魅力が大分減って見える。突拍子のない言動も多くてまわりが困っている。

以前、麻里子さんの話題が出た時に、竹見おばさんは、

「あの子はちょっと、変わったところがあるから——」

と、あからさまにぼやいたりしていた。

私も、初めて会った時に、強烈な先制パンチを浴びたのを思い出す。

「――綾子さん。あたし、あなた嫌いよ。あなたがいなければ、和壱兄さんと結婚するのは、絶対あたしだったのに。あたしたちが結ばれて、〈梅屋敷〉の跡を継ぐのが一番良かったんだから！」

と、文句をぶつけられた。

あの時、和壱さんは、

「馬鹿馬鹿しい。お前とは本当の兄妹みたいなものだ。結婚なんか、一ミリも考えたことがないぞ」

と笑って相手にしなかったので、余計に麻里子さんは悔しそうだった――。

席に戻った迫島さんは何度か瞬きすると、明るく微笑んだ。

「そう、麻里子さんですか。僕は迫島拓と言いまして、大学時代から和壱君の友人だったんです」

「あ、じゃあ、ご焼香を上げに来たってこと？」

竹製の菓子器に盛られた煎餅に手を伸ばした麻里子さんは、ふと視線を落とすと、あっ、とまた大声を上げた。

「ちょっと、これ、和壱兄さんじゃない！　これも、そっちのも……全部和壱兄さんの写真ばっかり。あなたが持ってきたの？　あなた、カメラマンか何か？」

手近な数枚を引き寄せて並べながら、写真と迫島さんを代わる代わる眺めている。

「ええ、そうです。それらの写真は学生時代に撮ったものなので、まだカメラを仕事にしてない頃ですけど。ここに来る時に、フィルムがあったのを思い出して、焼いてきたんです」

「へえ、そうなんだ。あ、これいいな……こっちの笑ってる顔も。あたし、この写真もらってもいい？」

麻里子さんはずけずけと言い放つと、数枚の写真を抜き取って手元に隠すようにした。あまりに素早い動きで、呆気にとられてしまった。本当に遠慮のない人だ。

「それにしても、今頃ご焼香？　ずいぶん、来るのが遅かったわね」

私にちらっと勝ち誇ったような顔を見せると、彼女は煎餅を手にしてから、迫島さんを睨んだ。

「訃報を知ったのが、つい最近だったものですから」

「本当？　もしかして何か、調べに来たんじゃないの？」

煎餅を頬張りながら、麻里子さんは顔を迫島さんに近づけて問いつめる。

迫島さんは驚いた表情で、はい？　と反応し、口をぽかんと開けたまま。

「あたしの目は誤魔化せないわ。あなた、本当は、探偵さんか何かでしょう。きっと、和壱兄さんの死の真相を調べに来たのよ。そうに決まってるわ」

という彼女に対して、迫島さんはあわてて顔の前で手を振る。

「いいえ、そんなこと。僕はただのカメラマンですよ。しかし、いったいどうして、そんなふうに思うんです？」

すると、麻里子さんは全員の顔を見まわして、低い声できっぱり言ったのだった。

「だって、ここにいる誰もが知っていることだもの。和壱兄さんは、自殺をしたんじゃなく、誰かに殺されたんだって――」

第3章　夕食の席で

1

「――麻里子、馬鹿なことを言うんじゃありません！」

久寿子お義母様が、鋭い声で叱った。

「あら、どうして？　だって本当のことじゃない」

と、麻里子さんはまったく悪びれない。彼女の言葉で部屋中の空気が凍りついたのに。私の心にも、その太い針が突き刺さったのに……。

「何が本当ですか、麻里子。これ以上、変なことを言わないでちょうだい。人聞きの悪い……ただでさえ、いろいろ噂されているのだから……お客様も驚かれているわ」

お義母様は、恐い顔で言った。

「そうじゃよ、麻里子。みっともない」

奈津お祖母様も、厳しい声を出した。

二人に怒られても、麻里子さんには応えない。肩をすくめ、湯飲みに手を伸ばした。

「あら、あの〈赤婆〉だって、やたら騒いでるじゃない。和壱兄さんが死んだのは、〈アヤの呪い〉のせいだって。綾子さんが村に来たから、恐ろしい祟りがあったんだって」

「〈赤婆〉なんかの話を、鵜呑みにする人がありますかね」

竹見おばさんは呆れたように言ったが、麻里子さんは平気な顔で続けた。

「おば様たちだって、最初、和壱兄さんが変な女と暮らしはじめたって、気を揉んでたじゃない。しかも、年上のバツ一で連れ子もいるって、散々文句を付けて。今になって、大事なお嫁さんだなんて振り、わざとらしいわ」

「麻里子、いいかげんになさい！　いくら何でも失礼ですよ！」

お義母様は姿勢を正すと、麻里子さんを正面からきっと見つめた。

「それじゃ、おば様。あのことは知らないんでしょ。この綾子さんだって、この前、殺されかけたんだから」

「殺されかけた？　それは何のことです、綾子？」

と、お義母様の怒りの矛先が、私に向いた。

「綾子さん。どうせあなた、報告してないわよね。岩が落ちてきて危なかったことを」

麻里子さんは私の方を見て、確認した。

正直言って、私は余計なことだと思った。心配をかけまいと、黙っていたのに……。

私は、おどおどと説明した。

「先日、切通しのところを歩いていたら、崖の上から大きな岩が転がってきました。でも、足下をかすめただけで、当たらなかったものですから……」

「その時、ちょうど、あたしが反対側から歩いてきたの。あれ、直径四十センチくらいあったかしら、下手をしたら大怪我だったわよ。きっと誰かが、和壱兄さんの次に、この人まで殺そうとしたに決まってるわ」

麻里子さんは自信たっぷりに言う。

切通しの岩壁は高さ三メートルくらいで、上は樹や雑草が茂っている。あそこに誰かが隠れていて、岩を落としたのだとしたら、下からでは死角になって見えない。

「待ってください。麻里子さん、一つ訊いていいですか。何故、和壱君や綾子さんが命を狙われるんですか」

迫島さんが、早口で割りこんできた。

彼女は、挑むような目をカメラマンに向ける。

「あなた、馬鹿じゃないの。そんなの解りきってるじゃない。この家の跡取りを殺して、〈梅屋敷〉を没落させようとしてるのよ。決まってるじゃない。

だから、犯人ははっきりしてる。間違いなく〈藤屋敷〉の誰かだわ」

得意気に想像を披露する麻里子さんに、お義母様がまた怒りの声をぶつけた。

「麻里子、戯言《ざれごと》はもうたくさん！」

竹見おばさんも、眉間にしわを寄せて忠告する。

「麻里子さん。私も〈藤屋敷〉の人間は嫌いだけれど、軽々しくそんなことを言ってはいけません。そんな話を聞かれたら、結局、こちらが悪者にされますからね」

「だって事実だもん」

「もしかして、和壱坊ちゃんが亡くなって、一番喜んでいるのは、あなたたち分家の人たちじゃないのかしら」

と、竹見おばさんは、嫌みたらしく言った。

「それ、どういうことよ！」

腰を浮かせて、麻里子さんは声を荒らげる。

竹見おばさんは薄笑いを浮かべた。

「分家のあなたたちが、本家に取って代わろうとしている——そう言う人もいるわね」

「なにそれ、そんなの、ただの噂じゃない！　冗談じゃないわ！　あたしが、こんなに心配しているのに！」

麻里子さんは金切り声で言い放つとさっと立ち上がり、膨れっ面で、足音も荒く部屋を出ていった。

私は彼女を止めようと腰を浮かせたが、お祖母様に、手を振って止められた。

「いいよ、いいよ。あんなわがままは放っておおき。それよりも、綾子。まずは迫島さんを、南の離れの客間に案内しなさい。お夕飯までくつろいでいただいて、な」

2

……長い廊下を、私が先に立って歩く。

後ろから迫島さんが付いてくる。欄間や襖など興味の引かれるものが多いようで、彼がやたらに写真を撮るから、その都度、立ち止まらなければならない。

この屋敷は古くて広く、どこもかしこも薄暗い。私は進みながら、次々に電灯のスイッチを押していった。電球の橙色の光が、天井や壁や床の木目を際立たせる。厚手のスリッパを履いていても、廊下のひんやりした感触が足裏に伝わってくる。

母屋は東西に長い形で、二つの廊下が貫いている。それぞれ中廊下、北廊下と呼ばれている。その他に、南の庭に面した幅広い縁側まである。

私たちが、座敷が連なった横の中廊下に来た時、

「あの、すみません。ちょっとお訊きしたいことが——」

歩きながら迫島さんが、ふと思い出したように切りだした。

私が振りかえって、何でしょうか、と訊くと、

「和壱君から、実家が〈梅屋敷〉と呼ばれていると聞いてましたが、皆さんのお話に出てきた〈藤屋敷〉もそんな、屋号か何かですか」

と、好奇心に溢れた目で、振りかえった私の顔を見つめた。

「通称みたいなものです。〈梅屋敷〉は、昔から広い梅園をこの関守家が所有していて、その梅の実を商品として扱ってるのが梅屋敷株式会社、経営はお義母様が取り仕切っています。梅酒や梅干し、最近は、ジャムなども販売しているそうです」

「和壱君のお母さん——久寿子さんが、社長さんですか」

そうです、と頷く。

「梅園は村の東側に広がっています。機会があればご覧ください」

「そうなると、〈藤屋敷〉も通称で、村での対抗勢力みたいなものなのですね」

「蓮巳家というお名前です。あちらの敷地には樹齢百年あまりという大藤が何本もあって、見事な藤棚が評判なんです。

県内の足利市には、全国的に有名な〈二百五十畳の大藤〉がありますけど、あれに次ぐ規模で、花の季節には観光客もかなり集まるそうです。私はまだ見たことはありませんけど、臨時の屋台もたくさん出て、とても賑わうとか」

「つまり、どっちの家も、この村への貢献度は高いってことですね」

「そうなりますね。ただ、〈藤屋敷〉さんの方は、藤の他にも村への影響力が……。ゴミ処理場があるんです。数年前に、村外れのあちらの所有する山に、廃棄物処理場を造ったそうなんです。その運営会社が蓮巳家と共同経営という話で……。

私はよく知らないんですけど、村の方たちの働き口も増えたとか」

「すると、村全体が、〈梅屋敷〉派と〈藤屋敷〉派に分かれているわけですか」

迫島さんが何か考えこむような顔で言うので、頷いた。どうせここにいれば、すぐに解ることだろう。

「ほとんどそうですね。お寺の住職さんなんかは、中立のお立場らしいんですけど」

「何故、両家は仲が悪いんですか」

「さあ……」

はっきりした理由は聞いたことがない。和壱さんに尋ねてみても、

「僕が生まれる前からずっと、仲が悪かったからね」

と、苦笑いするだけだった――。

迫島さんはその話題から、次に〈梅屋敷〉の家族関係に興味を移した。

「あの赤縁眼鏡の竹見さんは、ご親戚ですか」

「遠縁の方だそうです。十年前にお祖母様が転倒して足を骨折したそうで、その時に雇った介護人なんです。看護婦のご経験があって、今はそのほか、ここの家事一般も取り仕切っておられます。麻里子さんは、分家の娘さんです。梅園の管理事務所で働いてもらっているんですけど、しょっちゅうサボって、うちに遊びに来るんです。他にこの家には、通いの若いお手伝いさんがいますし、庭仕事や雑用のために、米沢《よねざわ》のおじさんという方もいます」

どうして、こんなことまで話してしまうんだろう。でも、迫島さんの屈託のない表情を見ると、不思議と話さずにはいられない。

「麻里子さんが言っていた〈赤婆〉とか、〈アヤの呪い〉って何ですか」

迫島さんは、顎を手で撫でながら追及してきた。

ぞくりと、背筋が冷たくなる。

不安を気取られないよう、私はまた歩き始めた。

「ここは古い慣習が残っている村で、祟りとか、不吉な言い伝えなんかが、いろいろとあるんです。それを、今でも強く信じている人が多いので……。

〈赤婆〉というお婆さんは、タバコ屋さんをしているんです。でも、普段から村の中をフラフラ歩いていて、やたらに、〈アヤの呪い〉のことを口走っているんです」

私の顔を見ると、あのお婆さんはいつも——。

よく磨きこんだ中廊下から、その先の渡り廊下へ入る。最初の段差を過ぎ、南の離れの方へ角を折れた。

「〈アヤ〉というのは、人間ですか、それとも妖怪？　どんな言い伝えが――」

尋ねかけた迫島さんは、うわっと叫び、前のめりに転びそうになった。段差に気づかず、躓《つまず》いたからだ。

「大丈夫ですか」

と、私が尋ねると、彼は、はあ何とか、と頼りない声を出しながら、落とした荷物を拾った。

「すみません。古い屋敷で、離れは建て増ししたものなので、渡り廊下のあちこちに高さが違う所があるんです。私もなかなか慣れなくて……気をつけてください」

「何だか、京都の古い旅館みたいで面白いですね。中学生の時、修学旅行で泊まった旅館が迷路みたいだったのを思い出しますよ」

迫島さんは妙に嬉しそうな顔になった。

私の方は、呪いから話が逸れたのでほっとする。

母屋の西側には、三つの離れがある。その一つ、南の離れは、広めの客室が並んでいる。最初の部屋に入って、私は電灯のスイッチを押した。

二間続きだが、手前の十畳には、木製の小卓がでんと置かれ、座布団を敷いた座椅子がある。床の間の横に小さなテレビもあるから、不便はないだろう。

奥の八畳は寝室になっている。

「こちらのお部屋をお使いください。お布団はそこの押し入れにありますから、ご自由にどうぞ。離れのお手洗いは、この廊下の突き当たりになります」

と、私はざっと説明した。

「由緒ある日本旅館みたいだな。落ち着けますすね」

迫島さんは物珍しそうに室内を眺め、床の間近くに荷物を全部下ろした。そして、首から下げていたカメラを、丁寧に小卓の上に置く。

日が暮れてきたので、私は窓の障子を閉めた。

「お食事は一時間くらい後ですから、用意できたら、また参ります」

そう言って部屋を出ようとすると、あの、と声を掛けられる。

「あなたは、姉さん女房だったんですね。和壱君とは四つ違いですか。僕は、和壱君と同い年の二十七歳なんです」

それが何か？　と思ったのが私の顔に出たのだろうか、迫島さんはちょっと遠慮がちになり、声を低める。

「綾子さん、気を悪くしないでください。この度の、和壱君のご不幸のことなんですけど……」

みしり、と天井のどこかが軋《きし》んだ……ような気がした。

「彼は、事故じゃなく、自殺したんですか」

かくり、と木製の窓枠が揺らいだ……ような気がした。

「はい……けれど、麻里子さんが言ったことは、でたらめです」

何とか、言葉を押し出す。

「そうですか……あの、先ほども言いましたが、詳しいお話をうかがえませんか」

ぷつり、と、蛍光灯が点滅した……ような気がした。

「……本当に、突然で……和壱さんは……遊技室と呼ぶ部屋があるんですけど、そこで自殺を……拳銃で……」

と、私は喘ぎながら言った。

「拳銃？　どうしてそんなものが」

迫島さんの声が上擦り、目を大きく見開く。

「この屋敷に、前々からあったものらしくて……」

どうしても声が強張ってしまう。

それでも、あの日の事情……その遊技室には和壱さんしかいなかったこと、遺書があったこと……などを何とか話し終えた。

「……ですから、私には、彼がどうして死んでしまったのか、解らないんです」

いや、解りたくないだけかもしれない。あの遺書のとおりなら、私のためにこの屋敷に戻る決心をしたのに、それでもやっぱり現実は厳しく、耐えられなかった、追い詰められてしまった、ということだから……。

迫島さんは、小さく頭を下げた。

「……すみません、無理にお話をさせてしまって」

いいえ、と答えながら、瞼が熱くなってくるのを感じる。

「あ、お引き留めして、ごめんなさい。日が落ち始めると、都会よりずっと冷えてきますね」

古い屋敷なので、もともと、どこもかしこも冷え冷えとしている。

3

「──おじちゃん、葉っぱ、食べないの?」

茉奈の無邪気な声に、はっとした。見ると、娘の横に座っている迫島さんが、小鉢を手にして困った顔をしている。

「あの、ご馳走になっているのに恐縮ですが、僕、こちらはいただけないんです」

ことん、と器を置いて謝った。

「なんや、嫌いなもんでもあったかね」

目を細めながら、お祖母様が声を掛けた。

その隣で、お義母様はチラリと茉奈を見たが、黙々と箸を進めている。

今夜は、大広間で夕食を摂ることになった。普段は台所近くにある小広間で食事しているけど、今日はお客様の手前、こちらに場所を移したのだ。

でも、女性五人に、男性一人──迫島さん──だけでは、部屋が広すぎて、がらんとしていた。一枚板の座卓を二つ並べていたから、そのまわりに置いた座布団の間隔も空きすぎている。

茉奈は膝立ちになって、わざわざ迫島さんの手元を覗きこんだ。あとできっと、娘の行儀が悪いと、私がお義母様に怒られることになるだろう。

迫島さんは、恥ずかしそうに、左手で頭の後ろをかいた。

「はあ、実は、春菊が食べられない体質なんです」

「アレルギーかい?」

と、お祖母様は小さな目をすぼめて、同情するように言った。

「はい。口の中がかゆくなってしまって」

「おじちゃん、葉っぱを食べると、病気になっちゃうの？　じゃあ、茉奈も食べない」

両手でお皿を遠ざけると、茉奈は迫島さんを見上げてにっこりした。いつも青菜嫌いを注意されているから、仲間ができたと思ったらしい。

あまり変なことを言わないでほしい……。

そう思った私の視線に気づいたらしく、彼はしまった、という感じで茉奈の方へ顔を近づけた。

「違うんだよ。病気になるのは、僕だけなんだ。ごくたまあに、そういう人がいるんだ。

でも、茉奈ちゃんは、大丈夫だよ。食べたら、もっと元気になれるよ。茉奈ちゃん、いいなあ」

迫島さんはわざとらしく言うと、片手で茉奈の頭をぽんと軽く叩いた。

でもぉ、と不満そうな茉奈の口ぶりに、お義母様がじろりと横目で反応する。

私はあわてて、

「茉奈。ほら、こっちのお豆、今日竹見おばさんが畑で採ってきたお豆よ。解る？」

と、かき揚げを割って中を見せた。茉奈がおとなしく座り直し、自分のお皿のかき揚げに箸を付けたので、ほっとする。

座卓の上には、いろんな料理が並んでいる。村に一軒だけある寿司屋から特上の握りを多めに取り寄せたし、野菜の種類は豊富だから、サラダやお浸しの他、大皿三つに天ぷらを山盛りにしている。私が作ったお吸い物は、お義母様から、だしが薄すぎると小言をもらってしまった。

迫島さんは、春菊以外のものをパクパク口に放りこみ、食欲旺盛なところを見せた。見事な食べっぷりだった。

一方、私はあまり食べられない。ご飯や天ぷらなど、匂いが鼻につくものがあるからだ。

「――おや、お客様じゃないか」

いきなり襖が開き、顔を覗かせたのはお義父様だった。いつもの柔和な表情に、驚きが混ざっている。

「ええ、和壱のお友達で、東京からわざわざ来てくださったのよ。ご焼香に――」

と、お義母様は、帰りの遅いお義父様を責めるような口調で説明する。

「それはそれは……。私が和壱の父、東真《とうま》です。わざわざお越しいただき、ありがとうございます」

お義父様は膝を突き、背の高い体を折るようにして、豊かな灰色の髪の頭を深々と下げた。

迫島さんも座布団から下り、同じように挨拶を返す。

「すみません、突然お邪魔しまして。このように歓待いただき、たいへん恐縮です」

「いや、それは良かった。私はすぐまた出掛けますが、どうぞごゆっくり」

と、お義父様は言いながら立ち上がる。

「あなた。また、お寺？」

「うん、まあ、いろいろだ。自治会のこととか――」

お義母様が眉をひそめながら尋ねると、お義父様は曖昧に答え、そそくさと出ていってしまった。

「迫島さん、ごめんなさいね。あの人、ちょっと変わり者なのよ。私たち家族といるより、外で仲の良い男衆と飲んでいるか、趣味にふけっている方が好きでねぇ」

お義母様は口をへの字にしながら、迫島さんに謝った。

優しくて穏やかないい人だけど、たいてい食事も一緒にしない。私も、お義父様にはまったく会わない日があるくらいだった。

4

迫島さんは、お祖母様やお義母様に問われて、自分のことや、学生時代の和壱さんのことをたくさん教えてくれた。彼と和壱さんが、福島県の猪苗代湖近くにあるペンションで、一夏、アルバイトをしたという話は、私も初耳だった。

大学を卒業した迫島さんは、定職につかず、日本中をあちこち旅して回っていたという。カメラの腕には自信があるそうで、旅先でのエピソードが披露された。写真集も出しているので帰京したら送ります、とお祖母様に約束している。

いつもは重苦しい食卓の空気が、この人のお陰で明るく、笑いも出る楽しいものになった。

すっかり話に入りこんでいたので、私は、竹見おばさんに腕をつかまれ、小声で注意されるまで気づかなかった。

「――さっきから鳴っとるよ」

はっとした。台所の方で、がらんがらんというベルの音が鳴っている。

「早く行っといで。あの子、あれで、あんたがお気に入りなんだから」

お祖母様が、箸で南瓜《かぼちゃ》を口に運びながら、目線を合わさずに言う。

「はい――」

私は席を立ち、どんな用事か考えながら廊下を足早に進んだ。大座敷の横を過ぎた所で、後ろに人の気

配がして、

「失礼。お手洗いは向こうでしたっけ」

という声に振りかえると、迫島さんが立っていた。

「ええ、その先の右の扉です」

そう案内して、先を急ごうとした私に、

「あのう、今のベルは何ですか」

と、彼の好奇心溢れる声が追いかけてくる。

私は焦る気持ちを抑えて、説明した。

「寿太郎さん、です。和壱さんの叔父様で、北の離れにいらっしゃるんです。そこから台所のベルまで紐で繋げてあって、ご用のある時はそれでお呼びになるんです」

「へえ、旧家らしい趣のある仕掛けですね。今なら内線電話かインターホン──」

がらんがらん、というベルの音が、迫島さんの声に被さる。

「失礼します」

私は頭を下げると、離れへと急いだ。あまり遅れると、叔父様の機嫌が悪くなるのは、今までの経験で解っていたからだ。

第4章　離れの人

1

〈梅屋敷〉の母屋はおそろしく大きい。東京の狭い家で育った私からすると、とにかく広くて立派な造りだ。

玄関は母屋の東側にあって、土間だけでも、和壱さんと住んでいたアパートの部屋より広い。上がり框《がまち》の側には熊の剝製が置かれているし、正面の壁には横幅二メートル以上の大きな額が飾られている。

母屋の西側には、三つの離れが建っている。南側から順に、〈南の離れ〉、〈西の離れ〉、〈北の離れ〉と呼ばれている。一番古いのは〈西の離れ〉で、和壱さんの部屋があり、今、私と茉奈はそこで暮らしている。

渡り廊下に入った私は、寿太郎叔父様の部屋になっている〈北の離れ〉に急いだ。

和壱さんが亡くなった遊技室は、〈西の離れ〉と〈北の離れ〉の間にある。渡り廊下の途中に陳列廊下のドアがあって、通り抜けた先が遊技室だ……。

私は、あれ以来、とてもあの部屋へは入れない。〈北の離れ〉に向かう時も、自然と、陳列廊下のドアから目を背けてしまう。

渡り廊下の天井には、シェードを被った電灯が点々とぶら下がっている。橙色の光が滲んでいて、古風な感じがする。

〈北の離れ〉は平屋造りだ。古くて黒光りする柱や梁が目立つ。枯れた木材や壁紙の匂いに混じり、薬の匂いが微かに漂っている。

「……すみません。お待たせしました」

私は声を掛けてから、襖を開けた。そこは小さな広縁になっていて、右手に裏口のドアがある。私は膝を突き、障子戸越しにふたたび声を掛けた。

「ああ、入れ」

私は障子戸を静かに開いた。

十二畳の和室のまん中で、寿太郎さんは座椅子にふんぞり返り、お膳を睨みつけていた。

蛍光灯に照らされた室内は充分に明るいものの、壁際にある岩谷堂箪笥や造り付けの棚の重厚感が寒々とした雰囲気を生んでいる。右奥にある寝室との境の襖には、牡丹や菖蒲などが金絵の具を使って描かれていた。ただ、華やかなのにどこか色褪せて見える。

床の間には、歪《いびつ》な形をした、色違いの鉱石や水晶がいくつか飾られている。その横には、この部屋専用で、外線用の黒電話も置いてあった。

「あのな。前にも言うただろう、青菜の和え物は要らん。それに春菊は天ぷらがいいと言ったはずだ。なのに、なんだこれは」

病人は苦々しい顔で言い放つ。

痩せた体は極度に色白で、口元や目尻にしわがくっきりと刻まれ、窪んだ目がギョロリとしている。白髪交じりの蓬髪のせいで、五十歳という実年齢よりかなり老けて見えた。茉奈が最初に顔を合わせた時は、怖がって、私の後ろへ隠れたくらいだ。

「申し訳ありません。すぐ下げます。何か代わりをお持ちしますすか」

これを勝手に用意した竹見おばさんを、つい恨んでしまう。

「もういい。それより、今夜はずいぶんうっつぁしいな。誰が来とるんだ。また下田《しもだ》の奥さんか、亭主ほったらかして。それとも左藤《さとう》んとこの嫁か」

叔父様はピシリと箸を置き、きつい眼差しを私に向けた。

「いいえ、あの……和壱さんのお友達がいらしてるんです」

「和壱の？」

と、叔父様は目を剝いた。

「はい。大学時代のお友達とかで、わざわざ……」

「今頃、何なんだ。線香でも上げに来たのか、こんな田舎まで――」

「はい。実はそのとおりです」

背後からの声に、私は飛び上がりそうになった。いつの間にか、迫島さんが広縁に上がりこんで、開いた障子戸の間から顔を覗かせている。

「だ、誰だ、あんた？」

叔父様も驚いて、目を丸くした。

「お食事中のところ、たいへん失礼しました。一言、ご挨拶をと思いまして――」

迫島さんはすっと室内に入り、正座した。叔父様へ深々と頭を下げる。

「僕、迫島拓と申しまして、和壱君とは学生時代から親しくしていました。出張中で和壱君の訃報を知るのが遅くなってしまったので、せめてお線香をと思って、こちらへ伺いました。するとお祖母様がご親切に、夕飯へ招いてくださったので、お言葉に甘えました。先にこちらへご挨拶もせず、申し訳ありません」

お客様の丁寧な物腰に満足したのか、叔父様は怒りをおさめたように、

「そ、そうか。和壱のな……。わざわざご苦労さん。まあ、このあたりには何もないし、うちの料理もたいしたことはないだろうが、せいぜいゆっくりしてくれ。俺は体が丈夫じゃないもんで、こんな格好で失礼するが――」

と、穏やかな口調になり、浴衣の襟元を正した。そして、私へ顔を向ける。

「おい。この方を、東真さんにはもう紹介したのか」

「は、はい、つい先ほど。その後すぐ、お義父様はお出かけになりましたけど――」

「ふん。またお寺さんか。あそこなら、東真さんも気兼ねなく、のんびりできるしな」

意味ありげに言うと、叔父様は唇を歪めて笑った。

「気兼ねなくとは、どういう意味ですか」

と、迫島さんが遠慮なく訊ねる。

「昔から、この〈梅屋敷〉は女が強いんだ。俺がこんなに病弱なのに、姉さんはいろんな面で丈夫だ。あいう女は、自分と対照的な男を選ぶらしいな。

病弱な俺に、へっぽこ絵描きの東真さん……。〈梅屋敷〉の男どもは頼りにならんと、村のみんなが言

っているはずだ」

自嘲気味なのはいつものこと。でも、お客様の前でするような話じゃないのに——。

「東真さんは、画家でいらっしゃるんですか」

迫島さんは、ますます興味津々という顔になる。この人はやたらと好奇心が強い。

病人は、愉快そうに右手を横に振った。

「ははは。画家って言っても、描いた絵にいい値が付くようなもんじゃない。趣味の延長だよ。姉さんが会社を経営しとるんで、食わせてもらって悠々自適ってとこさ。ま、人のことは言えんけどな。俺だって、姉さんの会社の名ばかりの役員だ」

皮肉屋で自嘲癖の強いこの叔父様とは対照的に、お義父様は、親しみのある、人懐っこい性格をしている。

あれは一年くらい前だったろうか。お義父様が油絵の個展を開くというので、和壱さんと一緒に見に行ったことがある。そこで、初めて紹介されたのだった。

豊かな灰色の髪、やせて背が高く、丁寧な物腰に品のある人だった。時折、桜材のパイプをくゆらせるのがしっくり似合う、紳士的な雰囲気もある。

叔父様は、湯飲みに手を伸ばしながら言った。

「〈梅屋敷〉は、東真さんにはいい暮らしだろうよ。気ままに絵を描いて、たまに小さい画廊で個展をささやかに開く。運が良けりゃ何枚か売れる。前に一度、銀座の隅っこでも個展をやったんじゃなかったかな」

迫島さんは目を輝かせた。

「銀座で個展なんて、すごいじゃないですか。僕はカメラマンなんですが、そんな場所で個展を開くのは夢のまた夢です。

それに、いい作品に必ず高い値が付くとは限りません。ゴッホやゴーギャンといった有名画家でも、生前はほとんど相手にされませんでしたから」

「じゃ、描いた絵を高く売りたいなら、東真さんは死ぬしかないわけか」

嫌みを言うと、病人は掠れた声で、わはははと高笑いした。

2

「そういう寿太郎さんも、美術品や工芸品には相当な眼力をお持ちのようですね。そちらの床の間にあるのは天然石の結晶でしょう。左端のものは、菱《りょう》マンガン鉱ですよね」

いくらか知識があるのか、迫島さんはその岩塊《がんかい》を指さした。薄い赤というか桃色というか、ブドウの房をたくさんくっつけて固めたような岩だった。

叔父様が、驚きの中に嬉しさを隠しきれない表情になる。

「おお、そうよそうよ。これに目を付けるとは、あんたもなかなかだね。この大きさの菱マンガン鉱は、ずいぶん希少品だぞ。手に入れたばかりでな」

叔父様は機嫌良く立ち上がると、台座の紺色の布ごとその石を運んできた。私たちの目の前に、大事そうにそうっと置く。

迫島さんは首を伸ばして、覗きこんだ。

「どこ産のものですか」

「こういうぶどう状鉱石はもちろん、日本産さ。青森県の尾太《おっぷ》鉱山のものだ。あそこは一九七八年に閉山したから、もう産出できない。これは、ますます価値が上がっていくだろうな」

叔父様は自慢気に言い、ほくそ笑んだ。

「そっちの天然の結晶も美しいですね。水晶ですか」

迫島さんは、壁際にある簞笥の上を指さした。

それは透明な結晶の塊だった。大人の握り拳三つ分あるだろうか。整った立方体の集合で、まん中の太い柱の内部には、赤っぽい小さな塊がちらほら混ざっている。

「へえ、これだけ透明度の高い水晶は初めて見ました。日本産、いやアメリカ産のハーキマーですか。この赤いインクルージョンは後から加工したものじゃない、自然の含有物ですよね。鉄分か、ルビーとか」

感嘆の声を上げる迫島さんに、叔父様は得意そうな表情を隠さない。

「手に入れるのに苦労したぞ。長いことかけてやっと俺のものになったんだ。

中の鉱物は何だか解らんが、それが入ってるから値打ちがぐんと上がるんだ。これだけ鮮やかな赤の混入した水晶は、珍しいだろうな」

「いやあ、奇麗だなあ——ね、綾子さん？」

と、迫島さんは相当感動したらしく、私にもそう言うので、小さく頷く。

この部屋に来る度にそれに目を奪われたけど、何ですかと訊く勇気はなかった。

でも、叔父様は口をへの字に曲げ、手を振ると、

「だめだめ。女はアクセサリーに使うような、加工済みの宝石にしか興味ないさ。こんな結晶の価値が解

るわけない。だから、母屋の連中にはまだ見せてないんだ」

と、馬鹿にしたように言った。

確かに、その結晶には、宝石店に並ぶアクセサリーとは違った美しさがある。叔父様にとっては、宝石というよりは美術品なのだろう。

この離れは、完全に叔父様の世界になっている。床の間や、簞笥の横にも棚があり、いろいろな物が飾られている。朱色の映える有田焼や澄んだ色の青磁、そして、艶のある黒や青色の結晶体も並ぶ。

迫島さんはそういったものにも気がついて、

「本当に見事なコレクションですね。羨ましいなあ」

と、叔父様の喜びそうな褒め言葉を並べる。

「こんなのはほんの一部だ。陳列廊下や遊技室はまだ見てないんだな。あっちには、もっといい物が展示してある。美術品や工芸品、民芸品がどっさりあるから、時間があったら見ていってくれ。この女《ひと》に案内してもらえばいい」

自分の趣味に興味を持つ人が現われて、病人は頰を紅潮させ、興奮している。

「あのう、写真を撮ってもいいですか」

尋ねながら、迫島さんは、チョッキの胸ポケットから小型のカメラを取り出す。

「ああ、かまわん。お、それは、キヤノンのオートボーイって奴か」

頷きながら、そのカメラに目を留めた叔父様が尋ねた。

「そうです。ズームデートです。これには、二〇一九年までの日付が内蔵されているんです。メインの一眼レフカメラはＥＯＳ６３０が二台で、たいていの場合、片方には五〇ミリＦ１・８を、もう片方には、五〇－二〇〇ミリF3・5－4・5のレンズを付けています」

「ほう。贅沢だな」

「あ、お解りになりますか。寿太郎さんも、カメラに興味をお持ちなんですね」

「多少はな。収集品をよく写真に撮るから。俺はオリンパス派だ。というか、祖父と父がオリンパスのカメラを愛用していたので、古いレンズがたくさんあってな。本当はニコンに変えたいが、資産がもったいないというわけだ」

「解ります。僕らカメラマンも、結局はレンズに支配されていて、同じメーカーのカメラを取っ替え引っ替えしているようなものですから」

「あんた、二眼レフカメラにも興味があるか。それなら、陳列廊下の方に、昔、祖父が使っていたものがいくつか飾ってあるぞ」

「えっ、お宝じゃないですか。ぜひ拝見させてください。どんなものがあるんですか」

迫島さんは目を見開き、興奮して尋ねる。

「ローライフレックスオリジナルとか、リコーフレックスがいくつか、まあ、いろいろだよ」

迫島さんは、そんな説明を聞きながら、膝を突いて、床の間などに飾ってあるものを熱心に撮影していた。それから、左奥にある木製の引き戸に目を向け、質問する。

「あの、あちらは何の部屋ですか」

意外なことに、叔父様はニヤリと笑い、ますます嬉しそうな顔になった。

「ああ、俺の書斎兼作業場だ。見たかったら見ていいぞ」

「では、失礼します」

立ち上がった迫島さんは引き戸を開け、すぐ右に電灯のスイッチを見つける。

私も覗いたことがなかったので興味が湧き、迫島さんの後ろから中へ入ってみた。

「――おお！」

室内を見まわした迫島さんが、驚いた声を上げる。

いろんな物が一度に目に入ってきて、不思議な気分になる。そこは、小さな工場の作業場と理科実験室を、足して二で割ったような部屋だった。

右側の壁のほとんどは造り付けの棚になっていて、様々な色の大小の石、化石のようなもの、ピンク色の珊瑚のような形のものなどが、ずらりと並んでいる。

広さは十二畳くらいで、左側の壁には小さな窓がある。それに面して、横幅も奥行きもたっぷりある広い机が置かれていた。その上には、小型の万力や精密ドライバーなどの工具類、大きさの違うルーペ、歯医者が使うようなドリルらしいもの、それから、試験管やビーカー、バーナー、アルコール・ランプ、瓶入りの薬らしいものなどが、ぎっしりと置かれていた。

一瞬、遠い記憶が浮かび上がり、背筋に寒けが走る。

雑多な道具がごちゃごちゃと押しこまれている様子は、実家の工場に似ていなくもない。それが、大嫌いな父の記憶と繋がっていく……。

「――これ、もしかして琥珀ですか！」

迫島さんは、作業机のまん中あたりにごろんと置かれた、茶色い石のような塊を指さした。その近くには、ネックレスのチェーンなどの貴金属も見える。

振りかえると、入口の所に叔父様が立ち、満足そうに頷いていた。

「そうだ。去年あたりから、俺は昆虫や植物が中に封じこめられた、この琥珀ってものに興味を持ってな。あちこちから買い集めているんだ。

他にも、〈奥の山〉から伐採業者が見つけてきた松脂《まつやに》の大きな塊などもある。そうしたものを加工して、ブローチやペンダントなども作っているんだ」

「ドリルで削ったり、バーナーで炙ったりして形を整えるんですね」

「奇麗に研磨するのは難しいが、上手くいった時の満足感は素晴らしいぞ」

「この琥珀、触ってみてもいいですか」

「ああ、かまわん」

迫島さんは長いアームに繋がったテーブル・ライトを点けて、いくつかの琥珀をその光にかざしていった。

横から覗きこむと、確かに、濃い飴色や鼈甲《べっこう》色をした塊の中に、何かが入っているのが見える。羽のある昆虫やアリ、オタマジャクシや、とても小さなトカゲまで封じこめられていた。

「すごい。わくわくしますね！」

「こうした琥珀は、タイムカプセルのようなものだ。何万年、何千万年も前の昆虫や植物の姿がそのまま閉じこめられているのだからな」

叔父様は自慢気に言った。

迫島さんは目を輝かせ、大きな琥珀を私に見せると、尋ねた。

「綾子さんは、琥珀が何からできているか知っていますか」

「いいえ……」

「主に樹木の樹液や樹枝が土砂に埋もれて、何千年、何万年もかかって化石化したものですよ。世界で一番古い琥珀は、約三億年も前の地層から出て来たそうです」

「日本の古墳などから出土する勾玉には、琥珀でできた物も多いんだ——そうだ。この腕飾りを、お前にやろう、綾子」

と、叔父様は棚の方から、小さな勾玉を繋いだ数珠のようなものを取ると、私の手に押しつけた。

「あ、ありがとうございます……」

私は面食らいながら、お礼を言って受け取った。石の冷たさがひんやりと、掌に伝わる。ずっしりした重みも感じた。

迫島さんは手にしていた琥珀を作業机に戻して、周囲を見まわすと、

「向こうの部屋にあるもの、この部屋にあるもの、これだけ収集するには、ずいぶんお金が掛かったでしょうね」

と、遠慮なく口にした。

「まあな。だが、俺の趣味はこれだけだ。いくら金を費やしても別に惜しいとは思わん」

叔父様は、同族会社での役員報酬をもらえる立場だから、金銭的に不自由していないはずだ。

そんなことを考えていると、

「あのな。和壱が死んだ時に、俺が甥っ子に保険金を掛けていたんじゃないか、なんて噂が村に広まったらしいな。どうせ、〈藤屋敷〉の連中のやっかみだろうが」

と、叔父様は突然、ぎょっとすることを言った。

「えっ、じゃあ、あなたが和壱君を殺したと、噂されたということですか」

迫島さんも、いきなり話が転換して驚いたようだ。

「ああ、そうなんだ。そんな馬鹿なこと、あるはずがないのにな」

と、病人は悔しそうな顔をする。

胸が錐を突き刺されたように鋭く痛む。和壱さんの死にお金が絡むなんて……。

和壱さんの死と保険金なんてぜんぜん関係ない。もしも生命保険を掛けていて受取人が私だったら、この村でどんな目で見られたか――想像するだけでも寒けがする。

きっと、〈アヤ〉にかこつけて、私を追い出そうとする人が増えるだろう。

叔父様は、迫島さんの顔を見て、口の端をにやりと曲げた。

「あんた、うちの財産に興味があるかね。貯めこんでも金はとこげるもんじゃねえって？　ま、姉さんや死人に義理立てしても仕方あるまい。俺は俺の好きにするだけさ」

3

いろいろな後片付けがあるから、早く茉奈を寝かしつけないと……。

毎晩のように、そう思う。茉奈を手早くお風呂に入れて、寝る支度をさせる。

一番湯は、基本的に男かお客様が入るもの、と考えている田舎の家なので、

「まずは、迫島さんだろうに――」

と、お義母様は口にして、眉をひそめた。

でも、迫島さんは笑顔で、

「いいんですよ。できれば、僕は温泉に浸かりたいですね。〈一の湯屋〉へ入りに行きますよ。手拭いと洗面器を貸してくだされば」

と応え、竹見おばさんに道を訊いて、本当に出掛けていった。

「温泉好きの和壱君と、幽霊としてでも会えたら、嬉しいんですけどね」

などと、笑えない冗談を言って……。

その間に手早くお風呂を使い、茉奈を部屋へと連れて戻った。

私と茉奈の寝室は、和壱さんが亡くなってから、とても広く感じる。桐簞笥の上には、私たち三人が写った小さな写真を飾ってあるけど――目にする度に心が痛む。

茉奈は、まだパジャマのボタンをはめるのが苦手で、着替えには時間がかかる。私がやってあげれば早いが、本人がやりたがるので任せている。今も茉奈は、小さな指をもてあましながら、ボタンと格闘している。

その間に布団を敷いていると、驚いたことに、茉奈はもう最後のボタンをはめるところだった。ここに来る前は、六個のうち、半分まで留められたらいい方だったのに……。

あの頃は、和壱さんが茉奈の着がえを手伝ってくれていた。今、彼がここにいたら、手放しで茉奈を褒めてくれただろう。茉奈を我が子のように可愛がっていてくれたから……。

瞼が熱くなるのを感じながら、茉奈を布団に入らせ、私はいつものように絵本を広げた。半分くらい読んでいくと、茉奈はたいてい夢の中に入ってしまう。

でも、今日は違った。

「――ねえ、ママ。和おじちゃん、もう帰ってこないんでしょ？」

と、茉奈があどけない声で訊く。ただ、表情は真剣だ。

「どうしてそう思ったの？」

私はなるべく普通の口調で訊いたけど、うっすらと肌寒さを感じた。

茉奈の言葉は問い掛けじゃない。やっと、死の意味が解ったのか。お葬式の時、この子には、柩《ひつぎ》の中の和壱さんを見せなかったから……。

「だって、おばちゃんが言ってたもん。和おじちゃんは遠くに行っちゃって、もう帰ってこないって。もう会えないんだって」

おばちゃん？　誰のことだろう。誰が、そんなことを……。

お義母様なら、わざわざそんなことは言わないだろう。私の連れ子ということで、茉奈のことは目の前にいても見えない素振りをすることが多い。茉奈もなんとなく察しているのか、あの人には近づこうとしない。

お祖母様なら、茉奈は〈大ばあちゃん〉と呼ぶはずだ。ご近所の誰かが、そんな話をしたんだろうか。

こんな小さい子供相手に——。

「あのね、森の中で、麻里子おねえちゃんと遊んでいたら、ぴかぴかのおばちゃんが来てね、そう言ってたの」

ぴかぴか——それなら、〈藤屋敷〉のあの人だろう。

こんな田舎では際だって目立つ、ブランド品をじゃらじゃらと身に付けた女性だ。蓮巳家の長男である幸佑さんが、東京から連れてきた人。名前は花琳《かりん》。籍を入れた相手ではないというのが、村での心証をさらに悪くしている。

〈藤屋敷〉の跡取りとして期待されていた幸佑さんは、東京でいろいろな事業を興しては失敗した。それで、借金を背負って実家に逃げもどってきたらしい。

ただ、幸佑さんの人柄には定評があり、

「東京で、あの悪い女に引っ掛かって、カモにされた」

と、完全に被害者扱いされ、同情の対象となっていた。

私はまだ、遠目にちらりと見掛けただけだが、派手な格好の花琳さんは、日傘を差して、よく村の中を散歩している。身に付けているたくさんのアクセサリー類がキラキラと光を反射するから、嫌でも目立っていた。

竹見おばさんの話によれば、彼女は、周囲からどう噂されているか知っているくせに、まったく気にしていない。誰にでも気さくに声を掛けるなど、性格はさばさばしている。要するに、我が道を行くという性格なのだ。

きっと茉奈と麻里子さんが遊んでいる所に、花琳さんが通りかかり、和壱さんのことを話題にしたんだろう。

偶然とはいえ、和壱さんと私、蓮巳幸佑さんと花琳さんの境遇はどこか似ている。二人の男性は東京へ出ていき、仕事に失敗し、女を連れてこの村へ戻ってきた。どちらの女も、その時点でまだ入籍しておらず、村人から変な目で見られている……。

気がつくと、茉奈がひどく真剣な表情になっていた。

「どうしたの？」

「ママ、かわいそう。和おじちゃんがいなくなったから、ママ、一人ぼっちだもん」

とっさに左手がお腹に触れた。そっと右手を伸ばして、私は茉奈を抱えこむ。

「茉奈がいてくれるから、大丈夫よ。ママは、それだけで、大丈夫……」

第5章〈梅屋敷〉の対応

1

——翌朝。

朝食がすんで、私が茉奈を幼稚園へ連れていこうと外に出ると、正門の所にお義母様の社用車が停まっていた。運転手がドアを開けて、彼女と迫島さんが乗りこむのを待っている。

私の姿を見て、お義母様は、

「これから迫島さんを村役場へご案内して、会社に行ってくるわ。この方には、もう一日うちに泊まっていただきますから、そのつもりでね。

夫は帰りが遅かったから、まだ寝ているの。起きたら、朝食をお願いね」

と、早口で指示してきた。

「はい」

私は素直に頷く。お義父様が寝坊なのはいつものことだ。

リュックサックを肩掛けし、首からカメラを下げた迫島さんは、ニコニコしながら、

「というわけです、綾子さん。うまくすれば、村役場で、観光関係の仕事がもらえそうなんですよ」

と、期待感たっぷりに言った。

その件がどうなったかは、その午後、私が茉奈を幼稚園へ迎えに行った時に解った。そこの前庭で、迫島さんが撮影会を開いていた。若い先生や園児たち、そのお母さんたちにいろいろなポーズを取らせ、カメラのシャッターを押している。

「――ああ、綾子さん。こっちこっち。茉奈ちゃんはここにいますよ。あなたも娘さんと一緒に並んでください。集合写真を撮りましょう！」

私を見つけた迫島さんは、大声を上げて手招いた。見ると確かに、園児たちの中に茉奈もいる。

正直言って、私は困惑した。お母さんたちも気まずそうだ。〈梅屋敷〉の嫁である私に対して、彼女たちはある程度の節度を持って接してくれるし、私の方もきちんと挨拶するようにしている。でも、まだ誰とも打ち解けるような仲にはなっていない。

「私は……けっこうです」

そう断わった私は、少し離れた所で、撮影会が終わるのを待った。茉奈を連れてさっさと帰りたかったが、そんなことをしたら、お母さんたちにどんな陰口を叩かれるか……。

結局、十五分近くかかって、ようやく解散となった。

私と茉奈は、迫島さんと共に〈梅屋敷〉に向かって歩きだした。茉奈は、迫島さんにもらったペロペロキャンデーを舐めていて、嬉しそうだった。

「――迫島さん、いったい幼稚園で何をしていたんですか」

私の声はつい怒りぎみになった。

迫島さんは無邪気な目を向けて、機嫌良さそうに答える。

「いやあ、景色の良い所を撮影しながら歩いていたら、偶然あそこに出たんです。ちょうど子供たちが帰る時間だったんですね。お母さんたちも集まっていたので、記念写真をと思いまして」

「役場のお仕事の話は、どうでしたか」

「大成功です。観光課と観光協会の人に紹介してもらって、このあたりの風光明媚な場所を撮影することになりました。新しく出すパンフレット用に、です。

だから、しばらく僕はこの村にいます。よろしくお願いしますね」

と、カメラマンはにっこり笑う。

「しばらく？」

「大丈夫ですよ。〈梅屋敷〉にご厄介になるのは今夜で終わりです。明日からは、お寺の方でお世話になります。〈梅屋敷〉と〈藤屋敷〉との諍《いさか》いもありますからね、中立な所がいいだろうという話になったんです。

それで、観光協会の会長さんが、お寺の住職さんに掛け合ってくれたわけです。無論、久寿子さんにも了承を得ました」

ずいぶん手際がいい。彼の人当たりの良さがそうさせるのだろうか。

「ところで、綾子さん。和壱君とあなたたちは、いつ頃、この村に来たんですか」

「……七月の下旬です」

「和壱君は、東京で運送の仕事をしてたんですよね。あなたも同じ仕事場に？」

「いいえ。私は、近くの食堂で働いてました」

「なるほど、そこに和壱君が来て、食事をするうちに親しくなり、意気投合したような感じですか」

「ええ、まあ」

迫島さんは、その後の話を待っていたようだけど、私は黙っていた。和壱さんと過ごした日々は、とても大切なものだ。私だけの思い出にしていたい……。

「和壱君はきっと、あなたにべた惚れだったんでしょうね。茉奈ちゃんとも、すぐ仲良くなれたんじゃありませんか。彼は子供好きでしたしね。お二人は——いや、三人か——運命の出会いだったんですね」

迫島さんは勝手に想像したが、当たってはいる。

ふと、和壱さんがいつも注文していたオムライスの映像が、まぶたに浮かんだ。私と話すきっかけを作ろうとして、彼はオムライスばかり注文していたっけ。

「こちらへ来られたのは、結婚するためですか。お仕事は辞めて？」

「ええ。和壱さんは会社の上司と馬が合わなくて、退職したんです。いつも忙しいわりにお給料がひどく安くて、心も体も疲れ切ってしまって。

和壱さんは、結婚するなら安定した収入と生活が必要だと考えたんです。茉奈もいますし。実家の会社で働く方がましだと思ったんでしょう。それで、ご家族の皆さんに頭を下げました……」

「確か、和壱君は、こんな田舎の家の跡取りは嫌だと言って、家出同然で東京へ出たんでしたよね」

だから、〈梅屋敷〉に戻るのは、彼にとっては屈辱的であり、一大決心であったはずだ。

「今日、村役場から戻りながら、あちこちで写真を撮ってたんです。それで、出会った村の方たちから、いろいろと話を聞きました。

そこで、〈梅屋敷〉と〈藤屋敷〉の仲が悪い理由も尋ねてみたんですけど、誰に訊いても、昔からそうだったとしか言いません。最初は、他所者の僕には隠したいのかと思ったんですけど、実際、よく解らないみたいですね。

まあ、原因は大昔からの、水利権争いとか、土地の取り合い、それか酒の席での喧嘩、女の取り合い、顔が気に食わなかったとか、借りた金を返さなかったとか――」

そう並べ立てられても、私には答えようがない。

2

「和壱君があなたを連れて戻った時には、村全体が興味津々だったようですよ。跡取りが戻ったわけだし、子連れの美人な奥さんが一緒だというので」

私は茉奈の方へ視線を向けた。道端の花に興味を持って、しゃがみこんでいる。

「失礼ですが、茉奈ちゃんのお父さんは？」

迫島さんは、優しい目で娘を見ながら小声で訊いてきたので、私は一呼吸して、

「病死です……茉奈がまだ二歳の時でした……」

と答えたけど、本当は違う。ヤクザの下っ端で、喧嘩をして殴り殺されたのだ。

「その他に、ご家族はいらっしゃらないんですか」

迫島さんは遠慮なく尋ねてきたけど、

「いません！」

と、私は否定した。それも強い口調で。

……そんな気構えで、私はずっと生きてきたから。

実家のことは、和壱さんにも長い間、話せなかった。父は酒飲みのギャンブル好きで、暴力を振るうひどい男だった。かっとなると、すぐに母や私を殴っていた。

だから、あの頃のわが家は、いつも生活に困っていた。父はろくに仕事もせず、〈町の発明家〉を自称しており、粗大ゴミを拾ってきて、ポンコツで、役に立たない道具ばかり作っていた。

母は私が中学生になった時に病死した。風邪をこじらせ肺炎になったのだが、病院へかかるお金がなかったからだ。

生活費がなかったので、私はアルバイトを掛け持ちし、雀の涙ほどのお金を稼いできた。だが、父はそれを取り上げ、ギャンブルに使ってしまった。そして、金をすっては酒を飲み、また私に当たるのだった。

そんな父が二年後に再婚した。私より一つ下の娘がいる女とだった。そのせいで、私の境遇はもっと悲惨になった。継母と義妹からも、私は虐待された。

それで、私は十六歳になると家を飛び出した。それからはいつも、「家族はいない。独りぼっち」と、人に話してきた。

私は新宿や渋谷へ行き、夜の町で何とか生きのびた。体を売ることだけはしなかったが、それ以外は自慢できないようなこともしている。

幸い私は、とても親切なご夫婦——食堂の経営者——に拾われた。二人ともかなりご高齢で、店員として私を雇い、住まいも与えてくれた。それなのに結局、私はチンピラに引っかかり、子供ができて、ご夫婦にいろいろと迷惑をかけてしまった……。

和壱さんと暮らすようになった日の夜、私は思い切って自分の身の上を告白した。和壱さんは驚いたけれど、すべてを含めて、私と茉奈を受けとめると約束してくれた。

問題は、和壱さんの家族に、私と茉奈、それから、私の過去をどう伝えるかだった。入籍し、〈梅屋敷〉で暮らすとなると、事実は隠せない。

あんな父とは縁を切ったが、正式に家族となる人たちには嘘をつけない。

「何もかも正直に言おう。それでも〈梅屋敷〉の人間が君を受け入れてくれなかったら、僕は今度こそ、あの家と絶縁する。東京へ戻って、新しい仕事を探すよ」

と、和壱さんは提案してくれた。

ただ、その和壱さんも、自分の家族の話になると歯切れが悪かった。

「家出同然で村を後にしたから、母たちとはちょっと折り合いが悪くてね――」

和壱さんは、それ以上詳しく話そうとしなかった。

私が、入籍について相談すると、和壱さんは少し考えてから、

「〈梅屋敷〉に戻るなら、家の人たちの意見も聞かないと。茉奈ちゃんのことがあるからね。僕は戸籍上、養女にしてもいいと思っている。というより、積極的にそうしたい。

ただ、田舎の旧家だから、面倒な仕来りとか慣習が多いんだ。その点では、息苦しいことがあるかもしれない。大変だろうけど、よろしく頼むよ――」

と、最後は頭を下げてきた。

和壱さんは、普段は優しくて、私の意見もよく聞いてくれた。けれど、自分の考えを曲げずに、押し通すような心の強さも持っていた。

私は、自分の実家に比べたら、どこで暮らしても天国だろうと考えていたけど……それは甘かった。

梅雨の頃、和壱さんは一度、一人で〈梅屋敷〉に向かった。数日して戻ると、

「何とか、僕らのことを認めてもらったよ――」

と報告する顔は、相当疲れていた。かなりの反対や叱責《しっせき》に遭ったらしいと解る。

そして、初めてこの屋敷を訪れた時、難しい顔をしたお義母様が出してきたのが、興信所の調査報告書だった。もちろん、私に関するもので、こちらの素性などはとっくに把握されていたのである。

「寿太郎の提案でね。大学時代の友人が東京で興信所をやっているから、身元調査を依頼したら、と言われたのよ。それで、昨年の秋、あなたたちが同棲を始めてから、すぐに調べさせてもらいましたよ」

驚くしかなかった。何ヵ月も前から私たちのことを知られていたなんて。

「あなたのお父さんはずいぶんお年だし、アルコールを飲み過ぎたのね。生活保護を受けている上に、肝硬変で臥せっているそうよ。妹さん夫婦が看病しているけれど、重篤で、お金が足りずに非常に困っている状況らしいわ。

ただ、お父さんの発明品の一つが、大手企業から興味を持たれているみたい。使用料が入って楽になるはずだと、妹さん夫婦は期待しているようよ」

私は恥ずかしさで居たたまれなくなった。父のちゃちな発明品がものになるはずがない。もしかして、父や義妹夫婦が関守家に金の無心をしたのではないか……。

「お義母様。お調べになったのなら、もうお解りでしょう。私は、父たちとは完全に縁を切っております。それに、義妹というのは父が再婚した女性の連れ子で、血の繋がりはまったくありません。

私と死んだ母は、父からの暴力に怯えながら暮らしていました。継母と義妹からも、私は常に虐められていました。ですから、私はあの家を飛び出したんです。

私の家族は、娘の茉奈と和壱さんだけです。新小岩に住むあの人たちとは、もう絶対にかかわることはありません。心配なさらないでください」

あの時、私はそうはっきりと主張したんだった……。

3

「――実はですね、綾子さん」

迫島さんの声が、私を物思いから現実に引き戻す。

「和壱君の死について、村の人からいろいろ聞いたんですよ。どれも断片的で、はっきりしたものではなかったんですけど……」

迫島さんは茉奈に聞こえないよう、小声になると、私に顔を近づけた。

私はぎくりとして、彼の顔を見返した。

「和壱君は、遊技室で拳銃自殺したわけですよね。でも、それはおかしいと言う人がいたんですよ。彼の急死は、できすぎている、と」

迫島さんの眉間に、ちょっとしわが寄った。

「できすぎ？」

「タイミングという意味だと思います。和壱君は、あなたと茉奈ちゃんを連れて、家を継ぐために久しぶりに実家へ戻ってきたばかりだった。関守家は村の実力者であり、伝統ある旧家であり、村の主産業を担う会社を経営し、広く梅園や土地、山なんかを所有している。

となると、普通に考えれば、財産が相当ある家、ということになります。だから、そこの跡取りが突然亡くなったとなれば、遺産相続や跡目争いとか、お金や権利絡みで、いろいろ邪推する人がいるでしょう」

冷や水を浴びせられたように、背筋がぞっとする。

「それは……〈梅屋敷〉の財産目当てに、私が和壱さんを殺した、とでも？」

「残念ながら、そうです。そんな説もありました」

「馬鹿馬鹿しい。まだ入籍前ですから、私には相続する権利なんてないでしょう。それに、和壱さんが〈梅屋敷〉の財産を引き継ぐのは、ずっと先のことです」

胸の奥がもやもやする。今まで村人から向けられていた視線には、そんな悪意や疑惑がこもっていたのか……。

「迫島さん。あなたは聞いたことを本気になさったんですか」

私はつい睨んでしまったけど、迫島さんは明るい表情で首を横に振った。

「もちろん、真に受けたりはしませんよ。ただ、こうした田舎の旧家だと、跡取り問題が絡んで、和壱君の死を願う人がいたのかもと想像したことは事実です。〈梅屋敷〉の人間じゃなくとも、利権が絡む村の誰かとか……。

あ、いいえ。不謹慎な考え方でした。ごめんなさい」

彼が小さく頭を下げたのと同時に、

「――あっ、リスだ！」

と、茉奈が無邪気な声を上げた。

道を横切り、茶灰色の小動物が素早く右手の広葉樹の方へ走る。そのまま幹を駆け上がって、太い枝の上で止まった。

「あら、本当。可愛いわね」

と、私は頷いたけれど、茉奈はリスにすっかり気を取られている。

この村にいると、リスの他、キツネやタヌキなど、たくさんの野生動物を見かける。

「——綾子さん」

と、後ろから迫島さんに呼ばれた。

振りかえった私の目を、彼は真っ直ぐに覗きこんだ。

「一つ、教えてください。あなたは妊娠されていますよね？」

第6章 屋敷の跡取り

1

「――何か、手伝いましょうか」

台所に入ってきた迫島さんが、無邪気に声を掛けてきた。

私は流し台の蛇口をひねり、後ろを向くと、きっぱり首を振った。

「いいえ。もう洗い物は終わりましたから。それに、お客様に手伝っていただいたら怒られます」

「誰に、怒られるんです？」

返事などできない。

「大丈夫ですよ。久寿子さんは洋間でテレビを観ていますし、奈津さんと竹見おばさんは奥の部屋に戻られました。茉奈ちゃんはもう布団の中でしょう？

東真さんはまだ外出中ですし、寿太郎さんのベルも鳴っていない。あの人は、早めに寝る習慣なんですね」

「そうです」

「綾子さん。午後の話、続けてもらえませんか。あなたの妊娠のこと、それから、あなたがこの家にいる理由を、教えてもらえないでしょうか」

迫島さんに遠慮はないようだ。他人のプライバシーにどんどん入りこんでくる。

「どうして、私の体調に気づいたんですか」

手拭いで濡れた手を拭きながら、私は尋ねた。

「お夕飯の時、あまり食べていなかったでしょう。白いご飯は特に避けていて、果物くらいしか口にしていなかったようなので、もしかしたらつわりなのかと思って。

それと、無意識でしょうけど、時々、お腹に手を当てる仕草をしています。それで、妊娠されているようだと推測したわけです」

「はい……今、妊娠四ヵ月で、和壱さんの子供です。それが、私がここにいる理由です。お葬式の後に、私の今後をどうするか、この屋敷の皆さんが話し合ったのです」

「家族会議で決まったんですか」

「意見は様々でしたが、結局、お義父様と叔父様の主張が通りました。

私と和壱さんは、入籍はまだでしたけど、実質的には結婚していました。しかも、私のお腹には和壱さんの子供がいます。将来、この屋敷の跡取りになる資格を持っています。なので、その子供の母親の私は、当然、この家にいてもらわなければ困る、という話でした」

「つまり、子育て要員としてですね」

身も蓋もない言い方だが、それが事実だ。

「お義母様からは、少なくとも四十九日まではいなさいと命じられました。今出ていったら、世間体も悪いからと。去るにしろ、その時に結論を出しなさいと。

でも、私には身寄りもないし、仕事も家もありません。実際、小さい子供と赤ん坊を抱えて、ここを出ていくなんて……」

ため息しか出てこない。

私は、籠の中の鳥なのだ。

思い返すまでもなく、あの時、お義母様は、お腹の子供の父親が和壱さんかどうかを疑っていた。でも、寿太郎叔父様が皮肉な笑みを浮かべながら、

「——姉さん。興信所の調査を信じて大丈夫だ。この人に、他の男がいた形跡はない。

それに、どうせ赤ん坊が生まれてくれれば、はっきり解ることだ。〈梅屋敷〉の人間はみんな、顔にはっきりした特徴があるからな」

と、指摘していた。

確かに、この家の血筋の者は福耳であり、頬骨も少し目立つという特徴がある。それで、お義母様も仕方なく納得したのだった……。

迫島さんは、何か考えるように目を細めながら、重ねて尋ねた。

「入籍が遅れていた理由は、何かあるんですか」

「こちらに来る少し前に、私の妊娠が解ったので……それで、つわりが終わったら、簡単な式と入籍を、ということになっていたんです。

なのに、まさか……あんなことに……」

和壱さんのことを思うと、どうしても、目頭が熱くなってしまう。

「それから――」

迫島さんは質問を続けようとしたが、

「これ以上、お話しすることはありません……どうぞ、離れの方でお休みください」

と、私は会話を打ちきり、小さくお辞儀した。

2

迫島さんがいなくなると、私は背筋を伸ばし、他に片付ける物がないか確認した。

この台所は、昔は竈《かまど》が据え付けられていたという。かなり広くて、土間もある。勝手口から外に出ると、土蔵が二つあり、その一つに自前の味噌や梅干し、お新香なども貯蔵してある。

弱めの蛍光灯の光が、板張りの壁や床に鈍い光を落としている。旧式のガス台や市松模様のタイルの流し、子供には手の届かない高さにある蛇口、大型のがっしりとした食器棚などに、生活の刻《とき》が刻みこまれている。

「結婚式が終わったら、ここは奇麗に改装するわ」

と、お義母様は話していたけど、その約束はとてもかなえられそうにない。

……やはり、和壱さんの死は……不幸は……私のせいだったのだろうか。

年上で子持ちの女が、大事な一人息子の嫁だなんて……印象がいいわけもない。その上、入籍前に妊娠するだなんて……。

東京を出た時から心配だったが、予想どおり、お祖母様やお義母様からは、冷ややかな視線を浴びた。

お義父様だけが、優しい笑みをくださったけれど……。

そして、珍しく母屋の座敷まで出てきたという叔父様から、お祝いとして和壱さんにはアンティークの懐中時計を、私にはマイセンのコーヒー・カップをいただいた。それがまた、弟と仲が悪いお義母様の機嫌を損ねる原因になったようだった……。

でも、叔父様の愛想が良かったのはあの時だけだった。あれからは、ことあるごとに文句を付けられるばかり……。

和壱さんと私、茉奈の三人が、〈梅屋敷〉の座敷で初めて並んで座った時の居心地の悪さ。正座して頭を下げた途端、お祖母様から最初に言われたのは、

「和壱。その人をこの屋敷に嫁として迎えるのなら、入籍前に、名前を変えてもらわんとな。お前も知っておろう。この村にはアヤを入れてはならんのじゃ——」

という、私にはよく解らない条件だった。

その夜、和壱さんは初めて、この村に伝わる伝説について話してくれた。アヤという名前の女に関する不吉な言い伝え。禍を祓《はら》うため、これまでも、何人もの者が名前を変えてきたという——。

和壱さんが同居の許しを得るために帰郷した際、お義母様は、他に嫁に迎えたい女性がいると言って、かなり強く、私たちの結婚に反対したらしい。私が年上で、連れ子がいること、また、名前に〈アヤ〉の二文字が含まれているのも心証が悪かった理由だ。

昔ながらの旧家としては、無理もない。私が和壱さんを財産目当てで丸めこんだ、と思っていた節もある……。

和壱さんはあらためて、自分が過去に犯したわがままを皆に謝罪した。その結果、〈梅屋敷〉での同居

と、実家が経営する会社への就職が決まった。私を嫁とすることも、渋々ながら認められた。

だが、村人たちの反応は冷たいものだった。

「和壱坊ちゃん、嫁さん連れてきただろう？　綾子だって？　あの恐ろしいアヤと同じじゃないか――」

「〈梅屋敷〉のモンが、アヤと知って、嫁に迎えるわけがねえさ。式も挙げとらんし、何か隠したいことがあるんじゃろう、きっとな」

そんな悪口が流れていることを、麻里子さんがわざわざ教えてくれた。

彼らが信じている〈アヤの呪い〉。この村に祟りをもたらすというアヤ。忌まわしい伝説。村人たちからすれば、私の存在自体が禍であり……。

今になってみると、言い伝えをもっと真剣に受けとめていたら……この村に、私が来なければ……。

そうすれば、和壱さんは死なずにすんだのかも……。

3

電気を消して、台所を出た。もう夜十時を過ぎている。

少し肌寒さを感じて、羽織る物を取りに自室へ行くと、茉奈は布団の中で静かに寝息を立てていた。

カーディガンを手にした私は、そっと母屋へ戻った。洋間に行き、革製の大きなソファーのまん中に腰を下ろす。ふかふかで体が沈む感触に、のんびりと癒やされる。

ここは、上部がアーチ状になった出窓が大きく取ってあり、天井にはシャンデリアのクリスタルが煌《きら》めく。壁紙は金唐革紙《きんからかわし》が貼られていて、とても豪華な雰囲気だ。奥の角には湾曲したカウンター・バーまであり、棚には様々な洋酒の瓶が並ぶ。

母屋が建てられたのは昭和の初期だそうだ。当時の来客はこの洋室を見てずいぶん驚いただろうし、〈梅屋敷〉にすれば、権勢を示す象徴の一つだったに違いない。

この屋敷では、お義父様を除いてみんなが早寝だ。だから時々、こっそりと、夜に一人でくつろいでいる。古いけれど立派なステレオ・セットがあるので、小さな音量で音楽を流した。これは学生の頃に、和壱さんが祖父にねだって買ってもらったものらしい。

こんな山中の田舎だと、都会とは違ってかなり涼しい。お盆を過ぎると秋風が吹くなんて、ここに来て初めて知った。この時期にはもう、夜になると寒いくらいだ。

目を閉じて、音楽に耳を傾けているうちに、うとうとしていた。ドアが開く金属音ではっとし、頭を上げると、

「あれ、綾子さんでしたか。何をしているんですか」

穏やかな声と一緒に、迫島さんが三脚と一眼レフ・カメラを手にして入ってきた。

「迫島さんこそ、いったいどうされたんですか」

私が少し咎《とが》めるように言うと、彼はカメラを少し持ち上げた。

「いや、音楽が聞こえてきたので、誰がいるんだろうと思って、覗いてみたんです。

実は、夜空が奇麗なので、外で月や星を撮影していたんです。空気が澄んでいるし、まわりが暗いから、驚くほどよく星が見えますね」

迫島さんはドアを閉めると、肘掛け付きのソファーに腰を下ろした。

「星を撮影なさるのなら、碧龍寺《へきりゆうじ》の境内の端がいいと思います。村一番の高台で、周囲がよく見渡せま

す。明かりもなくて真っ暗ですし、星を見るにはぴったりなんです」

その場所に、私は和壱さんに連れて行ってもらった。降るような満天の星や、天の河を直にこの目で見たのは、あれが初めてだった……。

「あ、そうですか。確か、明後日には流星群が来るはずなので、そこから撮影しようかな」

「明日は、お寺に移られるんですよね?」

「そうです。向こうでしばらくお世話になります。万事好都合ですね」

迫島さんは、子供のように喜んでいる。

「あの、何かお飲みになりますか」

そう訊きながら、私は中腰になった。

「いえ、おかまいなく。それより、二、三、知りたいことがあるんですけど」

またか。仕方なく腰を下ろす。

「綾子さん。気を悪くされると困るんですが、奈津さんや久寿子さんたちは、あなたのことをあまりよく思っていない、というか辛く当たっている感じがします。どうしてでしょう?」

直球の問いに、つい声が詰まった。話したくないけど話した方がいいのか……。

「大丈夫、誰にも言いません。和壱君の友人として、あなたの力になりたいんです」

親身な迫島さんの口調に、私の気持ちが少し和《やわ》らぐ。

「それは……お義母様たちには、〈梅屋敷〉の将来について、あるお考えがあったんです。和壱さんを東京から呼び戻して、会社の重要な取り引き相手の娘さんと結婚させ、跡取り問題を解決する、という計画でした。

そうなれば、会社の販路が拡大し、ますます経営が上向く予定でした。それで、何度も、和壱さんに家に戻るよう命じていたんです」

「つまり、政略結婚を画策していたんですね」

「そう……場合によっては、和壱さんの相手は、あの麻里子さんでも、とお考えだったようです」

「え、麻里子さんですか。なるほど」

迫島さんは腕組みすると、なにか考えこむような顔で顎を触った。

「分家には男がいないので、麻里子さんと和壱さんの結婚は都合が良かったはずです」

何にしろ、和壱さんの急死に、〈梅屋敷〉の人たちは激しいショックを受けた。

お義父様はひたすら悲しみに暮れている感じで、お祖母様やお義母様は、何故か愚痴のようなことを、身内の方たちに何度も語っていた。突然、可愛い孫や息子を喪《うしな》って動揺している、というのとは違った様子が垣間見えた。

「〈梅屋敷〉の跡取りともあろうものが、みっともない死に方をしおって……」

柩を節くれ立った手で叩き、お祖母様は口を尖らせて嘆いた。肩をがっくり落とした姿は、いつも以上に小さく感じられた。

それに、お葬式の席では、分家の当主で、あの麻里子さんの父親が、

「やはり、〈アヤの呪い〉かもな。〈アヤの池〉を潰そうなんて罰当たりなことを計画したから、祟られたんだ。こんなことになっちまって……」

と、無気味なことを言っていた。

一種異様な雰囲気のお通夜であり、奇妙な緊張感に包まれたお葬式だった。

喪主はお祖母様。入籍していない私は関守家の一員ではなく、遠縁の一人として扱われた。家族葬としたので参列者は少なかったけど、普通に故人を偲《しの》ぶという様子とは違っていた。何となく、互いに腹の探り合いをしているような雰囲気があった。

私は、和壱さんを喪った悲しみに押し潰されながら、手伝いに集中しようとした。実際、裏方の準備を任された竹見おばさんに、さんざん働かされたけど、そのお陰で余計なことを考えずにすんだ。気持ちの上では助かった。

「――綾子さんは、和壱君が自殺したと、本当に思っていますか」

そう問い掛ける迫島さんの声に、私は寒けを覚えた。

第7章　遊技室の確認

1

「和壱さんが、私たちを残して自殺するなんて、絶対にありません。でも、あの遊技室には他に誰もいなかったので、皆さんが、自殺だと……」

どうしても声が震えてしまう。

「緊急通報をしたのは誰でした？」

「あれは……役場の助役、杉下《すぎした》さんでした。母屋の電話で、診療所の三宅先生と、駐在の田山さんを呼びました。私は気絶してしまったので、後から聞いた話ですけど、お二人はすぐに駆けつけてくださったそうです。

でも、和壱さんはもう……即死で、三宅先生には手の施しようがなかった、と。お二人は、遺体の状態や、落ちていた拳銃、遊技室の中をざっと調べて、その時に暖炉の上に、和壱さんの遺書らしきものを見つけたんです。気づいたのは駐在さんでした。

それから、駐在さんは、屋敷の全員に話を訊きました。その結果、遊技室に残っていたのは和壱さんだけで、そこは密室状態でしたから、自殺ということに……。

ただ、変死扱いになるので、次の日に、町の警察署からも刑事さんが来て、念のためいろいろな確認をしていました」

「拳銃は今、どこに？」

「遺書などと一緒に、刑事さんのところにあると思いますけど。あれはもともと、寿太郎叔父様が管理していたものなので、詳しいことはあの方に訊いてください」

「使われた拳銃の種類は、解りますか」

「確か……モーゼル銃だと聞きました。いつもは、陳列廊下の陳列棚に飾ってあったようです。戦争中に軍人さんが使っていた銃だとか」

「和壱君がそれを持っているのを、あなたは見たことがありますか」

「いいえ」

「事件発生時、奈津さん、久寿子さん、東真さん、竹見おばさんは、どちらに？」

「お義父様以外は、全員が屋敷内にいて、三人とも、もう自室に戻っていました。お義父様はいつものように、お酒を飲みに出掛けていたんです。村にあるスナックで、郵便局長の大林さんなどと一緒にいたそうです」

「ならば、東真さんが外出していたのは確かですね」

「でも、それで、お義父様はご自分を責めていて……。家にいたら、息子の死をもしかして防げたんじゃないかと、今でも悔やんでらっしゃるんです。

事件の後、お義父様の酒量が増えてしまったと、お義母様も心配していて……」

何とか説明した私に、迫島さんは言いにくそうに頼んだ。

「差し支えなければ、陳列廊下と遊技室を、僕に見せてくれませんか」

私は、息が詰まるような気がした。

すぐに返事ができない私に、

「何なら、陳列廊下の入口まで案内してくれたら、僕だけが中に入りますが」

と、カメラマンは提案した。

2

私は深呼吸すると、思い切って、迫島さんを陳列廊下へ案内した。近づくにつれ、胸の中で、怖れが膨れ上がっていく。

離れに続く渡り廊下へ入り、右へ折れる。少し行った所の左手に、陳列廊下へのドアがある。私はいったんそこで立ち止まった。通りすぎた先が北の離れだ。

「ここです……」

私がドアノブに触れないのを見て、

「あ、では、僕が一人で見てきます。戻っていてくださってけっこうですよ」

と、迫島さんは優しい声で言い、ドアを開けた。

「いいえ、大丈夫です」

私の声は強張ったけれど、何故か、逃げてはいけない気がした。

私は、柱に付いているスイッチを押した。廊下の天井からぶら下がる四つの電灯が点く。ただ、あまり明るくない。

「おお、すごい！」

陳列廊下に足を踏み入れ、迫島さんは感嘆の声を上げた。

途中にある窓を挟んで、ガラス扉の付いた陳列棚が並び、珍しい鉱石を中心にいろいろなものが展示されている。遊技室に近い所には軍服などが飾ってあり、そこに、和壱さんの命を奪ったモーゼル銃も置かれていたのだ。

「――ここに拳銃があったんですね。扉は、鍵がなくて掛け金だけか。これなら誰でも中のものを取り出せるな……」

と、迫島さんは熱心に観察している。それから、陳列廊下のあちこちを撮影した後、入口の近くに立ったままの私の方を向き、遠慮がちに、

「ちょっと手伝ってくれますか。この廊下の寸法を測りたいので――」

と頼んで、カメラを床に置いた。

彼は、チョッキのポケットから巻き尺を取り出すと、端を私につかませ、廊下の長さを測りだした。メモに平面図を書いて、数値を記入していく。

左右の陳列棚の間は約二メートル。陳列棚の奥行きは約六十センチ。廊下は約十メートル、そのまん中辺の左右にある窓の所は、棚の奥行き分が窪んだ形になっていて、幅は約百六十センチ。

迫島さんは、特に窓のあたりを気にしている。カーテンはないけど、遊技室の窓と同じように、ガラス戸の外に間隔の狭い面格子があるから、鍵が掛かっていなくても、人が出入りすることはできない。

「綾子さん。事件の時、ここは施錠されていたんですよね？」

窓のクレセント錠を指さし、迫島さんは尋ねた。

「そのはずです」

「失礼。後で駐在さんに訊いてみます。この廊下には、人が隠れられる場所はありませんね――じゃあ、遊技室に入ります。あの、無理しないで廊下にいてください」

迫島さんは、カメラを拾いながら言った。

私は目を閉じて、深呼吸した。それから、大丈夫です、と掠れた声で答えた。

迫島さんが、遊技室のドアを開ける。私が電灯のスイッチの場所を伝えると、すぐに部屋は明るくなった。ここの電灯は、それほど豪華ではないけれどシャンデリアになっている。

迫島さんに続いて、私は拳を握りしめ、ゆっくり中へ入った。

室内はがらんとしている。血が付着したテーブルや椅子、カーペット、北側のカーテンなどは、すべて処分したからだ。

でも、私の目には、あの夜と同じ光景が見えた。

テーブルの左側に、和壱さんは両手を前に出して、俯せに倒れていた。頭は血塗《ちまみ》れで、右手の近くに黒い拳銃が落ちていて……。

迫島さんは、部屋全体から細かい部分まで、写真に撮り始めた。陳列廊下では気にならなかったのに、今はフラッシュが焚かれる度に、胸が締めつけられて苦しい。

「それじゃ、また、寸法を測るのを手伝ってもらえますか」

迫島さんはそう言い、私に巻き尺の端を持たせた。そして、計測しながらメモを取り、ブツブツと呟き続けた。

「部屋の入口は東側にある。内開きの両扉だが、南側は上下をボルトで固定されていた。廊下側から見れば、外開きになる。

奥の——西側の——壁には暖炉がある。レンガ造りだけど、FFファンヒーターが中に組み込まれているタイプで、煙突はない。

南側と北側の壁の中央には、引き違いの窓。腰窓で、床から九十センチの所が窓の下端だ。

窓の左右には、造り付けの陳列棚がある。その奥行き分だけ、そこは窪んでいる。

窓の前には、やや厚手の二枚のカーテンが掛かっている。遮光性か、紺色のドレープカーテンだ。ただし、下には五センチほどの隙間がある。この後ろに誰かが隠れていても、テーブルに座る者からは、足先が見えるはずだ」

そう言いながら、迫島さんは、南側のカーテンを両手で左右に開いた。

「綾子さん。あの夜、カーテンは閉められた状態だったんですよね。どちらの窓も？」

「はい。この辺では八月下旬でも、夜はかなり冷えるので。お盆が過ぎるともう秋なんです」

「窓のクレセント錠も、施錠されていたんですよね」

「と、聞いています」

迫島さんは、縦桟のまん中にある半月状の回転フックを何度か動かした。それから、窓のガラス戸と網戸の片側——向かって右側の部分——を左へ動かして開けた。廊下の窓と同じように、ここにも面格子が外側にある。

「格子の幅は約三センチ、格子と格子の間も約三センチか。これでは、人間は窓から出入りできない。モーゼル銃は通るかな。確認が必要だ……」

カメラマンは考えこむように言った。

私は、彼に問われないうちに説明した。

「部屋のまん中に、木製のテーブルと背もたれ付きの椅子が四つ、ありました。その他に、椅子を四つ、他の部屋から持ってきてました。

和壱さんが倒れていたのは、テーブルの南側の……そのあたり……」

私は、何とか指さして伝えた。声は掠れてしまった。

「誰が、どこに座っていたのか、入口の方から時計回りで教えてくれませんか」

「……私がドアに一番近くて、次が青田副団長さん。大林さんに、杉下助役さんが一番奥です。それから、和壱さん、寿太郎叔父様です」

「大林さんが南側の窓を背にして、寿太郎さんが北側の窓を背にしていたわけですね」

「そうです」

私の返事に満足したのか、迫島さんは室内をもう一度見まわした。それから、

「……確かに、この部屋では隠れ場所も逃げ場所もない……。ドアを開けて中を覗けば、全体が見まわせるし……。となると、合理的な証拠と状況の観点からすると、和壱君は自殺ということになるか。でも、秘密の抜け穴とか隠し扉とかがあれば……」

と、最後は完全に独り言になっていた。

3

すっかり気持ちが参ってしまい、私は、洋間に戻るとソファーに座りこんだ。一緒に戻ってきた迫島さんは、自分の書いたメモを見直し始める。

「あの、綾子さん――」

と、彼が言いかけた時、ドアが開く音がした。振り向くと、お義父様が立っていた。

「――おや、先客がいましたか」

少し頬を赤らめ、酔っているようなお義父様は、微笑みながら言った。

後ろに連れがいる。消防団副団長の青田さんだった。

「ああ、東真さん、綾子さんとちょっと話をしていたんですよ。これまで、僕が撮影をして来た場所のことなどを――」

と、迫島さんは、カメラを少し掲げて嘘の説明をした。

「どうされたんですか」

私が立ち上がって二人に尋ねると、お義父様は照れたように笑いながら言った。

「いやね、いつもの焼き鳥屋で飲んでいたんだけど、あそこの親父、明日はイワナ釣りをするから早じまいだと言って、私たちを追い出したんですよ。それで、ここで、公平君と飲み直そうと思ったわけです」

「今晩は。夜分に申し訳ない」

青いツナギを着て、体格の良い副団長さんは、角刈りの頭をペコリと下げた。

「あの、東真さん。僕もご一緒してかまいませんか」

カメラマンは目を輝かせながら、そう言った。

「ああ、もちろん。迫島さん、君もいける口？」

「強くはないですが、酒は好きですよ」

「じゃあ、そうしよう――公平君、適当に座ってよ――綾子さん、悪いけど、ここでもう少し飲ませてもらいますよ」

「はい。あのう、何かご用意しましょうか、お義父様？」

私が尋ねると、

「いやいや、何も要りません。お酒もここにたくさんありますからね――」

と答え、お義父様はカウンターの中に入り、グラスと適当な酒瓶を手にした。

しかし、何もしないわけにはいかない。私は台所に行き、氷と水、乾き物などの適当なつまみを用意した。

洋間へ戻ると、すでに三人はグラスを傾けながら、仲良く談笑していた。

4

私は水を飲みながら、ソファーの端に座って、男性たちの話を聞いていた。十代の頃にパブやスナックで働いていたので、酔った人の相手はそう苦ではない。

彼らの最初の話題は、カメラだった。迫島さんのカメラはキヤノン製の最新の一眼レフで、お義父様はかなり興味を持ち、触らせてもらっていた。

「私も昔は、カメラを趣味にしてましてね。現像も自分でやったことがあるくらいです。和壱や村の子供たちのことを、ずいぶん写真に撮ったものです」

お義父様が懐かしそうに言うと、迫島さんは身を乗り出した。

「それは素晴らしいですね。小さい頃の和壱君をぜひ見てみたいです」

「小学校に上がるまで、和壱はちょこまかした子だったんだよ。動きまわるから、写真に撮るのは大変でねえ。

押し入れかどこかに、アルバムが何冊かあったはずだから、後で探してみますよ」

「ぜひ、お願いします」

迫島さんはぺこりと頭を下げた。

アルコールに顔を赤くした副団長さんが、口を挟む。

「そう言えば、東真さんは以前、古いフィルムで映写会をしてくれたことがありましたよね。昔の、この村の祭りの風景なんかを映した奴を」

「ああ、あれは妻の祖父が撮影した十六ミリフィルムですよ。彼は新し物好きでねえ、いろいろな機材を揃えて、この村の行事をずいぶん撮影していたから」

副団長さんは、迫島さんの方を向いて話しだした。

「先々代——奈津ばあちゃんの父親——の道造翁《みちぞうおう》は村の名士でさ、近隣中に知れ渡った名物男だったんだ。生まれながらの金持ちということもあって、多趣味で有名だったのさ。

骨董品を買い集めたり、石の蒐集に凝ったり、自腹を切って演劇や能を招き、村人に見せたりもした。新潟の佐渡島へ渡って、金鉱で金を掘ったり、糸魚川の海岸まで行って、翡翠を拾ったりもしたんだよ」

「じゃあ、寿太郎さんの収集癖も？」

迫島さんは、目を丸くして訊きかえした。

頷いたのは、お義父様だった。

「遺伝ですね。それから、今、私が油絵を描くのに使っている道具の中にも、道造翁が遺したものがあります。彼は、洋画や日本画などにも手を染めていましたから」

「うちのじっちゃんに聞いたら、道造翁はたいそうな変人だったらしいぞ。徳川の隠し財宝を探していたこともあったんだってさ。

それに、晩年はちょっと惚《ぼ》けちゃって、いい匂いのする香水を寝間着に振りかけて、黄色い石を持って外をフラフラしていたとか。若い女を追いかけ回すんで、家族はずいぶん困ったらしいよ」

と、笑いながら、副団長さんは言った。

「それも事実ですね」

お義父様も笑う。

「では、奈津さんのご主人、東真さんの義父にあたる方は、どんな人でしたか」

迫島さんは、グラスを下に置いてから尋ねた。

「義父の壱太郎は、八年前に脳梗塞で亡くなりました。彼は実直かつ謹厳な堅物で、道造翁とは正反対の性格でしたね。真面目極まる生活を送り、唯一の趣味である麻雀以外、自分の経営する会社の繁栄にしか興味がなかったんです。

和壱の実直な性格は、たぶん、壱太郎から受け継いだものでしょう。壱太郎は子煩悩な性格で、和壱のことも大変可愛がってくれました……」

お義父様が目を瞑り、しみじみ言った。それから、新しい酒の封を切り、皆のグラスに注いだ。丸い風船と樽状の中間みたいな変わった形の瓶で、封の上には馬の飾りが付いている。ブラントンのバーボンというものだそうだ。

私はそれぞれのグラスに氷と水を入れ、マドラーで掻き回した。

お義父様は、迫島さんに言った。

「君も、もう聞いているでしょう。この村には昔から、アヤという女についての忌まわしい伝説があるんです。

二の滝の横に〈アヤの池〉があります。普段はなんということもない池ですが、ごくたまに、その水が赤くなるんですよ。するとと、村に禍が起こる——そう云われてきました」

「村人からも聞きました。和壱君が死んだ時も、その池が赤くなったそうですね」

グラスに口を付けながら、迫島さんが確認する。

「ええ、困ったことに、それは事実です……」

お義父様は深く頷き、眉間にしわを寄せた。

私も、あの時のことを思い出した。和壱さんが亡くなった翌日の午前中から大雨になったのだった。晴れたのは二日後の昼過ぎで、ある村人が、

「大変だ！　〈アヤの池〉が赤くなっとるぞ！」

と叫びながら、〈梅屋敷〉の玄関に飛びこんで来た……。

「池の水が赤く変わる理由は解らないんですか。祟りじゃなくて、何か原因があるでしょう。赤潮みたいな現象とか、アメリカザリガニが大発生したとか」

と言うカメラマンに、お義父様は首を横に振った。

「具体的には解りません。ある大学教授が、〈アヤの池〉の水を科学的に調べたいと村役場に申し入れたことがあります。しかし、断固として許可が下りませんでした。神聖な場所であり、祟りがある、という理由ですね。

一応、操川の成分は確認したようですが、水を赤くする原因は見つかりませんでした。だいいち、〈アヤの池〉は湧き水が溜まったもので、台風などで増水した時しか、操川からの流入はありませんから。何にせよ、昔から不幸な事故や何かがあると、村人はひどく怖れ、赤く染まる池や、〈アヤの祟り〉のせいにしてきたんですよ」

副団長さんは口をへの字に曲げ、

「あの池に入るだけで、呪われると信じている人も多いんだ。たいした水深もないのに、何人もの人が溺れ死んでいるから」

と、脅かすように言った。

「〈アヤの祟り〉ですか……。祟りを祓う儀式のようなものはないんですか」

迫島さんがそう尋ねると、お義父様は記憶を探り、儀式について説明した。

「元は戦国時代か、それ以前の話でしてね——昔は、季節毎にアヤに捧げる儀式があったようなんですが、今はもう、年初めに餅、六月に初収穫の梅の実、それから秋祭りの時に米や果物を、池の畔《ほとり》の小さな供養塔に供えるくらいでしょう。お供え物は、しばらくしたら、仕来りに従って〈アヤの池〉に捧げる、つまり沈めるんです」

すると、横から副団長さんが口を開いた。

「――いつだったか、碧龍寺の住職が言っていたなあ。〈アヤの伝説〉は、単なる昔話と切り捨てられない部分もある。この村に深く浸透し、信仰となってしまったと」

それを受けて、お義父様は迫島さんに言った。

「ですから、この村では、〈アヤ〉という音が付く名前は忌み嫌われており、子供には絶対に付けません。アヤコもアヤカもアヤノスケもだめですね。それに、他所から入ってくる人――特に嫁や婿など――の名前にも神経質になります。

実は、最初に綾子さんの名前を聞いた時、お祖母さんたち年寄りは、それを気にしたんです。今時そんな、古臭い、と思うでしょう。でも、年配の方々は、どうしても風習から逃れられないんですよ」

お義父様は私に、すまないねと小さく頭を下げた。

迫島さんは首を傾げ、憤慨したように言った。

「村人だけならともかく、結婚相手の名前までタブー視するなんて」

「ええ。村に引っ越して来た人にも、改名を迫ったことは何度もありましてねえ。時代錯誤もはなはだしいのですが……」

迫島さんは、グラスに口を付けてから尋ねた。

「不躾《ぶしつけ》な質問ですが、和壱君の死が自殺ではない、誰かが殺したと考えたことはおありですか」

お義父様の表情に、深い悲しみが浮かんだ。

「どちらにしても、息子が逝ってしまったことに変わりはありません。その事実を受け入れるしか……。正直な話、誰かを殺人者として疑うのは、私には難しいのです。

ただ、このところ、村の中に不穏な気配が漂っていることは感じます。それに、ちょっと気に掛かる人がいて、今朝、寿太郎君にも相談したのですが、一笑にふされてしまいました。確かにそうです。私の思い過ごしなのでしょう」

「それは誰ですか。何故、気になったんです?」

迫島さんは身を乗り出したけど、お義父様は手を振り、

「いやいや、何でもありません。今のは私の失言です。何でもなかったら、その人に失礼だし、迷惑が掛かりますからね」

と、思慮深く答えた。それから、腕時計を見ると、

「――おや、いけない。ずいぶん遅くなってしまいました。綾子さん、あなたはそろそろ休んでください。体のことを考えると、夜更かしは禁物ですよ」

と、優しい気遣いをみせてくださった。本当にありがたい。

「ああ、片づけはいいですよ。私がしておきますから」

そう言うお義父様のお心遣いに甘えることにして、私は、

「それでは失礼します――」

と、立ち上がり、三人に会釈してから洋間を後にした。

迫島拓の調査記録②

脅迫状の件

和壱君の命が奪われた出来事の数日後、〈梅屋敷〉のポストに、手紙が投げこまれていたそうだ。久寿子さんが保管しているのを見せてもらった。文面は次のとおり。ボールペンが使われ、筆跡を誤魔化すために、金釘流の文字で書かれている。

お前が〈梅屋敷〉に居座るなら、アヤの呪いが降りかかるであろう。アヤの名の付く女は不吉だ。この村から出ていけ。さもないと、不幸や禍が待っているだけだ。

この手紙を発見したのは、竹見おばさん（奈津さんの介護人）だ。明らかに、綾子さんを対象とした脅迫状だった。

和壱君が綾子さんを連れて〈梅屋敷〉に帰ってから、〈藤屋敷〉派の人間による批判や悪口、嫌がらせが絶えないという。特に、〈赤婆〉と呼ばれるお婆さんが狂信的なほど、〈アヤの呪い〉にかこつけて、綾子さんを罵倒し続けている。

だから、この脅迫状も、〈赤婆〉か、彼女の周辺にいる人間が書いたのではないかと、久寿子さんは推測している。

僕が彼女に、警察に見せたのかと尋ねると、

「駐在の田山なんかに何が解るものですか」

と、けんもほろろ。田山浩一郎という中年の駐在は〈藤屋敷〉派なので、まったく信用していないらしい（和壱君の死を、ろくに調べもせずに、端から自殺として扱っていたのも彼だ）。

そのような訳で、この脅迫状を書いた者の正体は、まだ判明していない。

密室の謎

遊技室で起きた密室殺人事件（調べれば調べるほど、あれは他殺だとの確信が深まっていく）の謎は、まだ解けずにいる。誰が、何故、どういう方法で、和壱君を密室の中で銃殺したのだろう。

（以下は、〈図1〉、〈図2〉、〈図3〉を参照）

陳列廊下と遊技室

陳列廊下は東西に延びていて、長さは約十メートル。そのまん中あたりの、南側と北側の壁に窓があり、事件当日は鍵（クレセント錠）が掛かっていた。外側には網戸があり、面格子も取り付けられている。この構造は遊技室の窓と同じだ。

陳列棚は、窓を挟む形で、左右の壁全体に設置されている。造り付けに近いがっしりした物で、前面に

透明なガラス戸がはまっている。中には様々な品物——鉱物、宝石、化石、陶器、磁器、軍服、農具、民具など——が飾られている。

もちろん、廊下にも陳列棚にも、人が隠れるような場所や、秘密の抜け穴のようなものはない。窓には鍵が掛かっていたそうで、窓の外には面格子があるから、たとえ鍵が外れていたとしても、人の出入りは不可能だ。

遊技室に入るドアは両開きで、廊下側から見て左側（南側）は、上下をボルトで常に固定されている。渡り廊下から陳列廊下に入るドアは、一般的な片開きのもの。

銃声が鳴り響いた時、室内には和壱君しかおらず、閉まったドアの外には——陳列廊下には——青田副団長が立っていた。その先、渡り廊下へ出た所には、綾子さんたち三人もいたのである。

つまり、二重、三重の、堅固な密室が殺人現場（現時点では、自殺現場）だったわけだ。

したがって、普通に考えれば、犯人が和壱君を撃ち殺し、遊技室のドアから陳列廊下に出て、さらに渡り廊下へ脱出することは不可能である。

綾子さんたち全員が嘘を吐いていたのならともかく、そうでないのなら、犯人は遊技室の中で、煙のようにかき消えてしまったとしか思えない。まさに魔術だ。

遊技室の外

遊技室は母屋の西側にあるが、建物の外側がどうなっているかも、庭に出て確認してみた。結論から言うと、特に怪しい点はなかった。

遊技室は、西の離れと北の離れの間にあり、母屋から北の離れに行く渡り廊下の途中から、西側へ突き出たような形をしている。

遊技室の二つの窓は、外の地面からだと、下端が、一メートル八十センチほどの高さにある。よって、窓から中を覗いたり、窓から何かの細工をしたりするには、踏み台などがないと無理だ。

ガラス窓と網戸は、引き違い戸になっている。その外側に、縦格子の幅が狭い面格子も取り付けられている（陳列廊下の窓も同じ構造で、白く塗られたアルミ製だ）。

念のため、僕は、庭仕事担当の米沢のおじさんに頼み、裏手にある資材置き場の扉を開けてもらい、小さな脚立を借りてきた。それに登って、それぞれの窓の格子をつかんで揺さぶってみたけど、がたつきなどはいっさいなかった。

また、格子の間に手を差し入れてみた。何とか指は入り、網戸に触ることができたが、掌は親指の付け根あたりでつっかえてしまった。格子と格子の間が狭すぎる。

当然、拳銃を通すほどの幅もない。したがって、犯人が拳銃を室内に持ちこむとしたら、自分の身に着けて、陳列廊下側のドアから入るしかない。

手を縦にして差しこんだ時、小指と手首の間――小指球の側面が、ざらざらしたものに触った。格子と格子の間の下の部分、水平な所に、山吹色で、毛羽だった、変なものがこびり付いていた。

米沢のおじさんに、それが何かと訊いたら、

「マイマイガの卵だ」

という答えだった。

「軒下《のき》を見てみな。小判型で、まん中が盛りあがった卵塊が、いくつかくっ付いているだろう。七月頃に産み付けて、翌年の四月頃に、あそこから気持ちの悪い、小さな毛虫がぞろぞろ出てくるんだ。

マイマイガはこの辺じゃあ、十年に一度、大発生するから、見つけたら、ヘラやドライバーの先などで削ぎ落とすことにしている。

あんたが触ったのも、うちの若い衆の誰かが、取りのぞこうとした奴の残りだろう。一応、後で手を洗っておきな」

と、説明と注意を受けた。確かに、気持ちが悪い。東京ではまったく見ないものだ。


銃弾が発射された時、拳銃の銃口は、和壱君のこめかみに押しつけられていたと証拠は示している（射入口のまわりの皮膚は、焼け焦げていた）。となると、やはり犯人は室内にいたとしか思えないが……。

引き違い窓は、片側のガラス戸の大きさが約六十三センチ×一一六センチだ。クレセント錠は、縦桟のほぼ中心に付いている。

久寿子さんの話によれば、元は木製の両開き窓だったが、長年の劣化によって傷みがひどくなり、五年前にアルミサッシの窓に替えたそうだ。遊技室への渡り廊下を陳列廊下に改造し、遊技室の壁にも陳列戸棚を設置した際、窓も取り替えたのだった。

それらはすべて、展示物を守るための、寿太郎氏による希望と指示だったらしい。

窓の下の地面は非常に固く、雨だれ対策で砂利も撒いてある。よって、ここには足跡などは付かない。

それに、翌日の午前中から二日間、大雨が降ったというから、犯人が密室工作に窓を使ったとしても、痕跡はすべて雨に打ち消されてしまったに違いない。

そもそも、和壱君は自殺したと決めつけられていて、事件扱いをされていなかった。だから、駐在さんも町の警察も、ろくに調べもしなかったと思われる。

――まったく不可解だ。いったい犯人はどこから現われ、どこに消えたのだろうか。

ちなみに、資材置き場の扉に新しい南京錠を掛けたのはいつだったかと、米沢のおじさんに訊いたら、和壱君の事件があった後、深夜近くのことだという返事だった。

事件の通報を聞き、駆けつけた駐在さんが、室内を調べている間に、消防団の青田副団長と一緒に庭へ出て、念のため、敷地内に不審者や何か怪しいことがないか、確認したのだという。その時に、資材置き場に南京錠を掛けたという話だった。

銃弾の発見

銃弾は、和壱君の右のこめかみから入り、左の側頭葉（頭蓋骨の内側）から抜けて、テーブルの北側の床に落ちていた（三宅先生よりの情報）。

薬莢は、南側の窓の横にある展示棚の足下に転がっていた。

銃弾は、7・63×25ミリマウザー弾に間違いなく、和壱君の側に落ちていたモーゼル銃（モ式大型拳銃）と口径が一致した。

幕間

1

……いつものように校庭を見渡すと、夕焼けに染まる空の下で、子供たちが元気に走りまわっているのが見える。私の姿に気づくと、何人かが「校長せんせーい」と叫びながら手を振ってくれるので、つい笑みが漏れ、こちらも手を振りかえす。

……だが、そんな姿が見られるのも、あと一年だ。来年には、とうとう、私の代でこの学校が終わる。

私の定年に合わせたように、この村唯一の小学校は廃校になり、隣町の小学校に併合されるのだ。学校の歴史資料や歴代の卒業アルバムなどは、合併先の図書室に置いてもらえるから、暇がある時に少しずつ整理して、段ボールに詰めている。

作業を進めながら、時折手を休め、子供たちの写真に見入ったりすることも多い。そして、自分の小学校時代を思い出すのだ。昨年亡くなった母のことも……。

……あれは確か、小学校高学年の頃だったか。母親の古い友人が家に遊びに来た時、母のことを〈アヤっち〉と呼び、気づいた私が「あれ、誰のことだろう?」と、首を傾げると、二人はぎくりとして、気まずそうに目を見交わした。

その様子がひどく不自然だったので、私もそれ以上は何も言わなかった。

その夜、寝る前に、私は母に、あらためてそのことを訊いてみた。

すると、母はためらった後に、事情を教えてくれた。

私が〈葉子《ようこ》〉だと思っていた母の昔の名は、〈絢実《あやみ》〉だった。それが、生まれた時に付けられた名前であった。

けれど、結婚してこの村に住むことになった時に、〈葉子〉に改名したのだという。

「占い師に、名前の画数が悪いって言われてね」

母は、困ったような顔で弁解したが、私はハッと思い出した。

「も、もしかして、〈アヤの呪い〉……?」

私が小声で言いかけると、母は眉間にしわを寄せ、怒り顔で私の口を手で塞ぎ、

「それを言ってはだめ。言い伝えのこと、あなたも知っているわね。考えてもだめよ」

と、早口で注意したのだった。

私も急に恐くなり、コクコクと頷き、口を噤んだ。

そう。私も、この村に伝わる伝説のことは何度となく耳にしていて、充分に怖れていたのだ……。

2

……中学に入って歴史に興味を持った私は、村の歴史についても文献を漁り、いくつかの因縁めいた話

を見つけた。

それらの共通項が、この村に祟りをなす〈アヤ〉という悲しい境遇の女のことだった。そこには、無気味で、無惨で、忌まわしい真実が潜んでいた。

……昔、昔、この村で子供の行方不明事件が続き、その下手人が、石女《うまずめ》だったアヤだと噂されるようになった。彼女は村八分にされ、結局は、村人たちの裁きによって命を奪われるのだった。

……私は文献を探したり、古老たちに話を聞いたりした。すると、〈アヤ〉の身に起きた悲劇――死に方――には、いろいろな逸話があることが解った。だがしかし、共通点があった。命を奪われる間際まで、彼女が濡れ衣であると主張し続けたことだ。

……村人に追いつめられ、〈奥の山〉にある奥の滝壺に身を投げたという話。のちに〈アヤの池〉と呼ばれるようになる小さな池に投げこまれ、底に沈んだという話。渓流の石の下に埋められたという話。〈奥の山〉の洞に閉じこめられ、病《やまい》にかかって、全身から血を流しながら死んだという話――など、アヤの最期に関しては、様々な言い伝えがある。

〈アヤ〉の死が、彼女にまつわる伝承や、呪いに関する謂《いわ》れの最たる根幹であることは間違いない。にもかかわらず、他説があり、あやふやである、という点に、私は興味を惹かれる。たぶん、彼女を死に追いやった村人たちが後ろめたく、長い間、真実を隠そうと努めてきたせいではないだろうか。

……とにかく、末期の瞬間、〈アヤ〉が、「この村を、子々孫々まで祟ってやる！」と叫んでいたのは、間違いないように思われる。

器量良しで働き者と評判の高かった若妻が、何故、そのような運命に陥ってしまったのか……。

……〈アヤ〉の死の直後、二の滝近くの池が真っ赤に染まったという言い伝えも多い……。

……どちらにしろ、村にはあらゆる不幸や災厄が続き、〈アヤの祟り〉と怖れられてきた。だから、村人たちは、彼女が成仏できるようにと村外れに供養塔を建て、季節毎に供え物を欠かさなかった。しかし、禍は一向に収まらなかった……。

思い返すと、嫁ぐにあたって、母が改名したのも、必然的な自衛的手段だったはずだ（母や父にとっても、村人たちにとっても）。繰りかえしになるが、この村では、昔から〈アヤ〉という名は禁忌であり、禁句であり、怖れの対象だったからだ……。

……長い教師生活の間に触れ合った子供たちの顔形を思い出す。小さな村のただ一つの小学校、幼稚園から小学校まで同じ顔ぶれだ。中学からはバスで隣町へ通うようになるが、子供たちのあどけない笑顔は、私の生涯の宝物だ。

だから、以前の私は、時々、本棚にずらりと並んだ卒業アルバムを引っ張り出した。ページをめくり、巻末にある名簿を確認する。

……そう。名簿のどこにも、〈アヤ〉と付く名の子供を見つけることはできない。

第2部

〈梅屋敷〉と〈藤屋敷〉

あそぼ　あそぼ
お池の水は
いついつ　赤い
夜明けの　晩に
誰かさんが　すべった
お水と遊んで　浮かんだ

第8章〈奥の山〉についての遺言

1

旧家というのは本当に仕来りだらけで、解らないことや慣れないことが多い。〈梅屋敷〉で暮らすようになってから、私は戸惑ってばかり……。

玄関脇にある小部屋には、白木の立派な神棚がある。お義母様が毎朝、新しい水や酒や米などを供え、緑鮮やかな榊《さかき》も定期的に取り替えている。

今朝は、お義母様が早くに会社へ出掛けるため、神棚の世話も私が頼まれた。これまでも何度か手伝いをしたが、手順がたくさんあるので、一つずつ思い出すのに苦労しながら、なんとか整える。

「何だか、最近、水が傷んだり、榊が枯れたりするのが早いわね。どうしてかしら。あなた、みんな新しいものに替えておいてちょうだい」

お義母様は顔をしかめて、そう指示した。私のせい、と言いたいのかも……。

真っ白な徳利や皿、榊立を手に取るため、私は踏み台に慎重に上った。

仏壇の方は、和壱さんやご先祖様に申し訳ないけれど、茉奈を幼稚園に送ってきた後でやろう。お祖母様や竹見おばさんに怒られても、時間がないのだから仕方がない。

私がそう思った時に、迫島さんが現われた。

「綾子さん、お早うございます」

私は踏み台に乗ったまま会釈した。ちょうど徳利を手にしたところだった。

「大丈夫ですか、気をつけてください」

「ありがとうございます。これが終わったら、すぐに朝食にしますから」

答えた私の手から、迫島さんは器を受け取ってくれた。他の物もお願いする。

「――さすがに旧家となると、神棚も立派ですねえ。それに、仏壇がすごく豪華で驚きました。長野県にある善光寺《ぜんこうじ》の本堂を見たことがありますか。あの豪華さに匹敵するくらいですよ」

迫島さんは元気いっぱいで、明るい顔だった。アルコールが残っている様子はない。

「昨夜は、何時頃まで飲んでいらしたのですか」

「午前三時過ぎかな。副団長さんが眠くなっちゃって、幕引きにしたんです。でも、東真さんは良い洋酒をたくさんお持ちですね。羨ましいですよ。

あ、副団長さんは自動車屋さんだそうですね。だから、いつもツナギ姿なんですね」

「〈青田バイク商会〉というお店です。先々代がバイク屋さんをしていたんですけど、副団長さんのお父さんが自動車も扱うようになったので、店名はそのままですが、今は自動車屋さんなんです」

「へえ、面白い経緯ですね」

迫島さんは感心しながら、にっこり笑った。

「副団長さんのお父さんはみなしごで、小さい頃にはずいぶん苦労なさったみたいです。それで、養子にしてくれた〈青田バイク商会〉のご夫婦を、本当の両親と思って慕い、ずっと大切にされてきたんだそうです。

それは副団長さんも同じで、血は繋がらないけれども、お祖父様とお祖母様が亡くなるまで、孝行されました。だから、和壱さんは、〈青田バイク商会〉の家族の信頼感が羨ましいと言っていたほどです」

私は話しながら、迫島さんに手伝ってもらい、お供えを丁寧に取り替えていった。榊も切ってきたばかりの新しいものだから、青々としている。最後に、火立にローソクを置き、灯明を点けるのだ。

私は踏み台を横にどけて、手を叩き、頭を静かに下げた。この家では、神社と同じく、二拝二拍手一拝という作法になっている。迫島さんもそれに倣った。

顔を上げると、迫島さんは目を見張り、改めて神棚を眺め回している。

「こんなことを毎日やっているんですか。仏壇だってあるのに。本当に大変ですね」

私は床から、古いお供えの載ったお盆を持ち上げた。

「普段は、私の担当は仏壇だけです。神棚は、商売をされているお義母様が面倒を見ておられるので。神棚に上げるお酒やお米は、酒造さんや農家さんに特別に作ってもらっているそうです。お水も庭に湧く清水を汲んで来ますし、榊は庭や〈奥の山〉から切ってきます」

「この村に酒造があるんですか」

「いいえ、隣り町の外れにある酒造さんです。そこのお酒は評判が良くて。それに若い当主さんが研究熱心だから、昨年は、ヨーグルト味の清酒を作っていました。物産展などでも評判になったみたいです」

「特別なお酒やお米か。そう言えば、植物学に詳しい友人から聞いたことがあります。榊もいくつか種類があるみたいですね」

「はい。真榊《まさかき》が生えない土地では姫榊《ひさかき》を使っていて、場合によっては造花の榊で代用するのです。基本的に、神事の榊は、月の一日と十五日に取り替えることになっております。ですが、枯れるのが早い時は、その度に、いつでも替えるよう、お義母様に命じられています」

廊下に出ながら、私は迫島さんに説明した。

「仏壇に供える花も、特別に栽培したものですか」

「お庭や山に、いろいろ咲いているので、私が適当に切ってきます。お花を買わずにすむのは、田舎の良いところですわ」

実は、私は花や観賞用の植物が大好きなのだと、迫島さんに打ち明けた。子供の頃、家に母親が持っていた植物図鑑があって、それればかり見て育ったからだ。

「いつか、お花屋さんをやるのが夢でした」

もう無理だけれど……。

私が悲しい顔になったのを察したのか、

「夢を諦めることはありませんよ。人生は長いのだから——話は変わりますが、こちらは日蓮巳宗《にちれんみしゅう》ですよね」

と、迫島さんは、仏壇のある部屋の方を見ながら言いだした。

「よくお解りですね。碧龍寺で聞いたんですか」

「いいや。仏壇の本尊を見れば、簡単に識別できますよ。まん中に大曼荼羅《だいまんだら》軸があり、左側に大黒天と日《にち》蓮巳上人《れんみしょうにん》、右側に鬼子母神と三宝尊という配置ですから。他の宗派も、それによって簡単に把握することが可能です」

「まあ、そうなんですか」

神棚もそうだが、仏壇や仏事についても、私は解らないことだらけだ。

「ははは。僕も白状すると、仏像見学が趣味の一つで、仏像写真をよく撮っているんです。それで、いろいろなお寺の住職さんに教えてもらったというわけです」

爽やかに笑い、彼は頭の後ろを手でかいた。

「迫島さん、今日のご予定は？」

「ちょっと出掛けます。村の中を歩いてみて、撮影の下見をして来ます。昼ご飯は要りませんけど、午後には戻ります」

「今夜から、お寺ですよね？」

「ええ、夕方、向こうへ移ります。いろいろとお世話になりました」

「お礼なら、お祖母様やお義母様におっしゃってください」

「それはもちろんです。でもまあ、その前に朝食をお願いしたいですね」

迫島さんはお腹をさすって、催促した。

2

「――見晴らしのいい所ですねえ」

青の深い秋空の下、陽を浴びた迫島さんは気持ち良さそうに顔を巡らし、村の全景を眺めた。

〈梅屋敷〉は、村の北側にある高台にどっしりと建っている。母屋は、白漆喰に灰紅色の瓦屋根の建物だ。

今まで見たことのない色の瓦で、和壱さんが、

「曽じいちゃんが、特注で造らせたらしいんだ」

と、教えてくれた。今日のようによく晴れていると、瓦の色が白い壁に映え、とても奇麗で目立つ。

午後二時過ぎに、南の離れにある物干し台で、私が洗濯物を取りこんでいると、迫島さんが上がってきて、あたりの景色を眺め始めた。

「迫島さん、帰ってきてたんですね。どこへ行かれてたんですか」

「操川の上流からずっと、歩いてみました。三つの滝を見て、二つの湯屋も覗きながら。そこら中に絵になる光景がありますね。いい写真が撮れそうです」

迫島さんは手すりに近づき、首を伸ばして目の前の景色に見入った。

「ああ、ここからなら、〈藤屋敷〉もある程度見えるのか。あちらの建物も立派ですね。ほほう。その西側には藤棚の端も見えますね。後で、カメラを持って行ってみよう――」

南の斜面に広がる木々の向こうに、黒、というより紫っぽい瓦屋根が覗いている。壁は薄紫色の珍しい漆喰を使っているそうで、あちらはあちらで、先代の特注であつらえたと聞く。二つの屋敷は、競争や張り合うことばかりしてきたようだ。

「あの、迫島さんは、何時頃にお寺へ移ることになってるんですか。私、これからお寺へ行って、この屋敷のお墓にお花をお供えするんですけど」

「ちょうど良かった。僕もお参りさせてください。昔から、旅は道連れって言いますからね。

それに、お寺は、ここより高台でしたね。星がよく見えるなら、村全体の景色を撮影するにも、うってつけのはずだな」

迫島さんは目を輝かせた。

庭先から白菊やトルコ桔梗《キキョウ》などを選び、新聞紙に包む。それを胸に抱いた私は、迫島さんと並んで外に出た。

彼は自分の荷物を全部持ち、首からカメラをぶら下げている。私はつい笑ってしまった。

「迫島さん、大変でしょう。荷物はまた後で取りにこられたら、いかがですか」

「あ、いや、面倒ですので、持っていきます。それより、綾子さんは車を使わないんですか」

駐車場にある小型車と軽トラックを見て、迫島さんが訊くので、

「私、免許証を持っていないんです。いつもは、庭仕事をしてくださる米沢のおじさんが、必要な時に送ってくださるんですけど、今日はお休みなので」

と、私は説明した。

正門を出て東に少し歩くと、途中に北側へ延びる形ばかりの細い小径がある。迫島さんはちょっと立ち止まると、奥の方を覗きこんだ。

その先には広葉樹の林が続いており、〈奥の山〉へ登っていける。昔から地元の人が踏みならしてできた小径だ。薪拾いなどで通る人が多かったらしいが、今はほとんど踏み入る者もおらず、あちこちに雑草が茂っている。

「――これは、どこまで行けるんですか」

そう迫島さんに訊かれて、私は、和壱さんが話していたことを思い出した。

「山の中で、立ち消えになっているみたいです。和壱さんは、『今は、特に何もないんだよ。小汚い社《やしろ》が昔はあったけど、いつだったか台風で壊れちゃって、ますます用がなくなったんじゃないかな』って言っ

ていました」

「この〈奥の山〉も、〈梅屋敷〉の土地ですか」

「現在は、〈梅屋敷〉と〈藤屋敷〉の共有だそうです。和壱さんは、『曽じいちゃんは、〈奥の山〉を丸ごと、うちのおばあちゃんと、蓮巳家に嫁いだ芙由《ふゆ》ばあちゃんの共有って形で残したんだよね。何だか嘘っぽいけど、あの山には宝が埋まっとる、なんてことも言ってたらしいよ』と、教えてくれました」

「えっ、では、〈梅屋敷〉と〈藤屋敷〉は親戚関係だったんですか。仲が悪いのに」

カメラマンは驚き、目を丸くした。

「関守家の奈津お祖母様と蓮巳家の芙由お祖母様は、双子なんです。そして、両家の仲違いを解消するために、芙由お祖母様が向こうへ嫁入りしたそうですけど……その目論見は失敗したみたいですね」

私たちはまた歩き始めた。

「宝って、どんな宝が埋まっているんです？」

質問が続く。迫島さんの詮索好きがだんだん表に出てきた。

「私は知りません。ただ、道造さんという方が、死ぬ間際に、『〈奥の山〉に宝物を埋めた。それを見つけた者に、〈奥の山〉を全部譲る』という遺言状を残したんだそうです。

そのせいで、両家のほか、村の人たち皆の目の色が変わって、宝探しをする人が後を絶たなかったとか。でも、大勢が探したけど、誰にも見つけられなかったそうです」

「それは残念でしたね」

「〈青田バイク商会〉の先代社長なんかは、小型のショベルカーまで〈奥の山〉へ持っていって、穴を掘ったそうです。けれど、それも無駄に終わってしまって」

りますか？」

「となると、徳川の隠し財宝みたいなものかな。探してみようか……もし僕が見つけちゃったら、どうなりますか？」

迫島さんは無邪気な口調で質問したが、どうもこうもない。

「遺言をした時にはもう、道造さんという方はひどく惚《ぼ》けていたそうです。だから、宝物なんて出鱈目だと、和壱さんは思っていたんです」

歩いていくと、少し先の左手に、日差しを正面から浴びた急な石段が現われた。山の中腹に建つ碧龍寺は、この苔生《こけむ》した石段を真っ直ぐ登った先にある。石段が途切れた先に、まず山門が出迎え、その奥に境内が広がる。

「すごい急角度の石段ですね。綾子さん、ここを登るなんて、大丈夫ですか」

迫島さんが気遣ってくれたので、私は道の先を指さした。

「バス停の所から、女坂と呼ばれる迂回路があるので、そちらをゆっくり上ります。杉木立の中の緩やかな小径です。昔は、男は石段を、女は坂道を使うことに決まっていたそうです」

「じゃあ、僕はこの石段を登らないといけないんですね。よし、挑戦します。上の境内でお会いしましょう！」

勢いよく言ったカメラマンは、さっそく段の一つ目に足を掛けた。

3

女坂でも、緩やかながら延々と上るので、途中で息が切れた。無理はせず、足を止めて深呼吸した。腕に抱えた新聞紙の包みの中で、供花が窮屈そうだった。

小径の両側には、深緑の葉をたっぷり茂らせた太い杉がずらりと並んでいる。奥の方は仄暗《ほのぐら》く、木々の間を通り抜けるそよ風がとても気持ち良い。

さらに進み、顔を上げると、高く広がる秋の青空を背景に、山門の切妻屋根が見えた。

「〈奥の山〉から吹き下ろす風は、天狗の黒もん様が羽団扇《はうちわ》を使って起こす――と、云われているんだ」

と、和壱さんが話していたのを思い出した。初めて墓参りした時に、その伝説を教えてくれたのだ。

「綾子さーん！」

大声で呼ばれた。山門の手前で、迫島さんが手を振っている。子供っぽくて、無駄に性格が明るい人だ。

「このお寺は、いい具合に鄙《ひな》びてて、風情がありますね。わびさびの極みだな――」

山門をくぐった私に、カメラで周囲を撮影していた迫島さんが言った。

「お待たせしました」

声を掛けて、私は先に進んだ。彼は後から付いてくる。

参道には幅広の御影石が敷かれ、その両側に、古めかしい風合いの石灯籠《いしどうろう》が二十対以上並んでいる。背丈は大人くらいあり、所々欠けたり、風化したりしている。これらのほとんどは、昔、関守家やその縁者が寄進したものらしい。

参道脇には、モミジやツツジの木が生えている。紅葉の季節には、とても奇麗だろう。

手水舎《ちょうずや》の所で、本堂を正面に見て右に折れた。裏手に回ると、斜面のままに造られた墓地が広がる。その手前に、二人の男性と一人の女性が立っていた。

竹箒を持っているのは、寺男の丸《まる》井《い》聡《さとし》さんという人だ。

竹見おばさんから聞いた話では、前の寺男の橋本さんが急死したので、新たに雇われた方だそうだ。

丸井さんは、寡黙だが働き者だと、もう評判になっている。もともと橋本さんは半年後に辞める予定で、自分の代わりにと、すでに和尚様に紹介してあったらしい。

もう一人は、胡麻塩頭で背の低い、初老の男性。濃緑色の、ビニール製のベストを着ていた。顔はよく日に焼けていて、しわも深い。

どこかで見たことが……そうだ、不平屋の五郎じいさんという人だ。確か、徳島《とくしま》五郎という名前だったはず。

三人目は、日傘を差した、スタイルの良い女性。長い薄茶色の髪は緩くウェーブしていて、色白の肌に赤い口紅が目立つ。やや季節はずれのピンクのノースリーブを着ていて、スカートはミニ丈。金色のアクセサリーがいくつも光っている。

間違いようがない。〈藤屋敷〉の花琳さんだ。こんな派手な装いは、つい最近まで水商売をしていたからだろう。

私は三人に歩み寄ると、まず丸井さんに頭を下げた。他の二人は、彼の視線を追って私を振りかえる。

「――いつもご苦労様です」

寺男が、律儀にお辞儀を返してくる。

「お墓を奇麗にしようと思いまして」

私は静かに返事をして、三人の横を通りすぎようとした。

けれど、花琳さんがぱっと表情を明るくして、

「あら、あなた。〈梅屋敷〉の新しいお嫁さんって人よね。確か、綾子さんだったかしら。和壱さんが急

に亡くなって大変ね。本当にお気の毒だと思っているのよ」

と、早口で言った。

私は目を伏せて、小さく頭を下げた。

「あたしのこと、ご存知よね。〈藤屋敷〉の花琳よ。コウちゃんの愛人だの、ケバい女だのって、きっと有名でしょうね。東京で水商売をやってたとか、ストリッパーだったとか、コウちゃんがあたしのヒモだったとか、男の田舎まで追っ掛けて来て玉の輿を狙ってるとか、いろんな噂を聞いてるでしょう？ホント、田舎って嫌よね。他人の粗探しや余計な詮索ばっかり。何でもかんでも噂になるんだから」

立て続けに並べ立てられ、圧倒された。

コウちゃんというのは、蓮巳幸佑さんのことだろう。彼女はこんな田舎にはそぐわないタイプだから、なおさら、中傷がひどいはずだ。

「ねえ、綾子さん。よかったら友だちになりましょうよ。あなたの噂もいろいろ聞いてるけど、あたしたち、似たような境遇じゃない。お相手が仕事に失敗して、東京からこっちへ戻ってきた。その時、連れてきた女同士。この村の人たちからしたら、素性も知れないし、胡散臭いだけってところも、ね。それに今時、家同士の争いなんて馬鹿みたい。そんなこと、知ったこっちゃないわ」

「え、ええ……」

私は困惑ぎみに頷いた。

「——あ、こんにちは。〈藤屋敷〉の方ですか。お宅には素晴らしい藤棚があるそうですね。後で、写真を撮らせてくれませんか」

追いついた迫島さんが、花琳さんに嬉しそうな声で頼んだ。

「あんた、誰？　あんたも〈梅屋敷〉の人？」

「僕は、迫島拓と言います。カメラマンで、今度、村の観光協会の仕事をさせていただくことになったんです。この辺の風光明媚な景色を写真に撮り、パンフレットに載せてもらうわけです」

「ふうん」

「今夜から、この寺でお世話になります。ですから――」

と、彼が説明を続けようとすると、五郎じいさんが割って入った。

「そしたら、丸井さん。わしらはこれで帰るよ。墓の横の柿の木、あの落ち葉の件はあんたに任せるから、始末を頼むぞ。邪魔で仕方ないからな――それじゃ、若奥さん、帰りますよ」

彼は仏頂面で言い、花琳さんをうながした。山門に向かって歩き始める。

「じゃあね、綾子さん、今度、お茶会をしましょう。迫島さん、頑張ってね」

花琳さんは手を振り、私たちの横を通りすぎたけど、すぐに振りかえって、

「――ねえ、あんた、もしかして、亀戸に住んでいなかった？　あの辺の飲み屋で、会ったことがあるような気がするけど。あたし、水商売が長いから、一度会った人のことは、案外覚えているのよね」

と、微笑みながら、言いだした。

「えっ、僕ですか。亀戸って東京ですよね。いや、その辺に行ったことはありませんけど」

迫島さんは驚いた表情で答え、首を左右に振った。

花琳さんは目を細め、じっとこちらを見てから、にっこりと笑った。

「そう、まあ、いいわ。あたしの勘違いかも。でも、もしかすると、そのうちに思い出すかもね――」

彼女は場違いなハイヒールの足音を立てながら、五郎じいさんと共に行ってしまった。

第9章　和尚様の思い

1

〈藤屋敷〉の二人の後ろ姿を見ながら、迫島さんが、何気なくカメラのファインダーを覗いた。すると、丸井さんがすっと手を伸ばして、レンズの先端を塞ぎ、

「すみませんが、お寺では、参拝に来ている方の写真を撮るのは、遠慮してください」

と、低い声で注意した。

「はい？」

迫島さんはきょとんとして、カメラを下ろした。

「写真嫌いの方もいらっしゃいますし、墓地は、静かに故人との語らいをする場所ですから、その厳かな雰囲気や気持ちを乱してはならないと思います」

丸井さんは、真面目な顔で注意した。

「あ、ああ、そうですね。すみません。気をつけます」

迫島さんが謝ったので満足したのか、丸井さんは私の方に向きなおった。

「〈藤屋敷〉の方々のお話は、お墓の横に大きな柿の木がありまして、毎年、かなりの量の枯れ葉を落とすので、それを何とかしてほしいとのご希望なんですが……木を切り倒すしかないかもしれません」

その説明を聞いて、私は頷いた。

「うちの庭にも柿の木があります。お義母様が、実が生るのはいいけど、落ち葉の掃除が大変だとこぼしておりました」

「そう言えば、昨夜は早いうちから、お宅の東真さんたちと一緒に、私も居酒屋におりました。東真さんはとてもお酒に強い方ですね。私もけっこう自信があるんですが、あの方には負けます」

丸井さんは、肩をすくめて苦笑いした。

「今日も、お義父様はこちらに参ることに？」

「後で、彰晏《しょうあん》和尚と囲碁を打たれるそうです。お二人はとても気が合うようですな。東真さんは、私のような者にも気を遣ってくださるので、ありがたく思っています。昨日も、山で見つけたと、アケビを持ってきてくださいました」

「アケビ！　それはいいですね。まだありますか」

興奮ぎみに迫島さんが尋ねると、丸井さんは首を横に振った。

「残念ですが。和尚様と一緒に半分いただき、残りは近所の子供たちに分けてあげたので」

「そうですか。写真に撮りたかったなあ。どこに生ってたんでしょうか。まだ見つかりますかね」

「東真さんに訊いてみてください。私はまだ仕事があるので、これで失礼します――」

丸井さんは軽く頭を下げて、本堂の方へ去った。

その姿を見送りながら、迫島さんが私に言う。

「――失敗しました。確かに、あの人の言うとおりです。昨今は、人だけではなく、建物とか記念碑とかも、撮影前に必ず所有者の許可を取らないと、まずいんです。勝手に写したと言って怒る人がいますから。その写真を、雑誌などに使うとなると、もっと気を遣います。場合によっては、使用料が発生しますからね」

そう言った先から、迫島さんは、カメラを本堂や周囲に向けて、やたらにシャッターを押していた。

墓地内に入り、私は水場に寄った。その横に、蓋のある下足箱のような収納棚が立っている。関守家の所から手桶と柄杓《ひしやく》を取り出し、水を汲むと、奥の墓地へ急いだ。

迫島さんは、物珍しそうに周囲の写真を撮りながら、後を付いてくる。

関守家は墓地の北西の一角に広い区画を持ち、遠くからでもすぐにその場所は分かる。周囲の塀も豪勢なら、中で一段高くなった台座にそびえる三つの墓石もまた、何かの記念碑を思わせるような大きさだった。

「うわっ、すごいな。観光地にある、昔の大名の墓みたいだ！」

感嘆の声を上げ、カメラマンは喜ぶ。私も、初めて見た時には驚いたものだ。

塀として周囲に積まれているのは、この地方特産の大谷石。苔生して青みを帯びている。

年代物の墓石の高さは、三つとも二メートル以上ある。正面の中央部には、太い毛筆書体で家名が彫られ、裏側には故人の名前が刻まれている。

花立てや香台も、堂々とした墓石にふさわしい大きさで、凝った細工の品ばかりだ。

もう少ししたら、和壱さんの名前もここに……。

墓石の背後には、卒塔婆がざっと数十本は立ち並んでいる。古びた物ばかりで、そのほとんどの文字は掠れたり汚れたりして、読めなくなっていた。

「立派なお墓ですね。さすが〈梅屋敷〉――あ、すみません、ちょっと不謹慎でした」

「いいえ、かまいません。事実ですから」

涙を堪えながら、なんとかそう答えた。

私は供花を取り替え、蠟燭と線香を用意した。迫島さんは石板の段に登って、上から水を掛けてくれる。

線香の煙が上がると、私たちは並んで手を合わせた。

私が片づけをしている間に、迫島さんは墓石や石板を興味深そうに眺め、写真を撮った。

「……本当に、由緒ある家柄って感じですね。卒塔婆も相当古そうだし、この石板も古いものは風化して読めないな……。

わりと新しい名前は……壱太郎……和壱君のお祖父様ですよね。それから……享年十八、若い女性だぞ……和壱君の叔母さんかな……」

迫島さんの呟きを聞き流し、私は手桶の中に古い花をくるんだ新聞紙と柄杓を入れた。

ご先祖様は大切に、と、厳しい表情で、墓地の手入れの仕方を教えてくれたお義母様。その凜とした声を思い出しながら、私はお墓を後にした。

墓地の出口で、私は手桶と柄杓を収納棚に戻した。迫島さんは、あたりの風景をカメラに収めている。

すると、柵の外から私たちに声を掛ける人がいた。

「――おや、こんにちは、綾子さん。〈梅屋敷〉さんのお墓は、いつも丁寧にされとって、感心なことじゃな」

住職の谷名《やな》彰晏和尚様が、微笑みながら立っていた。

2

和尚様の案内の下、板張りの廊下を歩いていると、少しずつ緊張感が高まってきた。お香の匂いの漂う静かな空気が、私の肌にまとわりつく……。

和尚様は小柄な老人だ。ひょうひょうとしたお姿は、古い中国の物語に出て来る仙人を思わせる。

「──あの人は、僕が子供の頃から老人だったよ」

と、和壱さんが笑いながら話してくれたことがある。でも、矍鑠《かくしゃく》として、とてもそんな年には見えない。

墓地に現われた和尚様は、にこやかな顔で、

「お茶でもいかがかな」

と、私たちに声を掛けてくださり、

「それはいいですね！　ぜひ！」

と、迫島さんが喜んだため、私も断わることはできなかった。

足を踏み出す度に、すり減っているけど磨きこまれた床が、きゅっきゅっと鳴る。

迫島さんは上を見ると、

「なるほど。鶯張りの廊下ですか。天井に薄く彫られた絵も龍が一見木目に見えるとは、ずいぶん凝った造りですね。龍が侵入者を威嚇《いかく》する、報せる、という芸術的な演出ですね」

と、感嘆の声を発した。

「ははははは。我が寺は、この地方で有名な宮大工の桜木敬二郎というモンが造ったものじゃよ。だが、

床が鳴るのは建物が古くなったからじゃろう。たぶん、板と板、板と柱を留めるかすがいが弛んでおるのさ」

と、和尚様は笑い飛ばした。

この碧龍寺が、村に君臨する〈梅屋敷〉と〈藤屋敷〉の間に立って、バランスを取る役目を果たしてきた——という話は、和壱さんから聞いていた。

両家の勢力争いは大昔からのもので、村長や自治会長、檀家代表、氏子総代などの重職を交代で務めるのが、両家の暗黙の了解だった。村人たちは、どちらの顔も立てるという態度で、対立が激化するのを抑えてきたのだ。

それが、今の世代になって、困った事態になる。田舎というのは男尊女卑の傾向が強く、この村でも、何事も男を優先するという風習が残っているからだ。

〈梅屋敷〉の場合は、和壱さんが家出同然に東京へ行ってしまい、病弱な叔父様、寿太郎さんが一応の家長になった。でも、実質的に仕切っているのは、お義母様の久寿子さんだ。

〈藤屋敷〉の場合は、つい最近、若い頃に村を出た幸佑さんが戻ってきた。ただ、この人は一つの仕事をまっとうできない性格で、未だに家業を継ぐ意思を見せていないらしい。

つまり、村人たちにとっては、どちらも頼りない存在であった。

そのため、数年前に初めて、両家と血縁関係のない今の村長が誕生した。村外から来た中学校の元校長だった人だが、この人も両家に気を遣うあまり、影の薄い存在になった。

今や広大な梅園を経営し、大方の家の働き手がその恩恵を受けている〈梅屋敷〉の梅加工品会社。対して、〈藤屋敷〉は、先祖代々経営してきた大谷石の加工会社を潰してしまい、没落への道を辿っていた。

それでも、つい最近、〈藤屋敷〉は村外れに所有していた山へ廃棄物処理会社を誘致し、共同経営者となってやや持ち直した感がある。ただ、周辺住民からは、感情的にあまり歓迎されない種類の業種なので、〈梅屋敷〉のように尊敬されているわけではない……。

そんな両家の歪んだ関係の下で、今、私たちの目の前を歩く和尚様は、昔から村の仲介役、調停役を担ってきた。温和な性格で、包容力があり、威厳と貫録もあるので、村の皆から無条件に慕われている。だから、〈梅屋敷〉と〈藤屋敷〉との間で揉め事があっても、和尚様の仲裁や裁定には、誰もが耳を貸すのであった……。

3

寺男の丸井さんは、お茶を出した後にすぐ下がっていった。

和尚様は咳払いをし、卓袱台《ちゃぶだい》の向かいに座った迫島さんと私に、優しく微笑みかける。

「――綾子さん。その後、いかがかな。少しは落ち着かれたかの」

「はい。お心遣いありがとうございます。お陰様で何とか」

和尚様の慈愛に満ちた眼差しに、心が安らぐ。

「お嬢ちゃんはどうしとる。今日は幼稚園かな？」

「はい。あの子もやっと慣れてきて、お友達もできたようです」

私が答えると、和尚様は満足そうに深く頷いた。

「和尚様、今日からお世話になります」

迫島さんは座布団から下りると、畳に頭が付くくらい深々とお辞儀した。

「なんのなんの。かしこまることはないぞ。庵《いおり》には、いつも部屋が余っておるからな。その代わり、毎朝、丸井と一緒に寺の掃除をしてもらう。それでちゃらだ。わははははは」

と、和尚様は朗らかに笑った。

「ええ、やります。何でも申し付けてください！」

迫島さんは、腕まくりのポーズをしている。

「で、迫島さん。どうじゃな、この村の居心地は？」

「とってもくつろげますね。何より、風光明媚です。写真に撮りたい素晴らしい景色がたくさんあって、カメラマンとしては嬉しい限りです。

特に、こちらの、山門あたりから村を眺めわたすと、周囲の山々に囲まれている様が一幅の絵のようで、実に美しい。風も川の流れも清々しいですしね」

迫島さんは、笑顔で絶賛した。

――清々しい。

私も、最初に和壱さんと一緒にこの村に来た時には、田舎の空気の清涼感に感激した。緑豊かな土地や、そこに降り注ぐ日差しの輝きにも惹かれた。

でも、実際に暮らしてみると……そして、和壱さんを急に失った今は……何もかもが、すっかり色褪せてしまった。

「迫島さん。お前さんは、和壱の友人だったそうじゃな」

「ええ、和尚様。彼は大学時代の友人です。けっこう仲が良かったんです。だから、この度のことは、本

「当にショックでした」

「正に、突然のことじゃったな……」

和尚様が呟くように言い、迫島さんも悲しそうな表情になる。

「和壱君の死について、綾子さんからいろいろと教えてもらいました。ただ、ちょっと腑に落ちないところがあるんです」

「腑に落ちない、とは？」

「ここへ来てから、いろいろな話や噂を聞きました。それによると、村の人たちは、和壱君は単なる自殺ではないと考えているようです。つまり、本当は他殺ではないかという疑いも、ある程度持っているようなんです」

私自身、彼が自ら命を絶ったなんて考えたくなかったけれど……でも……。

……他殺、つまり、殺された……？

そう自問するだけで、私は胸を締めつけられた。

二人の男性は、私がいないかのように話を続けていく。

「それは、和壱が、〈梅屋敷〉の新しい当主になるかもしれんという状況が生まれたからじゃ。この村全体の関心事なので、過剰反応をしても仕方があるまい」

和尚様はそう説明しながら、ゆっくり首を振った。

「しかし、自殺をするにしても、場所と時間が変です。普通、自殺するなら、周囲に誰もいないことを確認してから行なうと思うんです」

「だから、何かで気に病むか、悩んでおり、突発的に死を選んだのではないかな」

という和尚様の言葉に、迫島さんは、顎を撫でながら否定した。

「違うと思います。警察の見解に沿うと、陳列棚から事前に拳銃を持ち出し、銃弾もどこからか入手している。遺書めいたメモも書き残した――となると、前々から死を考え、準備していたことになります。計画的な自殺だとすれば、刹那的に死ぬわけがないと、僕は思うんです」

「では、本当はどうだったと言うんじゃ？」

和尚様は目を細め、カメラマンの顔を見つめた。

「拳銃も、メモも、第三者――はっきり言えば――和壱君を殺した犯人が用意したものではないでしょうか。つまり、犯人が和壱君を撃ち殺し、メモをこっそり置いたんです」

「では、あんたも、他殺説を信じているわけか」

「現時点では、その可能性を疑っているのですが……」

と、迫島さんは回りくどい言い方をした。

和壱さんの死に複雑な疑惑や事情があると考えるだけで、気分が悪くなってくる……。

和尚様は、何か考えるような顔で腕組みをした。

「ふうむ。あまり納得はできんがなあ。何にしろ、駐在さんなどに聞いた話では、あの部屋には和壱しか残っていなかった。窓には鍵が掛かっていたし、格子もはまっとる。

それに、ドアの外の陳列廊下などには、綾子さんや助役さんたちがいたんじゃろう。どうやったら、その犯人とやらが、皆に見られず、和壱を殺し、あそこから逃げ出すことができたんじゃ？」

「それは解りません。まだ、ぜんぜん……」

迫島さんは正直に言うと、肩を少し落とした。

和尚様はぎょろりと目を剝き、ゆっくりと諭すような話し方になった。

「だったら、迫島さん。あまり酔狂なことは言わんことじゃな。証拠も確証もないのに、和壱は誰かに殺されたなどと、物騒な推理を言いふらすのはやめた方がいい。

それに、綾子さんの身にもなってみなされ。和壱の四十九日まで、心穏やかに日々を送るよう努めておる。他の家族も同様じゃ。だから、皆の心痛を考えたら、面白半分に事件を探るのは控えるべきじゃろうな――」

第10章 〈奥の山〉の宝物

1

迫島さんは居住まいを正した。

「すみません。でも、けっして興味本位ではないんです」

和尚様は深く息をして、そして言った。

「お前さんには解らんだろうが、こんな田舎だと、火のない所にも煙が立つんじゃ。妙に縁起を担いだりして、心ない悪口が叩かれることも珍しくはない。都会とは、人間同士の距離の取り方が違っとるからじゃ。

それに対処するには、くだらん噂は聞き流すことじゃぞ。多少は波風が立つだろうが、相手にしなければ、そのうちに消えてしまう。古臭い差別や因習に勝つには、常にこちらの心を律して、惑わされないことが肝心なんじゃ」

最後の部分は、私に対する助言なのだろう。でも、実際には……。

茉奈を迎えにいった幼稚園で、顔を合わせるお母さんたちの素振り。買い物に出てすれ違う、棘のある視線。同情もあるだろうけど、警戒感や不信感があるのは間違いない。私を、夫殺しの女として疑っている人も多いようだ。

そうした気配を、私はひしひしと感じている……。

迫島さんは眉間にしわを寄せて、

「しかしながら、〈アヤの呪い〉伝説は、綾子さんの心を傷付けています。ここへ来たばかりの僕でさえ、この人が誹謗中傷に耐えていることに気づきました。和壱君の友人として、見て見ぬ振りはできません」

と、強い調子で訴えた。

それを聞くと、和尚様は、静かに私へ顔を向けた。

「綾子さん。村の者が、あんたに嫌な思いをさせておるようじゃの。そのことについては、後で皆を叱っておく。そして、彼らに代わって詫びたいと思う。

じゃがな、綾子さん。この村でずっと暮らすんなら、改名のことを本気で考えないかね。その方が、奈津さんや久寿子さんも安心するじゃろう」

「〈アヤ〉という名前は、縁起が悪いからですか」

迫島さんは、不服そうに訊きかえした。

和尚様は苦々しい表情で頷く。

「そうじゃ。〈アヤ〉の付く名は昔から、村の風習で忌み嫌われとる。その上、〈梅屋敷〉と〈藤屋敷〉は昔からの対立を隠さず、お互い不幸があると、すぐ相手のせいにしたがるんじゃ。

和壱の死についても、〈アヤ〉の伝説が影を落としてあれこれ中傷されとる。もうそういった馬鹿げたことに、終止符を打つべき時代なんじゃがな……」

「私には、〈梅屋敷〉以外に家族はいませんし、本名を捨てても特に問題はありません」

東京にいる父親たちのことは考えたくもない。

「そうか。ならば、久寿子さんに相談して、早急に新しい名前を決めよう。わしも考えるからな」

「はい、よろしくお願いします」

「和壱が亡くなったことで、〈梅屋敷〉の先は見えとると、〈藤屋敷〉の者たちは考えとるかもしれん。なにせ、当主の寿太郎は独り身で子供がおらん。姉の久寿子がいくら男まさりの実業家でも、その血を受け継ぐ者もなくなったとなれば、こりゃあどう転んでも、先々、〈藤屋敷〉に有利——と、ほくそ笑む者はおろうな。

しかし、〈藤屋敷〉の方だって安泰とは言えん。幸佑がえらく年の離れた女を連れて戻ってきたが、いつまた出ていかないとも限らんしな。それに、女の素性がよく解らないと、妹の幸乃がぼやいておったわ。両家のごたごたのせいで、いつまでたっても村がまとまらん。頭痛の種じゃよ」

和尚様は顔をしかめた。

「あの……綾子さんが宿している子が、男の子ならどうなります？」

迫島さんは尋ねながら、私のお腹をちらりと見た。

「その子が男で、成長後に、〈梅屋敷〉を引き継ぐことになれば、家は安泰だし、村にとっても最善じゃ。それが一番良い。

ただ残念ながら、その頃には、わしはもうこの世にはおらんだろうがな……」

和尚様の言葉は、冗談には聞こえなかった。

2

迫島さんは落雁《らくがん》をかじると、お茶を一口すすった。

「――僕、この落雁って奴が好きなんですよね。素朴な味で」

両家の争いの話から、急に、のどかな雰囲気に変わる。

迫島さんは、茶碗を卓袱台に置きながら尋ねた。

「ところで、〈奥の山〉の宝物の話も耳にしたんですが、詳しく教えてもらえませんか」

「お前さんは、地獄耳のようじゃな」

と、小柄な老人は笑った。

「写真を撮りながら歩きまわっていると、つい聞こえてくるんです」

「最近は、お宝についての皆の関心も薄れて、平穏になったと思っておったのだがな。お前さんも、宝探しをしてみる気なのかね」

「いえいえ、好奇心から事情を知りたいだけです」

和尚様はため息を吐いた。

「まったく酔狂なことじゃ……あんたは、〈梅屋敷〉の奈津さんと、〈藤屋敷〉の芙由さんが双子じゃということを知っておるかな」

「はい」

「あの二人も、父親の遺した宝物に関する遺言のせいで、人生をかなり翻弄《ほんろう》されてしまったのじゃ」

「どういうことですか」

迫島さんは即座に訊きかえした。

「かつて、〈お屋敷の双子桜〉と呼ばれた彼女たちの父親は、関守家の当主である道造翁じゃった。その人の遺言が問題でなぁ……。

……とにかく、道造翁は変人として有名じゃった。それも、若い頃から偏屈で、酔狂な男として知られておった。

そんな彼は、二十代前半に、隣り村のかつて庄屋だった名家から、次女を妻に迎えた。多恵《たえ》という名で、物静かな女性じゃった。

昔のことだから、彼女は〈梅屋敷〉の姑から相当きつく当たられ、家風を教えこまれた。じゃが、じっと耐えていた。けれど、なかなか子供ができず、一度、実家に戻されてしもうたんじゃ。表向きは、病気療養のためとしてな」

「古くは、子供ができないと、すべて女性のせいにされたようですね。石女などと言われて」

迫島さんが同情するように言った。

老人は深く頷き、話を続けた。

「ただ幸い、数年後には子供ができてのう。それが奈津と芙由と名付けられた双子で、すくすくと育った。道造翁は大いに可愛がったものじゃ。

長ずるにつれ、二人は美人姉妹として評判を呼び、〈梅屋敷〉の自慢になった。厳めしい顔をした道造翁に似なかったのが良かったようじゃ。

しかし、性格が対照的で気が合わず、それこそ奈津さんが右といえば、芙由さんは左という始末じゃった。短気な奈津さん、のんびりした芙由さん、と皆には思われていたが、芯の強さや気の強さはまったく同じじゃった。

　将来を考えると、どちらかに婿を迎えて家を継がせ、残る一人を他家へ嫁がせることになる。けれど、双子となると、単純に、長女に婿を、と決めつけるわけにもいかん。もう一人にも、それ相応の家柄のお相手を——と、望むところに、蓮巳家から、どちらかを嫁に欲しいと申し入れがあって、関守家は驚いた。『これを機に、〈梅屋敷〉と〈藤屋敷〉の諍いを解消したい』というのが、蓮巳家の当主による希望だった。無論、そこには、村の勢力を二分化して関守家と肩を並べたいという、向こうの思惑が透けて見えた。

　その頃の道造翁は、すでに妻の多恵を亡くしており、病気がちにもなっておった。物忘れも多くなっていた。自分の行く末を考えた彼は、わしにも相談してきた。そこでわしは、双子に問うたのじゃ。どちらかが、〈藤屋敷〉に嫁ぐ気はあるかと。

　彼女らが嫌だと言えば、わしも道造翁も、無理にこの縁談を進める気はなかった。

　すると、奈津さんが先んじて動いたんじゃ。近くの高校で日本史の教師をしていた壱太郎さんを籠絡《ろうらく》して、婿になることを承知させ、二人で家を継ぐと宣言したのじゃよ。その結果、半ばあぶれた形になった芙由さんは、〈藤屋敷〉の宥《ゆう》さんに嫁ぐしかなくなってしまったんじゃ」

「結婚式は、合同で行なわれたそうですね」

　迫島さんは、いったいどこから、そんな情報を仕入れてきたのだろう。

　小柄な老人は、彼の目を見て返事をした。

「うむ。家を継ぐ娘と他所へ嫁ぐ娘、二人を公平に扱いたいという道造翁の思いがあったからじゃ。あれは盛大な披露宴じゃったぞ。

　ただ、財産は半分に分けることはできなかった。だから、嫁入り道具などは、なるべく立派な物を芙由さんに持たせたわけじゃよ」

「問題の遺書は、いつ作成したのですか」

「前々から作ってあったが、亡くなる二ヵ月前に、道造翁は急に書き換えおった。といっても、山に隠したという宝物のことを皆に告げ、書き加えただけじゃがな」

「どういう内容ですか」

「〈奥の山〉にある宝物を見つけた者に、それを譲る、また、〈奥の山〉も譲る、という文言じゃ。『〈奥の山〉に埋まっているか、埋めた宝物を探し出した者が、すべてを手にする権利があるんだ』と、何度も言っておった」

「……埋まっているか、埋めた宝物？」

迫島さんが首を傾げて呟き、和尚様は深く頷いた。

「漠然とした物言いじゃな。そして、亡くなる前日にも、病床に就いていた道造翁は、わしに、『俺は、文字通り、宝の山を持っているんだ。あの〈奥の山〉にある物がそうだ』と言い、さらに、『だが、それに誰も気づいておらん。実に愉快だ。見えるものが見えるのは、俺だけだ』と、呟き込みながら、せせら笑ったものじゃよ」

「ふうん。いったい、それは何でしょう？」

迫島さんは腕組みして考えこむ。

私にはぜんぜん、想像もつかない。

和尚様は話を続けた。

「わしも、道造翁に訊いたよ。『何が埋まっとるんですか。金や銀や宝石の類いですか。徳川の埋蔵金のようなものですか。あるいは、温泉を掘り当てたのですか』とな。

しかし、道造翁は何も答えず、にやりと笑うばかりじゃった」

「かえって気になりますね」

「あの〈奥の山〉にあるものといえば、木々だけじゃ。カラマツ、山栗、モミジ、ブナ、ナラとかな。しかし、今や、ベニヤ板用にカラマツを切り倒したところで、二束三文じゃろう」

「木材は、東南アジアから輸入した方が安いですからね」

と、残念そうに迫島さんが言い、和尚様は目を瞑った。

「ただな、思い返せば、道造翁がまだ元気な頃に、ちょっと気になることがあった。どこからかやって来た男が、突然、あの〈奥の山〉を丸ごと買いたいと申し入れ、かなりの金額を提示した。当時の土地の値段だと、一坪千円でも高いくらいだが、最大、一坪五千円出すと言ったんじゃ。道造翁は理由を尋ねた。しかしその男は、山の形が気に入ったとしか言わなかった。結局、道造翁は、村外の人間に土地を売るわけにはいかない、と断わったもんじゃ」

「その男は、山にある何かが欲しくて、山を買いたいと言ったわけですね？」

「可能性はある。それが、道造翁の言う、山に埋まっている宝物なのかもしれんて」

「でも、〈奥の山〉には、林以外には何もないのでしょう？」

「昔は中腹に小さな社があって、春祭りと秋祭りの時には、村人が捧げ物をしてきたがな、台風の被害に遭って、潰れてしまった。あと、〈アヤの洞〉という岩の亀裂もあるな。

また、金鉱を発見するために掘った洞窟が、二つか三つはある。江戸時代のことだが、この藩も財政難に陥り、幕府に内緒で金鉱を探していたのじゃ。しかし、岩塩が少し見つかった程度で、価値あるものは何も掘り当てられなかった。

その時に、洞窟の一つの横に、小さな木樵小屋が造られた。目立たないように全体が黒く塗られていて、金鉱探しをする者たちの宿泊用だったらしい。鉱物も宝石も出てこず、人が去ると、その小屋も放置された。

すると、その後に、黒もん様と呼ばれる、真っ黒な天狗が隠れ棲むようになった——と、まあ、これも、村に伝わる昔話じゃがな」

「その小屋はまだあるのですか」

「一時、〈梅屋敷〉が山菜採りなどの時の休憩所として使っておったようだ。ところが、二十年以上前に落雷か何かで燃えてしまい、今は跡形もない。

洞窟だって茂みや樹木に覆われていて、もうどこにあるのか、皆目解らん状態じゃよ」

迫島さんは、お茶を飲み干してから尋ねた。

「遺言が公開された後、皆さんはどうされました？」

和尚様も湯飲みを手にしながら、返事をした。

「〈梅屋敷〉と〈藤屋敷〉の人間はもちろん、大勢の村人が〈奥の山〉に入り、宝物をさんざん探し回った。スコップやツルハシで穴を掘った者もおるし、ショベルカーなどの重機まで持ちこんだ者もおった」

「西部劇のゴールド・ラッシュみたいな感じですね」

「うむ。みんな、目の色を変えて、宝物を発見しようとしたんじゃ。しかし、結局、何も出て来なかったのじゃよ」

3

「――先ほど、双子が父親の遺言で、人生を翻弄されたとおっしゃいましたが、それはどういう意味ですか」

迫島さんは、あらためて質問した。

和尚様は、記憶を探るためか、腕組みして目を瞑った。

「〈奥の山〉は、奈津さんと芙由さん共有の土地として、遺されたんじゃ。どちらかが先に亡くなった場合、残った方に所有権が渡るように決められとる。ただし、二人の存命中に宝物を見つけた者がいたら、発見者に所有権が移る、これに関しては、誰でもいいのじゃ」

「〈奥の山〉という土地と、宝物の両方を得られるのですね」

そうじゃ、と和尚様は目を開けて、即答した。

「かえって、諍いの種になりそうですね」

迫島さんは、呆れたような口調になった。

「実際、諍いは多々あった。茂みや木々をチェーンソーで強引に切り払う者とか、穴を掘る者とかが鉢合わせして、喧嘩になったことも多い。そのせいで、山はひどく荒らされたんじゃよ。台風で木々が倒れ、中腹にあった社が押し潰された時も大変じゃった。誰かが『まだ社は調べていなかった』と言いだし、何人かが血眼になって社の部材をあらためたり、建っていた場所を掘り起こした。その際に、流血騒ぎもあったんじゃ。

しかし、宝物も金目の物も何も出てこんかった。そこで、両家の者や村人たちは、『そもそも、宝物なんてなかったんだ』とか『やはり、耄碌《もうろく》していたんだ』などと言い、死んだ道造翁を非難する声が大きくなった。

そこでわしは、〈梅屋敷〉と〈藤屋敷〉の了解を得て、村人全員に、許可なく〈奥の山〉へ入ることを禁止した。それでやっと、宝物探しの狂騒は沈静化したんじゃよ。

けれども、両家の反目はますます強くなった。芙由さんは、輿入れしてから、一度も〈梅屋敷〉には帰っておらん。父親の法事や墓参りにも来ない有様じゃ」

迫島さんは少し考えこんで、

「普通なら、宝物は、地面の下にある金塊とか宝石の原石ですよね。あるいは、硬貨やお札をザクザク壺か何かに入れ、それを適当な場所に埋めるとか」

と、想像を口にした。

「まあ、そうじゃな」

迫島さんははっとした顔になり、和尚様に問いかけた。

「和尚様、〈梅屋敷〉の寿太郎さんは、鉱物類や鉱物類が使われた美術品を集めるのが趣味です。もしもですよ。あの人がとっくに、〈奥の山〉から宝物を掘り出していたらどうですか。そして、自分のたくさんある収集品の中に紛れさせ、皆には隠しているんだとしたら」

「馬鹿な。何故、寿太郎がそんなことをしなけりゃならん？」

片眉を吊り上げ、和尚様は訊きかえした。

「〈奥の山〉の所有権など、あの人は欲しくないからですよ。彼が欲しいのは、あくまでも収集の対象となる物――つまり、価値のある鉱物類だけです。

しかし、宝物を発見したことを公表すると、それを家族や誰かに奪われるかもしれない。だから、怖れて黙っているんです。

偏見かもしれませんが、収集家というのは、常軌を逸した行動を取ることがあります。欲しいものがあれば、命を危険にさらしたり、法律を犯す者だっていますから」

「それはそうじゃな。以前、仏像の収集家によって、我が寺で所有する、木造の観音菩薩立像を盗まれたことがあったわい」

と、和尚様は憤慨したような声でこぼした。

「機会があったら、和尚様から訊いてみてくれませんか、寿太郎さんに」

「それはいいが、あの男も偏屈じゃからな。本当に宝物を持っていても正直には言うまい」

そのとおりだ。それに、ずっと健康に優れないあの叔父様が、〈奥の山〉に宝物探しに行ったとは考えにくい……。

迫島さんは座り直し、真っ直ぐに和尚様の顔を見た。

「もしも、ですが。和壱君の死が、〈奥の山〉の宝探しと関係があるようなことはないですか」

「どういうことじゃ？」

小柄な老人は、戸惑いの表情を浮かべた。

「たとえば、和壱君と誰かが一緒に、こっそり宝物探しをしていたとします。そして、発見したところ、その誰かが宝物を独占したくなり、和壱君を――というわけです」

「これ、まったく確証のないことを、そう簡単に口にするでないぞ。しかも、綾子さんの前じゃ。だいいち、和壱がそんなことをする理由がなかろう」

和尚様は白い眉をひそめ、叱責した。

「迫島さん。和壱さんは、宝物の話なんてしたことありませんでした」

私は指摘したが、何となく胸の中がざわざわした。

それでも、迫島さんは、未練がましく話を続けた。

「和尚様。理由はいくつか考えられますよ。和壱君は、一度は〈梅屋敷〉を出た人間ですから、戻ったは良いが肩身は狭かった。だから、宝物を発見して、皆を見返したかった。宝物を発見することで、〈奥の山〉の所有権を〈梅屋敷〉のものと確定させようと思ったんです。

あるいは、綾子さんにも言っていない借金があり、宝物の発見でそれを返済したかった――などなど」

「いやいや、和壱はそんな人間じゃない。君も彼の友人なら、解っているはずじゃぞ」

「すみません。確かに彼は真面目な性格で、裏表がまったくない人でした。今僕が言ったのは、あくまでも仮定的な想像です。

ただ、〈梅屋敷〉は財産も権力もある名家です。身内か、外部の人間か解りませんが、それを狙う悪人がいてもおかしくはありません。宝物の件、それから、古くからの言い伝えを利用して、その悪人が和壱君を殺したのではないかと、僕は心配しているんです。

であれば、その悪人の暗躍はまだ続くかもしれません。さらに犠牲者が出る可能性もあります。その心配を払拭するためにも、和壱君の死の真相を知りたいのです」

カメラマンは力を込めて言い、私の方を横目で見た。

和壱さんの死……自殺なのかそうでないのか、それは、私が一番知りたいこと……。

次に聞こえてきた和尚様の声は、しんみりしていた。

「和壱は自殺したんじゃ。それは間違いない。ここにいる綾子さんだって、現実を受け入れるのにまだまだ苦労しているじゃろう。夫の実家に馴染む間もなく、和壱が急逝し、多くの苦労を背負い込むことにもなっとる。

だから、迫島さん。お前さんも、この人を思いやり、そっとしておいてくださらんか」

和尚様の言葉が身に染みる。和壱さんがいなくなった今でも〈梅屋敷〉にいる私を、財産目当てで居座っている女と勘ぐる声も多い。お腹の子のことがなければ、私は村から出ていくことも考えてしまう。

「宝物が何なのか、どこにあるのか、和壱の死に関係するのかしないのか——今さら解ったところで、もう和壱は帰ってこん。何をしても無駄なことじゃぞ」

和尚様の言葉には、無力感が漂っていた。

第11章〈藤屋敷〉の女

1

日毎に秋が深まるような朝。

茉奈を幼稚園へ送っていく時が、私にとって心休まるわずかな時間になっている。ストレスばかり溜まるこの村、そして〈梅屋敷〉での暮らしだけど、茉奈の無邪気な様子を見ていると、心が和む。

小径《こみち》を歩きながら、茉奈の興味は目にする物すべてに移っていく。足下に落ちているどんぐりなどの木の実、梢の間を飛びぬける小鳥、茂みの上を舞うチョウチョやトンボ。楽しさが体から溢れ出すように、茉奈はスキップすることもある。

今朝の茉奈は、ハンカチをくるくる回しながら、童謡のようなものを歌っていた。最近、幼稚園で教えてもらったらしいが、歌詞のすべてを覚えておらず、「かごめ、かごめ――」とか、「あそぼ、あそぼ――」とか、同じ所ばかり繰りかえしている。

「かごめかごめ」から始まる童謡なら、私の知っているのは、

かごめかごめ
籠の中の鳥は　いついつ出やる
夜明けの晩に　鶴と亀がすべった
後ろの正面だあれ？

というものである。

しかし、これは地方によって少しずつ歌詞が違うと、中学校で音楽の先生から教わった記憶がある。起源不明のせいか、意味のよく解らない部分も多い。一説によれば、徳川埋蔵金の隠し場所を示した暗号だというけど、本当だろうか。

それに、茉奈の歌っているのは、これとは少し違っていて、

「夜明けの晩に　誰かさんが　すべった」

と、「鶴と亀」は出てこない。

幼稚園の先生は、

「この村に伝わる、昔からの子供の遊び歌ですよ」

と、茉奈たちに説明していたそうだ。

ここの幼稚園は、日本の童謡や、この地方独自の古い歌をたくさん教えている。それに、郷土カルタなどでも遊ぶらしく、茉奈が幼稚園から持ち帰ったものには、箱の蓋に、〈うめさとむら　ふるさとカルタ〉と記されていた。

何にせよ、茉奈もだんだん幼稚園に慣れてきたようで、私としては一安心である。

2

家に戻ると、台所でがらんがらんとベルが鳴っていた。

北の離れに行き、私は寿太郎叔父様に用事を尋ねた。

〈二の湯屋〉の近くに住むある農家まで、使いに出てくれ、という。

相手は白髪のご隠居様で、寿太郎さんの趣味仲間だ。若い頃には、町の方で骨董商をしていて、今でも珍しい物が手に入ると叔父様に売り付けている。久寿子お義母様が苦々しく言っていた。

「――この封筒に金が入っているから、そのまま向こうに渡せばいい。それだけだ」

叔父様はぶっきらぼうに命じると、私へ茶封筒を手渡した。

その家からの帰りに〈二の湯屋〉の側を通ると、小屋と角にある灌木の向こうから、人声が聞こえてきた。湯屋の外の、涼むための縁台に、二人の男女が座って話をしている。

声だけで誰か解った。男は迫島さん、女は〈藤屋敷〉の花琳さんだ。

私は何となく灌木の陰に隠れ、枝葉の隙間から覗きながら、耳を澄ませた。

花琳さんは真っ白なワンピースを着て、フリルの付いた薄紫色の日傘を差していた。迫島さんはいつもどおりの格好で、ショルダーバッグ一つを斜め掛けにし、望遠レンズの付いた一眼レフ・カメラを首から下げている。

「――じゃあ、和壱君が亡くなった日、あなたは東京にいたのですか」

「そうよ。あたしがコウちゃんを追ってこっちに来たのは、その二日後なんだから。和壱さんのことを訊かれても、ぜんぜん解らないわ。会ったこともないんだし。ごめんなさいね」

花琳さんは日傘を揺らしながら、にこやかに話している。

「〈藤屋敷〉じゃ、あたしが現われて大騒ぎになったわ。きっと〈梅屋敷〉での綾子さんも、同じでしょ。コウちゃんも、まさかあたしが追っかけてくるとは思ってなかったみたい」

「幸佑さんは、あなたよりずいぶん年上ですよね」

「ええ。彼が五十歳で、あたしが三十八歳」

「どうして、追いかけてきたんです？」

「そりゃあ、お金をだいぶ貸してるし……。確かに、まともに仕事もしない人だけど、すごく優しいの。結局、あたし、その手の弱い男を養ってあげるのが好きなのよ」

花琳さんの笑顔に曇りはなかった。お金も愛情も両方欲しい、というタイプなのだろう。

「――ねえ、あなた。綾子さんでしょ。隠れてないで、出てきたら」

突然、花琳さんの声がこちらに向かい、ぎくりとした。

「それとも、逃げるつもり？」

重ねて言われ、仕方なく、私はおずおずと二人の前に姿を見せた。

迫島さんは、明るい表情で縁台から立ち上がる。

「ああ、綾子さん。どうもこんにちは」

私は小さく頭を下げた。

花琳さんは栗色の目を細めると、私を値踏みするように見上げた。

「あなた、ずっと、あたしたちの話を盗み聞きしていたわけ？」

「どうして、私がいることが……」

ばつが悪いので、私は答える代わりに問いを返した。

花琳さんは面白そうに目を細め、ふふと笑う。

「香りよ。あたし、鼻がすごくいいの。あなたはこの前も、アンバーグリスを含む香水を付けていたでしょう。珍しいわね。あなたみたいな若い人が、そんなものを好むなんて」

「義母からいただいたんです」

最近、匂いには敏感になっていたが、不思議と、この香りだけは気分が安らぐ。

「どうりで、おばさん臭いと思ったわ。そういうのは和服には似合うけどね。お出かけする時だけにしなさいよ」

花琳さんは、ちょっと馬鹿にしたように言う。

そういう彼女は、有名ブランドの香水を華やかに漂わせている。

「あたしが通りかかったら、カメラマンさんが、ここで写真を撮っていたのよ。それで、ちょっと世間話をしていたわけ。

この人から聞いたけど、綾子さん、あなた、あの〈赤婆〉にさんざん悪口を言われているそうね。〈アヤの呪い〉がどうのこうのって。

今度、あたしが注意しといてあげる。それでだめなら、コウちゃんに言って〈藤屋敷〉の責任で止めさせるわ。その手の誹謗中傷って、あたしも経験あるし、見すごせないもの」

意外なところに味方がいて、少し嬉しかった。

「よろしくお願いします」

「あたしが聞いた話だと、あのお婆さん、若い頃に、子供を亡くしたらしいの。ちょっと目を離した隙に、三歳の男の子が〈アヤの池〉に落ちて、溺れちゃったんですって。その時も、池が赤く染まったって騒がれたらしいわ。

だから〈赤婆〉は、〈アヤ〉とその伝説を憎みながら怖がっているのよ。〈アヤ〉の名が付く人を追い出そうとするのも、そのためじゃないかしら」

「この村って、やっかい事が多いようですね」

同情するように言い、迫島さんは両手を広げる。

「そうなのよ。一族全員がコウちゃんに期待しちゃって、やいのやいのとうるさいし、村人にもたくさん〈藤屋敷〉派がいるから。

あなたの所もそうなんじゃない、綾子さん。面倒臭い親戚や関係者がうじゃうじゃいるでしょう?」

「ええ、はい……」

「あなたは、こんな村、さっさと出ていくべきよ。まだ入籍してなかったんでしょ。だったら、早く東京へ戻って、新しい人生を歩んだ方がいいと思うわ」

花琳さんは、私の妊娠のことは知らないらしい。

「あなたと幸佑さんも、未入籍なんですか」

迫島さんが尋ねると、花琳さんは苦い顔をした。

「そうよ、こっちにもいろいろと事情があってね……」

カメラマンはあわてて手を振った。

「あ、いえ、ご不快に思ったのなら謝ります」

「とにかく、中傷は山ほどあるわ。たとえば、村の主権を握るために、〈藤屋敷〉の誰かが、〈梅屋敷〉の跡取りである和壱さんを殺したんじゃないかとか、突然、外から来たあたしっていう女が怪しいとか。でもね、それっていい迷惑よ。和壱さんが死んだことで、あたしまで疑われるなんて」

最後の部分は、私への文句に聞こえた。

「申し訳ありません。和壱さんは自殺したと判断されたので、誰の責任でもないんです……」

もしも、責任があるとすれば、それは私……。

3

花琳さんは、奇麗に描いた片眉を吊り上げ、

「自殺ねえ――村人の口は、それじゃふさげないわよ」

と、馬鹿にするように言った。

「どうしてですか」

と、直ぐに迫島さんが訊きかえす。

花琳さんは、彼と私の顔を交互に見た。

「あまりにタイミングが悪いからよ。〈梅屋敷〉では和壱さんと綾子さん。〈藤屋敷〉ではコウちゃんとあたし。ほとんど同じ時期に、どちらの跡取りも素性の知れない女を連れてきて、結婚話が起きていたわけだから。

そんな時に和壱さんが急死したら、誰だって、偶然とは思わないわよ」

「花琳さんは、両家のいがみ合いの理由をご存知ですか」

「ええ、コウちゃんから聞いたわ。この梅里村ではね、昔から、〈梅屋敷〉と〈藤屋敷〉が勢力争いしてきたの。村長選びから始まって、祭りの主導権争いとか、正月祝いの規模、水利権、その他たくさん。でも、それはそれで釣り合いが取れていたらしいの。

それが、昭和になって、それまでは単なる勢力争いだったのが、あの双子のお祖母様たちの代で、輪を掛けておかしくなってしまったって」

「奈津さんと芙由さんですね」

迫島さんが念を押すと、花琳さんは大きく頷いた。

「〈梅屋敷〉のおばあさんにはまだ会ったことがないけど、コウちゃんに聞いたら、二人は一卵性なので、見た目がそっくりだと言っていたわ。確か、二人とも、子供の頃に白内障かなんか、目の病気をしたそうよ」

「小児白内障は、遺伝的な要素が多分にありますからね」

「二人は、小さい頃から仲が悪かったんですって。あの人たちの結婚話のこと、聞いた？」

「ええ」

「つまりね、うちの芙由お祖母様は、両親が自分を捨てて、〈藤屋敷〉に追いやったと思っているのよ。だから、〈梅屋敷〉の人間を恨んでいるの。それに、縁談を仕切ったのが碧龍寺の住職さんだから、あの和尚さんのことも嫌っているんだわ」

迫島さんは、胸ポケットからメモ帳とペンを取り出し、私たちの顔を見た。

「念のため、二つの屋敷の家系図を書きたいんですが、教えてもらえませんか――」

私たちは、それぞれの家族関係を説明した。迫島さんは、手際よくメモに書き記す。

「——ええと。整理すると、関守家は先代の長女の奈津さん、ご主人の壱太郎さん、お二人の間に久寿子さん、寿太郎さん、美寿々さん——と。

久寿子さんの夫が東真さん、お二人の間に和壱君。このうち、壱太郎さんと美寿々さんは、すでに鬼籍に入られているんですね？」

私が頷くと、花琳さんは日傘を傾け、迫島さんを見やった。

「美寿々さんは評判の美人だったと、コウちゃんが言ってたわ。未だに年配の人たちなんか、お酒を飲むと彼女の話になるらしいの。彼女も急死だったから、いろいろ噂されたみたいね。

色白で、たおやかで、おっとりした美人だったみたい。虚弱体質だったそうだけど、この人の急死も、両家の対立を煽る要因の一つになったようよ」

一方の家で不自然な死があると、もう一方の家が疑われてきた、ということなのか。

「綾子さん。あなた、美寿々さんが、どうして亡くなったか、知っている？」

「病死としか聞いていません。高校を卒業する直前で、十八歳だったとか……」

和壱さんも、この叔母さんの話になると、口を濁していた……。

迫島さんはメモに目を落としながら、確認する。

「——そして、蓮巳家は、〈梅屋敷〉から来た芙由さんと結ばれたのがご主人の宥さんで、その方は、脳溢血で五年前に亡くなった、と。

お二人の間には、幸佑さん、幸乃さんという一男一女。幸乃さんのご主人——が広樹《ひろき》さん」

「広樹さんはお婿さんよ。いるんだかいないんだか解らない、寡黙なおじさんなの。元は、隣り村のわりと大きな農家の五男だったらしいけど、今は、ゴミ処理場の専務をしているわ」

花琳さんが付けくわえる。

「〈藤屋敷〉の広樹さんは婿養子と――〈梅屋敷〉の東真さんも婿養子だから、そこも相似形になっているわけですね」

迫島さんは、少し驚いた顔で訊きかえした。

「そう言えばそうね。この二つの家って、何もかも張り合っていて、おかしいし、馬鹿みたい。でも、東真さんって、落ち着いた感じでいい人よね。あたし、彼みたいなタイプが好きなのよねえ」

花琳さんの言葉を聞いて、今度は私が驚いた。

「あの、花琳さんは、お義父様をご存知なんですか」

「ご存知よぉ。あたしは村の中をフラフラ、あの人も村の中をフラフラ、二人とも適当に歩いているから、たまに鉢合わせになるのよねえ。で、立ち話とかするわけ。

この前なんか、あの人、スケッチブックにあたしのことを、ささっと絵にしていたわ。そのうち、油絵で肖像画を描いてくれるって約束してくれたし」

日傘を回しながら、彼女は気さくに説明した。

迫島さんは、手元の家系図を見ながら、話を戻した。

「幸乃さん夫婦の間に、双子の澪乃《みおの》さんと吉之《よしゆき》さんがいた。けれど、兄の吉之さんは子供の頃に亡くなった？」

「ええ、それがね、その子は二十年前に七歳で、〈アヤの池〉で溺れ死んだらしいの。でも、コウちゃんも含めて誰も、詳しいことを教えてくれないのよ」

と、花琳さんは眉間にしわを寄せ、口を尖らせた。

「ふうむ。〈赤婆〉の子供もそこで溺死したとすると、やっぱり伝説絡みで何かあるのか……」

迫島さんは顎を撫でながら、考えこむ。

私はその二人のことを、和壱さんから少しだけ聞いていた。子供時代は、学校帰りなどに、親に隠れてよく遊んでいたらしい――。

「あのう。和壱さんの話では、小学校の低学年までは、〈藤屋敷〉の双子と仲が良かったそうです。でも、吉之さんが亡くなった後は、澪乃さんとも距離ができたとか。親やまわりから、彼女と一緒にいるのを見られると、怒られたり注意されたりするので、面倒になったそうです」

「吉之さんが亡くなった時にも、〈アヤの池〉は赤く染まったんでしょうか」

迫島さんが目を細めて尋ねると、花琳さんは、さあ、と肩をすくめた。

「綾子さん。和壱君は、吉之さんが溺死した時のことを、何か話していましたか」

私は、和壱さんの言葉をそのまま語った。

――うちでも〈藤屋敷〉でも、吉之の話題はタブーになっているんだ。僕も忘れてしまった部分が多いんだけど……確か、僕らは七歳だった。

前日に〈アヤの池〉が赤くなったって聞いて、三人で見に行ったんだよ。もう水の色はだいぶ薄くなっていたと思う。それで、吉之が足を滑らせて池に落ちて、必死にもがいていた……。

僕は、大人を呼びに行ったんだけど、間に合わなくて……結局、助からなかった。澪乃は、息をしない兄の側で、ずっと泣き叫んでいたと思う。

大人たちは、僕らの責任じゃないと慰めてくれた。あれは〈アヤの祟り〉だって……。

「――なるほど」

迫島さんは深く頷き、メモに何か書きこんだ。

〈アヤの池〉は、二の滝のすぐ近くにある澱んだ池だ。見るからに重苦しい雰囲気の場所で、一度だけ和壱さんに案内されたけど、遠くから見ただけで、側には寄らなかった……。

「三十一年前に〈梅屋敷〉の娘が病死して……二十年前に〈藤屋敷〉の男の子が溺死した……。これって、偶然なのかな……〈赤婆〉の子供も、〈アヤの池〉で溺死したとすると、それはいつ頃だろう。あのお婆さんが若い頃ならば、もっとずっと前で……まさか、それが悲劇の始まりじゃないよな……」

と、カメラマンは恐ろしいことを呟いた。

4

迫島さんはメモから顔を上げると、また花琳さんに質問した。

「あなたと幸佑さんは、事情があってまだ結婚できない……反対する人がいるのですか」

花琳さんは苦笑いした。

「あたしたちのこと、また蒸しかえすわけね。いいわよ、教えてあげる。〈藤屋敷〉の人はみんな反対してるわね。でも、問題はコウちゃん。あの人、すごい優柔不断でね……。それに今は、仕事にも就かず、ぶらぶらするだけで、嫌になっちゃうわ」

「あなたみたいに若くて奇麗な人が追いかけて来て、幸佑さんは幸せですね」

迫島さんが、歯の浮くようなお世辞を言った。

「向こうもそう思ってくれたら、嬉しいんだけどね」

花琳さんはため息を吐いた。

「幸佑さんが、帰郷しようと思った切っ掛けは何ですか。和壱君の帰郷と行動が重なるのは偶然でしょうか。偶然がやたらに多いように思うのですが……」

「コウちゃんは、何度か、和尚さんから手紙をもらっていたみたい。村に帰ってこいって。どうせ、家族の誰かが和尚さんに書かせたんでしょうけど」

「和壱君はどうでしたか、綾子さん」

迫島さんは私の方へ目を向けた。

「解りません。少なくとも、和壱さんから、手紙が来たという話は聞いてません」

そう私が答えると、花琳さんは薄く笑いながら、迫島さんに言った。

「あんた、もしかして、両家に遺産相続か何かの諍いがあるとか疑ってるの？」

「ええ、まあ、〈奥の山〉の件を聞いたものですから」

「道造翁っていう、あのお祖母様たちの父親が、宝物をこっそり埋め、その〈奥の山〉を丸ごと娘たちに遺したって話よね。どっちか生き残った方の専有になるとか、最初に宝物を見つけた人が、宝物と〈奥の山〉の両方を所有する権利を持つとか。

笑っちゃうわ。逆に、トラブルの元になるじゃないの。実際、村人たちが険悪になって、〈奥の山〉もひどく荒らされたっていうし。流血騒ぎもあったそうだわ。

それに、見つけた〈何か〉がその宝物だなんて、誰が、どう証明するわけ？」

花琳さんは、口紅で艶やかな唇を歪めた。

確かにそのとおりだ。遺言を書いた道造翁の真意は何だったんだろう。

「——そうこうしてるうちに、〈梅屋敷〉さんは会社の業績も順調に伸びて、片や〈藤屋敷〉は、大谷石の会社が回らなくなって没落まっしぐら。ま、数年前に、産業廃棄物の処理場を村外れに誘致して、持ち直したけどね」

「産廃場を嫌う人も多かったみたいですね」

迫島さんが訊くと、花琳さんは嘲笑った。

「ふふん。周辺の地形、自然への影響、雇用創出やらなんやらの調査中は、村でも相当な議論と反対が巻き起こったそうよ。

でも、落ち目とはいえ、〈藤屋敷〉ですからね。まだ存命だった先代が、村長を味方に付けて、村の発展にプラスになるって説得して回って、反対勢力をねじ伏せたわけ。

今のところ、あの会社は、それなりに順調のようよ。だから、コウちゃんの借金も返せたのよね」

「そうすると、幸佑さんは今後、その産廃業の会社で働くことになるんですか」

「さあ、どうかしら」

花琳さんの返事は、かなり投げ遣りに聞こえた。

迫島さんは、またメモに視線を落とす。

「〈藤屋敷〉の澪乃さんは、和壱君の又従妹《またいとこ》になるわけですね。彼女は、今、どちらに？」

「澪ちゃんなら、家にいるわよ。近くの町の広告代理店に勤めるとか、パンフレットのモデルとかしてたけど、この春に辞めて戻ってきて、今はぶらぶらしてる……。

まあ、表向きには花嫁修業中ね。お茶とかお花とかを習ってるわ」

「綾子さんは、その人に会ったことがありますか」

「ちょっと見かけた程度ですけど。小柄で、可愛らしい感じの方です……」

私から見た印象は、そんな感じだった。

和壱さんと同い年の澪乃さんは、真っ黒なストレートヘアを肩のラインできっぱりと切り揃えている。一重で切れ長の、すっきりした目をしていて、日本人形のような雰囲気を持っている人だった。

「するとこの夏は、ますます役者が勢揃いしたという感じだったんですね――」

迫島さんは目を細め、意味ありげに指摘した。

第12章 〈二の湯屋〉での死

1

「あのね、綾子さん。澪ちゃんを見かけどおりと思わない方がいいわよ。あの子、見た目は可愛いけど、性格はきついし、けっこう意地悪よ。あの鋭い目で睨まれたら、ぶるっちゃう人も多いんだから」

澪乃さんについて、花琳さんはそんな忠告をした。

「可愛い感じで、気が強い——いいなあ、僕のタイプだ。会ってみたいなあ」

迫島さんはワクワク顔で言う。

「じゃあ、そのうち会わせてあげるわよ」

「あの、実はもう一つ、見たいものがあるんです。〈藤屋敷〉の藤棚なんですけど、花の見頃には素晴らしい光景だそうですね。村の外から観光客まで集まってくるって聞きました」

「あたしがここに来た頃は、もちろん花は終わってたけど、家にある写真を見たらすごいのよ。いっせいに咲いた花の房で、藤棚が見渡す限り藤色に染まってるの。

しかも、お祭りみたいに、藤棚の側に、ずらりと食べ物屋台が並ぶらしいの。ゴミ処理会社の慰労会を兼ねていて、飲み食いがただなのよ。だから人がたくさん集まるわけね。

きっと〈藤屋敷〉の人たちは、藤の花を武器に、産廃業とは反対の、奇麗な印象を皆に広めたいんでしょうね。その狙いは、ある程度は成功してるみたい」

「ますます見たくなりましたよ」

「花のない藤棚でいいなら、今日はだめだけど、明日の午後にでもうちに来なさいよ。澪ちゃんにも会えるかもよ」

「えっ、いいんですか！」

迫島さんが大声を上げ、花琳さんはニッと笑った。

「じゃあ、決まりね。綾子さんも時間があったら、一緒にどう。どうせ、昼間は、娘さんは幼稚園よね。帰るまでの間だったら暇でしょう？」

私はどうしようかと迷った。

「すみません。黙って〈藤屋敷〉に行ったら、お義母様たちに何て言われるか……」

「だったら、ちゃんと許可をもらいなさいよ。〈藤屋敷〉の花琳に誘われたから、迫島さんと一緒に藤棚を見にいくって」

お義母様たちは顔をしかめるだろう。それでも私は、〈藤屋敷〉が実際どんなふうなのか見てみたい。

「あたし、これから、ドライブがてら、隣町のレストランへ行くのよ、コウちゃんとね。だから、明日の午後二時にまた会いましょう。うちの西側にある〈藤の池〉を知ってるかしら」

花琳さんは、私たち二人の顔を見た。

「僕は知りません」

迫島さんは首を振り、私は頷いた。

「森の中の小さな池ですよね。近道した時、一度、通り抜けたことがあります」

その時は、和壱さんが案内してくれた。高い木々に囲まれたとても静かな場所で、清水に満ちた小さな池がある。池の縁にはいろいろな花が咲いていて、情緒があった。

迫島さんが写真を撮るのには、ちょうどいい場所だろう。

「じゃあ、そこでね。明日、午後二時集合よ」

こちらの返事など聞く気もなく、花琳さんは決めてしまった。そして、簡単な地図を、迫島さんの手帳に描いた。

「――〈一の湯屋〉の少し手前にある脇道を東へ入るの。小川に沿って林を抜けると、すぐに池があるわ。でも、お寺から来るなら、〈椚《くぬぎ》の林〉を通り抜ける方が近道よ。そっちは綾子さんに訊いてね」

そう言うと、花琳さんはバイバイと手を振って、商店などがある方へ行ってしまった。

2

花琳さんの姿が消えると、あたりに、小鳥の鳴き声や秋の虫の音が戻ってきた。渓流の音も大きくなった感じだった。

温泉の露天風呂がある〈一の湯屋〉も〈二の湯屋〉も、渓流と滝に沿う小径の途中にある。林の中の幅の狭い坂道で、ここから〈梅屋敷〉まではずっと上りだ。

「――綾子さん。僕、ちょっと確認したいことがあるので、良かったら、お先にどうぞ」

迫島さんはそう言い、ショルダーバッグを縁台に置いた。

その横に、四角い立ち上がり筒が、地面から突き出ている。水道の元栓だ。

「これは、不凍栓になっているのかなあ……」

と、呟きながら、迫島さんは蛇口のハンドルを回したり締めたりした。その度に、鉄管の中で水が流れる音がする。私の不思議そうな顔を見て、迫島さんは口を開いた。

「この〈二の湯屋〉の洗い場で亡くなった方がいたでしょう。足を滑らしたか何かで」

私は記憶を探った。

「確か、丸井さんの前の寺男の……」

「そう。橋本さんという方です。頭を縁石にぶつけて、湯船に落ちて亡くなった、とか。で、村人の中には、それも〈アヤの呪い〉のせいにする人がいるんですよ。溺死でしたからね。

実際、この村で皆の話に耳を傾けていると、やたらに溺れ死んだ人のことを聞きます。ちょっと多すぎるように思って……」

迫島さんは眉間にしわを寄せ、恐いことを言いだした。

そして、湯屋の左端に設けられた木製の扉の前に立ち、今度はそれを何度か開け閉めした。扉は最近付け替えられたもので、木材も釘もまだ新しい。

「何でも、橋本さんを助けようとした人が、扉を壊したそうです。それで、同じ形の扉が付けられたんですね。

内開きか……取手は、いわゆるフランス取手という単純な奴で、外に立つと、向かって左側にネジ留めされている。蝶番は向かって右側に二つ……」

さらに迫島さんは、扉を大きく開くと、内側にある閂《かんぬき》――単なる細い竹の棒――を左右に何度か動かした。

「……閂も簡易的なタイプ。長さ五十センチ、直径一センチ五ミリから二センチくらいの白竹。扉に付いた二つのU字釘、いや又釘かな、それらで白竹を支えている。白竹を横に動かすと、先端が縦枠にあるもう一つのU字釘にはまって、施錠される形か。

実際のところ、形ばかり閉じるようなもの。扉をぶち破った時にも、たいして力は必要なかっただろう……」

ぶつぶつ呟きながら、彼はメモを取ったり、写真に撮ったりした。

それから、私の方を振り向いて、

「……実は僕、昨夜は東真さんに誘われて、寺男の丸井さんも一緒に飲みに行ったんです。他に、消防団の青田副団長さんや大林郵便局長さん、田山駐在さんも一緒でした。

それで、皆さんから、村で起きたことをいろいろ聞きました。副団長さんから、橋本さんが死んだ時のことも教えてもらったんですよ」

と、内緒話のように声を潜めて言ったので、私は嫌な予感がした。

「何か、おかしな点があったのですか」

迫島さんは、いえいえ、と手を振った。

「まだ事件性はありません。彼の死は事故として片づけられていますからね。僕は、念のために調べてみたいと思って」

「皆さんから、どんな話を聞いたんですか」

どうせ噂話に花が咲いたのだろうと思ったけど、カメラマンの返事を聞くと、少し違っていた。

「あの日は、朝六時頃に、近所の農家の人が風呂に浸かりにきたんです。すると、この扉の閂が掛かっていて、開きません。

誰かいるのかと耳を澄ましても、近くの渓流と滝の音だけ。それで、扉と鴨居の隙間から覗いたそうです。そうしたら、男が裸で、湯船に浮かんでいるのが見えたというわけです。

農家の人は、体当たりしてこの扉を壊しました。橋本さんを洗い場に引き上げましたが、息をしていない。彼は三宅先生を呼びに、診療所まで走りました。話を聞いた先生は、電話で駐在さんに事故の発生を告げたのです。

残念ながら、橋本さんは助かりませんでした。三宅先生の見立てだと、二時間以上前に亡くなっていたそうです。夜中に温泉に来て、思わぬ事故に遭ったのだろう――そう先生や駐在さんは考えました」

「お気の毒ですね……」

誰であれ、人の死は悲しい。

迫島さんは、扉の横にある棚へ目を向けた。造り付けで、四つに仕切られている。その足下には、長さ二メートル、幅五十センチほどのすのこが敷いてある。

「脱いだ衣服は、この棚に入っていました。脱衣場や洗い場は水で濡れており、ホースが引っ張り出されていました。デッキブラシも落ちていました。普段、ホースは、洗い場の端にある水道の側に巻いてあるそうです。

それで、駐在さんや消防団は、彼が洗い場をブラシでこすっていて足を滑らせ、頭を縁石にぶち当てて気絶し、湯船に落ちて溺れ死んだ――と、推測しました。

というのも、右後頭部に打撲の痕があり、縁石に彼の血と髪の毛が付いていたからです」

私も洗い場に目をやった。幅は両端が一メートル五十センチくらいで、まん中あたりの幅は二メートルくらいあった。湯船との境には、楕円形の石が縁取るように並べてあって、コンクリートか何かで接着してある。

ここも〈一の湯屋〉も、温泉に浸かるだけが目的で造られており、洗い場には鏡も蛇口もない。湯船の側の水道は、掃除に使うのと、温泉が熱すぎる時にうめるためのものだ。

迫島さんは、露天風呂の方を指した。湯気が絶え間なくふんわりと上がり、温かい湿気と共に硫黄の匂いがかすかに漂っている。

「見てのとおり、脱衣場も洗い場も狭くて、横に長い湯船は、六畳くらいの大きさですかね。そして、その向こう側は渓流になっている。洗い場は、岩場の壁とこの湯屋で囲まれ、露天風呂は渓流と岩場で囲まれている。

消防団が念のため調べたところ、岩場は苔生していて、誰かが上り下りした形跡はないそうです。渓流の方は、洗い場の縁から下を覗くと、水面まで四メートル以上あり、岩を積んだ壁が垂直に切り立っています。湯船から渓流に飛び下りることはできても、上がって来るのはまず無理ですね。それこそ、登山道具とか長い梯子を使わないと」

この温泉にも、和壱さんと一緒に一度入っているから、そのあたりのことは知っていた。

迫島さんは、どんどん説明を続けていく。

「扉を使わずに湯屋の屋根を乗りこえるとしても、やはり梯子は必要でしょう。それに、屋根にも苔や枯れ葉の残りがこびり付いていて、そこに乱れはなかったそうです。

したがって、扉が内側から閉まっていたことを最大の理由として、橋本さんが亡くなった時、ここはまあ、密室状態のようなものでした。そうした状況を照らし合わせて、駐在さんも消防団も、第三者が関わったということはない、と考えたそうです」

「でも、あなたは疑っているんですね？」

私が声を潜めて尋ねると、迫島さんは、今度は水道を指さして、しっかり頷いた。

「ええ。消防団の一人がホースを巻いて片付け、何げなく蛇口のハンドルを回してみたそうです。そうしたら、水が出なかった。その時は別に変にも思わず、そのままにしてしまったそうですが――」

ヘビのとぐろのように巻いてある青いホースは、長年使われてきたらしく、白茶けて、所々、表面がひび割れていた。先端部分も亀裂が入っていて、ちょっと広がっている。

「この前、竹見おばさんが話していたのを、あなたも聞いていましたよね。〈藤屋敷〉関係の方が、水道について何か文句を言っていたと」

私は思い出した。

「五郎じいさんという方です」

「その人は、橋本さんが亡くなった翌日に、この温泉に入りにきたそうです。で、『洗い場の水が出ないぞ。水道管が詰まってるんじゃないか』と、自治会に文句を言ったんです。

〈二の湯屋〉の管理役は青田副団長さんなので、さっそく確認したところ、湯屋の外にある水道の元栓が締められているだけでした。彼はそれを開けたそうです。

ただ、この一連の話を聞いて、僕はちょっと変だと思ったんです。死んだ橋本さんがブラシで掃除していたなら、元栓は開いていたはずでしょう。現に、洗い場どころか、すのこや扉のあたりまで濡れていたのですから」

そう聞いて、私はやっと、迫島さんが言おうとしていることの意味が解った。

「橋本さんは、タライで湯船から温泉を汲んで、洗い場を流したんじゃないですか」

「だったら、ホースは使わず、丸めてあったはずですよ」

「ホースで水を撒こうと思ったら、水が出なかったので、タライを使ったのかも」

カメラマンは小さく微笑んだ。

「綾子さんも、意外に論理的な考え方ができるのですね。その点も、副団長さんに確認しました。彼は遺体を病院へ運んだ後に、この現場の写真を撮っていました。

それを見ると、橋本さんは自分のタライは持ってきていません。ここには、備えつけのケロヨン――じゃなくケロリンの、黄色いプラスチックのタライがありますが、全部、岩壁の手前に伏せて置いたままでした。手拭いは、縁石の上にありましたし」

「じゃあ――」

「ええ。僕はこんな想像をしてみました。橋本さんは、この温泉に浸かろうと裸になった。もう一人誰かがいて、彼が湯船に近づいた時に、後ろから岩か何かで殴りました。そして、気絶した彼の体を湯船に突き落としたのでしょう。

もしかすると犯人は、橋本さんの頭を押さえつけて、力ずくで溺れさせた可能性もあります」

迫島さんの言葉に、憤ったような熱がこもる。

「いったい誰が、そんなひどいことを……」

恐怖が急に膨れ上がり、顔が強張った。

「それは、解りません。橋本さんはお寺の使用人で、かなりの酒飲みだったようですが、温厚な人物で、彼を悪く言う人はいません。また、身寄りも近くにいなかった。和尚様も、彼は秋田県の出身としか知らなかったそうです。

新しい寺男の丸井さんは、八月の頭に近くの町の公共事業に出稼ぎに来て、スナックかどこかで、橋本さんと知りあったそうです。二人とも酒飲みで、ギャンブル好きだったため、すぐに意気投合したとか。それで、橋本さんは、丸井さんを次の寺男にと推薦してあったようです」

「橋本さんを殺した人がいたとして、犯行後、どうしたんですか」

私は首を傾げて、質問した。

迫島さんは腕組みした。

「扉の閂を内側から掛けて――ううん、どうしたんでしょうかね。思い切って、露天風呂から、渓流めがけて飛びこんだか……。

ただ、水深はそんなにないし、大きな岩がごろごろしていますから、まず無傷ではないでしょうね」

「何故、そんな面倒で危険なことをするんでしょう。扉から普通に逃げればいいのに」

「橋本さん一人が風呂に入っていた、扉の閂も彼が掛けた、その後、彼が足を滑らせて亡くなった――という演出をするためでしょうね。

また、なるべく死体の発見を遅くしたかったのでしょう。自分のアリバイを作るために」

「事故に見せかけようとした、ということですか」

「そう。そして、それは今のところ成功している」

迫島さんは自信満々に言った。

私はさらに恐怖を感じて、体が震えてきた。

「橋本さんの死が他殺なら、和壱さんの死と何か関係があるんですか」

「すみません。まだそこまでは……。その点はこれから探っていこうと思っています」

迫島さんは、残念そうに首を振った。

3

「――あれ、綾子さん。今、何て言いましたか」

突然、迫島さんは目を見開き、私に尋ねた。

「犯人は、扉から普通に逃げていけばいいのに――と、言いましたよね？」

私は戸惑いながら、はい、と頷いた。

「そうだ。そのとおりだ。あなたは頭がいい。素晴らしい炯眼《けいがん》をお持ちだ」

手を打った迫島さんは、目を輝かせて明るい表情になった。

「何のことですか」

「トリックですよ。犯人がどうやって、扉を閉めた状態にして、この湯屋の密室から逃げ出したか――という方法のことです。それが、あなたの言葉で解ったような気がします」

そう言うと、迫島さんは、水道のホースを扉の前まで引っ張ってきた。

「ほら、下段の棚の一番端、扉側の所にこんな窪んだ部分がある。板に節があって抜けたんでしょうね。円周の四分の三くらいの窪みとは、都合がいい――」

迫島さんは、棚の中にホースを入れて一巻きさせ、先端から一メートルくらいの所をその窪みに押しこんだ。

「――これで、ホースは落ちなくなりました。そして、ホースの先端に、門代わりである白竹の後ろ側を差しこみます。このような一般的なホースの内径は十五ミリくらいですから、ちょうど、この白竹の直径と同じくらいですね」

ホースの先端は、古びてひび割れが生じており、少し広がっていたから、簡単に白竹の端の部分にはめることができた。

迫島さんは、U字釘で支えられた白竹を横に動かし、扉の右端と面一に揃うようにした。

「――次に、外の水道栓を締めます」

外に出た彼は、元栓のハンドルを回して戻ってくる。

「で、こっちの蛇口は全開にします――」

今度は、洗い場の端にある水道の所へ移動し、言ったとおりにした。少しだけ水が流れる音がして、ホースの根本が動いた。

「犯人はこうしてから、外に出て、そっと扉を閉めました。綾子さんは、中で見ていてください。この状態で、水道の元栓を開いたらどうなるか――」

また外に出た迫島さんは、扉をそっと閉じた。

「やりますよ！」

彼の大きな声と、洗い場の蛇口から水の音がするのはほとんど同時だった。一気に水が流れこんだホースは、まるで生き物のようにぶるんと震えた。棚の中に押しこまれた一巻きの部分も、直線になろうと動いている。

そして、白竹とホースの接合部から水が少し漏れたかと思ったら、バシャッと音を立ててそれが外れ、勢いよく水が噴き出した。その勢いで、白竹は押し動かされ、先端部分が見事に縦枠のU字釘にはまっている。

つまり、手で白竹を横に動かして、閂を掛けたのと同じことになったのだ。

ホースは棚から落ちて、扉の前で水を強く撒き散らしている。

すぐにその水は止まり、私が閂を戻して扉を開けると、

「――どうですか。うまくいったようですね」

と、迫島さんが嬉しそうに笑いながら、入ってきた。

「ええ、驚きました」

「つまり、これが、犯人の逃走方法だと思えるわけです。温泉や川へ飛びこまず、湯屋の扉を内側から施錠した状態で、外へ逃げられるんですね。

しかも、現場に駆けつけた消防団が、外の元栓は締まっていた、洗い場の蛇口は開いていたが水は出ていなかった、すのこや扉の前まで濡れていた、といった証言をしていますが、そういった状況とも合致するわけです」

「ではやはり、橋本さんは殺されたんですね」

私は少し震えながら、念のために確認した。

「ええ、可能性はずいぶん高まりました。あとの問題は、誰が何故、彼を殺したか――」

迫島さんは真剣な表情になって、目を細めた。

4

〈二の湯屋〉を出ると、迫島さんは、

「僕は〈アヤの池〉を見に行きますけど、どうですか。綾子さんも一緒に行きませんか」

と、誘ってきた。

もう家に戻らないといけない時間だけど、ついて行こう。祟りのある〈アヤの池〉——恐いもの見たさかもしれないけれど、この際、どんな場所かちゃんと知っておこう……。

迫島さんが先に立ち、私たちは坂道を少し下った。二の滝へ行く脇道に入ると、木々の間の岩場になった。その分、足下が悪い。

「綾子さん、くれぐれも気をつけてくださいね」

迫島さんは振りかえり、私を気遣ってくれた。

この前、和壱さんと来た時には、遠目に〈アヤの池〉が見えただけで引き返してしまった。〈アヤ〉伝説に関係する場所には、心理的な抵抗がある。

ザアザアという強い水音が、だんだん近くなる。背の高さ以上ある岩の陰を曲がると、滝壺が見えてきた。幅六、七メートルで、落差五メートルほどの滝は、白糸のような煌めきで水を落下させ、霧状の水飛沫を上げている。

「こぢんまりとしていますが、これはこれで奇麗だなあ。ここでも、勇気ある子供たちは水遊びをするそうですね。あの滝の上から、滝壺に飛びこむようですよ」

嬉しそうに言いながら、迫島さんは何枚かの写真を撮り、また歩き始めた。

確かに、空気が美味しい気がする。

やや白みがかった大小の石で埋まった小さな河原に近づくと、渓流の上に、木製のアーチ型の橋が架かっていた。かなり傷んでいて、全体的に苔生している。

それを渡ると、山葡萄の蔓《つる》が絡んだ大きな岩と岩の間に細い小径があった。背の高い茂みを掻き分けるようにして進むと、急に視界が開けて、緑色の神秘的な池の畔に出た。ぎっしりと重なる木立が滝の音を遮《さえぎ》るのか、あたりは静まり返っている。

〈アヤの池〉……。

目の前にある瓢簞《ひょうたん》型の池を見て、かすかな寒けを感じた。気分も滅入ってくる。水面は重く淀んだ緑色をしていて、汚い水草が広がっている。何とも醜く感じられたし、この場所全体が無気味な雰囲気に包まれていた。

周囲に柵はなく、〈危険、遊泳禁止〉と呼びかける立て札があるだけだった。

池の畔には岩場もあれば、ぬかるんだ部分もある。水深は解らないけど、こんな所で泳ぐ人の気が知れなかった。これでは、溺れるのも無理はない……。

「綾子さん。危ないから、そこにいてください――」

迫島さんは私に注意すると、自分は写真を撮りながら、池の側に近づいた。少し突き出た平たい岩の上に飛びのり、池全体を見た後に、水面を覗きこむ。

「カッパでも水中に潜んでいそうですね。あ、いるなら〈アヤ〉か――」

などと、無邪気な子供のように、ふざけたことを言う。

……いや、迫島さんは、不吉な感じを拭うために、わざと明るく振る舞っているのかもしれない。

「――水中にも水草が生い茂っていますよ。ここに落ちて、水草が体に絡まったら、溺れてしまうこともあるでしょうね」

「どうして、この緑色に濁った水が赤くなるんでしょうか」

私が後ろから尋ねかけると、迫島さんは岩から下りて、振りかえった。

「実は言い伝えだけで、赤くなったことなんて、本当はないのかもしれません。

僕は、東真さんや皆さんに訊いてみたんです。この池が赤くなった時の写真はありますかと。すると、祟りがあるので写真は撮らなかった、誰も持っていない――という返事でした」

「赤く染まるというのは嘘ですか」

「嘘というより、怖さのためにそう見えた、という感じかもしれません。または、夕暮れの陽がここに反射したのを、遠くから見て水が赤く変わったと錯覚したとか」

「なるほど――」

「無論、実際に赤くなった可能性もあります。もしもこれが温泉で、鉄分が多く含まれてるなら、オレンジ色とか赤褐色に染まることだってあるでしょう。

青森の不老ふ死温泉って知っていますか。あれは海辺の波打ち際にある温泉ですが、溶けこんでいる成分のせいで、お湯も岩で造られた湯船も、驚くほどの赤褐色になっているんです」

迫島さんは説明するけど、この池に温泉が流れこんでいるという話は聞いたことがない。

水が赤くなる……。

人の血が、ここに大量に流れこんだら……もしかして……。

『――あんた、やっぱりアヤなんじゃな！　アヤに決まっとる！　あんたをこん村に入れたから……禍ばかりじゃ！』

〈赤婆〉が私を罵《ののし》る声が、急に記憶の底から湧き上がってきた……。

第13章 東真の書斎にて

1

家へ戻るのがだいぶ遅くなった。案の定、竹見おばさんに叱られてしまった。

「お昼の支度もしないで、どこをほっつき歩いているんですか。自分の仕事を放り出して遊んでいるなんて、良い身分ですこと。本当に困ったお嫁さんだわ」

意地悪く、冷たい声が飛んでくる。

でも、

「偶然、迫島さんと出会って、あの方が写真を撮る場所を探しており、案内していたものですから……」

と、言い訳したところ、それを横で聞いていたお祖母様が、急に満足そうな顔になった。

「ああ、それならかまわないさ。あのカメラマンは、この村やうちのために、たくさん写真を撮ってくれてるんだからね。なるべく手伝っておやり、綾子」

そう機嫌よく許してくれたのだった。

どうやら、お祖母様にとって、迫島さんは孫の大事な友人であり、お気に入りの存在になったようだ。

ちょうどいい機会だと思い、

「それで、明日の午後なんですけど、迫島さんが〈藤屋敷〉の藤棚を見たいとおっしゃっていました。私も誘われたのですが……」

と、おずおずと言いかけた途端、

「〈藤屋敷〉だって！」

と、竹見おばさんは、赤縁眼鏡の奥で恐い目をした。

けれども、お祖母様は、

「ああ、そうかい。そうかい。季節によっちゃあ、あの藤棚は見事なもんだよ。藤の花は落ち着いた雰囲気がいいねえ。あれだけが〈藤屋敷〉の取り得だよ。

あんたはまだ、あそこを見たことないんだろう。いい機会だから、迫島さんと行っといで」

と、これもすんなり頼みを聞いてくれた。

「ですが、大奥様。〈梅屋敷〉の嫁がふらふらと〈藤屋敷〉へ遊びになど寄ったりしたら、何を言われるか……」

珍しく、竹見おばさんがお祖母様に反対したけど、

「遊びじゃないだろう。迫島さんのお手伝いなんだ。それでも心配と言うなら、米沢が、今日明日は庭仕事をしとるじゃろうから、綾子のお伴をするように頼んどいておくれ。いいね、竹見さん」

そう言いきると、お祖母様は話が終わったからと手を振り、私を台所へ追いやった。

2

その日の夜は、珍しくお義父様も家にいて、皆と一緒に食事をした。ただ、お義父様は家族の会話にはあまり加わらず、静かに食べ物を口に運んでいた。

茉奈を寝かしつけ、台所の片づけを終えると、私はコーヒーを淹《い》れてお義父様の書斎へ運んだ。

ノックして入ると、お義父様はどっしりとした書き物机に向かい、スケッチブックに描いた絵を開き、水彩絵の具で色を塗っているところだった。

お義父様はいつも、スケッチブックを持ち、森の中や川沿いを散策する。気の向くままに写生をして、家に帰ってから、着色したり、それを元に油絵を描いたりする。

母屋の北西側にあるこの部屋は、いつもドアを開けた途端に、ハーブとお香を混ぜたような、いがらっぽい匂いがした。これは、お義父様の趣味の一つ、パイプの刻みタバコの匂いだった。

お義父様は、私の妊娠を知ってから、家の中では吸わなくなった。必ずパイプを持って外に出て、庭や温泉に行ってくゆらせる。それでも、この部屋の壁紙などに染み付いた匂いは、ずっと消えそうにない。

「——ああ、綾子さんでしたか」

お義父様は手を休め、こちらに顔を向けて微笑んだ。

「コーヒーをお持ちしました」

机の上には、カップを置く場所がない。迷っている私の気持ちを察して、お義父様は、

「じゃあ、ちょっと休みましょう。そっちに行きます」

と、奥にある低いガラス・テーブルを指さした。

私はそこにコーヒー・カップを置いた。お盆を手にして出ていこうとすると、肘掛け椅子に座りなおしたお義父様が手招きして、向かい側の椅子を私に勧めた。

「少しお話ししましょう、綾子さん」

私は小さく頷き、柔らかな座面に浅く腰かけた。

「体の具合はどうですか。無理はしていませんか」

「つわりも少しずつ収まってきましたし、大丈夫です」

お義父様はにっこり笑い、カップに口を付けた。

「綾子さん。あなたの淹れてくれたコーヒーは実に美味しい。何かコツがあるのですか」

「いいえ、特には。ただ、ドリップで淹れて、豆は挽き立てを使い、お湯は少しずつ、ゆっくりとコーヒーの粉の上に注ぐだけです。普通の淹れ方ですけど……」

細い注ぎ口のコーヒー・ポットを回す仕草をしながら、私は答えた。

「なるほど。愛情と共にお湯を注ぐのですね。美味しいわけだ」

お義父様は満足そうに、またコーヒーを一口啜った。

私も自然と頬が緩む。書き物机の上の絵が見えたので、

「お義父様。今、色を塗っている絵ですけど、その女性は、もしかして、〈藤屋敷〉の花琳さんですか」

と、訊いてみた。

日傘を持った女性の胸から上の絵で、日傘のデザインが、彼女の持っていたものと同じだった。

「そうですよ。三日前ですが、渓流の岩に座って風景画を描いていたら、花琳さんが通りかかり、横に来て座ったんです。それで話をしながら、何となく彼女の横顔をスケッチしました。奇麗な顔立ちだと思っ

たのでね。

彼女が私の手元を覗きこみ、『黙って人の姿を写し取るのは泥棒ですよ』と言うので、私は謝った後に、『あなたの肖像画を描いていいですか』と尋ねました。そうしたら、『いくらでもどうぞ。こんな容貌で良ければただですから』と、ユーモアのある返事がありましたよ。

というわけで、私は彼女の絵を描いているんです。もしかすると、油絵の具で肖像画を描くかもしれません」

油絵を描く時、お義父様は裏庭にある土蔵の一つの二階に上がる。そこがアトリエになっている。ここでは手狭であるという理由と、油絵に使うテレピン油の匂いがきつくて、お義母様が嫌っているという理由からだ。

「私も昨日、初めて、花琳さんとお話ししました」

私は、彼女と会った時の出来事をお義父様に説明した。

「村の者はなんだかんだ彼女の悪口を言いますが、けっこう魅力的な面がある人ですね。しかし、久寿子やお義母さんは、ああいう派手で目立つ女性は気に入らないようです。しかも、〈藤屋敷〉の女性ときてはね。

それに、久寿子は、従弟の幸佑さんを昔からよく思っていないのですよ。真面目に働かないで遊んでばかりの役立たずだと、常々、馬鹿にしています。

けれど、そういう偏見はどうでしょう。この私だって、同じようなものですから」

と、お義父様は苦笑いをした。

「そんな――」

「花琳さんは、私のことを〈飼い殺しの猫〉と評していましたよ。頭の回転の良さが解りますね」

お義父様の口元に、ふっと笑みが浮かぶ。変な比喩を言われても、けっこう好感を持っているようだ。

私は立ち上がり、もう一度、色を塗りかけの絵を見た。

すらりとした鼻筋、くるりとした長い睫毛、ふんわりと首筋に掛かる栗色の髪——花琳さんの特徴をよくつかんでいる。

机の左の壁には、以前に描いた水彩画が画鋲で留めてあった。どの絵にも、この近くの風景が様々な表情をもって活写されている。

下からはるか上の山門へと続く碧龍寺の石段。森の梢《こずえ》越しに望める操川の流れ。奥の滝とその周辺にある板状の岩の層が織りなす奇景。一の滝を取り巻く六角形の柱状節理《ちゅうじょうせつり》の石壁。桜吹雪の舞う中に透けて見える丸木橋——などなど。

「——来年の春は、一緒にお花見に行こうね」

と、和壱さんが言ってくれた、村外れにある桜の古樹も、絵の一枚になっている。

「実は、このことは黙っていようと思ったのですが——」

お義父様はそう口にしながら腰を上げ、書き物机の引き出しから茶色い封筒を持ってきた。四つ折りになった紙を取り出し、広げて、テーブルの上に置く。

座りなおした私は、それを一目見て凍りついた。

〈梅屋敷〉の息子が死んだのは、アヤのせいだ。家からアヤを追い出せ。この村からアヤを追い払うのだ。

前に届いた脅迫状と同じような言葉が並んでいた。文字の形や筆記用具も似ている。

「昼間、郵便箱に入っているのを、私が見つけました」

お義父様は悔しそうな、怒ったような声で言った。

うすら寒い気配が、すうっと私の背筋を這い上がった。この村に渦巻く私に対する憎しみの根深さが、その文面からははっきり読み取れる。

「……誰が、こんなものを」

「きっと、前の脅迫状を書いたのと同じ人物でしょう」

「他に、このことをご存知の方は？」

「まだ私とあなただけです。けれど、明日になったら、久寿子にも見せようと思っています」

「警察には……？」

「久寿子は駐在さんを信用していないので、見せないでしょう。だから、私たちだけが知り得る情報です」

私は黙って頷いた。

「――というわけで、綾子さん。いいですね。私も充分に警戒しますが、あなたも気をつけてください。何かあったら、必ず、私や、この屋敷の者に言ってください」

お義父様は、珍しく思いつめた顔で注意した。

3

——翌日。

昼食の後片づけを終えると、もう午後一時半になっていた。私は玄関から外に出て、母屋の裏にひっそりと建つ茶室へ行った。奈津お祖母様の若い頃に、父親が有名な茶人を招いて造らせたという、茅葺き屋根の風雅な小家だ。

竹見おばさんから、そこに米沢のおじさんがいるはずだと聞いていたのに、生け垣の補修をしている若い衆の姿しかなかった。

「親方なら、たぶん、西の離れのあたりじゃないですかね」

若者に教えられ、私は、母屋と土蔵の間を通ってそちらに向かった。正直言って、遊技室を目にしたくなかったから、何も考えないようにして、その横を通りすぎた。

米沢のおじさんは、敷地の端にある高垣の側で、背の高い庭木の冬囲いを点検していた。小柄でもがっしりした体格で、よく日焼けしている。短髪に半被《はっぴ》を着ており、いかにも植木職人といった風情だった。

私は声を掛けようとして、足が止まった。枝振りの良い松の木の向こうに、他にも二人の男女がいたからだ。

一人はカメラを持った迫島さんで、もう一人は分家の麻里子さんだった。

彼女が、青みを帯びた高さ二メートルほどもある庭石を背にして、簡単なポーズを取っている。迫島さんは、その格好を写真に収めていた。

麻里子さんがいるのは面倒だな、と思っていると、迫島さんが私に気づき、

「あ、どうも。綾子さん、僕、あなたを迎えにきたんです。というか、僕は、〈藤の池〉へ行く近道がよく解らないので、案内してもらおうと思ったんですよ」

と、カメラを下ろして、笑顔で説明した。

麻里子さんは、それまでニコニコしていたのに、私を見て急に仏頂面になった。

「何よ、本当に綾子さんも行くの。あたしが案内するから、あたしたちだけで藤棚を見に行きましょうよ。ねえ、迫島さあん」

彼女は、カメラマンの腕に自分の腕を絡め、すねたような甘い声まで出した。

それを見て、顔をしかめたのが米沢のおじさんだった。

「何だ、麻里子嬢ちゃん。あんた、関係ないだろうが」

「米沢のおっちゃんこそ、何よ！」

麻里子さんは膨れっ面になる。

「俺は、大奥様に頼まれたんだよ。この人を〈藤屋敷〉の〈藤の池〉まで案内してくれってな。つまり、お伴するんだ」

「へん、馬鹿みたい。奈津おばあ様の名前を出せば、あたしが怖じ気づくと思ってるの。そんなの大間違いよ」

植木職人と若い女性が、顔を突き合わせて睨み合った。

「まあまあ、喧嘩は止めましょう。みんなで行けばいいじゃないですか。呉越同舟《ごえつどうしゅう》ですよ」

適当なことを言って、迫島さんが仲裁に入る。

私は心の中でため息を吐きながら、米沢のおじさんに頭を下げた。

「お忙しいところをすみません。お祖母様が、私一人では心配だとおっしゃるものですから」

植木職人は分厚い手を振った。

「かまいませんよ、若奥さん。それほど急ぐ仕事でもねえんでね。十一月までに、主立った木に冬囲いをすりゃあいいんです。そしたら、雪が降っても安心だからね」

「ご苦労様です」

「この裏庭にある木は、去年、俺が病気しちまって、冬囲いを取ってやれなかったから、可哀想なことをしちまったんだ。それで、今年は早めに、白竹や細紐の締め具合を見てやってるんですよ。

このあたりの木なら、五メートルの長さの白竹を、四本ずつ使いましてね。頂点で結びつけてから、全体も細紐でしっかりからげていくんでさあ。

特に、松は幹が弱いんで注意しねえと、枝に積もった雪の重みで倒れることもあるんでね。あと、柿の木なんかも、枝がポッキリ折れることがよくある。だから、松や柿なんかは、枝を下から支えるつっかえ棒もするんですよ」

植木職人として、自分の仕事に誇りを持っていることがよく解る説明だった。

「作業は、一人でなさるのですか」

私は庭仕事のことはまったく解らない。変な質問をしたかもしれない。

「いやいや。場所や作業によっては、もちろん、若い衆を使います。それでも足りなかったら、農閑期には、公平らにも手伝ってもらいますさあ」

公平というのは、消防団の青田副団長さんのことだろう。

「それに、以前は、お宅の寿太郎さんにも声を掛けることがよくあったんでさあ。というのも、やっこさんが若い頃に、俺がちょいと庭仕事のイロハを仕込んでやったんですよ。ああ見えて手先が器用だから、男結びでも、鵜の首結びでも、からみ止めでも、紐の結び方をすぐに覚えちまった。ただ、やっこさんは、すぐに疲れたとか言ってサボるんで、あんまり役には立たなかったんですがね。

若奥さんは知らないだろうが、やっこさん、学生時代には、登山とかヨットにも手を出していやがったんだ。そんでも、体がしんどいとか言って、やっぱり途中で投げ出しちまう。凝り性の癖に根気がないという、実に困った性格でねえ」

あの叔父様が、そんなに行動的な人だったとは。かなり意外だ。

「あのう、ムシロを掛けた木もありますね？」

カメラマンはまわりを見て、米沢のおじさんに質問した。彼の関心はあちこちに飛ぶ。

「ああ。寒さに弱い木の場合、そうやって養生するんだよ。ムシロを巻くだけでも、けっこう温かいんでね。

表の庭の端に、縄で雪吊りした木が二つあるだろう。あれは、俺が病気でできなかったんで、たぶん寿太郎さんがやってくれたんじゃねえかな」

「米沢のおっちゃん。うちの庭の手入れはどうなってんのよ。ちゃんとやってよね」

麻里子さんが口を挟む。偉そうな言い方だ。

「解っとるよ。来週あたり、分家には時間を作って見に行くさ。あんたの母ちゃんにそう伝えておいてくれ」

そう返事をした米沢のおじさんは、足下に置いてあった白竹と、細紐の三つの束を拾い上げた。

「それじゃ、若奥さん。こいつを土蔵の資材置き場に片づけたら、行きますんで、正門の所で待っててくれませんか。また、悪戯《いたずら》小僧どもが勝手に入ってきて、悪さをしたんだ。ほら、この白竹でさあ。五葉松の冬囲いの中に突き刺し、細紐も丸めて放り出してあったんでねぇ」

そう言いながら、米沢のおじさんは二本の白竹を植木の根元から引き抜き、細紐の束を拾った。

「子供の悪戯ですか」

迫島さんは、大げさに驚いてみせた。

「ああ。近所の悪ガキどもの仕業なんだよ。ここの北西の角に林に面した裏門があるんだが、竹を組んだ枝折り戸だから、乗り越えて入ってきやがるんだ」

憤慨顔で米沢のおじさんは言う。

「何が目当てなんです?」

「あいつら、時々、庭に生っている柿やリンゴ、栗、桑の実なんかを盗っていくんだよ。実を引っかけて落とすのに、白竹や細紐を使うみたいでねぇ」

植木職人は、西側にある枝ぶりの良い木に目を向けた。橙色になりかかった柿の実が、たくさんぶら下がっている。

「あれは何柿ですか」

カメラのレンズを向けながら、迫島さんが尋ねた。

「西村早生《にしむらわせ》柿だ。富有柿より早く、今頃からもう食べられる。甘いから、悪ガキどもが狙うのさ。表庭には、八月下旬から採れる刀根早生《とねわせ》っていう渋柿もあるがな」

「米沢さんは几帳面そうですね。仕事に使う白竹の数とかは、きちんと管理されているんでしょう?」

「もちろんだ。だから、こうして一本でも資材置き場にないとすぐに解るし、気に掛かる。それで探しに来たら、この松の根本に放り出してあったわけさ。

前の時には、低い脚立まで持ち出し、白竹なんかと一緒に、土蔵近くの茂みの陰に放りこんでいやがった。あれは、八月末の大雨の後だった。庭を点検してて見つけたんだがね。

まあ、うちの若い衆も悪いんだ。あのボンクラ野郎が、ついつい、資材置き場にしてる土蔵の鍵を掛け忘れちまうからなあ」

「その大雨の前にも、資材置き場は点検されてたのですか」

迫島さんが妙に真剣な顔で尋ねる。

「ああ、もちろんだ。数日前のことさ。新しく植えたイチイの木の根本に肥料をやり、水を撒くんで、道具を取り出しに行ったっけ」

「その時は、白竹も細紐も脚立も、決まった場所に間違いなく置いてあったんですか」

「ああ、ちゃんとな――それがどうしたい？」

植木職人は訝《いぶか》しげに訊いた。

「いいえ、時季的に、まだ柿の実は青いだろうから、子供たちが何を盗ろうとしたのかと思って」

「柿じゃなけりゃ、イチジクかスモモを狙ったんだ。スモモの木は、玄関から南側へ回った所に生えてる。枝は何本か外に突き出てるから、塀をよじ登って盗る奴もいるくらいさ。

とにかく、今度、悪ガキどもを見かけたら、みっちり叱ってやる。ゲンコツもんだ」

スモモやイチジクは、この家ではジャムにしていて、台所横の食料庫にはいくつもビンが並んでいる。

「――どっちの木も、母さんが結婚した時に記念に植えたんだ。だから、母さんは大事にしているんだよ」

そう和壱さんが言っていたのを、私は思い出した……。

「じゃあ、若奥さん、正門の方で――」

植木職人は、白竹や道具類を持って土蔵の方へ歩いていった。

第14章 〈藤の池〉の待ち人

1

〈梅屋敷〉の南側にある斜面には、広葉樹の林が広がっている。通称は〈椚の林〉。北側半分は村の、残りは〈藤屋敷〉の所有になっている。

その中を抜ける〈椚の小径〉は、〈藤の池〉への近道だった。でも、この前来た時には奇麗に刈られていたのに、今はもう大変な勢いで雑草が伸びていて、とても歩ける状態ではなかった。

田舎へ来て初めて知ったことの一つが、雑草の生命力と生長の早さだった。定期的に手入れをしないと、あらゆる場所ですぐに草が生い茂ってしまう。そのため、六月頃からは、除草剤を撒くとか、二週間に一度は草刈り機を使って刈りこむ必要がある。

「〈椚の林〉は、〈藤屋敷〉のモンが手入れすることになっているのに、手を抜きやがったな。自治会を通して文句を言ってやる」

と、米沢のおじさんは不快感を見せる。

「おっちゃんが、代わりにやってあげればあ」

迫島さんの腕にすがりついたまま歩く麻里子さんが、呑気な声を出した。

「馬鹿言うな。何で俺が、〈藤屋敷〉の手伝いをしなくちゃならねえんだ」

吐き出すように言い、植木職人は口をへの字に曲げた。

仕方なく私たちは、少し遠回りになるが、渓流沿いの小径――〈川の小径〉――の方から行くことにした。〈梅屋敷〉の高い塀に沿った細い車道は、敷地の南西側で終わり、形ばかりの生け垣の所から、木々に囲まれた土の小径に変わる。

すぐに丁字路に突き当たって、そこを右へ折れると、奥の滝に至る険しくて細い山道になる。三百メートルくらい登れば、切り立った崖が木々の間に見え始め、滝音が響いてくる。さらに進むと、幅は狭いが落差の大きな、美しい滝の側に出られる。

米沢のおじさんが先頭を進み、丁字路を反対に曲がった。緩やかな下りの坂道は、一の滝や二の滝の横へと繋がっている。せせらぎの音と共に、岩の間を流れる川の様子が、時々、茂みや広葉樹の間から目に入る。

「おっ！　ミヤマクワガタがいる！」

「あっ、オオルリじゃないか！」

「あれは野ねずみか、モモンガか!?」

歩きながら、迫島さんはあちこちにカメラを向け、シャッターを押し、はしゃいでいる。

「迫島さんよ。その新型のカメラは調子いいかい」

米沢のおじさんが尋ねると、カメラマンは嬉々として答えた。

「ええ。ＡＦも連写速度も、フィルムの巻き上げも早いので、ストレスがありません！」

ほどなく小さな木の橋が現われた。ややアーチ状で、太い手すりが付いている。その下を流れるのは〈藤の池〉から始まる小川で、西側の操川に注ぎこんでいる。

橋の右側に、青いプラスチックのドラム缶が二つ置いてあった。蓋は黒く、銀色の締め金具が付いている。

橋の左側には〈藤の池〉へ向かう細い小径があり、椚と山栗が目立つ林の中へ続いていた。

「あれ？　一昨日は、ここにこんなドラム缶はなかったですよね。何ですか、これ？」

迫島さんは不思議そうに尋ねた。

「それはなあ。昨日、ゴミ処理場の連中が置いていったのさ。ドラム缶は、あそこの会社で造って売っている商品なんだよ。たぶんもう、村中の主立った所には配ってあるはずだ。景観が悪くて困ったものさ」

と、米沢のおじさんは嫌そうに言う。

麻里子さんが、訳知り顔で付けくわえた。

「このドラム缶に落ち葉を溜めるのよ。いっぱいになると、契約した農家の人が取りにくるの。集めた落ち葉を山積みして腐らせて、来年になってから畑の肥料にするわけ。天然だけど、良い肥料になるんだって」

「なるほど。腐葉土を作るのに利用するわけですね」

そう言いながら、感心した迫島さんがドラム缶の蓋を撫でだした時だった。中が空だったため、ドラム缶は簡単に傾き、支えを急になくした迫島さんは、それと一緒に、小川に落ちてしまった。

ドブンッと水飛沫が上がり、

「うわあっ！」

「きゃあっ！」

という、迫島さんと麻里子さんの悲鳴が重なった。

「迫島さん！」

驚いた私も大声を上げ、小川の縁に近寄った。

緩い流れの中にいた彼は、腰から下が完全に水に浸かっていた。横倒しになったドラム缶は、操川の方へゆらゆらと流れていく。

「ぼ、僕のカメラは!?」

あわてた迫島さんは、自分のことよりカメラを心配し、きょろきょろした。手の中にカメラがなかったからだ。

「あ、そこよ、そこ。茂みの所。ちょうど枝に引っかかってるわ！」

麻里子さんが、すぐ横にあるツツジの茂みを指さした。

落ちる際に、迫島さんは体勢を崩しながらも、反射的にカメラを投げ出したようだ。

「さあ、あんた。上がって来なせえ」

米沢のおじさんが迫島さんの腕をつかみ、力強く小川から引き上げた。ズボンの裾から、盛大に水が流れ出る。

「靴もびしょ濡れだ……」

しょげている迫島さんを見て、麻里子さんはレンズを支えながら、カメラのベルトを枝から外した。

「がっかりしないで。水も滴るいい男って言うでしょう。今の迫島さんがそれよ」

「あ、でも、ドラム缶をどうしよう」

心配する彼に答えたのは、米沢のおじさんだった。

「大丈夫だ。〈一の湯屋〉の露天風呂の横が、渓流の堰き止めになっている。あそこに引っかかって浮かんでるさ。後で俺が、〈藤屋敷〉の誰かに報せておいてやるよ。まあ、あんたが渓流まで流されなくて良かったよ。水流がずいぶんあるから、とても泳げねえ。あちこち岩にぶつかるなどして、溺れちまっただろうよ」

「どうされますか、迫島さん。着替えるため、お寺に戻りますか。〈梅屋敷〉の方が近いから、そちらに寄りますか」

私は尋ねたが、何を思いついたか、彼は急に明るい顔になった。

「いやいや、ご心配なく、綾子さん。たいして冷たくないし、このまま行きますよ。平気です。だって、麻里子さんの言うとおり、僕は水も滴るいい男ですから」

彼はガッツポーズをすると、カメラを麻里子さんから受け取り、自分の首に掛けた。

2

〈藤の池〉へ続く森の中の小径は、小川に沿っている。覗くと水草がゆらゆら揺れていて、メダカだろうか、小さな魚影も見える。木漏れ日が水面に反射して、きらきらと美しい。

五十メートルほど進んで、開けた場所に出た。花や草に囲まれた小さな池が右手にある。そのせいか、森が醸し出す清涼な空気がさらにひんやりした。

「迫島さんよ。これが〈藤の池〉だ」

指さしながら、米沢のおじさんが言った。

ほぼ丸い形で、直径は二十メートルくらいだろうか。よく見ると、何ヵ所か、水面が少し盛り上がっていて、波紋を作り続けている。和壱さんの話だと、この池は湧き水でできていて、一年中水が冷たく、透明度も高いということだった。

水深はあまりない。畔《ほとり》に近づくと、水中には濃い緑色の水草の他に、茶色い木の葉がたくさん沈んでいるのが見えた。それでも、濁った感じはぜんぜんない。

南東側の縁には、木製の小船が浮かべてあった。

「今日も奇麗ね」

麻里子さんの声に、私もあたりを見まわした。

池を囲むように、色とりどりの花が咲いている。桃色は百日紅《サルスベリ》、赤紫色の萩《ハギ》、血のように赤い彼岸花《ヒガンバナ》、橙色のクルマユリ、紫色はトキソウ、濃い桃色はシモツケ――青いのはウツボグサだろうか。

もともとここに生えているように見えるけど、その他の、燃えるような赤色のケイトウ、桃色の芙蓉《フヨウ》、白や黄色のコスモスなどは、後から人が植えたような感じだ。

美しい花がたくさんあって、目も心も和んでくる。

小径の北側には、山栗の木の他、モミジやカエデもたくさん生えていた。秋が深まれば、紅葉が見事だろう。

ただ、その一角に無粋なものがあった。先ほど見たのと同じ、青いプラスチックのドラム缶が四本置いてあったのだ。

「――ううむ。興醒めだ。こんな素敵な場所にドラム缶を置くなんて。どうかしてる」

迫島さんは口を尖らせて言い、それでも、様々な方向へカメラを向け、シャッターを切った。

「あっ、向こうに、あの女がいるわよ」

池の東側を指さして、麻里子さんが言う。

栗色の長い髪で、白地に赤い花柄のワンピースを着た女性が、白い日傘を差して立っていた。その横には、痩せぎすで背の高い中年男性もいる。もちろん、女性の方は花琳さんだった。

「ちっ。〈藤屋敷〉の幸佑までいやがるぞ。この村に、のこのこ帰ってきやがって」

米沢のおじさんが舌打ちした。

あの人が、蓮巳幸佑さん……。

灰色の開襟シャツに同系色のズボン姿で、花琳さんの華やかさとは釣り合わない。

私たちが近づくと、日傘を傾けて、顔を見せた花琳さんが文句を言った。

「あなたたち、遅いわよ。もう来ないかと思ったわ」

頭を下げたのは迫島さんだ。

「すみません。僕のせいなんです。向こうの木橋の横から小川に落ちてしまって――」

「だから、お前、下半身がずぶ濡れなのか」

皮肉な調子で幸佑さんが言う。

「そうなんです。でも、大丈夫です。わりと暖かい日で良かった。ブラボーです」

「何がブラボーよ。ちゃんと着替えたら。なんなら、コウちゃんの服を貸すわよ」

呆れ顔の花琳さんに対して、カメラマンは手を振った。

「いやいや、平気です。藤棚を写真に収めたら、急いでお寺に帰りますから」

「それにしても、ずいぶん大勢ね。あたしが誘ったのは、綾子さんと迫島さんだけよ」

花琳さんが皆の顔を見まわすと、プンと膨れっ面になった麻里子さんが、

「いいじゃないの。減るもんじゃなし！　あたしは、迫島さんの案内役よ！」

と、強気に言いかえした。

「俺は、〈梅屋敷〉の若奥さんの付き添いだ」

米沢のおじさんが、仏頂面で付けくわえる。

「まあ、藤棚は減るもんじゃないから、見たかったら、いくらでもどうぞ。あっち側よ。でも、花の見頃は四月下旬から五月上旬頃だから、今は何もないわよ」

花琳さんが微笑みながら言うと、幸佑さんが彼女の肩に手を置き、少し下がらせた。髪はぼさぼさで、無精鬚も目立つが、彫りの深い顔立ちだった。

「俺は、〈藤屋敷〉の蓮巳幸佑だ。あんたが、和壱の婚約者という人か」

彼は値踏みするように、私の顔を見つめた。

はい、と答え、小さく頭を下げる。

「和壱は残念なことをしたな。本当に気の毒に思ってる」

「……恐れ入ります」

「あんたと和壱、花琳と俺、何だか境遇が似ているな。そういう意味では、俺たちはあんたの味方だ。〈梅屋敷〉と〈藤屋敷〉は、ばあちゃん連中の代から余計に仲が悪くなったが、そろそろ何とかしなくちゃいけないと思っているんだ。

少なくとも、俺と花琳は、あんたと仲良くしたいと思っている。何かあれば、遠慮なく俺たちに言って

くれ」

幸佑さんの言葉は、まったく予想外だった。どう答えたらいいのか、解らない。

「僕、幸佑さんに、いくつかお訊きしたいことがあるんですが――」

と、迫島さんが割りこんだが、花琳さんがそれを遮った。

「さあ、もう藤棚へ行くわよ。向こうで、お待ちかねの人たちもいるんだから」

「お待ちかねって、誰よ？」

藤棚の方へ顔を向け、麻里子さんが尋ねる。

「俺の家族だよ。〈藤屋敷〉の一族さ」

にやりと笑って、幸佑さんが答えた。

3

〈藤の池〉の東側に、杉の木が一列に並んだ場所があった。その間を通り抜けると、あたり一面に広がる藤棚の前に出た。

一つの藤棚は、長さ十五メートル、幅五メートル。それが三列で九個も並んでいるのだから、たいしたものだ。季節が来て、ここに紫色の藤の花が咲きこぼれ、花房がずらりと垂れ下がったら、きっと見事な光景だろう――と、私は想像した。

ただ今は、茶色い幹とくねった蔓が目立つばかり。密集した緑色の葉が作る自然の天井が広がって、強い日差しを優しく和らげていた。

「おおっ！」

と、感嘆の声を上げ、迫島さんがカメラのシャッターを切り出す。

ただ、私は他の所に目を奪われていた。一番東の藤棚の下に三人いて、何か話をしている。初老の男性が一人、中年の女性が一人、私より少し若い女性が一人だった。

「あれが幸佑の妹の幸乃《ゆきの》、幸乃の娘の澪乃《みおの》、それから、五郎じいさんは知っとるな」

米沢のおじさんが、小声で私に教えてくれた。

つまり、〈梅屋敷〉から見れば、久寿子お義母様の従妹《いとこ》と、和壱さんの又従妹《またいとこ》ということになる。幸乃さんは〈藤屋敷〉の実質的な当主で、産廃処理会社の社長でもある。

「うちの連中を紹介するよ」

幸佑さんが言い、私たちは連れていかれた。

藤棚の終わった先には、白壁の塀が立ち塞がっている。その上から、〈藤屋敷〉の建物の屋根が覗いていた。

私たちに気づいた三人は、話をやめてこちらを向いた。若い女性——澪乃さん——の視線は、射竦める感じがある。

「おい、幸乃。〈梅屋敷〉の和壱の婚約者と、カメラマンの迫島さんを連れてきてやったぜ」

幸佑さんがもったいぶった口調で言い、

「綾子です、ご挨拶が遅れまして……」

と、私は萎縮しながら、深々と頭を下げた。

「初めまして。迫島拓です。フリー・カメラマンをしております。この度、この村の観光パンフレットを作る仕事を手伝うことになりました。それで、こちらの有名な藤棚の写真を撮らせていただこうと、花琳さんにお願いしたしだいです」

迫島さんは朗らかな顔で、〈梅屋敷〉の女性たちに説明した。

幸乃さんは頷くと、少しおっとりした口調で、

「その話は、役場の人から聞いていますよ。しっかり働いてくださいねえ」

と、穏やかな笑みを浮かべた。〈梅屋敷〉のお義母様を少しぽっちゃりさせて、色白にしたような印象の人だ。

彼女は、続いて私へ目を向け、

「――そうなのね。あなたが、和壱君のねえ――彼のことは、本当にお気の毒だったわ」

と、親身な言葉を掛けてくれた。

でも、腕組みした彼女の娘は、私を足先から頭まで舐めるように見ながら、

「明科《あかしな》のばっちゃんじゃないけど、やっぱり〈アヤ〉はだめなんじゃないの。この人個人に責任がなくても、和壱君が亡くなったのは、きっと〈アヤの呪い〉のせいだから」

と、冷たい口調で決めつけた。細長の目で、顔立ち全体がきりりとしている。細身の美人だが、言葉に険があった。

それに言いかえしたのは、麻里子さんだ。

「あのね、澪乃さん。〈赤婆〉があることないこと言って、この人を虐《いじ》めていて、あたしたちは迷惑してるのよ。だいたい、今時、何が伝説よ。古臭いったらありゃしない！」

彼女は、キッと澪乃さんを睨んだ。

〈明科のばっちゃん〉というのが〈赤婆〉のことだと、私はやっと解った。

「まあまあ、澪乃。せっかく皆さんが来てくださったんですからね。喧嘩は嫌だわ。穏便にしてちょうだい」

「解ったわよ――」

「さあ、皆さん。良かったら、うちへ寄ってくださいね。イギリスから取り寄せたクッキーがあるのよ。美味しいお紅茶もどうぞ」

幸乃さんは、ほんわかした表情と声で誘った。

「あ、いいですね！　僕、紅茶もクッキーも大好きなんですよ！」

はしゃぎ声で、真っ先に迫島さんが同意した。

すると、幸乃さんは急に目をパチパチして、

「まあまあ、あなた。どうなさったの。おズボン、びっしょり濡れているじゃないですか」

と、今になって驚きの表情を浮かべた。

「お母さん、気づくのが遅いわ」

「あら、そう。澪乃」

娘の指摘に、幸乃さんは頬に手を当てて首をひねる。

澪乃さんは、幸佑さんに向かって、

「伯父さん。この方に、何かお洋服を貸して差しあげたら」

と、命令するような口調で言った。

「いえいえ、おかまいなく」

あわてて迫島さんが手を振ると、

「家に上がるならちゃんとしたズボンが必要だ。嫌でもはき替えてもらうぞ」

と、幸佑さんは命令するように言った。

〈藤屋敷〉の母子が歩きだしたので、私たちも付いて行くしかなかった。

私はチラリと後ろを振りかえった。花琳さんが、米沢のおじさんと五郎じいさんの話し相手をしている。強面の二人がにんまり微笑んでいるので、彼女の如才なさがよく解る。

不思議なのは、〈藤屋敷〉の女性たちの前に来てから、花琳さんが、我関せずといった態度を取っていることだった。逆に、幸乃さんや澪乃さんの方も、花琳さんに何も言わず、無視しているふうだった。

私が〈梅屋敷〉でうとんじられているように、花琳さんもここでは居心地が悪いのかもしれない。

「──ねえ、あなた。明科のぼっちゃんのことは、私からも謝りますよ。あの人も悪気はないんでしょうけど、〈アヤ〉が絡むと、やたらに神経質になってしまってねえ。今度、私か澪乃から、きつく言い含めておきますから」

と、幸乃さんに言われ、恐縮した私は、よろしくお願いしますと、小さく頭を下げた。

その時気づいたが、花琳さんを除いて、〈藤屋敷〉の人は私の名前をけっして口にしない……。

迫島さんは、枝葉が密集した天井を見上げ、キョロキョロしながら尋ねた。

「この藤棚は本当に見事ですね。手入れには、相当な手間暇が掛かりそうだなあ。専属の庭師さんとかがいらっしゃるんですか」

答えたのは、澪乃さんだった。

「そうよ。町から懇意にしている造園業者に来てもらっていて、監督は私がしているの。〈藤の池〉のまわりの花だって、私が指示して植えさせたのよ」

「小船を浮かべているのも、何か意図があるのですか」

「中学生の頃に、『赤毛のアン』や『草枕』を読んで感銘を受けたから」

「ああ、オフェーリア？」

「そう、『ハムレット』」

二人が何のことを言っているのか、私には解らなかった。小説の話のようだったが……。

「藤棚を作ったのも、あなたの発案ですか」

迫島さんが質問を続ける。

澪乃さんは軽く肩をすくめた。

「いいえ。もともと、この辺の森には山藤がけっこう生えているの。でも、もっと見栄えが良いものにしたいわねえって、おばあちゃんが藤棚をこさえさせたのよ。それが年々増えていったというわけ」

「大勢の人が見にくるそうですね」

「そうよ。でも、この藤棚には相当助けてもらっているから、手入れのしがいはあるわ。観光の面で、村の財産だと言ってくれる人もいるし。

なのに、その割には、役場じゃ何にもしてくれないのよね。補助金とかの援助もなくて」

若い女性は軽く口を尖らせ、不満をもらした。

迫島さんは胸の前にカメラを持ち上げて、

「来年、花の見頃に来てみたいです。この広い藤棚一帯に、紫色の房が咲き誇っている情景——いやあ、素晴らしいでしょうね！」

と、熱のこもった声で言った。

「来るなら二月よ、迫島さん。梅の花の方がずっと風情があるんだから」

すかさず、麻里子さんが強く主張した。もちろん、〈梅屋敷〉の所有する梅園のことだ。

藤棚が終わりになる手前で、迫島さんが話題を変えた。

「――ところで、村で聞いた話なんですけど。知りたいことがあるんです。こちらの澪乃さんと、〈梅屋敷〉の和壱君の間に、以前、婚約の話があったそうですね。それって、本当ですか」

あけすけな質問を聞いて、私はぎくりとした。

「あらあら、誰がそんなことを。ぜんぜん、そんな事実はありませんよ」

幸乃さんは、面白がるような顔で否定した。

「ええ、ぜんぜんないわね。私、彼とは、小学校の高学年以来、一言も口を利いたことがないくらいだもの」

取り付く島もなく、当の娘も首を振る。

「どこで、そんな話を聞いたんだ？」

と、幸佑さん。

「ええと……飲み屋で聞いたんです。二人が結婚して、仲違いしている二つの屋敷が一つになれば、諍いも解消して、村にとっても良いことなのに――と」

幸佑さんは苦笑いして、

「ふん。どうせ、ほら、あれだろ。寺の生臭坊主の要らぬお節介だろ。ばかばかしい」

と、手を振った。

「本当にそうよ。うちの大事な娘を、〈梅屋敷〉なんかに嫁がせるものですか。少なくとも、私の目の黒いうちはあり得ないわねえ」

幸乃さんがけんもほろろに言う。目には怒りが見えた。

やはり、この人たちの〈梅屋敷〉を嫌悪する気持ちは、かなり根深そうだ。

「あのお坊さん、中立の立場って言うわりに、本当は〈梅屋敷〉寄りよねえ」

澪乃さんは決めつけるように言った。

私は、彼女と和壱さんの間に何もなかったと解り、ほっと胸を撫で下ろした。

「なあ、迫島さんよ。俺からも一つ、あんたに訊いておきたいことがある。あんたは村中を歩いては、いろいろと嗅ぎ回っているそうじゃないか。和壱の死とか、〈アヤの呪い〉のこととか、二つの屋敷の関係とかを。

だから、あんたのこと、みんなが噂しているぜ。あんたはカメラマンと自称しているが、本当は、興信所の人間か、私立探偵じゃないのかってな」

そう言って、幸佑さんは探るような目を向けた。

第15章　〈藤屋敷〉の人々

1

「ぼ、僕が、私立探偵だとおっしゃるんですか。いえいえ、そんなことはありません。僕はただの、しがないフリー・カメラマンです」

迫島さんは困ったように、顔の前で手を振った。

「それなら、なんでうちのことまでいろいろ詮索するんだ。おかしいだろう。あんた、本当は、俺と花琳のことを探りにきたんじゃないのか」

幸佑さんが恐い顔をして、ドスの利いた声を発した。

「えっ、お二人を？　どうしてです？」

「大きな声じゃ言えないが、俺は東京の金貸しに狙われてる。こっちに帰ってきて、大手には金を返したんだが、まあ、ごたごたがいろいろあってな。あんた、連中から雇われて、俺のことを追ってきたんだろう？」

幸佑さんが睨みつけ、迫島さんはぶるぶると顔を振った。

「違います、違います、絶対に違います。僕は和壱君の大学時代の友人で、ご焼香を上げたくて、この村に来ただけです。あなたや花琳さんのことなんて、何も知りません」

「やめてよ！　迫島さんは何も悪くないわ！　村の名所を撮影してるだけだもん！」

麻里子さんが二人の間に割って入り、大声でかばった。

「ならば、迫島さんよ。あんた実は、〈奥の山〉にあるっていう宝物を探しに来たんじゃねえか。そして、こっそり懐に入れようとしているんだろう。正直に言ってみな」

幸佑さんが強い口調で問いつめ、迫島さんも強く否定した。

「いいえ。宝物のことは、ここに来て初めて知りました。そりゃあ、興味がないと言えば嘘になりますけど、別に発見しようとなんかしていません。本当です」

迫島さんは困った顔でこちらを見たが、私にはかばいようがない。

「あらあ、宝探しが目的だったんじゃないのね、迫島さん。残念だわあ。私はね、宝物が隠されているってずっと信じていて、誰かが見つけてくれるのを心待ちにしているのよ」

幸乃さんが呑気な口調で言うと、きっぱりした声で、彼女の娘が忠告した。

「お母さん、無駄よ。宝物なんて、〈梅屋敷〉の老人の悪ふざけよ。そんなもの、最初からなかったんだわ」

「そうだな。みんなであれだけ探しても、見つからなかったんだ。澪乃の言うとおり、何もかも嘘だったのさ」

幸佑さんは悔しそうな顔になった。

藤棚を出ると、芝生がいくらかあって、その向こうに海鼠塀《なまこ》が左右に延びていた。初秋のまだ強い日差しが私たちを包みこみ、額や首筋に汗が滲み出る。

屋根付きの立派な裏門の前で、幸乃さんは少し歩みを落とした。

「——迫島さん。あなたに頼みたいことがありますのよ。聞いていただけるかしら」

「はい、何でしょう?」

「実はねえ、宇都宮の警察署の署長は、私の古い友人なのよ。あなたがこの村に来て、真っ先に〈梅屋敷〉に行き、それから村役場で仕事をもらったと聞いて、すぐに署長に話してみたの。あなたの素性を調べてほしいってね。

そうしたら、面白いことが解ったわ。今、兄さんが、あなたを興信所の者じゃないかと言ったけれど、当たらずとも遠からず、とね。

迫島さん。あなた、東京の方で、何度か警察に頼まれて、犯罪捜査に力を貸したそうね。それこそ、明《あけ》智《ち》小《こ》五《ご》郎《ろう》とか、金《きん》田《だ》一《いち》耕《こう》助《すけ》とかいう名探偵みたいに、名推理で難事件を解決したそうじゃないの」

「えっ、いや、そんなことは——確かに、犯罪に遭遇した時に、警察の手助けをしたことはあります。というのも、僕が撮った写真に、犯人逮捕に繋がる証拠が写っていたので、提供したわけです。陸《む》奥《つ》の有名な火祭りに参加している人たちを写したものですが、『これをよく見れば、犯人のアリバイが崩れますよ』と、ちょっと助言したわけで——。

——あ、まあ、そんなことはいいか。つまり僕は、別に名探偵なんかじゃないってことです」

迫島さんは焦った顔で強く否定した。

だが、二人の話を聞いて、私はやはりと納得した。〈二の湯屋〉で見せた彼の観察力や推理力は、まぐれではなかったのだ。

それに、幸乃さんの素早い行動にも驚いた。迫島さんがこの村に来てまだ間もないのに、もう身元調査をしていたなんて。となると、私のことも調査済みかもしれない……。

幸乃さんは目頭を緩め、微笑んだ。

「謙遜しなくてもいいのよ、迫島さん。あなた、和壱君の死を、自殺だとは信じていないのでしょう。だから、村中を歩きまわっては、みんなに話を聞いて、真相を暴こうとしているのではなくて？」

「確かに僕は、彼が自殺したとは思っていません。自ら命を絶つなんて……しかも、身重の綾子さんたちを残して……」

迫島さんが言葉に詰まり、幸乃さんは満足げに頷いた。

「そこでね、当屋敷からお願いがあるの。仕事と思って引き受けてくださいね。報酬も用意しますから。何かと言えば、和壱君の死の真相を、ぜひ突き止めていただきたいのよ。たとえ、どんな妨害があっても」

「えっ、和壱君の？」

迫島さんは不思議そうな顔をした。

どうして、〈藤屋敷〉の人が？

——と、私も訝《いぶか》しく思った。

「だって、村には、和壱君の死に〈藤屋敷〉の誰かが関係しているんじゃないか、なんて疑う人もいるからよ。そのせいで、私たちも陰口を叩かれているわけだから、とても腹立たしいのよねえ。

そんな汚名を着せられるなんて、私は我慢できないわ。当屋敷の名誉の問題になりますからね。

それで、もしも、あの出来事が他殺だということなら、その犯人を見つけ出してほしいのよね。誰が、何のために、あんなことをしたのか――その真相を暴いてくれませんか?」

「迫島さん。あなたなら可能でしょう?」

澪乃さんも、母親の頼みに加勢する。

カメラマンは思案顔になり、一度口を開きかけ、閉じた。それから、ゆっくりと答えた。

「――解りました。僕でできることなら努力します。もともと僕は、和壱君の死に関する疑念を晴らすつもりでしたから。すでに、写真撮影の合間に、いろいろと注意を払っています。ただ、報酬などは要りません。僕は警察ではないし、職業探偵でもありませんから。それと、必ず犯人を見つけるという確約もできません」

「ええ、それでかまいませんよ」

幸乃さんは、ほっとした顔で頷いた。

「これだけは先に言っておきます。犯罪に関する秘密を暴こうとすると、大変な障害にぶち当たるものです。その壁の向こうには、深い悲しみや、強い憎悪、険しい絶望というような、負の感情が渦巻いていることがよくあります。

場合によっては、〈藤屋敷〉の人間か、その関係者が犯人だと判明して、皆さんが傷つくかもしれません。つまり、何らかの悲劇が事件にまとわり付いているため、それを受けとめる覚悟が必要になるでしょう」

「ええ、それは承知していますよ。何が起きようと、かまいません。〈藤屋敷〉の者の中に犯人がいたら、当然、その罪は償わなければなりませんもの」

迫島さんも真剣なら、幸乃さんも真剣だった。

迫島さんは、私や麻里子さんの方を振り向いた。

「今述べたことは、〈梅屋敷〉にも当てはまります。いえ、むしろ、その可能性の方がずっと高いんです——」

2

私たちは、裏門から〈藤屋敷〉の敷地に入った。奇麗に整えられた庭園の中を進み、湧き水が流れこむ半月型の池の脇まで来て、ようやく、格子戸が四枚もある玄関が見えた。

〈藤屋敷〉は二階建ての立派な建物だった。お寺の高台から見た時に、ずいぶん屋根が入り組んでいるなと思っていたら、卍型を東西に延ばしたような形をしていた。長い年月の間に増改築を繰りかえしてきたらしい。

また、紫がかった瓦と鬼瓦が目立つ入母屋屋根によって、どこぞのお城を小さくしたような重厚感があった。壁が薄紫色に塗られているのも特徴的だった。

「〈梅屋敷〉さんとうちが、この村で現存する最も古い屋敷なんですよ。とは言え、広すぎて、かえって不便な面が多いんですけどね」

玄関に入りながら、幸乃さんが私に言った。口の端に薄い笑みが浮かんでいて、優越感が透けて見えた。

和壱さんは、子供の頃は、〈藤屋敷〉の双子たち——吉之さんと澪乃さん——とよく遊んでいたと言っていた。三人で、いつも〈奥の山〉や河原に行っていたそうだ。確かに、どちらの屋敷も子供の笑い声が似合わない、重苦しい——ある意味、古めかしい——雰囲気が漂っている。

「おい、迫島さんよ。ズボンを貸すから、こっちに来てくれ」

私を残して、幸佑さんはカメラマンを連れていってしまった。澪乃さんも、お茶の用意のために奥へ消えてしまい、幸乃さんと二人だけになった。私はより緊張した。

麻里子さんと米沢のおじさん、花琳さんと五郎じいさんは、家に上がらなかった。庭園の中を散策しているからと言って——。

私は、客間に案内された。豪奢《ごうしゃ》な造りだった。金色の蔓が目立つシャンデリアの下に、アンティーク調のがっしりしたテーブルと椅子が置かれている。

この部屋は、屋敷の外観ほどには古びていない。インテリアは和洋折衷だった。太い柱はどれも磨きこまれて黒光りしており、天井の格子の合間には、牡丹《ボタン》や竜胆《リンドウ》、立葵《タチアオイ》などが描かれている。

「——あなた。遠慮せずに、お座りなさいな」

幸乃さんに言われ、私はテーブルの北側の席に腰かけた。そこからだと、南側の開かれた窓を通して、枯山水風の庭の一部が見えた。大谷石らしい大きな岩がいくつかあり、手入れの行き届いた松やモミジなどの枝が、岩肌に趣のある影を落としている。

「最近、〈梅屋敷〉のおばあ様はお元気かしら」

と、のんびりした口調で幸乃さんが尋ねた。

「はい、お陰様で……」

としか答えようがない。

「知っているでしょうけど、私の母と向こうのおばあ様は双子なのよ。ところが、子供の頃からひどく仲が悪くてねえ、私の母がこの屋敷に嫁ぐにあたっても、いろいろと軋轢《あつれき》があったみたい。お陰で、もともと不仲だった両家の関係が、さらにこじれてしまったというわけね。

母が〈梅屋敷〉の人たちと会ったのは、たぶん、吉之の葬式が最後だと思うわ。だから、二十年前のことね。わざわざ、皆さん、お悔やみに来てくださってねえ。普段は犬猿の仲でも、あの時は、本当にありがたく思ったものですよ」

幸乃さんは、しんみりとした声で言った。

「両家が仲直りすることは、できないのでしょうか」

私はおそるおそる尋ねてみた。

幸乃さんは眉を寄せて、小さなため息を吐く。

「ええ、そうね……無理よねえ。母たちもそうだけれど、私と久寿子さんも、お互い相手が好きではないし、両家の実質的な家長として、いろいろな面で敵対することも多いから。

それに、村中の人間たちも、二つの屋敷を中心にして分かれているでしょう。両家の動向が与える影響は大きいのよ。今さら、この状態は変えようがないわねえ」

それは本当なのだろう。私のような外から来た者には解らないような確執が、数々あったに違いない。

「それにしても、立派なお屋敷で驚きました」

私は話題を探して、お世辞混じりに言った。

幸乃さんは、自嘲ぎみの笑みを浮かべる。

「上物だけはねえ……でも、内情は火の車なのよ。聞いているかもしれないけれど、私の父が、身上を潰しかけたのよ。〈藤屋敷〉は代々、大谷石の販売をして栄えていたのだけれど、父が株や投資で失敗してしまい、もう少しで財産を食い潰すところだったの」

「まあ……」

「それも、あくどい投資家に騙されてね。東南アジアの材木業で成功間違いなしの会社があるとか、うまいことを言われて、大金を注ぎこんでしまったの。

だけど、実際はそんな会社はなかった。それが解った時には、投資家はお金をすべて懐に入れて、逃げた後だったわ。がっかりした父は酒浸りになり、それからまもなく、脳溢血で死んでしまったのよ」

幸乃さんは目を瞑り、しんみり言った。

3

澪乃さんとお手伝いさんが、お茶を運んできた。テーブルの上に、マイセンの茶器が並べられる。

「やあ、お待たせしました！」

迫島さんの明るい声が聞こえたので、私はドアの方を見た。ズボンをはき替えて、幸佑さんと一緒に戻ってきたのだ。

幸乃さんが自慢するだけあって、紅茶はとても美味しかった。香りも強い。奇麗な皿には、クッキーなどの焼き菓子も山盛りだった。

迫島さんは、それをパクパク食べ始めた。

「――すみません。ちょっとお腹が空いていたので。それにしても、美味しいクッキーですね。たっぷり甘いのがいいな」

「そんなに気に入ったのなら、お土産に差し上げますよ」

幸乃さんが嬉しそうな顔で言った。

「あ、ぜひ、お願いします。僕、甘い物には目がないんですよ。砂糖が、疲れた脳を活性化してくれるような気がするんです。

ところで、この屋敷の造りは素晴らしいですね。向こうにある和室の欄間なんて、まさに芸術品だ。三方の欄間に、手の込んだ透かし彫りが嵌めこまれているじゃないですか。よく見ると、川を模した流線に桜、菊、モミジの漂う情景が描かれている。びっくりしましたよ」

「幸乃、すまん。この男が勝手に広間に入っちまったんだ」

迫島さんの横から、幸佑さんは苦い顔で弁明した。

「あら、かまわないわよ。ああいう造形や意匠は、ご先祖様が、お客様に見せるために設えたんですもの」

兄と迫島さんの両方に言った言葉だった。

「一般のお宅であれほどの芸術品が――県の重要文化財か何かに指定されてもおかしくありませんね」

カメラマンはさらに誉める。

「ええ。昔、そういう話もありましたわ。でも、指定されますとね、勝手に改築ができなくなって面倒だから、お断わりしたんですよ」

「広間の襖だってね、一枚何十万もするんだから」

澪乃さんがすまし顔で自慢する。

「ははは。昔、吉之とお前が遊んでいて襖を破って、ばあちゃんにこっぴどく怒られていたな。覚えているぞ」

嘲笑ったのは幸佑さんで、姪はむっとした顔になる。

幸乃さんは背筋をぴんと伸ばすと、

「――それでは、迫島さん。私たちに何か訊きたいことがあるのなら、どうぞおっしゃってみて。できるだけ、お答えしますからね」

と、あらためて言った。

迫島さんは、紅茶を一口飲んでから質問した。

「まずは、〈赤婆〉さんのことをお訊きします。明科さんというお名前ですか。あの方が息子さんを亡くしたのはいつ頃で、どういう経緯でしょうか。

村に来ていろいろ耳にしたところでは、〈アヤ〉の伝説に絡んで、誰かが溺れ死んだ話ばかり――という気がします。先月も、〈二の湯屋〉で、前の寺男さんが溺れ死んでいますよね。だから、〈赤婆〉さんの子供の死についても、一応、事情を知っておきたいと思ったわけです」

答えたのは、澪乃さんだった。

「昔も昔の話だわ。明科のばっちゃんは、今、八十四、五歳で、あの事件は、彼女が二十四、五歳の頃に起きたんだから。六十年も前のことよ。

確か昭和三年だったかしら。彼女がちょっと目を離した隙に、幼い子供が〈アヤの池〉に落ちて、溺れ死んだんですって」

「俺の聞いた話だと、〈赤婆〉は、〈二の湯屋〉の所の温泉で野菜を洗っていたそうだ。三歳の子供を側で遊ばせていたんだが、いつの間にか、〈アヤの池〉の方へ行っちまったんだ。年寄り連中は、〈アヤ〉が呼び寄せ、あの世に連れていったと、怖がっていたらしい。

それっきり、〈赤婆〉は気持ちが参ってしまってなあ。もう一人、五歳の子供もいたんだが、育児放棄みたいになり、毎日、死んだ子供のことばかり思って泣き暮らしていた。結局、神経をやられ、上の子を捨てて村を出ていっちまったんだ」

幸佑さんが腕組みして、そう付けくわえた。

「その子たちの父親は？」

迫島さんが目を細め、幸佑さんへ続けて尋ねる。

「その事故の一年前に、一旗揚げると中国へ行ったが、とうとう戻らなかったそうだ」

迫島さんは、次に幸乃さんへ目を向けた。

「恐縮ですが、亡くなった吉之さんのこともお訊きしたいのですが……」

そのことは予想していたらしく、母親は小さく息を吐いてから、

「梅さんとこも、うちも、何だかんだいって、男の方が早死にだから……せめて、あの子が生きていたらねえ……」

と、呟くように言った。視線を落とした彼女の口元に今、浮かんだのは――何故か、微かな笑みのように、私には見えた。ずっと前に亡くなった吉之少年に、和壱さんの死を重ねているのだろうか。

「お寺の和尚様から聞きました。吉之さんと澪乃さんは双子なのですね。お兄さんは不慮の事故により、〈アヤの池〉で溺れ死んだのだと――」

不慮の事故という言葉で、幸乃さんの顔が険しくなった。

「吉之は、おとなしくて親の言いつけをよく聞く、賢い子でしたよ。澪乃は活発で気が強いから、わがままだし、だだをこねたり、癇癪《かんしゃく》を起こしたりすることも多かったわ。

そんな時、吉之がなだめ役に回っていたのよねえ。誰かに叱られると、泣くのは澪乃じゃなくて、いつも吉之の方だったわ」

「うんと小さい頃のことでしょ。ぜんぜん覚えてないわ」

澪乃さんは、心外だという顔になる。

迫島さんは、そんな彼女に尋ねた。

「あなたたち兄妹は、小さい頃、和壱君とも仲が良かったんでしょう。年も同じだし、三人で遊び回っていたとか」

「まあ、そんなこともあったわね。学校が同じだもの、毎日、顔を合わせるわけだから。だけど、兄が亡くなり、大きくなってくると、二つの屋敷の仲の悪さが影響して、話をするのも面倒になったのよ」

「和尚様は、吉之の亡くなった理由を、どんなふうにおっしゃったのかしら?」

幸乃さんが、探るような目で確認した。

迫島さんは、いたわしげな表情で答える。

「池で溺れて亡くなったと聞きました。〈アヤの池〉で……しかも、その時にも、池が赤かったそうですね。だから、村人たちが、〈アヤの呪い〉だと大いに怖れたとか」

ふんと、澪乃さんが鼻で笑った。

「何が呪いよ。そんなのは、後からこじつけた無責任な噂話よ。大人同士で酒の席にでもなれば、この村じゃあ、悪意のオンパレードなんだから。〈アヤの呪い〉のせいで吉之が死んだなんて、迷信にもほどがあるわ」

先ほど、彼女は、和壱さんの死を〈アヤの呪い〉のせいにしたばかりなのに、今度は正反対のことを言っている。しかも、その目には、強い悪意や恨みのような感情が浮かんでいた。

迫島さんも、そんな彼女が不思議に思えたようだ。

「澪乃さん。あなたたち三人が遊んでいて、吉之君が〈アヤの池〉に落ちて溺れたんですよね。実際のところ、何があったんですか」

「男の子ってものは、もともと、冒険や危険な遊びが好きなのよ。たとえば、和壱は家から拳銃を持ち出してきたことがあったわ。戦争時代に使われた拳銃が二つか三つあるって言って、その一つをこっそり見せてくれたの。銃弾まであったわ」

「まさか、実際に撃ったとか？」

驚いて、カメラマンは目を見張った。

「撃ったわよ。〈奥の山〉にある岩場の間で。そこでなら、大きな音を立てても村の方まで聞こえないから。太い松があって、そこの洞に拳銃と銃弾を隠していたの。

でも、和壱の叔父さんの寿太郎さんに見つかって、こっぴどく怒られたわ。子供が危ないものに手を出したことはもちろん、大事な銃に傷が付いたとか、銃弾の数が足りないとかとも言われて」

「あなたも怒られたんですか」

「そうよ。とばっちりもいいところよ」

「少年二人は反省したのですか」

「叱られた時だけは、神妙な顔をしていたわね。でも、翌日にはまた普段の調子に戻って、次々に新しい悪戯や冒険に手を出していたわ。

〈アヤの池〉もその一つよ。どっちが言いだしたか忘れたけど、赤くなった池を見ようという話になって、勇気を試すことにしたわけ。しかも、泳いでみよう、なんてことまで言いだしたわ。

もちろん、私は、『危ないから、やめなさいよ』って、注意したの。それなのに、兄たちは忠告を無視して、〈アヤの池〉の方へ行ってしまったわ」

澪乃さんが怒ったように言い、迫島さんは思案顔で尋ねた。

「池が赤くなる前に、大雨か地震でもありませんでしたか」

「ええ。二、三日前に大きな地震があって、滝壺の形がちょっと変わったって、誰か大人が言っていたの。それを聞いて、兄たちが〈アヤの池〉に行こうって相談したの。

私はちょっと恐くて、操川の橋の上より先に進めなかったの。少しして、〈アヤの池〉の方から、和壱の悲鳴が聞こえてきたわ。あわてて行ってみると、彼が池の縁に寝そべり、水の中に手を突っこんでいるじゃない。兄の手を必死につかんでいたのよ……。

……それから後のことは、ほとんど記憶がないわ。たぶん、私は気絶したのね。

意識が戻った時には、私は、家の布団の中で寝ていた。ひどい熱に浮かされ、それから、何日も寝こんでしまったのよ。食事も出来なくて、あの時はガリガリに痩せてしまったのよねえ」

澪乃さんは目を伏せ、重苦しい声で言った。

双子の片割れが亡くなったのだ。普通の兄弟がこの世からいなくなったのとは、衝撃の度合いが違うのだろう。

幸乃さんが、静かに口を開いた。

「……私が消防団の者から聞いた話では、澪乃も和壱君を手伝い、二人で死に物狂いになって、吉之を水から引き上げたそうなの。

　それから、和壱君が、近くの農家に飛びこんで助けを求め、診療所の三宅先生とかも駆けつけてくれたそうよ。でもねえ、すでに手遅れで……」

「和壱の奴が泣きじゃくっていたのを、俺は覚えているよ。あいつの話じゃあ、吉之は、水面に浮かんでいた石亀を捕ろうとして縁に近づき、草で足を滑らして、池に落ちたんだそうだ」

　幸佑さんの目にも、やるせなさが浮かんでいた。

第16章　美少女の死

1

　幸乃さんは、ハンカチを取り出して目頭を拭った後、

「他に訊きたいことがあるかしら、迫島さん？」

　と、掠れぎみの声で尋ねた。

　迫島さんは、思案顔で前髪をかき上げた。

「〈梅屋敷〉の美寿々さん、奈津さんの次女ですか。その方の死について教えてください。三十一年前に、十八歳の若さで亡くなったそうですね。彼女のことになると、みんなどうも口が重くなってしまうので、気になるんです。一応、病死とは聞いていますけど」

　すると、幸佑さんが急に恐い顔つきになり、テーブルを拳で叩き、怒鳴った。

「おい、お前、何だって、そんな過去の話を蒸しかえすんだ。しかも、〈梅屋敷〉のことを俺たちに尋ねるだなんて、筋が違うだろうが！」

　カメラマンは冷静に受けとめて、説明する。

「美寿々さんが亡くなった時、〈梅屋敷〉と〈藤屋敷〉の対立が深まったそうですね。その理由を知りたいと思ったからです。

僕が村人と酒を酌み交わしながら聞いた話では、幸佑さんは、美寿々さんと噂があったそうですね。幸佑さんの片思いだったと言う人も、二人は恋仲だったと言う人もいました。

また、美寿々さんと幸乃さんは同学年で、子供の頃から仲が良かったとか。にもかかわらず、高校卒業の頃に喧嘩をして、そのすぐ後に美寿々さんが亡くなったため、幸乃さんを非難する人がいたらしい。それで、両家の仲がさらに険悪化したのでしょうか」

「はん、冗談じゃない！　出鱈目もいいところだ！」

幸佑さんの目に、毒々しい光が浮かんだ。

居心地の悪い沈黙が、ゆらゆらと湧き上がる。

「伯父さん、お母さん。この人に、知っていることを教えてあげたら。でないと、いつまでも詮索されるわよ」

紅茶のお代わりを自分のカップに注ぎながら、澪乃さんが皮肉な言い方をした。

幸乃さんは少しためらってから、淡々と話しだした。

「――〈梅屋敷〉の美寿々さんは、小さい頃から美少女として有名だったの。抜けるような白い肌に、大きな黒目がちの瞳が印象的な美人に成長したわ。若い頃のおばあちゃんたちも、両親に似ず美人で有名だったけど、美寿々さんの評判はそれ以上だった。

ただねえ、小さい頃から体が弱くて、家の中で読書や刺繍をするのを好んでいたの。虚弱体質だったから、入院するほどではなかったものの、毎日、何種類もの薬を飲んでいたわ。それに、よく学校を休んだから、私も時々、配布物や宿題を届けてあげていたのよねえ。

高校生になった美寿々さんは、寝込むことが多くなってねえ、三年生の時は出席日数が足りなかったんだけど〈梅屋敷〉の威光により、何とか卒業はできることになったのよ。

あれは……一九五八年の三月中旬ね。美寿々さんが、布団の中で亡くなっているのが見つかったの。駆けつけた三宅先生も、手の施しようがなかったと後で言っていたわ。

彼女の側には、コップと茶色い薬の小瓶が落ちていたの。三宅先生と警察が調べたら、その両方に残っていた液体に、劇物が混ざっていたんですって。

この劇物は薄めて農薬にしたり、害獣退治なんかに使われたりするもので、当時、どこの家でも使っていたわ。〈梅屋敷〉の土蔵にも、ネズミ対策用に置かれていたそうなの」

「自殺だったのですか」

迫島さんが、興味深そうな表情で尋ねる。

幸乃さんは小さく頷いた。

「たぶんね。ただ、遺書はなかったという話なの。それで最初は、事故や他殺の線も疑われたんでしょうね。結局、美寿々さんは長い闘病生活に疲れ、将来を悲観して自分で命を絶った、という結論に落ち着いたの。

ただ、〈梅屋敷〉の人たちと、和尚さん、当時の駐在さん、三宅先生などが相談して、世間体をはばかり、病死ということにしたというわけなのよ」

「俺が三宅先生から聞いた話じゃ、その劇物はひどく苦いそうだ。だから、誤飲したら、普通は吐き出すはずなんだと。死ぬほどの量を飲んだのなら、覚悟して飲んだに違いないというのが、三宅先生の見解だった」

幸佑さんが、重苦しい口調でそう打ち明けた。

「大騒ぎになったでしょうね」

「ええ、もちろんよ。たくさんの噂が飛び交って、うちもかなりの迷惑をこうむったわ」

嫌なことを思い出したようで、幸乃さんは苦い顔になった。

「たとえば、どんな噂ですか」

「美寿々さんに言い寄ってた男が、良い返事をもらえない腹いせに毒を飲ませたとか、恋人を取られたと思いこんだ女が復讐したとか、美寿々さんが失恋自殺をしたとか――」

「ぜんぜん関係ないのに、俺の名前まで挙がったんだ。あんな、なよなよした女を好きになるもんか。それに、幸乃だって疑われたんだ」

幸佑さんは顔を赤くして、怒ったように言い放った。

「どういうことです？」

「彼女が死ぬ前の日に、お菓子を持ってお見舞いに行ったのよ。それに毒が入っていたに違いないと、〈梅屋敷〉派の人たちが言いふらしたわけ。まるで、犯人扱いだったわねえ」

幸乃さんも、目に怒りをたたえて説明する。

迫島さんは、幸佑さんへ目を向けた。

「実際のところ、美寿々さんに言い寄っていた男はいたのですか」

「ああ、何人もいたさ。学校の生徒からはよく手紙を貰っていたようだし、先公にもご執心な奴が一人いたな。それから、縁談も二、三、来ていたしな」

「とにかく、美寿々さんが美人すぎたのがいけないのよ。まだ少女なのに、どこか仕草が艶めかしくて、自然と男を惑わすような所があったものだから。そういう意味では、罪作りな女だったのかもねえ……」

幸乃さんは目を細め、言葉を途切らせた。

2

「なあ、迫島さんよ。他に訊きたいことは？」

苛ついた調子で、幸佑さんが尋ねた。

間髪を容れず、カメラマンは大きく頷く。

「あと、二つほど。まず、あなたと花琳さんのことです。お二人は結婚なさるのですか。また、あなたは、産廃会社に経営者として参画される予定ですか」

「先に言っておくが、俺が〈藤屋敷〉の当主になるかと言えば、そんなことはない。それは幸乃の役目だ。その次は澪乃か、澪乃の婿になるだろう。

つまり、俺は頼まれれば、幸乃たちを助ける程度さ。それだけだ。何しろ、俺は一度、この家の責任をすべて放棄して逃げた男だからな。

花琳とは、いずれ結婚はするさ。ただ、俺の借金問題などが全部片付いてからだ。俺がきちんと働くようになる必要もあるな。だから、今すぐどうということはない」

「そうですか」

「じゃあ、俺からも二つのことを、あんたたちに言っておくぞ」

そう前置きして、幸佑さんは視線を私に向けた。

「一つは、寿太郎のことだ。あいつを、あんたはどう思ってるんだ？」

そう問われても、私は戸惑って、何も言えない。

「いけすかない奴だろうが。ひねくれ者だしな。腹の中で何を考えているか、まったく解らない男だ。そういう意味じゃあ、充分に用心した方がいいぞ」

「何を用心するのですか」

迫島さんが、私に代わって訊いてくれた。

「あいつは策略家だってことさ。たとえば、あいつは俺の妹――この幸乃に惚れてたんだよ。だが幸乃は、従兄弟と付き合うなんてまっぴらご免と、歯牙にも掛けなかった。

それで奴は、親だけじゃなく、住職まで引っ張り出し、『村の平和のため』などと言い、縁談を成立させようと目論んだんだ。『〈梅屋敷〉と〈藤屋敷〉が一つになれば、村の諍いが解消される』なんて訴えてな。

だが、そんなのは、絵に描いた餅だ。何しろ、俺たちの母親の代に、片割れが相手側――この〈藤屋敷〉――に嫁いでも、状況は変わらなかったんだから」

「私、あの人のこと、昔からぜんぜん好きになれないのよねぇ。何だか、爬虫類みたいにぬめぬめした感じで」

幸乃さんは、身も蓋もない言い方をした。

「幸乃は芯が強いからなぁ。住職が打診に来たのを、手厳しく断わったんだ」

そう言って、幸佑さんはにやりと笑った。

寿太郎さんがずっと独身なのは、病弱のせいだとばかり思っていたけど、もしかすると、まだ幸乃さんに未練があるのかもしれない……。

「もう一つは、今の話とも関連するが、あんたのことだ」

幸佑さんは、私の顔をまじまじと見た。

「は、はい……」

「余計な世話かと思うが、言っておく。〈梅屋敷〉を早く出ていくことだ。今だってたぶん、居所がないだろう。寿太郎を含め、みんなにこき使われているのは目に見えている。それじゃあ、奴隷と同じだぞ。東真さんだけはいい人だが、久寿子は……小さい頃から気が強いっていうか、わがままで、自分の思うとおりにならないとすぐに癇癪を起こす。扱い辛い奴さ。まあ、嫁の立場じゃ、あんたも迂闊《うかつ》なことは言えないだろうがな」

私は答に迷った。〈藤屋敷〉の人にまで〈梅屋敷〉の内情を知られ、同情されるなんて……。

その時、開いている廊下のドアをノックする音がした。見ると、腰のやや曲がった老女が立っていて、その小柄な体を、後ろにいる中年の女性が支えている。

「すみません。大奥様が、どうしても皆様にご挨拶したいと――」

お手伝いらしい女性が、遠慮がちに声を掛けてくる。

私は老女の顔を見てはっとした。一瞬、奈津お祖母様かと思ったからだ。

すぐに幸佑さんが身軽に立ち上がると、老女を部屋の中へ連れてきた。

「うちの母の芙由《ふゆ》だ――ばあちゃん、この人は、〈梅屋敷〉の和壱の婚約者だよ。それから、こっちの男は、カメラマンの迫島さんだ」

「初めまして。綾子です……」

私は立ち上がって、お辞儀をした。

「どうも、初めまして。迫島拓です」

と、カメラマンも自分の名を告げた。

七十五歳を数える芙由さんは、当然のことながら、〈梅屋敷〉の奈津お祖母様と瓜二つだった。背丈も体つきも、ほわほわとした白髪の形も、しわだらけの顔の色も、白髪の間から覗く耳の形も、口元に寄るしわの数さえ……。

ただ……芙由さんは、姉に比べると、顔の表情に力がなく、足腰もかなり弱っているらしい。

「ええ？　あんた、今、〈アヤ〉と言うたかね！」

急に芙由さんは眉間にしわを寄せ、語気強く尋ねた。

幸佑さんと幸乃さんは、しまった、という顔になる。

「おばあちゃん。さあ、座って――」

澪乃さんがあわてて祖母の手を引き、椅子に座らせた。

「あ、ああ……ありがとよ……」

孫の介護に、芙由さんはまた急に変わって、邪気のない笑顔になった。

私はなんだか違和感を覚えて、幸佑さんの方を見た。

彼は、渋い表情で首を横に振る。

「よう来られたの。んで、和壱はどうした？　また吉之と、どこかではんかきらしとるのか」

芙由さんは小さな目を丸く見開き、幸乃さんに答を求めた。

方言の意味が解らない私たちに、幸佑さんが、

「はんかきらすってのは、悪さするとか悪戯するってことだよ」

と、教えてくれる。さらに、芙由さんから見えない側の手で頭を指し示し、

「ばあちゃん、時々、ちょっと、ここがね――」

と、低い声で説明した。

その芙由さんは、私のことをまじまじと見ている。

「あんた、幸佑の新しい女かね。こないだ来た、派手な女とは顔が違っとるが」

「……いえ、その……」

「まあ、良かった、良かった。幸佑はね、いつまで独り身かと思っていたけどねえ、どうも気が短くていかん。一つの仕事を続けるのが嫌いでね、いろんなことに手を出しちゃあ、人が好きすぎるから騙されちゃって。

そうさ、うちには娘もいるんだけど、あの、向こうの屋敷の邪魔が入っちゃ……父さんも、いったいどういうつもりなんだか……あたしのことはもう、〈梅屋敷〉とは縁のない娘とでも言いたいんか……勝手に嫁入り話も決めて……そんなことじゃから、〈アヤの祟り〉が起きるんじゃ」

芙由さんは、表情をころころと変えて話し続ける。昔の自分自身の結婚の頃と、幸乃さんの結婚話の揉め事とかが、時代を超えてごちゃ混ぜになっているようだ。

「お母さん、今はそんな話をしなくても」

困った顔で幸乃さんが止めても、お年寄りはおかまいなく、

「……本当は、父さんは、あたしたちが嫌いだったんかねえ。二人が生まれたのがいけなかったのかもな

あ……昔は、双子は畜生腹って言われて……それも……」

と、喋り続けた。

「お母さん、やめてちょうだい」

幸乃さんがやや強く言うと、芙由さんは口を閉じ、笑みを小さく浮かべて頭を左右に振った。それから、今、気づいたように、

「……ええと、そんで……おたくさんは……ああ、美寿々ちゃんの連れ合いね。いい顔しとる」

と、迫島さんに話しかける。

「え、いや、僕は違います……それに、美寿々さんは……」

否定するカメラマンの声が耳に入らないのか、年寄りはご機嫌な顔になった。

「あん子も小さい頃から体が弱くて、梅さんの旦那さんがずいぶん気にかけとったけど、うちの宥さんまで気にしとって……美寿々ちゃんて、婭いうても、あっちの屋敷のことじゃから……」

突然、むっとした表情になった芙由さんは、目の前の茶器を睨み、唇をきつく結んだ。

「芙由さん、教えてください。あなたのお父さんが、〈奥の山〉に宝を隠したそうですね。それが、どんな宝物かご存知ないですか」

迫島さんは早口で尋ねた。

芙由さんの表情が固まった。目の焦点が合わず、どこか遠くをぼんやり見ているような顔になる。

「……さん、なら知っているよ。お宝だろ……」

しわだらけの口から、震える声が漏れた。

「え？　今、誰っておっしゃいましたか。オボーサン？　お坊さんですか。それって、碧龍寺の住職さん

のことですか？」

迫島さんは顔を突き出して、尋ね返した。

でも、芙由さんは首を横に振って、

「……いいや、あたしはまだ、夕食を食べてないよ……ちゃんと覚えているよ……お昼は、蕎麦だったね……」

と、ぜんぜん関係ないことを口にするのだった。それから、急に顔に力が入ったかと思うと、指を一本、二本と折りながら、

「そう言えば……人が二人も、死んだそうじゃのう。土曜なら恐ろしい……」

と、小声で呟いた。少なくとも、私にはそう聞こえた。

しかし、目の光はすぐに失せてしまって、

「すみません。今日は木曜日です。土曜日がどうしたんですか。何が恐ろしいんですか」

と、迫島さんが熱心に尋ねたけれど、もはや返事すらなかった。

「迫島さん、無駄よ。こうなったら、まともな受け答えは期待できないんだから」

と、澪乃さんはすげない言い方をした。

3

幸佑さんと幸乃さんの後に付いて、玄関に向かいながら、迫島さんが尋ねた。

「幸乃さん。失礼ですが、芙由さんは、以前からあのような状態なのですか」

「五年ほど前から、物忘れがひどくなりましてねえ。今はもう、頭の中で時間が乱れている感じなんですよ。年を取ると誰でもそうでしょうけど、最近のことは特に覚えが悪いみたいなの。ですから、さっきも、この人を美寿々さんと間違えたんです」

幸乃さんはこちらをちらりと見て、返事をした。どうしても、私の名は口にしたくないようだ。

「ご家族の方は、大変でしょうね」

迫島さんは同情した声になる。

幸佑さんは肩をすくめた。

「そうでもないさ。今のところ、徘徊だとか無茶食いとかの心配もないし、専任のお手伝いさんも雇っているからな。

念のために言っとくが、ばあちゃんのことは、別に隠していない。村人は全員知っているよ。いずれあんたたちの耳にも入るだろうと思って、紹介したんだ」

「なるほど」

玄関まで来ると、幸乃さんがあらたまって言った。

「うちが協力している産廃業のことも、お話ししておきますね。最初はかなり揉めて反対も多かったのは事実。でも、最終的に、和尚様が村人たちを説得してくれたんですよ。

そもそも、この現代に、人間が生きていく上で、どうしても必要な事業でしょう。それなのにみんな、自分の家の近くじゃ嫌だとか、勝手なことばかり言って。ちゃんと法律に則り、漏水処理とか汚臭対策なんかもしているから、何の問題もないのに――」

〈藤屋敷〉は、自然が豊かで美しいこの村に産廃会社を誘致したと、〈梅屋敷〉派の人たちに相当悪く言われている。でも、幸乃さんが言うとおり、その種の施設は生活するには必要不可欠だ。山一つ向こうにそれがあっても、普段意識せずに暮らしていけるなら、別にかまわないのではないか……。

そう考えてしまう私は、まだ村人の気持ちをよく解っていないのだろうか。

玄関で靴を履いていると、後ろで幸乃さんが幸佑さんに話しかけた。

「だけど、驚いたわ。和壱君が、名前に〈アヤ〉がつく人をお嫁さんに……ずいぶんな覚悟だったでしょうね。ゆくゆくは、〈梅屋敷〉の跡取りになる人だったんだから」

「俺はてっきり、あいつは戻ってこない覚悟だと思っていたぜ」

「どうして、そう思われたのですか」

靴を履き終わった迫島さんが、向きなおって尋ねた。

「村に来たら、どうしたって〈アヤ〉に纏《まと》わり付かれる。〈アヤコ〉なんて女を嫁にしたら白い目で見られるし、その前に改名を強いられる。

それでも、この人と結婚する決意だったのは、こっちに戻りたくないって証拠だろう」

「誰でもいいから、わざわざ〈アヤ〉が名前に付く人を選んだのかもしれないわねえ」

と、小首を傾げた幸乃さん。

二人に勝手に決めつけられて、私は嫌な気分になった。

「……それでは、失礼いたします。本日はお招きいただき、ありがとうございました」

私は感情を抑えながら頭を下げ、さっさと外に出た。ちょうど藤棚の方から、麻里子さんや花琳さんたちが戻ってくるところだ。

迫島さんは、玄関の外まで見送ってくれた幸佑さんと幸乃さんに、

「念のために言いますが、〈藤屋敷〉の皆さんも、気をつけてください。和壱君の死が自殺でないなら、彼を殺した犯人がこの村の中にいることになります。その人物の動機が解らない現状では、誰でも狙われる危険性がありますから——」

と、真面目な顔で注意した。

第3部

二つの殺人

咲いた　咲いた
お池のまわり
赤く赤く　染まった
朝焼けの　果てに
誰かさんが　すべった
赤いお池に　浮かんだ

第17章 〈一の湯屋〉での死

1

迫島さんと麻里子さんとは、お寺の参道の入口で別れた。

そして、〈梅屋敷〉に戻ると、待ちかまえていた奈津お祖母様と久寿子お義母様から、〈藤屋敷〉での出来事と、向こうの人たちと何を話したのかを、根掘り葉掘り質問された。

私はすべて正直に話したけれど、一つだけ黙っていた。それは、皆と帰ろうとする私を花琳さんが呼びとめ、耳元で囁いたことだ。

「知りあったばかりの男には、気をつけなさい。今、あたしが東京の友人に頼んで、調べているから――」

早口で言われたのはそれだけだった。その時、彼女は麻里子さんに声を掛けている迫島さんの方を見ていた。

でも、どういう意味だろう。

迫島さんが、和壱さんの死やその他の出来事に関係しているというのか。

考えてみれば、私は彼のことをどれだけ知っているだろう。〈藤屋敷〉の幸乃さんは、知りあいの警察の人に、彼の身元を照会したという。ただ、その報告された内容の人物と、私たちの目の前にいる人物が同じ人間という証拠はない。

疑えば、何でも疑える状態だ……。

「迫島さん？　どういうことですか？」

私が花琳さんに訊きかえした時にはもう、彼女は幸佑さんの腕を取って、玄関の中に入ってしまった。

そのため、ずっとカメラマンに対する疑惑が、胸の中で渦巻いていて……。

「――ちょっと、綾子さん！　大奥様がお尋ねになっているのに！」

竹見おばさんの鋭い声に、私ははっとした。

「すみません」

「芙由は、相変わらず惚《ぼ》けていたんだろう？」

お祖母様は双子の妹のことを尋ねたが、心配というより馬鹿にしている感じだった。

「私と美寿々さんを、混同しておられたようです……」

「向こうの家の人たちは、あんたのことを何か言っていたかい」

そう尋ねたのは、きつい目をしたお義母様だ。

私は、言葉を選び、幸佑さんに言われたことは黙っていることにした。

「あちらのおばあ様が私の名前を聞いて、〈アヤ〉の言い伝えを思い出されたみたいです。それで、ひどく嫌そうな顔をされました。他の方々は特に何も……」

「幸乃さんはどんな様子だった？　和壱のこと、何か言っていたかい」

お義母様はさらに、従妹について問いただす。

「皆様から、お悔やみをちょうだいしました」

「腹の中ではどう思っているか、解りませんよ」

竹見おばさんは、手厳しい言い方をした。

私は、これみよがしに柱時計を見上げ、

「申し訳ありません。茉奈を迎えにいく時間ですので、失礼します」

と、頭を下げてから立ち上がった。

2

――午後九時過ぎ。

離れの寿太郎叔父様に冠水瓶《かんすいびん》を届けて、私は台所に戻った。枕元に置く水差しをそう呼ぶということを、この家に来て初めて知った。

叔父様は風水か何かの影響から、寝る時には必ず、新しい水を入れた冠水瓶を枕元に置く。紫色の切子細工のものがお気に入りだった。

「遅いじゃないか」

いつもの時間に持っていったのに、文句を言われた。今日の彼はひどく不機嫌だった。それというのも、私が〈藤屋敷〉を訪れ、あちらの人たちと話してきたのが気に食わないのだ。

「あんな連中の言うことなど、信じるんじゃないぞ。あいつらは、この〈梅屋敷〉を妬んで、陥れようとしているんだからな」

などと、悪し様に言うのだった。

台所に戻り、残りの洗い物をしていると、ふらりと入って来た人がいた。

「ああ、綾子さんでしたか。いつもありがとう。一杯、水をくれませんか」

柔らかい笑みを浮かべ、東真お義父様が頼んだ。タライや手拭いなどの洗面道具を入れたビニール袋を、左手に提げている。

私はグラスに水を注ぎ、手渡した。

「〈一の湯屋〉ですか。これから」

「ええ、ちょっと汗をかいたのでね。軽く浸かってこようと思って」

お義父様は返事をし、グラスに口を付けた。

夜になると昼間の残暑も薄らぎ、秋風も心地良い。温泉に入って体を温めるのも気持ちがいいだろう。虫の音を聞きながらの入浴だから、風情がある。

「――その後は、またいつもの居酒屋に行きますがね。村長や公平君たちに呼ばれたから。玄関の鍵は、閉めてもらってかまいませんよ」

私が尋ねる前に、照れたような顔で言う。お義父様は、遅くなると、いつも勝手口を使っている。

「綾子さんも、寝る前に浸かってきたらどうです。ここの温泉は、子宝の湯とも安産の湯とも言われて、妊婦さんも入って良いことになっていますから」

「はい。でも、行くなら昼間にします」

お義父様はいつも、私のことを気に掛けてくれる。その気持ちが嬉しい。

「まあ、そうだね。暗いから、転んだりしたらことだ。じゃあ、行ってきますよ」

お義父様は私にグラスを返して、軽く手を上げると、台所を出ていった。

3

五分も経たずに洗い物を終え、私は手を拭いた。前掛けを外し、玄関へ行く。

引き戸のねじ込み式の鍵を閉めて、三和土《たたき》から上がった時に、それが目に入った。

——あら。

靴箱の上に置かれた藍染めの小さな布袋。布地の上から触ると、中身はやはりパイプ道具だった。

お義父様は、温泉に浸かった後やスケッチの時に、腰を下ろして一服することが多い。靴を履こうとしてここに置き、つい忘れたにちがいない。

これがないと困るだろう——。

妊娠中の私のため、お義父様は家の中でパイプを吸わなくなったので、申し訳なく思っていた。急いで追えば、のんびり歩く彼に追いつけるかもしれない。

カーディガンを羽織り、布袋と懐中電灯を持って、私は外へ出た。少し肌寒い。虫の音が四方から聞こえる。ぼんやり光る外灯に、羽虫や蛾が集まっていた。

門を出ると、樹木の間から月が見えた。どこかでキツネか何かが鳴き、飼い犬も吠えるのが聞こえた。

月明かりと懐中電灯の光を頼りに、私は西側の渓流の方へ向かった。

木々の間の小径に入ると、〈川の小径〉にぶつかる所に電柱が立っている。小さな金属傘の下にある黄色い裸電球が鈍い光を発していて、周囲を虫たちが飛び回っていた。

私は丁字路を左に折れ、足下に気をつけながら、緩やかな坂を下った。水量の多い渓流の音が、右手にある茂みの向こうから聞こえる。

周囲には、様々な濃さの闇が満ちていたが、不思議と恐くはない。和壱さんと、夜の温泉に入りにいったこともあるし、お義父様にもすぐに追いつけると思ったからだ。

少しして、また電柱があった。〈藤の池〉から流れて来る小川と、それを跨ぐ丸太橋のある所だ。電球の光に誘われ、羽虫の他に甲虫が一匹、曲線を描きながら舞っていた。見たところ、あの青いドラム缶はなかった。落ち葉の時期にはまだ早いし、見栄えが悪いから、誰かが片づけたのだろう。

私が丸太橋を渡り、先を急ごうとした時に、すぐ後ろで足音がした。振り向くと、黄色い光が伸びてきて、

「どなたですか——おや、〈梅屋敷〉の、若奥さんじゃありませんか」

という、低めの渋い声がした。

寺男の丸井さんだった。紺色の甚兵衛を着て、懐中電灯を持ち、首から手拭いを垂らしている。

私が小さく頭を下げると、

「私は〈一の湯屋〉へ行くところですが、若奥さんも？」

と、彼は小さく微笑みながら尋ねた。

「いいえ。温泉に向かったお義父様が、忘れ物をされたものですから——」

手に持っている袋を、彼に見せる。

「私が預かって、お渡ししましょうか」

「ええと……」

私がついためらったのを見た丸井さんは、

「それなら、一緒に行きましょう。私が先に立ちます。この坂はでこぼこしていて、足下が心配ですから」

と、提案してくれた。

親切に甘えて、私は彼の後を付いて歩く。

沈黙も気まずいので、私は話題を探した。

「お寺の仕事は大変ですか」

丸井さんは私を気遣ってか、ゆっくり進んだ。

「そうでもありませんね。朝早いのと、掃除は確かに面倒です。何しろ、迫島さんが来る前は、お寺の廊下など全部、私一人で雑巾掛けしていましたからね。でも、それも修行だと思っているんですよ」

「修行？」

「ええ。ご存知かもしれませんが、私は昨年、妻を病気で亡くしたんです。何年も闘病していたのに、私はギャンブルに手を出して……治療費にまで手を付けてしまった。

もともとはサラリーマンでしたが、妻の死のショックで仕事が手に付かなくなり、大きなミスを犯し、馘首《くび》になりました。それで、自殺しようと考えながら、ふらふらとこの近くまで来た時に、飲み屋で橋本さんに出会って……ほら、前の寺男さんです。

酔った勢いで、自分の身の上や後悔を橋本さんに話したら、お寺で修行をしなさい、彰晏和尚にすべてを打ち明け、相談すれば良いと助言されました。それで今、私は寺男をしているわけですよ」

「そうでしたか」

「ところで、和尚様から聞いたんですが、和壱さんも子供の頃は、よくお寺へ遊びに来たそうですよ。同い年の、〈藤屋敷〉の双子と一緒に」

「澪乃さんと、小さい頃に亡くなった吉之さん……」

「ええ、その二人といつも一緒にね。灯籠に登ったり、ゴザを使って石段を滑り下りたり、泥足で縁台を走りまわったり――と、相当にやんちゃだったみたいで、手を焼いたとおっしゃっていました」

丸井さんは片頰で笑った。

子供たち相手に、和尚様がてんてこまいするなんて。その様子を想像して、私も微笑んでしまう。

ほどなく、渓流の音に混じって滝の音が聞こえてきた。坂が緩やかになり、左右二本ずつ立っている杉の間を抜けると滝壺の横に出た。この一の滝の落差は十メートルくらい。月明かりの下、水流の変化が煌めいて見えた。

滝壺は十五メートル四方くらいの広さで、北側に滝があり、南東の角に、木造の簡素な〈一の湯屋〉が建っている。

その〈一の湯屋〉が見えた時に、下から歩いてきた胡麻塩頭の中年男性とすれ違った。私の知らない人だったけれど、立ち止まった丸井さんが話しかける。

「おや、修一《しゅういち》さんじゃありませんか。パチンコですか」

「おお、丸井さんか。そうだよ。快勝だ。で、〈二の湯屋〉でひとっ風呂浴び、帰るところさ」

笑った中年男は、左手で、濡れた手拭いの入った透明なビニール袋を提げていた。また、ぱんぱんに膨れた大きな紙袋を右手で抱えている。開いた口からチョコレートやビスケットなどの菓子が覗いている。

スーパーの横に小さなパチンコ屋があるから、そこへ行ってきたのだろう。

「懐中電灯も点けず、危なくないんですか」

「ははは。歩き慣れた小径だからな。月明かりだけで大丈夫さ」

陽気に答えた中年男性は、私の方を一瞥《いちべつ》して、顔を強張らせた。そして、

「ああ、じゃあ、かあちゃんが待っているから、これでな、丸井さん――」

と言って、足早に立ち去った。私が誰か気づき、逃げるかのように……。

「一本杉の所の、篠田《しのだ》さんですよ」

と、丸井さんが説明してくれる。が、どの家のことか、私には解らなかった。

〈一の湯屋〉の方へ進む私たちの懐中電灯の光が、交差しながら、右手にある滝壺を照らした。その南側――下流側――には、こちらの縁から向こうの縁まで、大小の岩をほぼ一直線に並べてある。砂防用だが、川の水はその隙間を通り抜け、さらに先へと流れていく。

上流から流れてきた枝や枯れ葉は、そこで堰き止められることも多い。今見ると、蓋の取れた青いプラスチック・ドラムも一つ、半分沈んだ形で浮かんでいた。昼間、迫島さんが小川に落とした物が、ここで引っかかったに違いない。

露天風呂は、そんな滝壺の東南の角にある。もちろん、昼間の方がまわりの自然を満喫できる。滝壺の対岸に広がる緑が目に優しく、滝の方から爽やかな風が吹き寄せる――そういう、野趣に溢れた温泉だ。

湯船の奥の縁は、角の取れた丸みのある石を並べてあり、左側が砂防のために積んだ石と繋がっている。湯面と滝壺の水面はほとんど同じ高さなので、温かい湯に浸かりながら手を伸ばし、冷たい清流に触ることもできる。

〈一の湯屋〉の木戸の横には電柱が立っていて、二つの電灯が点いている。片方は木戸の前を、もう片方は塀の内側にある脱衣場をふんわりと照らしている。もちろん、羽虫や小さな蛾が飛び交っている。

「――さあ、着きました」

「ありがとうございました」

丸井さんが言い、私は軽く頭を下げる。

私は湯屋の木戸を拳で叩いて、

「お義父様――」

と、声を掛けてみたが、返事はなかった。

温泉が湯船に流れこむ音や、滝の音、渓流の音もあるから、湯船でくつろぐお義父様の耳には声が届かなかったのだろう。

「すみません、綾子ですが」

そう断わって、私は木戸の取手に手を掛けた。閂は掛かっておらず、手前に少し開いた。

「ああ、私が、東真さんにお渡ししましょうか」

横から丸井さんが言い、手を差し出した。

確かにその方がいい。裸のお義父様だって、私に見られたらばつが悪いはず。

私は彼に布袋を預け、脇にどいた。

「――東真さん？」

丸井さんは、木戸を開けて中に入った。

それから起きた恐怖の出来事は、ほんの数秒間のことだった。

「ああっ、東真さん！　どうしたんです!?」

丸井さんの突然の大声に、私は驚き、心臓が止まりそうになった。

ほとんど同時に、丸井さんが湯船に飛びこむ音もはっきり聞こえた。彼が盛大に水飛沫《しぶき》を上げ、湯の中を突進していくのも解った。

「大変だ！　東真さんが湯船に沈んでいる！　溺れたんだ！　綾子さん、誰か呼んできてください！　急いで！」

丸井さんの絶叫するような声で、立ちすくんでいた私の心臓がさらに縮み上がった。

無意識のうちに、ほぼ閉じていた木戸を開き、私は中を覗きこんだ。脱衣場も洗い場も薄暗く、湯船の大半も滝壺の水面も、黒い油を流したようにぬめぬめとしていた。

ただ、湯船と滝壺を仕切る岩の縁のあたり――それも西側だけ――には、外灯の光が届いていた。びしょ濡れの丸井さんと変わり果てたお義父様の姿が、うっすらと照らし出されている。

丸井さんは、お義父様の体を、石の縁の上に引っ張りあげたところだった。ぐったりしたお義父様の体は仰向けでやや斜めになり、頭がこちら側に、足が滝壺側の水に浸かっている。

丸井さんは、お義父様の濡れた衣服をきつくつかみ、

「東真さん！　東真さん！」

と、声を掛けながら激しく揺さぶった。その度に、真っ青で白目を剥いたお義父様の頭が――上下逆さまになり、髪の毛が湯に浸かった頭が――がくがくと動く。

息をしている気配は少しもなかった。

――ああ、何てこと――。

私の体全体を、激しい恐怖や衝撃が貫いた。

「若奥さん！　早く！　助けを呼んできて！　すぐ下の方に、山森《やまもり》さんの家がある！」

振り向いた丸井さんが、怒ったように言い、お義父様の体を抱き上げようとした。

返事をしたかどうか、解らない。私は走りだしていた。気づいた時には、懐中電灯を片手に、私は必死に坂を下っていた。

纏わり付く闇を振り払うようにして……。

4

……その後のことは、ぼんやりと、断片的にしか覚えていない。

私は、辿《たど》りついた家のドアを必死に叩いた。この山森さんの家は農家をしていることだけ、知っていた。

そして私は、ご主人と一緒に〈一の湯屋〉へ駆け戻った。奥さんは、『駐在さんと三宅先生を、電話で呼ぶから』と、言っていたような気がする。

切羽詰まっていて、自分が妊娠中ということは、すっかり頭から消え失せていた。というより、お義父様に助かってほしい一心で、他のことは考えられなかった。

〈一の湯屋〉に戻ると、全身濡れたままの丸井さんが、人工呼吸を懸命にやっていた。お義父様の体は洗い場に横たえられており、反応がまったくなかった。

「東真さん！　しっかり！」

丸井さんは呼びかけながら、お義父様の胸を必死に押していた。

もう、だめだ……。

お義父様の顔には、生気がいっさいなかった。血の気が失せ、真っ白で、半開きの唇は紫色……。

丸井さんが胸を押す度に、びしょ濡れの体が揺れた。でも、生きているような徴候はいっさいなかった。

……ひどい。糸の切れたマリオネットみたい……そう思っているうちに、私は意識を失った。

第18章　病院にて

1

「――綾子さん、大丈夫ですか。まだ顔色が良くないようですが」

ベッドの横の丸椅子に腰掛けた迫島さんは、心配そうに尋ねた。彼が、分家の麻里子さんを連れて病院へ顔を出したのは、私が入院して三日後の昼過ぎだった。

その朝からようやく、私はベッドの中で上半身を起こし、食事を取ることができるようになった。それまでは眠っていて、ずっと点滴で栄養補給をされていた。

来客があると知ると、看護婦さんは、ベッドの上半分を斜めに持ち上げ、私の頭と背中の後ろに枕を入れてくれた。

「はい。お医者様が、無茶をしなければ、二、三日中に退院できるとおっしゃっていました」

私は首を縦に振った。まだ、少しふらふらする。

「そうですか。それは良かった」

そう答えたカメラマンの顔は、少し曇っていた。

「あなた、妊娠中でしょ。走って助けを呼びにいくなんて、無茶すぎるわ。〈梅屋敷〉のみんなが、かんかんに怒ってるわよ！」

いきなり、麻里子さんは厳しく言葉を浴びせてくる。

確かに、そうだった。でも、あの時は、お義父様を助けたい一心で、必死で……。

……その後、私は貧血を起こし、気絶してしまったらしい。下腹部から軽い不正出血もあったようで、駆けつけた三宅先生の指示で、隣町の大きな病院へ運ばれたのだった。

そして、治療を受けた後、私は数日間の絶対安静となっていた。

看護婦さんが部屋を出ていったので、私は麻里子さんに尋ねた。

「……お義父様は？」

そう。そのことを、私はまだ誰からも知らされていなかった。

あの夜、私が最後に見たのは、洗い場に横たえられ、丸井さんに人工呼吸を施されているお義父様の姿だった。びしょ濡れで、ぐったりして、青白く、歪んだ顔……。

……目を閉じても、あの顔が消えることがない……。

「東真おじ様は、亡くなったわ。遺体は、解剖するって言って、刑事たちが持っていったの」

麻里子さんが、不機嫌な声で教えてくれた。

「解剖……刑事たち……？」

どういうことだろう。まだ頭がよく回らない。

「あのね、おじ様は溺れたんじゃないのよ。殺されたの。殺人ってことよ。だから、刑事たちが来たの！」

私は愕然とした。背中を、氷のように冷たいものがぞーっと這い上がった。

「さ、殺人……？」

「そう。最初は丸井さんも駆けつけた人たちも、おじ様が溺れ死んだと思ったらしいわ。湯船の縁で足を滑らせて、湯船の中に落ちたと考えたのね。ところが、三宅先生がおじ様の遺体を調べたら、後頭部に鈍器で殴られた痕があったのよ。それで、駐在さんも死因に疑問があると判断し、県警に報告したわけ。ただちに刑事が二人やって来たんだけど、他殺の疑いがあると言って、遺体を大学病院だかどこかに運んでっちゃったの。だから、お通夜もお葬式も、当分できなくて、〈梅屋敷〉のおば様たちは、悲嘆に暮れているわ。

そういう訳だから、警察の捜査が始まってるの。〈梅屋敷〉の人たちを中心に、村人全員があれこれと訊かれている状況よ」

あまりの衝撃に、私は言葉が出なかった。

たった一人の味方だった、優しいお義父様が……殺されたなんて……。

押し寄せる絶望感で、心が引き裂かれそうになる。

「今は村中が大騒ぎになっていて、中には、あなたのせいでまた人が死んだ、あなたはやっぱり、呪われた〈アヤ〉なんだって、怒っている人もけっこういるのよ。

あの〈赤婆〉なんか、血の気の多い男衆を三、四人連れて、〈梅屋敷〉に押し寄せてきたわ。毎日、正門の外で、罵ったり喚《わめ》いたり、ひどいものよ」

麻里子さんの表情は冷たく、声には非難の調子があった。

私は目を瞑り、

「……お義母様は？」

と、声を絞り出した。息子の和壱さんに続いて、伴侶まで失ったのだから、その悲しみの深さは、私の想像をはるかに超えるものだろう。

「久寿子おば様は本当に可哀想。心労がたたって寝込んでしまったわ。ひどく気落ちして、自分の部屋から出て来ないの。だから、あなたのことは、竹見おばさんの指示で、あたしが看ることになったのよ。

おばあ様なんか、ずっと泣いてばかりだし、そうでなければ、仏壇に向かってずっと手を合わせてるの」

その時、私ははっと思い出した。もっと早く訊かなければならなかったことを――。

「あのう、茉奈は、どうしていますか」

「あの娘《こ》なら大丈夫よ。うちで面倒を見ているから。分家に連れてって、あたしの母が世話を焼いているわ。

昨日は、先生や友だちから、この村に昔から伝わる手鞠歌を詳しく教えてもらったと、そればかり歌っていたわ。『あそぼ　あそぼ　お池の水は――』ってね。あたしも子供の頃には、よく口にしたものよ。無気味な歌詞だけど、みんなが知っているものだから」

茉奈が無事ならいい。あの子が私のことを心配したり、会いたいと駄々をこねたりしていなければいいけど……。

2

気がかりがあるという表情で、迫島さんが口を挟んだ。

「綾子さん。寺男の丸井さんから、あの夜の出来事について話を伺いました。その上で、あなたからも詳しく教えていただきたいんですけど、大丈夫ですか」

「は、はい……」

「では、覚えている限りのことを教えてください」

そう催促されて、あの夜、お義父様が出掛けてから起きたことを、私は記憶を探りながら、ゆっくり話していった。

「〈一の湯屋〉へ行く時、寺男の丸井さんと、一本杉の所の篠田修一さんという人以外に、誰かと会ったり、見かけたりしませんでしたか」

「いいえ、他には……」

私は小さく首を振った。それだけでも、疲労感があった。

迫島さんは腕組みして頷き、

「当然のことながら、その二人からも話を聞きましたが、綾子さんの話と一致します。篠田さんは〈二の湯屋〉の方から坂を上がってきたのですが、誰ともすれ違わなかったそうです。

たぶん犯人は、凶行に及んだ後、〈一の湯屋〉近くの大きな岩陰に隠れ、下から歩いて来た篠田さんが通りすぎた後、〈二の湯屋〉の方へ逃げたのでしょう。途中で、林の中に入った形跡はないそうですし

――」

と、自分に言い聞かせるように呟いた。

〈川の小径〉の両側は木々が密集しており、下生えで埋めつくされている。消防団の見解では、誰かがそこに潜りこめば、枝が折れたり草が踏み潰されたりして、必ず形跡が残る、ということらしかった。

「修一のおっちゃんは気の良い人で、〈梅屋敷〉派だから、東真おじ様に危害を加えるとは思えないわ」

麻里子さんが、真面目な顔で付けくわえた。

カメラマンは少し考えてから、また私の顔を見た。

「三宅先生によれば、あなたと丸井さんが湯屋で東真さんを見つけた時には、もう亡くなっていただろうという話です。鈍器で殴られた後頭部の傷はかなり陥没していて、肺の中に湯は入っていませんでした。つまり、溺れ死んだのではない、ということです」

私はあの時の様子を思い出して、一瞬、気が遠くなった。お義父様の血の気のない顔が、目の前に浮かんで来る……。

「東真さんは衣服を着たまま、湯船に落ちていたのですよね。湯屋に入ってすぐ、誰かに後ろから襲われたと想像できます。犯人は金槌のようなもので東真さんの後頭部を強く殴り、倒れた彼の体を湯船に蹴落とすなどしたのでしょう。

現時点では、誰が、何故、東真さんを殺したのかは、解っていません。ただ、他殺であると県警の刑事たちが認め、殺人事件として動き始めたわけです。

それで、ここ最近、梅里村で起きたいくつかの事件も、洗い直されることになりました。すなわち、〈二の湯屋〉で溺れた寺男の橋本さんの死、〈梅屋敷〉の遊技室で自殺したと思われた和壱君の死――この二つについても、警察が再捜査をするそうです」

和壱さんのことも……？

動転している私の顔を覗きこみ、迫島さんは真剣な口調で言った。

「そういうわけですから、これから、あなたの所へも、二人の刑事が来るでしょう。根掘り葉掘り質問されるでしょうから、気持ちをしっかり持ってください」

「わ、私はどうしたら、いいのでしょう？」

体が震えてくるのを感じた。

「大丈夫ですよ。あなたが疑われているわけではありませんから。今、僕に語ったように、知っていることをすべて正直に話せば、それで、何の問題もありません」

私は力なく、頷くことしかできなかった。

「ねえ、あのこともちゃんと言いなさいよ」

麻里子さんが目を細め、迫島さんに要求した。

「そうですね――綾子さん。もう一つ、話しておくことがあります。ショッキングなことなので、覚悟して聞いていただきたいのですが――」

と、彼は前置きした。

私は怯えながら、二人の顔を交互に見た。

「実は、〈藤屋敷〉の花琳さんも、今朝、何者かに殺されたんです――」

3

目の前の風景がぐらぐらと歪み、気が遠くなりかけた。

「綾子さん？」

迫島さんが心配そうに、私の顔を覗きこむ。

その声で、暗闇に落ちかかった私は、何とか現実にしがみついた。

「……は、はい……」

麻里子さんが憤慨した声で言う。

「驚くのも当たり前よ。あたしだってびっくりしたもん。だって、最近のいろんな事件の犯人は〈藤屋敷〉の誰かかその取り巻きで、〈梅屋敷〉の人間に危害を加えようとしている――そう思ってたから」

「……いったい、どうして、花琳さんが？」

私は喘ぐように尋ねた。寒けがする。こんな恐ろしいことが次々に起きるなんて……。

迫島さんは悲しげに首を振った。

「まだ何も解っていません。はっきりしているのは他殺だったことだけです。というのも、東真さんのとほぼ同じ手口だったからです。確証はありませんが、同一犯の可能性が高い」

「いったい、どこで、あの人は？」

恐怖と驚きの中から、私はやっと尋ねた。

「〈藤屋敷〉の〈藤の池〉です。その畔が犯行現場でした。遺体発見は今朝のことです。花琳さんが池に浮かんでいるのを、幸佑さんと僕が見つけました。午前十一時頃の出来事でした」

「あの人が、あの冷たい水の中に――」

想像するだけでも恐ろしかった。

「時系列的に説明するとこうなります。

今朝の九時頃に、〈藤屋敷〉に一本の電話が入りました。電話を取ったのはお手伝いさんで、受話器からは若い女性の声が聞こえたそうです。

『花琳さんを出してちょうだい』

と、高飛車な言い方だったそうです。

お手伝いさんは花琳さんを見つけて、電話が来ていると報せました。花琳さんは受話器を手にして、少しの間、相手と話をしていました。

お手伝いさんによれば、

『そこにいるのね？　解ったわ』

と、花琳さんが返事をしていたそうです。

電話を切った花琳さんは、気難しい顔で自分の部屋に戻り、すぐに玄関にやって来ました。

『ちょっと、散歩して来るわ』

と、お手伝いさんに断わると、出掛けたそうです。

それが、午前九時半頃でした――」

そこまで言って、迫島さんは言葉を切った。私が話を理解しているか、確認しているようだ。

「――僕は用があって、午前十時頃に〈藤屋敷〉を訪れました。幸佑さんから、花の咲いた藤棚の写真を借りることになっていたからです。

僕が〈藤屋敷〉の玄関に着いた時、前の晩に寝酒をした彼は、まだ起きたばかりでした。彼は、お手伝いさんから、花琳さんが外出したことを聞きました。それで、眠気覚ましを兼ねて、僕と一緒に藤棚の方へ行ってみたんです。

〈藤の池〉まで来て、水面に白っぽい服を着た花琳さんが浮かんでいるのを、彼が見つけました。あの小船の近くに、俯せの格好で漂っていたんです。

僕はその光景を見て、絶句しました。そんな悲劇が起きることを、ぜんぜん予想していなかったからです。

『花琳！　花琳！』

と、我に返った幸佑さんは絶叫すると、ためらわずに池へ飛びこみました。彼は彼女の所まで必死に泳ぎ、その体を、小船を係留した桟橋に押し上げようとしました。

僕は急いでそこまで走り、彼女を引き上げるのを手伝いました。すでに亡くなっているのは明らかでした。幸佑さんは、ぐったりした彼女の遺体を強く抱きしめ、名前を呼びながら号泣していて……。

僕は大あわてで、〈藤屋敷〉まで駆けていきました。電話で、駐在さんと三宅先生を呼び、県警の刑事さんたちからも名刺をもらっていたから、新たな事件が起きたことを報告したのです――」

迫島さんの顔は痛ましげで、声は掠れた。

悔しそうな顔をした麻里子さんが、付けくわえる。

「それで、〈藤屋敷〉も悲しみに包まれ、村全体がますます大騒ぎになったのよ。中には、東真さんを殺された報復で、〈梅屋敷〉の誰かが花琳さんの命を奪ったんだ、と言う人まで出てきたんだから」

4

……花琳さんも……またもや、水に包まれた死……。

東真お義父様と同じ、水に包まれた死……。

もしかして、二人の死も、〈アヤの呪い〉のせいなのだろうか……。

そう考える私の全身を、冷たい震えが走る。

迫島さんは、暗い表情で話を続けた。

「花琳さんの死因は――東真さんと一緒で――後頭部への鈍器による損傷でした。医学的に言うと、脳挫傷か外傷性くも膜下出血ということになります。たぶん、金槌か何かで殴ったのだろうというのが、三宅先生の見立てです。

それから、何故か、花琳さんの死体が浮かんでいた池の中には、彼岸花が投げこんでありました。かなりの数の彼岸花が――」

「彼岸花、ですか？」

私は反射的に訊きかえしていた。

暑さ寒さも彼岸まで――という慣用句があるが、その時期に花が咲くのが彼岸花だ。

「ええ。あの池のまわりにたくさんあったでしょう。真っ赤な花が咲いていて――誰かが、それを茎の所で折り取って、池の中にたくさん放り投げたようなんです」

そう言って、迫島さんは首を傾げた。

「どうして、そんなことを？」

「たぶん、犯人の仕業でしょうが――」

「弔いのつもりかしら」

麻里子さんが口にすると、カメラマンは肩をすくめた。

「無論、何かの意図はあるのでしょう。普通なら、犯行後、早く現場を去りたいと思うのが犯人の習性なのに、わざわざ彼岸花を折り取って、池に撒き散らすなんて……」

彼岸花は異名が多い花だ。曼珠沙華とも言って、仏教では、法華経を唱えたお釈迦様に降り注いだ祝い花になっている。けれど日本では、死人花とか地獄花とか、変な名前で呼ばれてもいる。球根に毒があり、不吉な花だと忌み嫌われているからだ……。

私は唾を飲み、思い切って口を開いた。

「一つ、お訊きしてよろしいですか」

「はい、綾子さん？」

「この前、迫島さんと澪乃さんは、〈藤の池〉で『草枕』がどうとか話していましたね。あれはどういうことでしょう？」

「ああ、〈オフェーリア〉ですね」

と、カメラマンは即答した。

「彼女は、シェイクスピアの戯曲『ハムレット』の登場人物です。ハムレット王子のお妃候補で、周囲に花がいっぱい咲いた川の中で溺れ死んでしまうのです。流れが緩やかな池のような川で、彼女は最初、仰向けに浮かんで歌を口ずさんでいますが、濡れた衣服の重みで、結局は沈んでしまうわけです。

その場面を、ミレーという有名な画家が油彩で描いています。長い髪やドレスの裾が清らかな水の中で広がっていて、とても幻想的で、美しい絵画なんですよ。

さらに、モンゴメリの『赤毛のアン』や夏目漱石の『草枕』といった小説でも、〈オフェーリア〉が題材にされた部分があるんですよ。そのことを、僕と澪乃さんは話していたわけです」

そう言えば、子供の頃に『赤毛のアン』を読んだことがある。アンが川に浮かんだボートの上に寝転んでいたら、流されたか、穴が空いていて沈んだかしたような……。

「じゃあ、迫島さん。その戯曲か、絵画の見立てなのかしら、彼岸花は？」

と、頬に人差し指を当てて、麻里子さんが訊いた。

「さあ、どうでしょう。ミレーの絵では、オフェーリアは花輪を手にしていますが、彼岸花ではなく、何種類かの小さな花でできています。

それに、花琳さんは、池の中に俯せでしたけど、ミレーの絵では、オフェーリアは仰向けでしたね」

少し考えこむ表情で、カメラマンはそう答える。

「あの、花琳さんのお葬式はどうなるんでしょう？」

私が小声で尋ねると、麻里子さんは呆れ顔になった。

「馬鹿ね。そんなの、東真おじ様と同じで、すぐにできるわけないじゃない。あの女《ひと》の遺体も、刑事たちが司法解剖するって持っていっちゃったんだから。〈藤屋敷〉の人たちだって、〈梅屋敷〉の人たちと一緒で、呆然としているところよ」

珍しく、彼女は少し同情的だった。

迫島さんは、シャツの胸ポケットからメモ帳を取り出した。

「実はですね、花琳さんの遺体が病院へ運ばれた後、消防団の何人かが、〈藤の池〉の畔や林の際を念のため調べたんです。そうしたら、青田副団長さんが、草むらであるものを拾いました。四つ折りになったメモの紙でした。

それには人の名前が複数書いてあって、花琳さんの名前もありました。ですから、彼女の死と関連がありそうだということで、刑事さんたちに渡したんです」

「誰の名前があったのですか」

嫌な予感がした。

「六人の名前が書かれていて——亡くなった人が線で消されていました。金釘流の文字で、筆跡は誤魔化してありました。名前は写し取ったんですが——」

彼は、ためらいながら、そのメモ帳を私に見せてくれた。

橋本仁《ひとし》
関守和壱
関守東真
綾子
蓮巳幸佑
花琳

「——橋本さんは前の寺男ですね。彼と、和壱君、東真さん、花琳さんの名前に線が引いてありました。

この四人は死んだという印でしょう。あるいは、これを書いたのが犯人だとしたら——その可能性が高いと思いますが——彼らを殺した、という意味でしょう。

ご覧のとおり、あなたと蓮巳幸佑さんの名前も書かれていました。ですから、お二人も、命を狙われている可能性がある。かなり危険な状況ですから、これまで以上の注意が必要です」

「何故、私たちや、花琳さんたちが狙われるんでしょう？」

私は心の底から驚き、恐怖した。

どうして、この六人が……和壱さんや私が……？

……まったく訳が解らない。

はっきりしたのは、梅里村に殺人鬼が潜んでいるということだ。しかも、その犯人は、〈梅屋敷〉の中や、その身近にいるかもしれない……。

迫島さんは考えを巡らし、答えた。

「和壱君と綾子さん、幸佑さんと花琳さん。この二組は、それぞれの屋敷の次期当主になるかもしれない存在です。そうすると、村内の勢力図が描き変えられることになる。それを嫌い、あなたたちが邪魔だと考える者がいるのかもしれません」

「四人が戻ってくる前の状況の方が、犯人には都合が良かったってこと？」

麻里子さんが疑い深い顔で尋ねた。

「そうです。両家の血筋を絶とう、とまで考えている人がいる可能性だってあります」

「じゃあ、あたしのような、分家の者の仕業かしら」

「麻里子さんは犯人なのですか」

迫島さんは苦笑いを浮かべて、訊きかえした。

「もちろん、違うわよ。それに、本家の財産って言ったって、山とか林とか畑とかの不動産がほとんどで、これからの時代、そんなのを譲り受けてもたいしたお金にはならないわ。管理が面倒なだけだし。それよりも、前に話したわよね。切通しで岩が落ちてきて、綾子さんに当たりそうになったって。あれもきっと、犯人の仕業だわ」

麻里子さんが気難しい顔で、迫島さんに指摘した。

「こうなると、偶然や事故とは思えないですね」

「ねえ、綾子さん。あなた、やっぱり村から出ていった方がいいわよ。東京に戻った方が安全だわ」

私は苦しく悲しい気持ちで、首を振った。

「〈梅屋敷〉以外に、行く所も、戻る所もありません。私には……」

迫島さんは、少し身を乗り出した。

「綾子さん。実は、久寿子さんからいくつかの情報をもらいました。一つは〈梅屋敷〉のポストに投げこまれた二通の脅迫状のこと。

それから、興信所の報告書。村に来る前の、あなたと和壱君のことを調べたものです。それによれば、あなたには、東京に、実の父親と義理の妹夫婦がいるんですね」

ぴしり。

――顔も感情も強張った。私は声を絞り出すようにして言った。

「あの人たちとは、とっくに縁を切っています。家族でも何でもありません。私の家族は茉奈と和壱さんだけです」

目を瞑る。不快感がよみがえる。

「事情をお訊きしてもいいですか」

迫島さんが優しく問いかけた。

どうしようか迷ったが、勝手にあれこれ探られるよりは、自分から本当のことを話す方がましだろう。

そして、私と母がどれほど、あの酔っ払いでギャンブル狂いの父親に苦しめられたか、母の死後、継母とその連れ子に私がどれだけ虐待されたか、その間にも、父から日常的に暴力を振るわれたことなどを、かいつまんで打ち明けた。

「――なるほどね。あなたってけっこう苦労してきたんだ。だから、和壱兄さんが同情したってわけなのね」

麻里子さんの言葉には棘があった。

第19章　二人の刑事

1

私は、父親たちの話を切り上げたくて、花琳さんの悲劇に話題を戻した。

「迫島さん。花琳さんに電話を掛けてきたのは誰か、解っているのですか」

カメラマンは首を振った。

「いいえ。警察が電話番号で調べているはずです。相手が特定できれば、花琳さんがあの電話で誘い出されたのか、それとも関係がないのか、明確になるはずですが」

「きっと犯人よ。それか、犯人の仲間ね。そいつが花琳さんを呼び出したに決まってるわ。でも、良かったじゃない、綾子さん。これで、あなたの疑いは晴れたわけでしょ。ずっと病院にいたんだから、一連の事件の犯人じゃないって証明されたもの」

麻里子さんが無神経に言うので、気分が悪い。

返事をするのも馬鹿馬鹿しく、私は迫島さんにもう一つ質問した。前々から訊きたかったことを――。

「迫島さん。東真お義父様が殺された頃、あなたはどちらにいらっしゃったんですか」

「僕ですか――つまり、あの夜の、僕のアリバイを知りたいんですか」

彼はちょっと驚いて、私を見つめた。

ひるまずに頷く。

「そうです」

「お寺の本堂で、ご住職と一緒に古い巻物を見ていました。あそこには、仏教関係の他にも、かなり珍しい文献が所蔵されているんです。興味深いものばかりですよ」

それが事実なら、この人が、お義父様を殺すことは無理だ。ならば――。

「それと、花琳さんが殺された時間は、もう解っていますか」

私が続けて質問すると、カメラマンは淀みなく答えた。

「三宅先生によれば、僕らが遺体を発見した時より一時間は前だろうということでした」

「すると、午前十時くらいなんですね……」

「そうなりますね。その頃に僕は〈藤屋敷〉を訪ね、少しして、幸佑さんと一緒に彼女を探し始めました」

「あら、やだ。あなた、迫島さんのことを疑ってるの？」

麻里子さんが、私を馬鹿にするように言い、

「何故ですか。どうして、僕のアリバイをそんなに気になさるんですか」

と、迫島さんも不思議そうな顔をした。

今、彼が話したことが事実なら――もちろん、和尚様に聞けば明らかだから嘘ではないだろうが――私の知っていることを話しても問題はないはずだ。

私は気持ちを落ち着けてから、また口を開いた。

「お義父様や花琳さんが鈍器で殴られて、ほぼ一撃で殺されたとすると、犯人は相当力が強いと思います。それなら、男の仕業だと思うのが自然ですよね」

「ええ」

「実は私、以前、花琳さんから言われたんです。『知りあったばかりの男には、気をつけなさい。今、あたしが東京の友人に頼んで、調べているから』って」

「えっ？　知りあったばかりの男って、僕のことですか。どうして、僕なんです？」

驚きに目を丸くする迫島さん。演技ではなさそうだ……。

「それは知りません。理由を聞く時間がなかったので」

「花琳さんは、具体的には何を、いつ、どんなふうに言ったんですか。彼女の口から出た言葉を、そのまま正確に教えてください」

カメラマンは眉間にしわを寄せ、真剣な顔を近づけてきた。

私は、〈藤屋敷〉から帰ろうとした時のことを思い出しながら、彼に説明した。

腕組みした迫島さんは、眉を寄せながら、

「訳が解らないな。どうして花琳さんが、僕を疑ったりしたんだろう……」

と、自問するように言った。

2

「――失礼します。我々は県警の刑事で、相葉《あいば》と栃山《とちやま》と申します。こんな時に恐縮ですが、清澄《きよすみ》綾子さんから、少しお話を伺いたいのですが」

入って来た二人の男は、そう名乗り、名刺を見せた。

相葉刑事は中肉中背、短髪で、年の頃は五十代半ば。色が白く、線の細い印象に似合うダークグレーのスーツ姿だった。物腰は丁寧で、こちらを落ち着いた気分にさせる。

栃山刑事は三十代だろう。肩幅が広く、胸板が厚く、ラガーマンのようなごつい体格で、日焼けした顔にぎょろ目の印象が強い。

迫島さんと麻里子さんが腰を上げようとすると、相葉刑事が手でそれを制した。

「皆さん、そのままでどうぞ」

迫島さんは、彼らとすでに会っていたようで、

「東真さんと花琳さんの死が他殺であること、和壱君の死なども警察が再捜査することになった件を、僕から綾子さんに話していたところです」

と、報告した。

「そうですか。では、前置きは抜きにして、綾子さんにお尋ねします。東真さんが殺された夜のことを教えてください」

相葉刑事に頼まれて、私は、あの夜の出来事を知っているかぎり話した。

「――東真さんが殺されるような理由に、何か心当たりはありますか」

相葉刑事に問われ、はっきり答えた。

「ぜんぜんありません。お義父様はとてもお優しい方で、誰からも好かれていました」

しかも、私のたった一人の味方だったのに……。

「しかし、梅里村では、〈梅屋敷〉派の者と〈藤屋敷〉派の者は、非常に仲が悪いと聞きましたが」

「それはそうですけど、お義父様だけは別です」

相葉刑事は、私たち全員の顔を見まわした。

「それでは、こちらの捜査で解ったこともお教えしましょう。まず、関守和壱さんの死に関してです。あの事件は、死亡した時の状況からして、和壱さんの自殺と思われました。警察が皆さんから聞いた話も一貫しており、遊技室でしたか、あの部屋には本人しかおらず、いわゆる密室状況で、拳銃も室内にあり、自殺としか思えない状況でした。また、遺書らしきものも見つかっていましたから。ですが、今回の関守東真さん、宮田《みやた》花琳さんの死を踏まえ、我々も、和壱さんの死に関する再調査が必要だと考えました。そこで、こちらで預かっていた拳銃を調べ直したところ、新しい指紋が付いていないことが解りました。

あれが自殺であれば、当然、和壱さんの指紋が付いているはずです。自分で引き金を引くわけですから」

「つまり、犯人が事前に拳銃の指紋を拭き取り、犯行時には手袋などをしていた、ということなのですね」

迫島さんが目を光らせ、口を挟んだ。

相葉刑事は彼の方へ視線を向け、頷いた。

「そういうことになります。ですので、我々は、あれも殺人事件であったと認め、東真さんや花琳さんの事件と共に――同一犯という可能性もありますし――あらためて捜査を行なう所存です。

というか、すでに、村での聞き込みも始めております」

「だったら、刑事さん。まず綾子さんに謝ってよ。和壱兄さんが、この人を残して自殺するなんてあり得ないんだから。

最初から殺人事件として捜査してたら、とっくに犯人は捕まってたんじゃないの。東真おじ様だって、死なないですんだかもしれないわ！」

ぷんと膨れた顔で、麻里子さんが訴えた。

「ええ、そうですな。確かに、もう少し配慮が必要だったかもしれません」

と、年配の刑事は神妙な顔つきで口にする。

「しかし、あの時は、状況的にも仕方なかったんでね」

と、ぶっきら棒に言ったのは、栃山刑事だった。

「仕方ないですんだら、警察なんか要らないわよ」

麻里子さんは、ごつい顔の刑事に向かって舌を突き出した。こういうところが、彼女は子供っぽい。

相葉刑事は、私に話しかけた。

「実を言うと、綾子さん、今日の夕方からは、鑑識を〈梅屋敷〉の遊技室に入れて、部屋の中を詳しく調べる予定です。

あの夜、あそこにいた皆さんの話を総合すると――あれが他殺だとすれば――部屋のどこかに、犯人が出入りした秘密の抜け穴とか、隠れ場所があるかもしれませんのでね」

「それなら、部屋の前にある陳列廊下も調べた方がいいですよ」

迫島さんが早口に提案した。

相葉刑事は大きく頷く。

「無論、陳列廊下も含めての調査です。必要なら、〈梅屋敷〉全体が対象になりますよ」

「久寿子お義母様が、鑑識の捜査をお許しになったのですか」

私はちょっと驚き、確認した。

「正確に言えば、奈津さんの許可をいただきました。悔し涙を流しながら、孫と婿の敵を討ってくれ、と。また、あなたのお許しが得られるなら、和壱さんの部屋と、遺された彼の私物も調べさせていただきたいのですが。どうでしょうか」

私はこくりと頷いた。それで真相が明らかになるなら……。

迫島さんは前髪をかき上げながら、

「相葉刑事。青田副団長さんが〈藤の池〉の畔で拾ったメモをお渡ししましたね。あれに、何か手掛かりはありましたか。指紋とか」

と確認すると、年配の刑事は、小さく首を横に振った。

「いいえ。副団長さん以外の指紋はありませんでした。文字も、わざと筆跡を誤魔化したようです。ただ、落ちていた場所が場所です。犯人以外の者の単なる覚え書きなら、指紋は付いているのが普通でしょう。したがって、犯人の落とし物の可能性は高いと思えますな」

「あそこに名前があった以上、僕は、前の寺男、橋本さんの死にも疑いを向けるべきだと思います」

「迫島さん、ごもっともな意見です。我々は、その点も掘り下げるつもりです。彼の遺体が発見された時、

〈二の湯屋〉も密室的な状況だったと聞いていますが」

「とは言え、あそこは露天風呂だ。簡単に逃げられただろうな」

と、栃山刑事が乱暴な物言いをした。

「それでも、脱衣所の扉は閉じていて、閂が掛かっていたと聞いています。その点については、僕と綾子さんで、ある実験を行ないました——」

と、カメラマンは、水道の元栓の締まり具合から推察したホースのトリックを、刑事たち二人に説明した。

「——なるほど、解りました。後ほど、我々もその方法を試してみましょう」

と、相葉刑事は愛想良く言った。

迫島さんは頬に手を当て、考える仕草をした。

「ただ、それでも、動機は不明ですよね。あのメモのとおり、犯人が人殺しを続けているとして、何故、橋本さんが最初に殺されたのか。彼は〈梅屋敷〉の者でも、〈藤屋敷〉の者でもないのに」

すると、麻里子さんが、

「あら、そうじゃないわよ、迫島さん。確かあの人は、〈藤屋敷〉の遠縁よ。幸佑おじさんや幸乃おばさんの又従兄弟だったはずで、小さい頃に、隣の県のお寺に養子に行ったって聞いたことがあるわ」

と、秘密を打ち明けるかのように言った。

「じゃあ、彼は〈藤屋敷〉側の者として殺された、と言うのかい？」

驚きに目を見開いて、迫島さんが訊きかえした。

「そうかもね」

「解りました、麻里子さん。情報をありがとうございます。その点も確認します」

相葉刑事は頷き、栃山刑事はメモ帳を取り出して、何かを早書きした。

3

迫島さんは相葉刑事に向かって、質問を繰り出す。

「東真さんが殺された時、〈一の湯屋〉の側で、綾子さんと寺男の丸井さんが、〈二の湯屋〉の方から来た篠田修一さんとすれ違っています。その方の話はどうでしたか」

「ええ。ただ、篠田さんは誰にも会わなかったし、〈一の湯屋〉での変事にも気づかなかったとのことです」

「篠田さんが犯人かもしれませんよね。つまり、〈一の湯屋〉の中で東真さんを殺害し、出てきて立ち去ろうとしているところに、綾子さんたちが来たというわけです」

「無論、その可能性も調べています。ただ、今のところ、篠田さんに犯行動機は見つかっていませんし、花琳さんが殺害された時刻には、歴としたアリバイがありました。村役場から頼まれて、道路の補修工事をしていましたから」

「修一のおっちゃんは、土建屋さんなのよ」

と、小声で、麻里子さんが私に教えてくれる。

迫島さんは頷き、

「あと、花琳さんの事件の直前、彼女に電話があったそうですが、その相手は解りましたか」

と、話題を変えた。

相葉刑事は淀みなく答えた。

「電話番号から、東京都の公衆電話が発信元と判明しました。両国にある国技館の近くから掛けられています。花琳さんの事件とは関係がなさそうですな」

「ただ、幸佑さんから聞いたんですが、花琳さんはこの村に来る前、亀戸の〈フレーリア〉というスナックで、ホステスをして働いていたそうです。両国と亀戸は近いですからねえ……」

「ならば念のため、そちらの従業員も当たってみましょう」

相葉刑事が頷き、栃山刑事がメモ帳から顔を上げた。

「綾子さん。あなたは本当に、自分たちが命を狙われる理由に心当たりはないのか」

「ありません……」

それしか答えようがない。

「村の者たちの噂話では、〈奥の山〉とかに埋まっている宝物が事件に関係あるらしいが」

「知りません。宝物のことなど、和壱さんが口にしたこともありませんから」

「では、仕方がないな。何か思い出したことがあったら、我々に連絡をくれ——そっちの二人もな」

と、大柄な刑事は偉そうに言った。

「何よ、あいつ。威張っちゃって!」

二人の刑事が部屋を出ていくと、麻里子さんは怒った顔で地団駄を踏んだ。

4

私が退院したのは二日後、火曜日の昼過ぎだった。迫島さんと麻里子さんが車を用意して、迎えにきてくれた。しかも、茉奈も一緒だったから、私はとても嬉しかった。

「ママ！」

茉奈は寂しかったらしく、大きな声と共に抱きついてきた。

私は、その小さな体をお腹に気をつけながら受けとめて、しっかりと抱きしめた。頭を何度も撫でる。

「ごめんね、茉奈。寂しい思いをさせて。もう、どこにも行かないからね。お家に帰りましょう」

「うん。でも、どこのお家？」

「〈梅屋敷〉よ。あそこが、私と茉奈のお家だから――」

私は自分に言い聞かせるように、茉奈に告げた。

たとえ危険があり、歓迎されていなくても、茉奈とお腹の中の子供が大きくなるまで、私はじっと我慢して、あの家で耐えなくてはいけない……。

私たちは、迫島さんの運転するワンボックス・カーで梅里村に戻った。〈青田バイク商会〉から借りてきてくれた車だった。

「これはデリカといって、悪路にも強い車なんですよ。梅里村にはでこぼこの山道や林の中の道も多いから、あちこち写真を撮りにいくには便利なんです」

「気をつけないと、副団長に、この中古車を売りつけられるかもよ。だいぶガタが来ているようだけど」

と、麻里子さんは辛辣なことを言った。

車高が高いせいか、古いからか、確かによく揺れて、乗り心地はあまり良くなかった。
車の中では、茉奈は窓にへばり付いて、外を眺めていた。そのうちに、どこかで聞いたような童謡を歌い始めた。

かごめ　かごめ
かごの中の鳥は　いついつ　出やる
夜あけのばんに　りょうしのてっぽう　火ふいた
たおれた鳥はだあれ――

出だしは、私も子供の頃に歌った〈かごめかごめ〉だったけど、終わりの方は違う。私が知っているのは、

夜明けの晩に　鶴と亀がすべった
後ろの正面だあれ？

というものだったからだ。
迫島さんもそう思ったらしく、
「古い童謡はみんなそうですが、〈かごめかごめ〉の歌も、地方によって少しずつ歌詞が違うらしいですよ。たとえば、『つるつる滑った　鍋の鍋の底抜け　底抜いてたもれ』なんていうものもありますしね」

と、教えてくれた。

その間にも、茉奈は歌い続ける。

あそぼ　あそぼ
お池の水は　いついつ　赤い
夜あけのばんに　だれかさんがすべった
お水とあそんで　うかんだ——

これは、私の知らない歌詞だった。この地方特有のものなんだろう。

——その時だった。

「ああっ！」

迫島さんが急ブレーキを踏んだので、タイヤが悲鳴を上げ、私たちは前に投げ出されそうになった。

「何よ、危ないじゃないの！　妊婦が乗っているのよ！」

車が道路脇に停まると、麻里子さんが眉間にしわを寄せて怒鳴った。

「すみません、すみません！」

迫島さんは謝りながら、サイド・ブレーキを掛けて、後ろを振りかえる。

「ねえ、茉奈ちゃん！　今の歌だけど、どこで習ったの？　その先の歌詞も知っているかな、三番はどう？」

迫島さんが強く尋ねたので、茉奈は驚いて私にしがみ付いた。

「どうしたんですか、迫島さん？」

「綾子さん、大事なことなんです。どうしても、今、訊かないといけないんです！　茉奈ちゃん！　おじさんにも、今の歌を教えてくれないかな。続きの部分が、とっても気になるんだけど——」

「茉奈。もっと歌える？」

私は怯えている娘の顔を見て、なるべく優しく言った。

「う、ううん……」

と、茉奈は首を横に振る。

「これだけ？」

迫島さんはしつこく訊いた。

「まだ、ここまで。でも、みっちゃんはもっと歌えるよ」

「みっちゃんというのは、幼稚園のお友だちかい？」

「そう……」

「解った。ありがとう、茉奈ちゃん」

迫島さんはようやく興奮状態から冷めて、何か考えこむような顔になった。

「どうしたのよ？」

助手席からそう尋ねる麻里子さんに、

「君は、今の歌の続きを知らないかな。茉奈ちゃんが歌っていたのは、梅里村に伝わるものだよね？」

と、真剣な顔で、迫島さんは確認した。

「何となくは覚えているけど。何番もあるから……」

「覚えている限りでいいから、教えてくれないか」

麻里子さんは目を瞑り、記憶を探った。

「確か、三番は――『お池のまわり、赤く赤く染まった』――とかいう歌詞だったような気がするわ」

「そうか！　やっぱりそうかも！」

迫島さんは、また興奮ぎみの声をあげた。

「この歌が、どうかしたんですか」

私はぜんぜん訳が解らず、カメラマンに言った。

迫島さんは神経質に前髪をかき上げると、

「『お池の水は　いついつ赤い』とか『お池のまわり　赤く赤く染まった』という歌詞があるのなら、この童謡は、〈アヤの池〉と関係があるんじゃないかな!?」

と、麻里子さんに問いかける。

「ええ、あるわよ。だって、昔の大人はこの歌を使って、悪さをする子供を脅かしたんだから。『悪いことをすると、〈アヤの池〉に落とすぞ』とか言って」

「歌は何番まであるんだい？」

「確か、六番とか七番まであったと思うけど」

「それを全部知っている人、誰かいないかな」

麻里子さんは小首を傾げ、

「一番詳しいのは、郷土史を作っていた、中学校の前の前の教頭先生だけど、もう死んじゃったし――となると、〈赤婆〉ね。あのお婆さん、あちこち歩きまわりながら、しょっちゅうこれを歌って、子供たちを怖がらせてるんだから」

と、苦笑いしながら返事をした。

「解った。じゃあ、〈赤婆〉の所に行こう。家はどこ?」

真剣な顔でそう言うと、迫島さんはサイド・ブレーキを外し、車を発進させた。

「馬鹿なことを言わないでよ。あんな人に会いたくないし、綾子さんを見たら、また『〈アヤ〉は出てけ!』とか叫んで、大騒ぎになるわよ」

麻里子さんの言葉は、私の気持ちそのままだった。

でも、迫島さんの決意は変わらなかった。

「どうしても必要なんだ。この古い童謡が、今、村で起きている連続殺人事件に関係しているかもしれないから――」

5

〈赤婆〉の家は、郵便局の近くにあった。小さなタバコ屋さんで、外には縁台が置かれている。そこに座った〈赤婆〉が、タバコをくゆらせていた。

迫島さんは、私と茉奈を気遣って、車を少し離れた所に停めた。そして、麻里子さんと一緒にその店に行き、〈赤婆〉に話しかけた。車の後部窓には濃い色のフィルムが貼ってあり、外から中は見えにくい。

私は安心して、窓越しにその様子を窺っていた。

茉奈は到着する前に、私の膝に頭を載せて眠ってしまった。しばらく起きそうにない。

立ち上がった〈赤婆〉は、最初、何やら麻里子さんと言い合っていた。白髪を振り乱し、薄汚く罵っている感じだった。

けれど、迫島さんがお金を渡すと、〈赤婆〉は店に入って、タバコを一カートン持ってきた。それを麻里子さんが受け取り、迫島さんはメモ帳を取り出した。〈赤婆〉から話を聞きながら、何かを——たぶん、あの童謡の歌詞を——書き付けていた。

用事がすむと、二人はそそくさと戻ってきた。迫島さんは、まず車を出した。少し離れた林の横に停車し、エンジンを切る。

「綾子さん。〈赤婆〉はやはり、あの童謡の歌詞をすべて覚えていましたよ。昔の人たちは、〈アヤの呪い歌〉と呼んでいたそうで、歌詞に出て来るお池が〈アヤの池〉のことだとも言っていました。

その中でも、よく歌われていたものは——」

説明しながら、彼はメモ帳に書いた歌詞を私に見せてくれた。

かごめ　かごめ
籠の中の鳥は
いついつ　出やる
夜明けの　晩に
猟師のてっぽう　火噴いた
倒れた鳥は　だあれ

どこじゃ　どこじゃ
お池の水は
何故何故　赤い
夜明けの　晩に
誰かさんが　すべった
お口つぐんで　浮かんだ

咲いた　咲いた
お池のまわり
赤く赤く　染まった
朝焼けの　果てに
誰かさんが　すべった
赤いお池に　浮かんだ

見たぞ　見たぞ
二の湯の水は
ふつふつ　煮立つ
月夜の　晩に

誰かさんが　ふっ飛んで
こぶをこさえて　浮かんだ

だれじゃ　だれじゃ
お池の水を
何故何故　汚す
来る日の　晩に
悪い子探して　連れてくぞ
よい子は　おうちで　ねんねしよ

「――ただ、これだけではなく、別の歌もあるそうです」
迫島さんは、メモの次のページも見せてくれた。

あそぼ　あそぼ
お池の水は
いついつ　赤い
夜明けの　晩に
誰かさんが　すべった
お水と遊んで　浮かんだ

それぞ　それぞ
よろよろ子猫
どこどこ　行くか
人目を　さけて
甘露を　飲みきり
川の向こうへ　逃げてった

ぽんた　ぽんた
山のすみかで
にこにこ父さん　酒を飲む
二匹の　子だぬき
楽しくおどる　はらつづみ
本当の母さん　だあれ

だれじゃ　だれじゃ
お池の水を
何故何故　こぼす
去る日の　朝に

悪い子探して　尻たたく
その子の　お面は　はぎとろう

「——方言みたいなもので、伝わった家系によって、ちょっとずつ違うみたいですね。〈赤婆〉が言うには、昔、この村は〈川上村〉と〈川下村〉の二つの集落に分かれていたみたいですから」

迫島さんは感情を抑えながら説明したが、それがかえって、これらの歌の無気味さを強調した。

私は、心の奥から震えがきていた。

麻里子さんが、顔をしかめながら言った。

「あたしは、こっちの三つを、子供の頃に歌った記憶があるわ。『お口つぐんで』とか『ふつふつ　煮立つ』とかのは初耳。そっちはきっと、〈川下村〉側の歌じゃないかな」

「迫島さん。もしかして、この童謡が……？」

私は唾を飲み込み、声を絞り出した。

深く頷いた迫島さんは、私たち二人の顔を真っ直ぐに見返した。その額には汗が滲んでいる。

「そうですよ、綾子さん。つまり、村で起きている殺人の数々——連続殺人——は、見立てによって行なわれているんです。童謡を基にした、見立て殺人なんですよ！」

「見立て殺人？」

麻里子さんが、よく解らないという顔で訊きかえす。

「数え歌や童謡、詩、ことわざ、伝説、本の一場面——などの内容に沿って、殺人を犯していくもののことです。死体の格好とか殺害の状況などを、歌詞や文言になぞらえるんです。犯人には何か特別な動機があって、そんな奇妙で、残虐な真似をするんですね。

その観点から考えると、この歌の一番は、和壱君の死に該当しそうです。『籠の中の鳥』は密室で死んだ和壱君のことを示していて、『猟師のてっぽう　火噴いた』は、彼の命を奪った拳銃のことを示しているわけです。

四番の歌は、前の寺男、橋本さんの死を表わしている。『二の湯の水は　ふつふつ煮立つ』は、〈二の湯屋〉の温泉のことで、『誰かさんが　ふっ飛んで　こぶをこさえて　浮かんだ』というのは、頭部に損傷を受け、湯船で死んでいた彼の状況と一致します。

同様に、二番の歌詞は東真さん、三番は花琳さんの死の様子を示しています。花琳さんの場合、池の中に真っ赤な彼岸花がたくさん投げこんでありましたが、それは、『お池のまわり　赤く赤く　染まった』と『赤いお池に　浮かんだ』という部分を表現するためでしょう――」

迫島さんは苦しげな表情で、恐るべき推理を語った。

「じゃ、じゃあ、五番は、あのメモに書かれた名前からすると、綾子さんに当てはめようと?」

麻里子さんが、喘ぎながら言う。

「ええ。それから、残りのどれかが蓮巳幸佑さんで――」

二人の会話を聞きながら、私は心臓を締めつけられ、目の前が真っ暗になった。

犯人が五番の歌詞を使い、私を狙っているのなら、『悪い子探して　連れてくぞ』というのは、茉奈のことを指しているに違いない――。

迫島拓の調査記録③

二度の脅迫状

〈アヤの呪い〉にかこつけた脅迫状が二通来たが、あれは、誰が、何の目的で書いたのか。綾子さんを追い出すためなのか。

〈藤の池〉の畔に落ちていたメモ

（1）大きさはA5判程度。上質紙。四つに折ってあった。
（2）ボールペンで、金釘流の文字で書いてある（筆跡を誤魔化すためだろう）。
（3）メモに書かれていた名前は次の六人。橋本さん、和壱君、東真さん、花琳さんの名前には線が引いてあった。「殺した」か「死んだ」という意味だろう。となると、犯人の覚え書きなのだろうか。

橋本仁
関守和壱
関守東真

綾子
蓮巳幸佑
花琳

（4）落ちていた場所は、草が踏みしだかれていて、犯人と花琳さんが争った形跡がある。よって、メモは犯人がうっかり落としたものだろう。しかし、捜査を攪乱するため、わざと落とした可能性も排除できない。

〈アヤの呪い歌〉

（1）この童謡は、梅里村に昔から伝わるもの。もちろん、〈アヤの呪い〉から派生したものだろう。
（2）一番から五番までは、〈川上村〉に伝わるもの。それとは別に、四つの異歌が、〈川下村〉に伝わっている。
（3）歌詞の内容から考えると、一番は和壱君、二番は関守東真さん、三番は花琳さん、四番は橋本仁さん、の死に関連していると思われる。

見立て殺人なのか

一連の犯行は、〈アヤの呪い歌〉を基にした見立て殺人（童謡殺人）のようである。だが何故、犯人はそんなことをするのか。動機は何？

事件の順番と被害者

橋本仁　〈二の湯屋〉殴打及び溺殺（転倒及び溺死？）
関守和壱〈梅屋敷〉銃殺（自殺？）
関守東真〈一の湯屋〉撲殺
宮田花琳〈藤の池〉撲殺

こうしてみると、密室での銃殺という和壱君の死だけ異質だが、それには何か理由があるのだろうか。たとえば、和壱君の死はやはり自殺だったのだが、他の殺人と結びつけるために、犯人が見立て殺人を偽装しているのかもしれない。

犯人は男か女か

拳銃による銃殺、鈍器（石や金槌）による撲殺という手段からすると、犯人は男である可能性が高い。

〈奥の山〉の宝物

〈梅屋敷〉の〈奥の山〉には、本当に宝物が隠されているのだろうか。また、それが一連の事件の殺人動機と繋がっているのだろうか。

（1）金目のものが埋まっている？　古銭、古札、金塊、宝石、など。
（2）徳川の埋蔵金など。

（3）金鉱や、他の鉱石、石炭など。
（4）盆栽の種木、キノコ、竹の子、山菜、果物など。
（5）伐採した木材など。

密室の考察の続き

あの密室殺人のトリックに関して、こんな仮説を考えてみた。

犯人は、和壱君を銃殺した後、遊技室のドアの横に急いで身を寄せる。青田副団長がドアを開け、倒れている和壱君に駆け寄った時、犯人はドアの後ろに身を隠したわけだ。

それから、機会を窺って、陳列廊下に抜け出る（まん中にある窓の所の窪みに、いったん、潜んだかもしれない）。次に、陳列廊下の開いたドアの後ろに隠れる。そこでもまた、他の者たちの動きを窺いながら、渡り廊下へこっそり抜け出たわけだ。

ただ、この仮説には次のような疑問点があがる。
（1）犯人はどこから、遊技室に侵入したのか。ほんの少し前まで、そこで話し合っていた人たちしかいなかったのは間違いない。そして、その者たちは全員、和壱君を残して退出している。
（2）ドアの後ろに身を隠すだけで、気配を消し、副団長たちの目を逃れることができるだろうか。また、助役や大林さんが遊技室に駆けこむ前に、陳列廊下のドアの後ろに隠れ、彼らをやり過ごして渡り廊下へ脱出することが、本当に可能だろうか。
はたして犯人は、遊技室の会合に出席していた五人――綾子さん、寿太郎さん、杉下助役、青田副団長、大林元子さんの中にいるのか。それとも、他の人間か（〈梅屋敷〉の人間か、あるいは、外部の人間か）。

では、窓の方はどうだろうか。

格子と格子の間は三十ミリで、モーゼル銃の一番厚みがある所（握りの部分）は、幅三十六ミリだ。よって、人間も拳銃も、格子の間を通らない。

——だが。

銃弾だけなら、間を抜ける。

もしも、網戸と窓とカーテンが開いていれば、窓の外から室内にいる和壱君を撃つことは可能だろう（面格子の発射残渣を、警察に調べてもらった方がいいだろうか）。

ただ残念ながら、網戸も窓もカーテンも閉まっていた。それに、外から撃ったのなら、拳銃が室内に落ちているはずがないし、和壱君のこめかみが焼け焦げているはずがない。

第20章　過去からの影

1

翌日、水曜日の午後。

間の襖を取り外した中広間と大広間には、この屋敷の住人をはじめ、主立った取り巻きが集まっていた。全員が向かい合う形で座布団が敷かれ、それぞれの前には、お茶と和菓子とを載せた黒い宗和膳も置かれている。人によっては、お銚子とつまみと灰皿も用意されている。

私はそれらの準備を手伝わされたが、配膳がすむと、自室で待つよう、竹見おばさんに命じられた。午後二時に続々と人が集まってきても、私は迎えに出ることも、挨拶することもできなかった。

広間では、ずいぶん長い間、話し合いが行なわれていた。仕切っているのは、お寺の谷名彰晏和尚様だ。

私は、自室でただ待つしかなかった。この屋敷は古くて広すぎるせいか、妙に静まり返っていて、今はその上、暗く重苦しい雰囲気に満ちている。仏間から線香やお香の匂いが濃く漂ってきて、離れまで届き、それがまた、私の気を滅入らせた。

「――綾子さん、広間に来てちょうだい」

竹見おばさんが私を呼びにきたので、黙って付いていく。私が中に入ると、全員の険しい顔と目がいっせいにこちらを向く。

私は、居たたまれない気持ちになった。

どの視線にも、私を非難する気持ちが滲んでいる。〈梅屋敷〉を中心に村全体を舞台にして、恐ろしい連続殺人事件が起きているのだから、当然だろう。

犯人はまだ見つからず、これからも恐ろしい犯罪が続くかもしれない。私に、すべての責任を負わせたいと思う人もいるだろう……。

私は下座に目を向け、自分の場所を探した。すると、上座で、床の間を背にした和尚様が手招きした。

「ああ、綾子さん。あんたはこっち。久寿子さんの横に座るんじゃやな」

私は頭を下げ、俯きかげんのお義母様の左に座った。

お義母様は、礼服のような黒いワンピース姿だった。瞼を閉じていても、泣いて腫れた目が痛々しい。いつもは奇麗にセットしてある髪も乱れたままで、一気に老けた感じがした。

事件によって、私は最愛の人を失った。お義母様は、息子と夫を立て続けに奪われたのだから、その悲しみの深さは計り知れない……。

座敷内にいるのは、和尚様を中心にして、庭側に座るのが、奈津お祖母様、寿太郎叔父様、役場の杉下義太郎《ぎたろう》さん、消防団副団長の青田公平さん、庭師の米沢喜八《きはち》さん。そして、迫島さんだった。

廊下側に座るのが、久寿子お義母様、私、郵便局長の大林五作さんと奥様の元子さん、分家の麻里子さんと、彼女のお母様の関守花枝《はなえ》さん、高橋次郎《たかはしじろう》弁護士、竹見おばさん——といった面々だった。

どの人も暗い顔か渋い顔をしている。背中を丸めたお祖母様は、いつもよりさらに小さく見えた。俯いたまま目にハンカチを当てて、涙を何度も拭っている。

寿太郎叔父様は、いつも以上に不機嫌な顔だった。腕組みをし、結んだ口元を歪ませている。

タバコを吸っているのは、杉下助役さんと米沢のおじさんで、灰皿には吸い殻が山になっていた。大林さん夫婦と青田副団長さん、米沢のおじさんは、もうお酒がだいぶ進み、お銚子も三本目が配られたところだった。

「——さあ、揃ったな。それでは和尚さん。さっき決まったとおりに、ことを進めてくれ」

寿太郎叔父様が、重々しい声で口を切った。

和尚様は禿頭を撫でながら、私の方を向く。

「綾子さん。一連の事件のせいで、〈梅屋敷〉だけではなく、梅里村全体が大騒ぎになっておる。この屋敷では和壱君と東真さんが亡くなり、〈藤屋敷〉でも、花琳という女子《おなご》が命を落とした。

今のところ犯人は解らんが、そうした悲しい出来事の元凶があんただと主張する連中も多い。あんたがこの村に来たから禍が続く、災難を運んできた、と言うんじゃな。

無論、ここにいる者たちは、あんたのせいだとは思っておらん。少なくとも、和壱君や東真さんの命を奪ったのはあんたではない、それははっきりしておる。

しかし、この村に伝わる〈アヤの伝説〉のせいで、あんたのことを怪しみ、怖がっている者も多いのは事実じゃ。このままでは、〈梅屋敷〉の跡取りを身ごもっているあんたなのに、ここに置いておくのが難しくなる。安心して、出産を迎えることができなくなってしまう。

それでじゃ。わしらは今、何ができるかを考えた。相談がまとまったので、それをあんたに伝え、実行に移そうと思っとる。良いかな？」

「……は、はい」

訳が解らなかったが、頷くしかない。

「綾子さん。最初に、あんたの名前のことじゃ。それが、村の者の考えや行動に大きな影響を与えとる。知ってのとおり、昔から、〈アヤ〉という名は忌み嫌われてきた。だから、わしらは、あんたに改名をさせようと思う。それも、すぐにだぞ。

また、あんたのお腹の中にいる子供は、和壱君の忘れ形見じゃ。ゆくゆくはこの〈梅屋敷〉の跡取りとなろう。したがって、あんたを、久寿子さんの特別養子にしようと思う。そうなれば、あんたも正式に関守家の人間になるから、誰も文句を言えなくなる。

というわけで、この二つのことをなるべく早く、法律的に片付けようと思うのじゃ。解ったかね？」

「はい……」

「どんな名前にするかは、わしに任せられた。そこで、わしが考えた名前はこれじゃ――」

和尚様は、用意していた書道半紙を取り出した。三文字の名が墨で書かれている。

「――〈由梅希〉としたい。ゆ・う・き、と読む。梅の字も入っているから、この〈梅屋敷〉の者として相応しかろう。

これが、これからのあんたの名前じゃ。また同時に、久寿子さんの特別養子に入り、つまり娘となって、関守家の人間として生きてほしいんじゃ」

「……では、私は、〈関守由梅希〉になるのですか」

私は新しい名前を呟いた。馴染みがないせいで、自分の名前とは思えない。

「そうじゃよ。どうかな、綾子さん？」

「はい……」

「異存はないんじゃな？」

「……ありません」

和尚様が念を入れて確認したので、私は頷いた。どうせ、他に行く所なんてない。和壱さんが亡くなった今、お腹の子供には、〈梅屋敷〉という安全な居場所を与えたい……。

「では、高橋弁護士が書類を用意するから、署名をしてくれ。手続きはすべて彼がやってくれるからな」

「はい、よろしくお願いします」

私は、手を突いて頭を下げた。

すると、腕組みを解いた寿太郎叔父様が、

「よし。綾子――じゃない、由梅希――の名前の件が片付けば、〈藤屋敷〉の者たちもあれこれ言えなくなるだろう」

と、満足げに宣言し、皆の顔を見まわした。

でも、他の人たちの表情は晴れなかった。

2

寿太郎叔父様は、カメラマンの方へ顔を向けた。

「迫島さん。あんたは和壱の死についていろいろと探っているようだが、何か解ったことはあるのか。東真さんまで殺されるという最悪の事態になってしまったが」

やや侮蔑的に言われ、迫島さんは恐縮した顔で返事をした。

「申し訳ありません。まだ、和壱君の死の真相を、きっちり暴けていません。ここにいる皆さんからも、あの晩の様子を訊きましたが、遊技室に一人でいた和壱君を殺した方法、犯人、そして動機——そのいずれも判明していません」

「じゃあ、何が解っているんだ?」

「気づいたことはいくつかあります。一連の殺人は——その発端が和壱君の死ではなく——前の寺男だった橋本仁さんから始まっていたみたいです」

「〈二の湯屋〉で溺れ死んだ男だな?」

「そうです。彼は、洗い場で足を滑らせて湯船に落ち、溺れ死んだと思われていました。しかし、実際には、何か鈍器で殴られ、湯船に突き落とされた可能性が高いのです」

それを聞いて一番驚いたのは、和尚様だった。

「何故、あの橋本が殺されたんじゃ?」

「見立てのために必要だったからです」

迫島さんはきっぱり言った。そして、見立て殺人がどういうものか説明してから、

「——犯人は、この村を舞台に、見立て殺人を繰り広げているのです。橋本さん、和壱君、東真さん、花琳さんは、この村に古くから伝わる〈アヤの呪い歌〉を下敷きにして、殺害されたのだと思います。そのことに、僕は気づきました」

と告げて、皆の顔を見まわした。

「詳しく説明してくれ」

渋い顔で、寿太郎叔父様が苛ついたように命じた。

他の人たちも動揺し、何も言わず蒼白になっている。

「念のため、〈赤婆〉に訊いたのですが、〈アヤの呪い歌〉は通常、五番まであるということでした――」

と前置きして、迫島さんは童謡の歌詞を――異歌も含めて――すべて読み上げた。

「――というわけで、橋本さんは四番の歌詞に基づいて殺されました。和壱君は一番、東真さんは二番、花琳さんは三番の歌詞に基づいて殺された、と考えられます」

「すると、これからもまだ殺人が続くというの?」

怯え顔のお義母様が、声を震わせて訊く。

「ええ。今後危ないのは、綾子さんと蓮巳幸佑さんです。お二人が犯人に襲われないよう、充分に警戒する必要があります」

皆の目が、いっせいにこちらを向いた。私は身の置き所がない思いだった。

「何故、その二人が危ないと解るのじゃ?」

和尚様が、眉根を寄せて尋ねる。

「花琳さんの遺体が見つかった時、犯人が落としたと思しきメモが見つかりました。それには、亡くなった人の他、綾子さんと蓮巳幸佑さんの名前もありましたから――」

迫島さんは、死んだ人間の名前は線で消されていたことも、付けくわえた。

「そんなものがあるとは……。迫島さん、そのメモを見せてくれ」

節くれ立った手を出した和尚様に対し、迫島さんは残念そうに首を横に振った。

「申し訳ありません。メモは刑事さんたちに渡してしまいました。筆跡は誤魔化してありましたから、誰が書いたか、見ただけでは解りません」

「な、何てこと。昔から伝わってきた、あの無気味な呪い歌……それを基にして、人殺しが繰りかえされてるなんて……私は、あの歌が子供の頃から嫌いだった……」

身震いしながら、お義母様が真っ青な顔でそう言った。

「実を言えば、僕より先に、この見立て殺人のことに気づいた人がいます。それは、〈藤屋敷〉の芙由さんです」

「どういうこと？」

「向こうでおばあさんとお話をした時、彼女が指を一本、二本と折って数を数えながら、

『そう言えば……人が二人も、死んだそうじゃの。土曜なら恐ろしい……』

と、呟いたんです。

小声だったので、僕の耳には〈土曜〉と聞こえたのですが、あれはそうじゃなかった。彼女はきっと、〈どうよう〉と言ったのです。つまり『童謡どおりの殺人なら恐ろしい』という意味です。童謡による見立て殺人だと、いち早く解っていたんです」

「芙由なんぞ、惚けておろうが。当てになるものかね」

蔑むように言ったのは、奈津お祖母様だった。

「だけど、本当に、そんなことする人がいるの？　正気の沙汰とは思えないわ！」

郵便局長の奥さん、元子さんが恐ろしげに声をあげた。

「じゃあ、〈赤婆〉の仕業か。他にはおらんだろうが」

驚きと怒りの混ざった顔で、夫の郵便局長さんが言う。

「犯人は、東真さんたちを鈍器で殴り殺したんだろう。しかも、後頭部を殴打して。だったら、男の仕業だよ。〈赤婆〉は背が低いし、年寄りで力もない。とても無理だ」

野太い声で指摘したのは、青田副団長さんだった。

「どっちにしろ、〈梅屋敷〉を恨んどる者の仕業さ。こんなひどいことをするのは、〈藤屋敷〉の連中に決まってるぞ」

米沢のおじさんが決めつけ、花枝さんが言いかえした。

「でも、向こうだって、花琳さんていう人が死んでいるじゃない」

「それも、目くらましだ。〈藤屋敷〉の連中は、あの女のことをよく思っちゃあいなかった。しょせん水商売の女だ、とな。

だから犯人は、〈梅屋敷〉の者を殺すついでに、あの女の命も奪ったんだ。俺はそう睨んでる」

場が騒然となったが、和尚様が大げさに咳払いをしたので、一応、静かになった。

「――いいかね、皆の衆。殺人事件が身近に起こって恐いのは解るし、怒りがあるのも解る。だが、勝手な想像をするのはやめなさい。そんなことを続けとると、だんだん疑心暗鬼に囚われ、仲間まで疑うようになる。そのうちに、無実の者を傷付けることもあるかもしれん。捜査の方は警察に任せて、静かに見守ることじゃ」

そうたしなめた。

でも、チョビ髭の杉下助役さんが文句を並べ立てる。

「そうは言うが、和尚さん。警察なんぞが当てになりますかね。元はと言えば、橋本さんの時も、和壱さんの時も、あのボンクラの駐在が事件性がないと判断し、県警にもそのように報告したんでしょうが。それで、事故と自殺で片づけられてしまった。

あの時、どちらかでも殺人だと見抜いていれば、その後の事件だってきっとなかったんじゃないですか」

「だったら、三宅先生だって悪いのよ。遺体の確認はあの人がしたんだから。本当に藪《やぶ》医者だわ」

と、竹見おばさんが顔をしかめて言った。

部屋中がまたざわめきだしたので、和尚様はすっかり苦々しい顔になり、

「これ、やめなさいと言っておるのじゃ！」

と、強く叱った。

3

「――あのう、すみません！」

迫島さんが手を挙げ、大きな声を出した。

皆の声が止まり、部屋中の眼が彼の方に向く。

「何じゃね、迫島さん？」

和尚様が尋ねた。

「いい機会なので、皆さんにいくつかお訊きしたいことがあるんです。一つは、道造翁の遺言に関するものです。

〈藤屋敷〉の芙由さんが、〈奥の山〉のお宝に関して、『オボーサンさん、なら知っているよ。お宝だろ』

ありますか」

みたいなことをおっしゃっていました。『お坊さん』なら和尚様しかいませんが、何か思いあたることはありますか」

「わしかね。さあ、見当も付かんな……」

和尚様は、不思議そうに首を傾げた。

「何故、今、そんなことを気にするんだ？」

寿太郎叔父様が不機嫌な声で尋ねた。

「もちろん、殺人の動機として、人間の物欲が筆頭に来るからです。犯人は、〈梅屋敷〉や〈藤屋敷〉の財産を手中に収めたいという野心を持っているのかもしれません。また、〈奥の山〉の宝物を独り占めしようと計画している可能性だってあります。

ですが、和尚様に解らないのなら、『オボーサン』というのは、これまた僕の聞き違いなのでしょう。実際は、『ボーサン』だったのかもしれない。すると、『盆栽』のことではないでしょうか」

「盆栽って、鑑賞用の植木でしょ」

麻里子さんが確認し、カメラマンは説明した。

「優れた盆栽というものは、非常に高値で取り引きをされます。特に近年では、外国でも人気が出て、需要が高いのです。一つ何千万円もするものもありますね。

ですから、〈奥の山〉に盆栽そのものを隠してあるか、盆栽にするための種木があるのではないでしょうか。盆栽で人気があるのは、松、モミジ、梅ですが、そのどれもが、ここの山には生えていますから」

すると、寿太郎叔父様が苦笑しながら、

「じゃあ、盆栽がお宝だと言うのか、それは的外れな解答だな」

と、すぐに否定した。

「どうしてです？」

「確かに、あの爺様は、盆栽にも手を出していたよ。小品盆栽やミニ盆栽を売ろうとして、〈奥の山〉に種木を数多く植えたこともある。

しかし、盆栽を作って売るのは根気のいる仕事だ。長い時間と手間が掛かる。むらっ気のあるうちの爺様には、無理な相談だった。結局、商売にならなかった。その時の盆栽の成れの果てが、未だに、ここの庭の片隅にいくつか置いてあるくらいだ。

爺様は〈奥の山〉で金を稼ごうと、他にもいろいろと試した。たとえば、シイタケやナメコなどの栽培をするために、菌を埋め込んだ原木をたくさん並べて置いたりしてな。だが、結局はうまくいかなかったのさ」

「そうなんですか……」

当てが外れたためか、迫島さんは悄気《しょげ》てしまった。

杉下助役さんは、

「そう言えば、道造翁は、〈奥の山〉の林を利用して、アケビやムベなどの畑も作ろうとしていましたなあ」

と、懐かしそうな表情で言った。

「あと、山ウドとかタラの芽畑とかもね。でも、この辺じゃ山菜なんて珍しくないから」

と、麻里子さんの母、花枝さんも苦笑する。

「要するに、道造翁は多くのことに手を出したけれど、商売としては何も成功しなかった、ということですか」

迫島さんが一同を見渡して尋ねる。

「ああ、元からあった梅園以外には、何一つものにならなかったんだ。馬鹿な爺様さ」

寿太郎叔父様は冷たく言いきり、お茶に手を伸ばした。

ここで、宝物に関する推測は終わりかと思ったら、迫島さんはさらに意外なことを言いだした。

「それなら、僕がもう一つ仮説を述べましょう。久寿子さん、寿太郎さん、このお屋敷に、〈龍涎香《りゅうぜんこう》〉の大きな塊はありませんか」

4

「リュウゼンコウ？」

と、首を傾げたのは杉下助役さんで、麻里子さんが、

「それ、何よ、迫島さん？」

と、詰問するような調子で訊いた。

「確か副団長さんだったと思いますが、道造翁のことで、『晩年はちょっと惚けちゃって、いい匂いのする香水を寝間着に振りかけて、黄色い石を持って外をフラフラしていた』と、おっしゃってましたよね。その黄色い石が〈龍涎香〉であり、いい匂いというのは、その石から発した匂いだったのではないかと思うんです」

「だから、〈龍涎香〉って何よ！」

分家の娘は顔を赤くして、癇癪《かんしゃく》を起こした。

迫島さんは冷静に説明した。

「〈龍涎香〉は、英語ではアンバーグリス。マッコウクジラの腸内にできる結石です。排泄物として体外に出ることが多く、一見すると黄色い石ですが、海の波間に浮かんでいたり、浜辺に流れついたりします。あるいは、死んだ鯨を解体した時に、体内から出てくるものです。

これは、香水や漢方薬の原料になるんですが、捕鯨以外では偶然でしか手に入らないため、昔から非常に高値で取り引きされてきました。特に、三年前、一九八六年に商業捕鯨が禁止されてから、より入手困難になり、ますます高価になったんです。

以前、フィリピン人が海岸で拾った直径二十センチくらいの塊は、五百万円にもなったそうです」

「色に関しては、黄色の他、黒や灰色もあるぞ」

寿太郎叔父様が腕組みし、訳知り顔で口を挟んだ。

迫島さんは頷き、お義母様の方を向いた。

「久寿子さんはいつも、〈龍涎香〉を原料にした香水を付けておられますね。それに、仏壇に供えるお香にも、〈龍涎香〉が含まれているように思います。どちらも特注品ですか」

「迫島さんは、鼻が利くのですね。いずれも昔馴染みの調香士さんに頼んで、特別に作ってもらっているものですよ」

「〈龍涎香〉の香りには、リラックス効果もあるそうですね。だから、綾子さんにも、その香水をお分けになったのですか」

「ええ。私自身も、つわりの時にこの匂いだけは嫌にならず、気分が安らいだものですから。綾子にも効くかと思ったのです」

落ち着いて答えるお義母様の顔を見て、私はそうだったのかと、腑に落ちた。また、そのさり気ないいたわりに感謝の気持ちも覚えた。

「迫島さんよ、ちょっと待ってろ――」

吐き捨てるように言うと、叔父様が立ち上がって座敷を出ていった。そして、すぐに戻ってくると、柔らかな布に包まれたものを、ぽんっと迫島さんの胸に放った。

「――おっと」

それを胸で受けとめた迫島さんは、布包みを開いた。中から、直径三センチくらいの、黄色と灰色が混ざったような色の、石のようなものが出てきた。

「それが、爺様が持っていた大きな〈龍涎香〉の成れの果てだ。俺と姉さんが少しずつ削って、香水やお香のために使ってきたのさ」

「じゃあ、皆さんは、〈龍涎香〉のことをとっくにご存知だったのですね」

迫島さんは顔を上げ、残念そうに確認する。

「ああ、知っていた。爺様が骨董屋から買ったもので、当時、村人みんなに見せびらかしていたそうだからな。

したがって、〈龍涎香〉は〈奥の山〉の宝物なんかじゃない。それだけは、はっきりしている」

重々しい口調で、叔父様が断言した。

第21章　童謡殺人なのか

1

宝物に関する当てが外れたので、私は、迫島さんが落胆するかと思った。しかし、そうはならなかった。彼は〈龍涎香〉を寿太郎叔父様に返すと、

「――他にも、皆さんにお訊きしたいことがあります。ただ、この屋敷の方々は口にしたくないでしょうから、和尚様が代表して答えていただけますか」

と、早くも次の問題に意識を転じたのだった。

和尚様は目をぎょろりと動かし、彼を見返した。

「いったい何のことかな、迫島さん？」

「まずは、二十年前の蓮巳吉之君の死に関してです。七歳の彼は、〈アヤの池〉で溺死したそうですね。その場には、和壱君と、吉之君の双子の妹である澪乃さんが一緒にいたと聞いています。この痛ましい死に、事件性はなかったのでしょうか」

「何故、今さら、そんなことを知りたいのじゃ？」

「例の呪い歌、異歌の一番が、彼の死を想起させるからです――」

あそぼ　あそぼ
お池の水は
いついつ　染まる
夜明けの　晩に
誰かさんが　すべった
お水と遊んで　浮かんだ

「――この歌詞が、〈アヤの池〉で溺れた吉之君のことを示しているように、僕には思えますが」

和尚様は首をひねった。

「さあて、偶然ではないかな。あれが事故だったことは、はっきりしている。駐在さんや消防団も、現場をよく調べたからな」

「おいおい、迫島さん。あんたはまさか、犯人が二十年も前から、童謡殺人を行なっていたなんて言うんじゃなかろうね。さすがにそれはないだろう」

助役さんが呆れた顔になった。

「では、久寿子さんと寿太郎さんの妹、美寿々さんの死についてはどうでしょうか。三十一年前ですか、病弱な彼女が急死したと聞きました。

表向き、病死と発表されたようですが、自殺だとか、毒を誤飲したとか、いろいろな噂があったみたいですね。本当のところは、どうだったのです？」

迫島さんの言葉を聞いて、座敷内に動揺とざわめきが走った。奈津お祖母様が顔を歪め、久寿子お義母様が喉の奥で小さく唸る。

「〈藤屋敷〉の吉之のこともそうだが、今さら何故、そんな昔のことを――。迫島さん、妙なことを蒸しかえすもんじゃない」

と、和尚様は咎めるように言った。

「和尚様、彼女の死も、今回の一連の殺人事件に関係しているかもしれないのですよ。というのも、やはり〈アヤの呪い〉に関連する歌の一つに、彼女の死に方を暗示するものがあるからです。異歌の二番ですが――」

それぞ　それぞ
よろよろ子猫
どこどこ　行くか
人目を　さけて
甘露を　飲みきり
川の向こうへ　逃げてった

「――〈よろよろ子猫〉というのが、病弱な美寿々さんのことだとしたら、〈甘露〉は毒に相当します。〈川の向こう〉の川というのは、もともと〈操川《そうかわ》〉と〈三途《さんず》の川〉の二重の意味になっているとも聞きました」

「どうも、牽強付会《けんきょうふかい》に思えるぞ……」

和尚様は苦しげな声になっている。

「そうでしょうか。犯人が見立て殺人を行なっているのだとしたら、可能性について、充分に検討が必要でしょう」

そう指摘して、迫島さんは一同を見まわした。

久寿子お義母様は覚悟を決めたようで、

「和尚様。あなたの口から、美寿々のことを話してやってください。そうでなければ、迫島さんは納得できないでしょう」

と、事実を話す許しを与えたのだった。

和尚様は頷くと、視線をカメラマンに戻した。

「――ならば、わしらが知っていることを話そう。あの娘の死は自殺だった。それは間違いない。動機もはっきりしておる」

「どんな動機ですか」

「一つは病弱だったこと。それであの頃、美寿々は精神も病み始めていた。もう一つは、失恋したことにある。それが、自ら命を絶った最大の要因なのじゃ。

当時、あの子は、自分が通っていた高校の臨時教員と恋愛関係に陥ってしまってのう。しかし、その男には妻も子供もいて、結局は、別れるしかなかった……。

つまり、二人の関係に気づいた〈梅屋敷〉が、学校に圧力を掛けたのじゃ。その教師を、他の土地に追いやったのじゃよ」

「ありゃあ、主人の壱太郎が、娘のことを慮《おもんぱか》って、良かれと思ってやったんじゃが……。美寿々には何も言わず、男の方から関係を断って、この村を去るよう命じたのさ。それに、口止めの金を払ったのも事実でなあ……」

お祖母様が顔を落としたまま、淡々と語った。

「あの娘は、愛する男から突然捨てられ、訳も解らず半狂乱になっておった。あの日、納屋にあった農薬を持ち出して、自分で自分の命を絶ってしまったんじゃよ」

痛ましげな表情で、和尚様は説明した。

「衝動的に、ということですか」

迫島さんは同情するように言った。

「おそらくな。じゃが、あの娘が絶望したのには、もう一つ理由があった。妊娠しておったんじゃ。そして、相手の男にそのことを告げようとしたが、連絡が取れず、そのうち体の変化も家族に知られてしまった。

あの子を診察した三宅先生は、壱太郎氏に、堕胎を強く勧めた。それは、病弱な彼女の体では出産に耐えられないと判断したからじゃ。そして、壱太郎氏は娘に、子供は諦めるように命じたわけで……」

「美寿々さんが亡くなった時、〈藤屋敷〉の幸乃さんが殺したのではないか、という噂が立ったそうですね」

和尚様は答える前に一瞬、ためらった。

「――あの子が自殺する前日、幸乃が菓子を持って見舞いに来たからじゃ。二人は同い年で、学校も一緒だったから、それなりに仲が良かった。

それで、美寿々の死後、あれは毒入りの菓子だったのだろうという中傷が湧いて出たんじゃ。無論、それは根拠のない噂じゃったが、〈藤屋敷〉の方では、娘を誹謗されたということで、大いに憤慨したというわけじゃよ」

「両家の対立は、あれでいっそうひどくなったんでしたな」

杉下助役さんが腕組みし、したり顔で言った。

「では、和尚様。美寿々さんの死には、犯罪が絡む余地はまったくなかったのですね」

念を押すように、迫島さんは尋ねた。

「いっさいない。世間に対して真相が有耶無耶になっているように見えるのは、壱太郎氏の強い意向でな。高校教師との関係が明るみに出ると、娘の名前に傷が付いてしまう。

それで、表向きは病死ということにして、事を片づけたんじゃ。早々とな」

和尚様は美寿々さんの名前、と言ったが、きっと〈梅屋敷〉の評判を守るためだったのだろう。こういう旧家にはありがちなことだと、私にも少しずつ解ってきた。

美寿々さんの顔は、仏間に飾ってある遺影でしか知らない。薄幸の美少女……彼女もまた、古い屋敷の虜であり、犠牲者だったのだろうか……。

「〈梅屋敷〉が村一番の旧家とはいえ、いくらなんでもずいぶん横暴なのですね」

迫島さんが、少し非難するように言った。

和尚様は、ちらっと奈津お祖母様へ目をやった。

「確かにな。壱太郎氏の時代でさえ、そのような有様じゃったから、戦前の封建主義、男尊女卑がまかり通っている状況では、もっとひどかった。

つまり、道造翁が健在だった時分は、〈梅屋敷〉の威信ははるかに巨大で、ずっと強権的でのう、誰も意見や文句を言うことはできなかった。怖れと尊敬が同時に存在しておったからじゃ。

故に、道造翁が金にあかせて遊び呆けていても、〈梅屋敷〉に楯突こうとか、諫《いさ》めようなんてモンは一人もおらんかった。奈津さんや芙由さんをこの屋敷で育て、嫁ぎ相手を決める時にも、あの人の勝手な決断はすべて許されてしまったわけでなあ——」

2

彰晏和尚の言葉を聞いて、私は薄幸だった美寿々さんのことに思いをはせたが、迫島さんは別のことに気づいたようだった。

「——すみません、和尚様。今、ちょっと変なことをおっしゃいましたね。『奈津さんや芙由さんをこの屋敷で育て』と。それって、どういう意味です？」

「えっ、いや、別に深い意味はないが……」

和尚様は眉間にしわを寄せ、顔の前で手を振った。しかし、何か取り繕《つくろ》った感じもあった。

「双子は道造翁の子供ですから、ここで成長するのは当然でしょう。にもかかわらず、まるで養子でも迎えたような言い方をされましたね」

迫島さんはさらに追及する。

当のお祖母様やお義母様、それから、竹見おばさんの表情にも、少なからずうろたえた様子が見えた。

他の一同にも、気まずいような、奇妙な表情が浮かんでいる。

「僕は、仏間に飾られていた遺影を見た時に、ちょっと違和感を抱いたんです。それは、奈津さんの顔立ちが、ご両親——道造翁や妻の多恵さん——にぜんぜん似ていないということです。〈梅屋敷〉の皆さんは、極端な福耳という特徴をお持ちです。それは道造翁からの遺伝で、奈津さんの耳もそのような形をしています。ですが、目鼻立ちや輪郭がまったく両親と違っています……」

誰も口を開かないので、迫島さんは話を続けた。

「それから、花琳さんが亡くなった後に、僕は村人たちから妙な話を聞きました。今の和尚様の言葉と関連するようなものです。

たとえば、『奈津さんや芙由さんの家族に次々と不幸がなあ。結局、〈梅屋敷〉の、あの頑迷な道造翁が何もかも悪いんだろうなあ』とか、『まあ、酔狂が過ぎたのさ』なんていうものです。

また、芙由さんは、

『……本当は、父さんは、あたしたちが嫌いだったんかねえ。二人が生まれたのがいけなかったのかもなあ……昔は、双子は畜生腹って言われて……それも……』

とも話していました。

その時の僕は、〈畜生腹〉という言葉の方に気を取られていました。ですが実は、〈二人が生まれたのがいけなかった〉という言葉の方が重要だったんです。違いますか?」

迫島さんは、口を噤んでいる皆の顔を見まわし、ふたたび、和尚様の顔に目を向けた。

「どうです、和尚様? この際です、僕に何もかも教えてくれませんか。

いったい、奈津さんや、〈藤屋敷〉に嫁いだ芙由さんが、どうしたというのですか。お二人にも、もしかして、出自に関する秘密があるのですか」

和尚様は、カッと目を見開いた。

「迫島さん――あんたは――実に、あなどれない人じゃな。わしらの言葉の端々を聞いただけで、そのことを見抜くとは」

「詳細は解りません。しかし、愛する双子の娘の片割れを、敵対し、憎んでいるはずの〈藤屋敷〉の息子と結婚させるなんて、何か特別の事情がなければあり得ないでしょう。

表向きは、両家の仲違いを是正し、村人たちの対立を終わらせるためと言っていたようですね。でも、それだけとは思えません」

「それは――」

「まだあります。〈呪い歌〉の異歌の三番です。

ぽんた　ぽんた
山のすみかで
にこにこ父さん　酒を飲む
二匹の　子だぬき
楽しくおどる　はらつづみ
本当の母さん　だあれ

これは、もしかして、〈梅屋敷〉に生まれた双子に関係しているのではありませんか。つまり、『二匹の子だぬき』が、奈津さんと芙由さんのことに符合するわけです。

ただ、最後の『本当の母さん　だあれ』というのは奇妙な文言です。普通、母親と子供の親子関係は明確です。母親が不義を働くなどすれば、父親が誰か解らないということもあり得ますが――」

和尚様は、奈津お祖母様、久寿子お義母様と、順繰りに目を見合わせた。二人が仕方なさそうに頷いたので、和尚様はカメラマンの方へ向きなおった。

「迫島さんや。今回の一連の事件とは関係ないと思うが、そうまで見通しているのなら、細かいことまで知っておいてもらっても良かろう。念のために言っておくが、この件は、村人の大半もすっかり忘れているはずで、それほど特別なことでもないんじゃ」

「はい」

「そもそもは、道造翁の行ないが引き起こしたことじゃ。彼は変人としても知られとったが、女遊びも派手でな、あちこちに手付きがおった。その内の一人に、隣り町の温泉街で働く、お蝶《ちょう》という若い芸者がいた。非常に美しい顔立ちをした女で、本名は志麻《しま》という。

道造翁はお蝶を気に入り、妾《めかけ》にして家を与えた。すぐに彼女は妊娠して、双子を産んだ。それが奈津さんと芙由さんだったのじゃ。大正三年のことでのう。

本妻の多恵の方は、結婚して四年が過ぎても子供ができなかった。それで、表向きは病気ということにして、実家の方に戻されておったんじゃ。だから、道造翁は、娘が二人も生まれたことを大喜びしたんじゃよ。

ところが、出産から三ヵ月ほどして、お蝶が死んでしもうた。彼女がまだ芸者をしていた時に、彼女にぞっこん惚れこんだ男がいてな、妾宅《しょうたく》に押し入り、彼女の気持ちを無理矢理自分に向かせようとしたんじゃ。けれど、彼女は子供もおったから、きっぱりと相手の要求を断わったわけで、怒り狂った男が、彼女の胸にナイフを突き刺して、殺してしまったんじゃ。

そして、乳飲み子二人が残された。道造翁はこの赤子たちを本宅に連れて帰り、正妻の多恵を呼び戻して、育てるよう命じたのじゃ。多恵の実家は、〈梅屋敷〉から援助を受けておったし、娘が出戻ったとなると世間体が悪いので、これに応じたわけなのじゃ。

念のために言っておくが、これは戦前の――というか、大正期の――話じゃから、大家の家長の言葉や行動は絶対じゃった。多恵を筆頭に、誰も異を唱えることなどできんかった」

「それはよく解ります」

迫島さんは相槌を打った。

「ただ、当時は、双子を畜生腹と言って嫌う風習も強く残っておった。〈梅屋敷〉の親族の中には、引き取るなら一人にすべきだと主張する声もあった。無論、道造翁はそれを退《しりぞ》けた。お蝶の忘れ形見である双子を、心から愛おしく思っておったんじゃな。

けれども、娘たちが三歳になった時に、道造翁が愕然とし、怒髪天を衝くような真実が明らかになった。お蝶こと志麻は、〈藤屋敷〉の遠縁の女だったんじゃ。

その事実をある者から知らされ、道造翁は『ご先祖様に申し訳が立たん』と、激昂《げきこう》された。まあ、わがままな男の身勝手な言い分じゃがな。

道造翁は――この村の者なら誰でもそうじゃったが――かなり血筋という考えに縛られておった。故に最初は、〈藤屋敷〉の者が自分を嘲笑い、虚仮《こけ》にするために、お蝶を使って籠絡させたと思ったほどじゃ。

そのせいで、あれほど愛情を注いでいた双子を、ひどく毛嫌いするようになった。豹変してしまったんじゃよ」

「本当に、〈藤屋敷〉には、そんな思惑があったんですか」

迫島さんは目を細め、尋ねた。

和尚様は首をゆっくり振った。

「定かなところは解らん。お蝶は赤ん坊の頃に里子に出されており、自分自身の本当の親は知らないと、道造翁に話していたようじゃ」

「なるほど」

「とにかく、道造翁は、お蝶の出生に関する事実を知ると、娘たちをどこか遠くにやってしまおうとした。顔も見たくない、という嫌悪を隠しもしなかった。

しかし、意外なことに、それを阻止したのが正妻の多惠だった。彼女ががんとして夫の命令を受け入れず、抵抗したのじゃ。ずっと自分が育ててきたのだから、今は本当の子供にしか思えないと訴え、嫁いで以来初めて、夫の意向に反対を示したわけじゃ。

道造は烈火のごとく怒ったが、多惠は頭を床にこすり付けて、『わたしから、娘たちを奪わないでください』と頼み続けた。『生みの親より育ての親です』とも言ってな。

結局、道造翁は妻の望みを受け入れ、そのまま双子を〈梅屋敷〉で育てることにした。ただし、彼は双子には無関心になり、後から生まれた息子のみを溺愛するようになったんじゃ。

そして、月日は流れ、双子の娘の婿取り問題が浮上する。長男は十歳の時に病死しており、どちらかの娘に婿を取って、家を守らせねばならなかった。

そこで、道造翁はあることを思いついたのじゃ。娘の片方を、今度は〈藤屋敷〉に嫁がせてしまえとな。

そうすれば、向こうの家にも、こちらの家の血が入ることになる。己が馬鹿にされたように、あちらも愚弄することができるではないかと――」

和尚様が渋い顔で言うと、迫島さんは目を見開き、

「何ですって!?」

と、驚きの声をあげた。さすがの彼でも、思ってもみないような事実が明らかになったようだ。

私も、何というひどい話だろうと、身震いした。自分の子供を、復讐や当てつけの道具にするなどとは……。

「じゃあ、和尚様。両家が仲直りするための婚姻というのは、嘘だったんですね！」

「ああ、そんなのは建前にすぎん。本当のところは、今、わしが話したとおりじゃよ。いずれ、自分の血を引いた双子が両家の中心になる。そこで両家が争い、確執が大きくなって、どちらも崩れ去ってしまえばいい――そこまで、道造翁は考えたんじゃな」

「何故、道造翁の気持ちまでご存知なんです？」

「あのお方が酔っ払った時に、わしに向かって直に本音を語ったことがあってな――」

見ると、奈津お祖母様も、久寿子お義母様も、悲しい目とやりきれない表情をしていた。

「だから、〈奥の山〉の宝物に関する遺言まで残して、争いをさらに焚きつけたわけですか――」

迫島さんは、喘ぐような声で尋ねた。

この人たちの話を聞きながら、私は体の奥底から湧き上がる恐れと気持ちの悪さを感じていた。

いったい〈梅屋敷〉と〈藤屋敷〉、そして、この村には、どれほどの秘密や因縁が隠されているのだろう……。

第22章　刑事たちの追及

1

若いお手伝いさんが、二人の刑事を案内してきた。

「――皆さん、こんにちは。お集まりのところすみません。捜査中の事件について、お話があるのですが、少しお時間をいただけませんか」

年上の相葉刑事が愛想の良い表情と声で切りだす。相棒の栃山刑事はムスッとした顔のまま、頭を少し下げた。

「ああ、かまわんよ、刑事さん。何でも訊きなされ。全員、協力するでな」

手振りを交えて和尚様が言い、二人の刑事は入口近くに正座した。

メモを取り出すと、相葉刑事は全員を見まわした。

「まず、いくつか判明したことを報告します。先日、報告したとおり、和壱さんの死に関して疑惑が生じています。状況からして自殺としか思えませんが、こちらで預かっていた拳銃から、彼の指紋や、誰かの新しい指紋が発見されなかったからです。彼が自分で引き金を引いたならば、握りなどに指紋が残っていて当然ですので。

つまり、第三者――犯人――が手袋などをして、彼の頭に銃口を押しつけ、銃弾を発射したと考えられるわけです。

そこで、こちらのお許しを得て、事件現場となった遊技室とそこに入るための陳列廊下を、鑑識が徹底的に調べました。壁、床、天井、家具類、展示棚の後ろ、などをです。けれども、何も見つかりませんでした。秘密の隠れ場所、抜け穴、拳銃を自動的に発射する仕掛け、などなど――は、いっさいありません」

「ふん。要するに、他殺説を立証する証拠は何も出てこなかったということだな」

寿太郎叔父様が侮蔑的な言い方をした。皆の視線が、相葉刑事に注がれる。

「遊技室などでは、そうです」

「思いつめた感じの、和壱の書き置きもあったじゃないか」

「あの紙の筆跡は和壱さんのもので、指紋も出ました。ただ、指紋は古いもので鮮明ではありませんでした。つまり、最近付着したものではなかったのです」

「どういう意味です?」

眉間にしわを寄せた久寿子お義母様が、横から尋ねた。

「離れの奥の一室に、本を収蔵した部屋がありますね。そこの棚の一部に、昔、和壱さんが読んでいたらしき古い本が並んでいました」

「ええ、あの子がこの屋敷を出ていった後、私があの子の部屋を掃除して、そこに片付けたんですよ」

「それらの本の間に、古いノートが挟まっているのを見つけました。あの遺書らしき文面の紙は、そこから切り取られた一ページだと判明しました。

つまり、あれは、和壱さんの死の直前に書かれたものではないのです。八年ほど前に、和壱さんがこの屋敷を出ていく際に書いたものだと思われます」

それを聞いて、迫島さんがはっとした顔になった。

「確かにあれには、日付は書かれていませんでした」

相葉刑事は頷き、話を続けた。

「なので、犯人が利用したのですね。遊技室で和壱さんを銃殺し、こっそり暖炉の上に置いたのです。死の直前に、彼が書き残したように見せかけるために」

「八年前、私たちは、そんな書き置きは目にしませんでしたよ。和壱は何も言わずに出ていって……」

寂しげに言うお義母様の顔は、かなり青かった。

「我々はこう想像しています。この屋敷を去る際、和壱さんはあれを書き、自室の机の上などに置いておいた。そして、それを先んじて見つけた誰かが――犯人が――隠してしまったのでしょう。

そして、つい最近、犯人は、その書き置きを利用する機会を得たわけです。あの紙は四つ折りになっていましたから、封筒などに入っていて、それごと隠し持っていたのだと思います」

相葉刑事は淡々と説明し、全員の顔を見まわした。

すると、迫島さんが手を挙げ、

「相葉刑事。今の推理が正しいとすれば、犯人はこの屋敷の者だということになりますね。少なくとも、簡単に出入りできる者ではないと、書き置きを見つけたり、隠したりする機会は得られません」

と、遠慮なく言ったので、みんながギョッとなった。

年配の刑事は満足げに頷き、

「ええ、そうですね、迫島さん。我々も、その可能性が高いと思っています」

と、答えた。

「冗談じゃないわ！　この屋敷に、自分の家族を殺したいと思う者などいませんよ！　ええ、絶対に！」

金切り声で怒鳴ったのは竹見おばさんで、奈津お祖母様も怒りを爆発させた。

「あんたら警察が早いとこ犯人を捕まえんから、立て続けに人が死ぬようなことが続くんじゃ！　うちはもう、和壱も東真もいなくなってしもうて、お先真っ暗だわね！

犯人なぞ、はっきりしとるじゃろうが！　〈梅屋敷〉を恨んどるモンの仕業に決まっとる！　警察はいったい何をしとるんじゃ！」

小柄なお祖母様の声が、強い響きで、部屋中の空気をズタズタに切り裂く。

「そうですよ、刑事さんたち。村中、戦々恐々としているんだから！」

郵便局長の奥さんも金切り声を上げる。

「無論、警察としては、全力を挙げて犯人を捜し出すべく取り組んでおります。それには、皆さんのご協力が必要ですので、よろしくお願いします」

相葉刑事は丁重な姿勢になり、頭を下げた。

しかし、お祖母様も腹に据えかねたらしく、

「刑事さん。警察は、〈赤婆〉のことも調べたんかね。あの婆さんこそ、この村に伝わる〈アヤの伝説〉に取り憑かれていて、うちの綾子に始終絡んできては、何だかんだと喚いておる。非常に迷惑しているんじゃがね！」

と、強く非難した。

「その方からも一応、話は聞きました。事件は、綾子さんのせいだとしつこく訴えておりました。ただ、綾子さんが犯人だと言っているわけではなく、呪いが原因だという話なので、あまり参考にはなりませんでした」

相葉刑事が答えると、

「どうせ、嘘に決まっているわよ」

と、麻里子さんがいらいらした感じで決めつけた。

栃山刑事はぶすっとした表情で、

「被害者が出ているのは、〈藤屋敷〉の方でも同じですよ。聞き込みで解ったことですが、先日亡くなった橋本仁さんは、〈藤屋敷〉の方の推薦により、寺男になったということでした。本当ですか、ご住職?」

と、質問した。

どうも、警察の不手際を誤魔化すために話の方向を変えたように、私には思えた。

「あ、ああ。そうじゃ。橋本は〈藤屋敷〉の遠縁じゃったな」

彰晏和尚は頷き、悲しそうな顔をした。

2

相葉刑事が、また全員の顔を見まわした。

「こちらの東真さんは、人柄の良さから、誰にでも好かれていたようですね。〈藤屋敷〉派の者でも、彼を悪く言う人は見つかっていません。

なのに、あんな殺され方をしました。彼が最近、何かトラブルを抱えていたようなことはありませんか」

お祖母様は悔しそうな顔で目を瞑り、お義母様はハンカチを取り出して涙を拭い、他の人たちは困ったように顔を見合わせた。

「綾子さん、どうかな。あなたが、東真さんと最後に話をした者のようだが」

栃山刑事に疑いの目を向けられ、私はぎくりとなった。みんなの視線が痛い。

「……私の知っているかぎり、トラブルなんてありません。聞いたことも……それに、私は、まだこの村に来て間がないので……」

「人間関係を熟知していない、ということか」

「あんなに穏やかで、優しい方はおりません。それは、和壱さんも同じですけど……」

和尚様が悔しそうな顔になる。

「橋本だって、人と揉め事を起こすような人間ではなかったぞ。酒やギャンブルが好きで、若い頃にそれで失敗したが、悔い改めて寺男になったのじゃ。毎日が修行じゃった。けっして、誰かに恨まれたり、憎しみを買ったりするような男ではなかったんじゃ」

「となると、好人物の三人が、何故殺されたのか。大変不思議ですな」

栃山刑事が意地悪く言い、腕組みした。

すると、迫島さんがやや甲高い声で、

「だから、僕が言いましたよね。犯人は、童謡殺人もしくは見立て殺人を企て、実行しているんですよ！

それで、花琳さんを含めて、四人の命を奪ったんです！」

と、力んで主張した。

顔をしかめたのは、栃山刑事だった。

「童謡殺人だか、見立て殺人だなんて、馬鹿馬鹿しい。この村には、昔からの因縁や因習が残っているようだが、妄想にもほどがある。

現実的に言えば、犯人がそんな酔狂なことをするはずがない。手間ばかりかかって無駄じゃないか。それに、自ら、手掛かりをばら撒くことにもなるぞ」

「栃山刑事。そういう決めつけや予断は、危険だと思いますよ。事実は小説より奇なりとよく言いますし、実際、世の中では、無差別の通り魔殺人事件みたいに、一般人には理解不能の犯行も多々ありますからね」

迫島さんは珍しく真剣な顔で、強面の刑事に言いかえした。

「だったら何故、犯人は見立て殺人などという面倒なことをするんだ？　理由や動機は？」

「正直な話、現時点では不明です。ただ、犯人にしか解らない理屈があるのは確実でしょう。

昔から警察は、調書を作る必要性から、必ず犯人には動機があり、目的があると考えます。発端から犯行に至り、成し遂げた後までの物語を形作ろうと躍起になりますね。

しかし、人間の行動は感情的、衝動的、突発的なものが多く、自分でも解らない内に凶行に及んでいることさえあります。そうした点も踏まえて、捜査をすべきだと思いますが」

「要するに、常軌を逸した人間の仕業ということか」

「犯人には犯人なりの論理があるんです」

「メモに記されていた、残りの人たちも狙われると考えているんだな、あなたは？」

「ええ。危険ですから、警察による警戒が必要です」

「それは、こちらも充分に配慮するつもりだ。〈梅屋敷〉と〈藤屋敷〉の正門と裏門には、警察官による警備を付けておくからな」

栃山刑事は、自信ありげに請け負った。

迫島さんは、ちらりと私の方を見て、話を続けた。

「東真さんが殺された晩、彼が〈一の湯屋〉へ出掛ける際に、言葉を交わしたのは綾子さんだけです。他の女性方はすでに就寝していたそうです。よって、犯人は、東真さんの行動を知っていたはずがなく、〈一の湯屋〉で襲う機会を得たのは偶然ということになります。

ただし、例のメモに名前を書きつけていますから、犯人は、いずれ彼を襲おうと狙っていたはず。あの晩は、偶然、湯屋に入る彼を見かけたにしろ、命を奪う好機と考えて、凶行に及んだに違いありません」

「場当たり的な行動だったと言うのか。それなら、見立て殺人の計画性と矛盾しないか」

「順番はどうでも良かったんですよ、きっと」

相葉刑事が思案顔で、慎重に口を挟んだ。

「迫島さん、あなたの考えを確認させてください。犯人は〈アヤの呪い歌〉に基づいて複数の殺人を企て、実行に移している。ただし、犯行は歌の順番どおりではなくてもかまわない――こうおっしゃるのですね？」

「ですから、あの夜、綾子さんが東真さんと一緒に歩いていたら、彼女も犯人に襲われた可能性があります。大変危険な状況だったんです」

「それこそ、たまたま、うちの寺男と一緒だったから、助かったんじゃなあ」

和尚様は、ほっとした顔で頷いた。

「石や金槌などの鈍器を凶器に選んでいることからしても、犯人は男性に思えますな。通常、力の弱い女性なら、毒殺とかを選びますから」

と、相葉刑事は指摘した。

すると、お祖母様が、腹に据えかねたという顔で訴えた。

「それなら、犯人は〈梅屋敷〉の人間じゃなかろう。〈藤屋敷〉の男衆じゃ。〈赤婆〉に焚きつけられたモンがやったんじゃ！」

「向こうでも、花琳さんが殺されており——」

「あの蓮っ葉な女は、〈藤屋敷〉の連中からも歓迎されとらん。そう聞いとるがね」

「〈藤屋敷〉じゃあ、幸乃さんも澪乃さんも、あの女のことはほとんど相手にしてなかったわ。幸佑さんもそのうちに目が覚めるはずだと言って、文句たらたらでねえ」

郵便局長の奥さんが、キンキンした声で言った。

「——あっ、そうだった！」

と、突然、声を上げたのは迫島さんだった。そして、早口で、年配の刑事に確認する。

「相葉刑事。花琳さんが以前勤めていた亀戸の〈フレーリア〉というスナックは調べましたか」

「ええ。それについては、警視庁から返事が来ましたよ。花琳さんが、そのスナックの若い後輩に電話をしていました。

北山《きたやま》ナミエさんという方で、花琳さんから、『前に玉田《たまだ》社長と、二、三度一緒に来店した人は最近来ているか。それから、名前が知りたい』と訊かれたそうです。

玉田社長というのは、錦糸町の駅前にあるパチンコ屋の経営者です。居酒屋で懇意になった人を、しばしば連れてくるスナックの上客です。

ナミエさんは、ちょうど玉田社長が来店したので、その男のことを尋ねたそうです。しかし、最近は会っていないし、名前も知らないという返事でした。

で、いずれ花琳さんに報告しようと思っていたら、訃報が先に届き、ナミエさんは非常に驚いていたようです」

「社長が連れてきた男ですが、どんな風体で、どんな職業の人だったのでしょう?」

「迫島さん、解っているのは、細身の中年男性だった、ということだけですよ」

相葉刑事がそう返事をすると、

「したがって、花琳さんの問い合わせの電話は、この村の事件とは関係ないだろう」

と、栃山刑事はすげなく切り上げた。

しかし、私は心の中で首をひねった。

はたして、そうなのだろうか。だったらどうして、花琳さんはわざわざ、

『知りあったばかりの男には、気をつけなさい。今、あたしが東京の友人に頼んで、調べているから――』

と、私に注意をしたんだろう?

迫島さんも納得できないようで、

「花琳さんが殺された朝に、彼女に電話を掛けてきたのも、そのナミエさんですか。その直後に、花琳さ

んは外出して、何者かに襲われたわけですが」

と、確認した。

相葉刑事は首を振った。

「いいえ。ナミエさんは違うと否定したそうです」

「違うんですか……」

「花琳さんの死と関係があるかどうかも解らない、ということだぞ、迫島さん」

栃山刑事が、威張った口調で付けくわえた。

第23章　さらなる惨劇

1

「――ねえ、刑事さんたち。解らない、解らないばかりじゃ、事件はぜんぜん解決しないじゃありませんか」

竹見おばさんは、眼鏡の縁を触りながら言った。その表情と声には、挑むような感じがあった。

相葉刑事は恐縮顔で返事をした。

「申し訳ありません。ですが、発見したこともあるのです。

たとえば、西の離れの二階へ上がる階段は、側面部分が民芸調の箪笥になっていますな。造り付けの収納ですか。その引き出しをすべて抜いてみたところ、奥に小さな隠し場所があるのを見つけました。南部式拳銃に使う銃弾――正確に言うと、弾薬が六発、入っていました」

「つまり、和壱さんの殺害に使われたのと同じものです」

と、栃山刑事が冷たい口調で補足する。

「銃弾が火薬などと共に薬莢に収まった状態を、弾薬と言うんです」

迫島さんが訳知り顔で、皆に説明した。

するとと、口に付けていた盃を下に置き、寿太郎叔父様が、

「ははあ、あれか。その弾薬だが、紺色のビロードの布袋に入っていなかったか」

と、何か思いあたるような顔で確認した。

「ええ、そうですよ。巾着のような形のやつです」

「栃山刑事。それは、俺がずっと昔、そこに隠したものだ。うっかり誰かの手に触れないようにな。二十年くらい前だ。まだ使える弾を、ゴミ箱に捨てるわけにもいかないからな。

とはいえ、俺もすっかり忘れていた。よくぞ見つけたものだ」

叔父様の言い分を聞いて、相葉刑事が疑うような顔で確認した。

「弾薬は、他にもありますか」

「いいや、ないな。それで全部だ。巾着に入れたのは六発だった——と、記憶している」

「では、和壱さんの命を奪った弾薬を、犯人はどこから手に入れたと思いますか」

叔父様は肩をすくめた。

「さあな。この村にだって、出征した人間は、うち以外にも大勢いる。そういうやつが銃弾の一発や二発、記念か何かで隠し持っていたんじゃないか。

だいたい、こういう田舎じゃあ、戦争から戻ってきた者は英雄だからな。墓地に行けば解る。従軍した者の名前には、軍隊での階級まで彫ってあるぞ。うちでもそうだったように、軍服や勲章や拳銃などを、後生大事にしまい込んであってもおかしくない」

「あのう、すみません。〈梅屋敷〉では、どなたが出征されたのですか」

迫島さんが尋ねると、叔父様がぎろりと見た。

「俺の祖父——道造翁の弟と従弟だ。従弟は分家の次男だったが、ラバウルで戦死した」

相葉刑事は深く頷いた。

「解りました、寿太郎さん。それでは、村中を当たってみましょう。ちなみに、どこの家の誰が軍人だったか、覚えてらっしゃいますか」

「あたし、けっこう知ってるわよ。田山駐在さんの二人の伯父さんで、ええと、孝太郎《こうたろう》さんと孝次郎《こうじろう》さん。小学校横の山田《やまだ》さんの沼蔵《ぬまぞう》お祖父さん。スーパーの小森《こもり》専務さんのお父さん。それから、副団長さんのお祖父様も、そうだったわよね。確か海軍で、零戦か何かの飛行機乗りをしてたって、聞いたような気がするわ」

場の空気も読まず、大声で言ったのは麻里子さんだった。

青田副団長さんは、余計な口出しに憮然とし、

「操縦士じゃない。戦闘機の整備士だったんだ」

と、訂正した。

「まさか、お宅に、当時の拳銃や弾薬なんか残っていないだろうな」

と、栃山刑事は疑うような目で尋ねた。

青田副団長さんは、きっぱりと首を横に振る。

「あるわけない。うちの爺様は虫も殺さない人だったんだから」

うんうんと頷きながら、和尚様が懐かしそうに言った。

「バイク屋の晃三《こうぞう》さんにヌイさん、夫婦して本当に優しい人たちじゃったなあ。捨て子同然の太郎助《たろすけ》さん

を引き取って、我が子のように育てたほどじゃからな」

「太郎助さんというのは？」

相葉刑事が静かな口調で尋ねると、青田副団長さんは仏頂面で答えた。

「俺のオヤジだよ。みなしごで、青田の祖父母が養子にしてくれたんだ。だから、今の俺もある。言っておくが、祖父母はずいぶん前に鬼籍に入ったし、オヤジも三年前に肺癌で亡くなった。だから、話を訊こうったって無理な相談だぜ。

それよりも、脅迫状を送ってきたり、綾子さんを追い出そうとしたりしている連中がいる。そっちを疑った方がいいんじゃないか。銃弾の出所で捕まるほど、犯人も馬鹿じゃないだろう」

「あんたの死んだお父さんは、〈藤屋敷〉の連中が大嫌いだったな。今度の事件のことを知ったら、あいつらの仕業だと、激怒していただろうなあ」

腕組みした大林郵便局長さんが、しみじみと言った。

「私はやっぱり、〈藤屋敷〉がやってる産廃業の若いモンが悪さをしていると思うがね。あの連中は、荒っぽい奴が多いだろう」

と、チョビ髭の助役さんが首を伸ばして指摘する。

「それを言うなら、〈藤屋敷〉の幸佑さんが怪しいわ。〈梅屋敷〉の没落を一番望んでいるのは、あの人でしょう。東京から連れてきた女だって、自分が疑われないように殺したんじゃないかねえ」

眉をひそめながら言ったのは、分家の花枝さんだった。

「考えてみりゃあ、駐在の田山だって、俺には信じられんな。あの男は〈藤屋敷〉のご機嫌取りばっかりで、こっちにはぜんぜん顔を出さん。怪しいじゃないか」

と、眉を怒らせる米沢のおじさん。

「〈アヤ〉があたしたちに崇っているのかもしれないけど、拳銃とか銃弾なんて関係なさそうだし……」

と、不安そうに呟く元子さん。

——そんなふうに、皆がてんでんばらばらに話し始めたので、収拾が付かなくなった。刑事たちは、何か新情報は出てこないかと、あえて口を挟まずに聞いている感じだった。

すると——。

激しく、茶碗をお膳に叩き付ける音がして、皆はぎょっとした。一瞬で座敷中が静まり返る。

癇癪を起こしたのは、久寿子お義母様だった。

「あんたたち、たいがいにしなさい。今さら、村の中のことをあれこれ詮索したって始まらない。悪口や足の引っ張り合いも、みっともないわ。これでは、〈赤婆〉と同じで情けないじゃないの。犯人捜しは、迫島さんや刑事さんたちに任せればいいんだよ。解ったかい!」

実質的な当主に強く命じられ、誰も口を利けなくなった。全員が——そっぽを向いている寿太郎叔父様を除いて——気まずそうに視線を膝に落としている。

さらに、お義母様は、刑事たちの方へ向きなおり、

「あなた方にも、はっきり言っておきます。うちは、大事な男たちを二人も奪われた最大の被害者なんですよ。事件がこの屋敷に関係しているのは事実でも、犯人は外にいるに決まっています。疑うのなら、他所の人間にしてもらいましょうか!」

と、怒鳴りつけた。夫と息子を亡くした女性の悲痛な気持ちがそこに噴き出ていた。

「刑事さんたちよ。姉さんの言うとおりだ。ここにいる連中は〈梅屋敷〉に忠誠を誓っているし、子供の

頃からお互いに良く知っている間柄だ。間違った捜査を続けて恥をかく前に、方針をさっさと変えることだな」

叔父様も、皮肉たっぷりの言葉を投げかけた。

栃山刑事はむっとした顔になり、

「寿太郎さん、ご忠告に感謝しますよ。しかし、拳銃を陳列棚に飾るなど、軽率なことをしていたのはあなたですよね。管理者としての責任も問われているということを、お忘れなく」

と、言いかえしたのだった。

「何だと――」

二人が睨み合い、険悪な雰囲気が膨れ上がったところに、

「……本当に困ったものじゃ。恐ろしい人殺しが続いて、何もかもがこんがらがっていちゃあ、まるで、縺れた毛糸のようだわね。何本もの糸が絡みに絡んで、丸く、鞠のようになっておる。これじゃあ、どこからほどいていったら良いかも、解らんなあ……」

と、奈津お祖母様が沈んだ表情で、ぼそぼそと呟いた。

2

午後四時頃、刑事二人が帰っていった直後に、雷雨になった。かなりの土砂降りだった。

しかし、その雨も一時間と経たずに止み、黒い雲もほぼ消えてしまった。久しぶりのお湿りなので、その点は良かった。涼しい風も多少吹くようになった。

でも、奈津お祖母様は縁側から外を眺めて、

「和壱や東真の亡くなったのを、天も悲しんでいるんじゃろうなあ……」

と、肩を落としていた。

午後五時過ぎには、仕事を終えた警察の人たちが屋敷から引き上げていった。

「念のため、見張りの警察官を、正門と裏門の所に残していきます。何かあったら、我々もすぐに駆けつけますから」

と、相葉刑事は言い残した。

一方、広間の方は、自然と、飲み食いの場へ変わっていた。

「さあ、みんな。今夜は、東真さんの通夜のつもりで、遠慮なく飲んでくれ。義兄《にい》さんは湿っぽいのは嫌いだったからな。無礼講でやってくれてかまわないから――」

寿太郎叔父様は、悲しみに暮れる姉の代わりに挨拶して、場を仕切っていた。

届いていた仕出しと寿司の出前を、竹見おばさんと若いお手伝いさんが配り始めた。私も台所に立って、酒の支度を手伝うことにした。どうせ広間にいても、私に話しかける人なんていない。非難めいた視線か、疑惑に満ちた目が注がれるばかりだ。

私がお燗の番をしていると、足早に迫島さんが入って来た。

「――綾子さん、綾子さん。すみません。僕はこれから、ちょっと調べ物をしに、東京まで行ってきます。青田副団長さんから車を借りたので、それで向かいます。

実は、〈アヤの池〉が赤くなる理由について、ちょっと思いついたことがあります。それが科学的に可能かどうか、大学で文献を調べたり、理化学系の教授に教えを請うたりしようかと思うんです。

遅くとも明後日には帰って来るつもりですが、それまで、充分に気をつけてください。あなたも、命を狙われているかもしれないんですから」

一気に言われて面食らった私は、

「車を運転して大丈夫ですか」

と、訊きかえすのがやっとだった。

「ええ、酒は飲んでいませんから。それで、一つ、教えてください。あなたのお父さんのご住所を」

「えっ」

息が詰まった。

「いや、ついでに見てこようと思って。和壱君やあなたの状況を考えると、あちらにも何か、危険が及んでいるかもしれません。万が一を考えて、確認してきます」

「でも、どうしてあの人たちまで……」

「さっきの、奈津さんのお言葉を聞いたからなんですよ。やはり、年配の方はいいことを言いますね。錯綜した事件の様相をとらえて、縺れた毛糸玉のようだなんて言うんですから。炯眼ですよ。

それで、僕ははっとしました。事件全体をいっぺんに謎解きしようとしてもだめだ。いくつかの部位に分解して、少しずつ解明していくべきなんだと」

「そうなんですか……」

彼の言いたいことはよく解らなかったが、仕方なく私は住所を伝えた。

彼はそれを素早くメモし、

「ありがとう、じゃあ、行って来ます！」

と、勢いよく手を振ると、私が見送る間もなく、屋敷を後にした。

3

広間では、通夜代わりの飲み食いが進み、午後七時過ぎに、寿太郎叔父様が離れに引き上げた。その前に台所に立ち寄った彼から、

「――おい。俺は寝る前に、書斎で片づけものがある。後でベルを鳴らすから、コーヒーを一杯頼む。座敷の連中はまだまだいるから、たっぷり酒を飲ましてやってくれ」

と、命じられた。

「はい」

田舎の人たちが、機会があればすぐに寄り合い、酒を浴びるほど飲むのは、すでによく解っていた。

「そう言えば、さっき、迫島があわてて出ていったようだが、どうしたんだ？」

「青田副団長さんから車を借りて、調べ物をしに東京へ行く、とおっしゃっていました」

「東京？　東京で何を調べてくるんだ？」

「すみません。詳しくは……」

「そうか」

叔父様は不機嫌な表情で頷いた。

「……あのう、お尋ねしてよろしいでしょうか」

私は思い切って、伺いを立てた。

「何だ？」

「叔父様は、恐くないのですか。この村のどこかに殺人者がいて、それにもしかすると、今も、この屋敷の中にいるかもしれないのに……」

そう言葉に出すだけでも、体の芯が冷えていく感じだった。

叔父様は皮肉な笑みを浮かべて、首を横に振る。

「童謡殺人という話に怯えているのか。馬鹿馬鹿しい。あんなのは、迫島の勝手な妄想だ。俺はな、広間にいる連中を子供の頃から知っている。向こうだって、俺の子供時代からのことを解っている。あの中に犯人など、いるはずがないさ」

「ですが……」

「あんたには悪いが、俺は、和壱の死は自殺だと信じている。あいつは、生まれつき線の細いところがあった。この屋敷の重責に堪えかね、東京へ逃げたんだ。

そして、あんたと生まれてくる赤ん坊のことを考えて、帰ってきたんだろう。だが結局、跡取りになることも、父親になることも、あいつには荷が重すぎたのだ。だから、逃避の代わりに自殺という手段を選んだ。和壱は、弱虫のままだったということさ」

そう冷たく言うと、叔父様は私に背を向けて、離れの方へ行ってしまった。

私は、叔父様の容赦ない物言いに心を傷つけられた。つい涙が浮かんでくる……。

そこへ、竹見おばさんが、新しいビールを取りにきた。私は顔をそむけ、エプロンの端でこっそり涙を拭った。

「ねえ、あなたと茉奈ちゃんは、ここで食事をすませるといいわ。二人分のお寿司をそこに残してあるから」

竹見おばさんは、私の様子を気に留めず、配膳準備用のテーブルの方を指さした。

「……はい。そうさせていただきます」

私は頭を下げ、さっそく茉奈を奥から連れてきた。二人で椅子に座り、お寿司に箸を付ける。酢飯の酢が弱めで味気なかったけど、茉奈は喜んで巻物を口に運んでいる。

自室でずっと待たされていた茉奈は、次々にお寿司を食べながら、幼稚園で教わったお遊戯の話をしてくれる。一人でいたから、よほど寂しかったのだろう……。

4

柱時計が午後八時を報せたのと同時に、離れのベルが鳴った。私は、叔父様用のコーヒーを急いで淹れ始めた。

テーブルでは、茉奈が塗り絵に熱中している。

そこに、少し赤い顔をした青田副団長さんが、お盆に何本かのお銚子を載せて持ってきた。

「すみません、綾子さん、またお燗を付けてくれますか」

「はい」

私はお盆を受け取り、空のお銚子に、薬罐で温めておいた日本酒を注ぎ始めた。

「そう言えば、寿太郎さんはまだ起きていますかね」

副団長さんが、茉奈の塗り絵を覗きながら尋ねた。

「はい、たった今、呼び出しのベルが鳴ったので、コーヒーを運ぶところなんです」

「あ、じゃあ、俺も一緒に行きます。こんな時になんですが、次期村長選挙のことを一言、頼んでおかないといけなくて」

「叔父様には、前に断わられたはずでは？」

「あの人は、ちょっともったいぶったところがありますからね。何度も頼まれ、みんなに持ち上げられないと、立候補するとは言ってくれないんです」

そう説明して、副団長さんは苦笑いをした。

彼はお銚子を広間に持って行くと、すぐまた戻ってきた。

「俺がついでにコーヒーも持っていきましょうか」

「でも、私が行かないと、叔父様が怒るでしょうから」

いろいろと気難しい性格なのは、副団長さんもよく知っている。

「あの人のわがままにも困ったものですね。じゃあ、一緒に行きましょう」

廊下の明かりは、いつもどおり薄暗い。ひたひたと、二人分のスリッパの音が響く。

離れに続く渡り廊下に入ると、広間のざわめきも聞こえなくなる。私は、途中にある陳列廊下のドアから、自然と目を逸らした。

「和壱君がいないなんて、信じられないし、寂しいですね」

と、副団長さんが小声で言い、私は目を伏せて、小さく頷いた。今はまだ、自分の胸の中にある悲しみや憤りを、他人と分け合うほどの余裕はない……。

いつもどおり、私は広縁の所で、閉じた障子の向こうに声を掛けた。

「叔父様。コーヒーをお持ちしました」

しかし、返事がない。

「寿太郎さん。失礼します――」

障子を開けて、副団長さんが部屋の中を覗く。座敷に叔父様の姿はなく、右奥にある寝室の襖が開いていた。

「寿太郎さん、青田です」

副団長さんが室内に入り、私も付いていく。座卓の上には、大きな天眼鏡とピンセット、拳大の岩がいくつか載っている。私は、空いている所にお盆を置いた。

「――何だ?」

左奥にある引き戸の向こうから、叔父様のくぐもった声が聞こえた。そちらは書斎兼作業場だ。

「寿太郎さん、お話があるんですが――」

副団長さんが言いかけると、

「また、村長選の話か。そのことだったら、別の日にしてくれ。今、忙しいんだ」

答える叔父様の声は、怒っているふうだった。

「ですが――」

副団長さんが、引き戸の取手に手を掛けた時だった。

奥の部屋の中で、すさまじい爆発音がした。同時に、引き戸も壁も天井も床も、室内の空気さえも、激しく震えたのである。

私は音の大きさと重々しい衝撃に驚き、心臓が止まりそうになった。天井からぶら下がる照明も揺れて、部屋の隅にある影もゆらゆらと蠢いた。

「寿太郎さん!」

副団長さんが大声を上げて呼び掛け、引き戸を思いっきり開いた。

その向こう——。

十二畳ほどの真四角な部屋のまん中に、叔父様が倒れていた。仰向けで、膝は軽く曲げていた。両手はバンザイをするような姿勢になっている。その左横には、椅子も横倒しになっていた。

私は悲鳴を上げそうになった。けれど、息を呑んだだけで、声は出なかった。

戸口につかまった私の目は、叔父様の左胸に釘付けになった。その中心から真っ赤な血がどんどん溢れ出ていて、衣服を濡らしている。濃い緑色のシャツを着ているせいか、鮮血というより、淀んだ紅色に見えた。

叔父様の痩せた顔は、激しい苦痛に歪んだまま凍りついていた。目は極限まで見開かれ、体は小刻みに痙攣《けいれん》している。

「寿太郎さん!」

もう一度叫び声を上げて、副団長さんが素早く室内を横切った。まずしたのは、作業机の上で横倒しの卓上ガス・バーナーの火を止めることだった。細くて青白い炎が、小型の万力の横にある紫水晶の塊を炙っている。

彼はバーナーを起こし、根本のコックを回して火を消した。小さな拳銃型のバーナーが円形の土台の上に付いていて、橙色のゴム・ホースが繋がる小型のガス・ボンベが、作業机の左下に収まっている。

それから、副団長さんは、叔父様の横に膝を突いた。胸に右手を重ね、傷口から溢れ出る血を止めようとした。同時に、ポケットから出した左手の指を首筋に当て、脈の具合を計った。
「綾子さん、ベルを鳴らして、誰か呼んで！　早く！　急いで！」
きつい口調で言われたけど、私は恐怖に凍りつき、足がすくんで動けなかった。
――今のは、銃声だ。
叔父様は、たった今、誰かに撃たれ――。
和壱さんと同じように。
あの時、遊技室の外で聞いたのと同じ音。
――銃声だ。
和壱さんの命を奪った、一発の銃弾。
それが、今度は、叔父様の命を奪うために――。

第4部

殺人者の正体

だれじゃ　だれじゃ
お池の水を
何故何故　こぼす
去る日の　朝に
悪い子探して　尻たたく
その子の　お面は　はぎとろう

迫島拓の調査記録④

ふたたびの密室殺人

僕が留守の間に、またもや密室殺人が起きてしまった。

殺されたのは、関守寿太郎さんだった。

これには、心底驚いた。思いもしない出来事だった。何故なら、僕は和壱君殺しの犯人として、寿太郎さんを少し疑っていたからだ。

というのも、和壱君殺しの機会や手段を持つのは、〈梅屋敷〉内部の者である可能性が高い。凶器の拳銃は屋敷の陳列廊下に飾られていたものであり、外部の人間には容易に盗めない。和壱君の自殺を偽装した遺書めいたメモも、八年前に本人が書き残したものと思われる。当時、それを隠すことができたのは、やはり家族の誰かだと考えるのが常識的だ（つまり、寿太郎さんが隠し持っていた）。

しかし、寿太郎さんが不可解な方法で殺されてしまった今、僕は愕然としたし、自分の愚かさを自覚した。それに、彼の死に関しては、例の童謡に当てはまるものがない。ということは、連続童謡殺人もしくは見立て殺人という仮説も、間違っていたことになる。

僕は馬鹿だ。事件に関する推理を、一から組み立てなおさなくてはならない……。

たぶん、犯罪の構図を見誤っているか、ピントを合わせる対象を間違っているのだ。

カメラの場合、手前の事物にピントを合わせれば、背後にあるものはぼやける。背後にあるものにピントを合わせれば、手前のものがぼやける。この事件もそれと同じで、正しい事物にカメラのレンズを向け、フォーカスしなければならない。

僕はファインダー越しに事件を見ているわけだが、正しい対象を捉えていないのだろう。寿太郎さんの事件が連続童謡殺人という仮説から外れてしまうのなら、そもそも構図が――いや、被写体が違っていたということなのだろう。

では、正しい構図とは。正しい被写体とは……。

殺害現場について

場所は、寿太郎さんの暮らしている北の離れだ。

〈図4〉を参照。

北の離れは、三つの部屋から構成されている。渡り廊下の端に接しているのが居間（十二畳）で、その奥の北側が寝室（十二畳）。南側が書斎兼作業場（十二畳、以下、書斎と記す）だ。

書斎の中は、西側と北側の壁が造り付けの棚になっていて、寿太郎さんの収集品がびっちり並んでいる。南側に窓があり、それに面して作業机が置かれている形だ。

（よく見たら、書道で使う古代の硯《すずり》まであった。彼の趣味の広さにあらためて感心した）

先に書いておくと、三宅先生が駆けつけた後――先生は、寿太郎さんの死亡を皆に告げた――青田副団長が、寝室にある押し入れの中も調べたという。

下の段には行李が三つ入っていて、古い着物などがびっちり詰まっていた。上の段には、敷き布団、掛け布団、毛布などが収まっていた。そして、押し入れの中に誰かが隠れているということはなかった。

また、押し入れの上には、横に細長い天袋があり、その天井部分の一ヵ所は、押し上げることができる。そこから――体をよじるようにすれば――天井裏に入ることは可能だ。ただし、天井裏は埃が積もっていて、まったく乱れがなかったから、犯人がここを逃げ場にしたということはない。

窓は、三つの部屋にそれぞれ一つずつあり、事件発生時には、すべてクレセント錠が掛かっていた（青田副団長の証言。それから、後から駆けつけた駐在さんの証言）。網戸と雨戸もすべて閉まった状態だったという。

さらに、夕方降った雨のせいで、外の地面は濡れてぬかるんでいた。犯人が窓から外に出たとすれば、足跡が残っているはずだが、北の離れのまわりにはいっさいなかったという（警察による確認もあり）。

（他の建物より建造が新しい遊技室の軒下には、雨だれ対策の砂利が敷いてあるが、この北の離れにはそれはない）

居間と書斎には、がっしりした棚が設けられており、鉱物類や宝石や化石など、寿太郎さんの収集品が飾られている。書斎には、引き出しのあるスチール製のチェストも置かれているが、引き出しの上下幅は狭く、どれにも収集品や筆記用具などがしまってある。よって、そこに人が隠れることなどは、物理的にできない。

寝室には、古い桐簞笥が三つ並んでいる。この引き出しの全部に、衣類が奇麗に畳まれて入っていた。よって、ここも人が隠れることはできない。

部屋の中央には布団が敷いてあり、掛け布団や毛布はめくられていたから、その下に犯人が潜り、隠れていたということもない（副団長と、駐在さんの証言）。畳の下にも抜け穴などはない。

そして、肝心な点は、書斎の中で寿太郎さんが撃たれた時——銃声が轟いた時——出入口である木製の引き戸のすぐ外には、青田副団長と綾子さんがいたということだ。だから、犯人が寿太郎さんを撃ち殺した後、素早く居間の方へ逃げようと思っても、絶対に無理なのだ。

あの時、銃声を聞いた青田副団長は、すぐさま引き戸を開け、中へ入った。その後ろには綾子さんも立っていた。

なのに、室内には、拳銃で撃たれ、床に倒れている寿太郎さんの姿しかなかった。

だから、犯人は、寿太郎さんを撃ち殺した後、瞬時にその部屋からかき消えたことになってしまう。そんなことは絶対に不可能なのに……。

副団長さんによれば、強い火薬の匂いがしたそうだ。また、警察の調べで、遺体の背中の下から、先端が潰れた銃弾が一発見つかっている。射入口が胸で、背中から銃弾が抜けたと考えるのが正解だろう。

警察によれば、銃弾は接射ではないが、充分に近い場所から発射されたらしい。一メートル以内の所から。

銃弾の大きさや形状は、和壱君を殺した物と同じで、やはりモーゼル銃が使われたと推察される。

なお、薬莢と拳銃は見つかっていない（犯人が持ち去ったのだろう）。

作業机の中央には万力が置かれて、その横に倒れていたバーナーの火は点いたままだった。銃声を聞いて部屋に飛びこんだ副団長さんが、あわてて消したのだ（左手の指を少し火傷したらしい）。それから彼は、寿太郎さんの胸を手で押さえ、溢れ出ている血を必死に止めようとしたという。

作業机の上には、拳大の琥珀の塊が三つと、粉々になった細かい破片が散らばっていた。小さなノミや金槌、細いドリルの刃が付いたドリル・ドライバーなどもあった。たぶん、万力に挟んだ琥珀を削り、中にある太古の虫などを取り出そうとしていたのだろう。

作業机の奥の方、窓の下には、緑青がふいた二枚の銅鏡が置かれていて、その内の一枚は二つに割れていた。その横には耐水ペーパーもあったから、寿太郎さんは、それらを磨こうと考えていたのかもしれない。

こうした状況を踏まえて、起きたことはこうだと推測できる。

寿太郎さんは、作業机に向かって座っていた。犯人はその背後、蛍光灯の下に立っていたのだろう。そして、椅子を回転させながら振りかえった寿太郎さんの胸を、犯人が拳銃で撃ったに違いない。

銃弾は胸から入り、背中から抜け、窓の下にあった銅鏡に当たって跳ね返った。それが床に先に落ちて、その上に倒れた寿太郎さんの体が被さったのだろう。

作業机の右側には、書類入れや工具入れがある。左手には図鑑などが並んでいて、アームの長いデスク・ライトが取り付けられており、中央部分を照らしていた。

また、木製の試験管立てがあって、濁った緑色の液体の入った試験管が三本並んでいた。

窓は鍵が掛かり、雨戸も閉まっていたという。開けてみたが、向かい側は、陳列廊下の外壁になっている。間隔は三メートルほどだ。

陳列廊下の中央にある窓は、こちらの窓から見て、左側の方に位置する。したがって、陳列廊下の中から、二つの窓越しに（開いていたとしても）、銃弾を撃ちこむというのは無理だと思う（警察が推定した距離より遠すぎるし）。

では、どうやって、犯人は寿太郎さんを殺した後、瞬時に部屋の中から消え去ったのだろうか？

……解らない。

不可能は不可能でしかないが……。

清澄綾子の証言

――一瞬、私は意識を失いそうになりました。それでも、必死に息をして、何とか現実にしがみ付きました。

私は振りかえると、床の間に行って、ベルに繋がる紐を、何度も何度も強く引っ張りました。がらんがらんというベルの音が、台所の方で鳴っていたはずです。『誰か気づいて！　誰か早く来て！』と、心の中で強く願いました。

間もなく、竹見おばさんと大林元子さんが駆けつけてくれました。

二人も、作業場の中を見て驚き、悲鳴を上げました。

寿太郎叔父様の胸の傷を、副団長さんが両手で押さえながら、

「大至急、三宅先生を呼んで！　駐在さんにも電話を！　あと、外で見張りに立っている警察官をここに連れてくるんだ！」

と、てきぱき、大声で指示したんです。

おばさんたちの顔は真っ青でしたが、副団長さんの指示に従って、すぐ母屋の方へ駆けていきました。

「綾子さん！　タオルか何か、清潔な布を！　止血に使うから！」

彼はそう指示しました。私が居間の中を見まわしたら、畳んだ洗濯物の上に手拭いがあったので、それをつかんで、持っていったんです。

でも、叔父様はもう助からないと、解りました。副団長さんが傷口に手拭いを当てた時には、目の光が消えて、手足の先の痙攣も止まっていたので……。

青田公平の証言

――ものすごい爆発音がした。引き戸越しに聞いたわけだが、俺はすぐに拳銃の音だと解った。前に言ったかな。俺は猟友会にも入っていて、畑を荒らす熊とか猪を撃ったこともあるんだ。それで、銃声だと思ったのさ。

俺は引き戸を勢いよく開け、寿太郎さんの書斎に飛びこんだ。その時には頭にカッと血が上っていて、そこに拳銃を持った犯人がいるかも、なんてことは忘れていた。まあ、そんな奴はどこにもいなかったわけだが……。

まず目に入ったのは、仰向けで倒れている寿太郎さんだった。胸の所がすでに真っ赤に染まっていた。拳銃で撃たれ、傷口から鮮血が溢れている――瞬時にそう判断できたよ。

それから、作業机の上の倒れたガス・バーナーに目が行った。シュューッという音がしていたのも、こっちの気を引いた理由だ。俺は消防団員だから、火事になりそうなものには恐怖心が湧く。だから、反射的にバーナーの火を止めた。

その次に、寿太郎さんの胸の傷を押さえにかかった。だけど、もう救いようがないのははっきりしてた。俺の手の下から勢いよく血が溢れ続けていて、見る見るうちに生気がなくなった感じだったからな。

正直言うが、俺は無我夢中だった。それで、あんなこと――救命行為――ができたのさ。実際は、恐怖で頭が麻痺していたと思うよ。

――そうだ。三宅先生や駐在さんが来るまで、俺は書斎から出ていない。居間の内部は見えていたから、寝室に誰かがいて廊下へ逃げようとしても、居間を通るから解るはずだ。

つまり、寿太郎さんを殺した奴は、俺が書斎に入る前に――彼を撃ち殺してすぐ――どこかへ消え去ったことになる。ほぼ一瞬にしてだ。犯人はまるで、魔術師か亡霊――でなけりゃ、〈アヤ〉の幽霊かもな。

――すまん。悪い冗談だった。

――話を戻すと、駐在さんが来てから、俺と彼とで、念のために離れの外も見まわったんだぜ。夕方のにわか雨で地面が濡れてたが、誰の足跡もない。動物の足跡なんかもいっさいなかったよ。

――そうそう。あの試験管の液体か。あれは寿太郎さんに電話で頼まれたんだ。俺が〈梅屋敷〉に来る前に、ポリ容器を使って〈アヤの池〉で汲んできたんだ。たぶん、水質を分析しようとでも思ったんだろう。

寿太郎さんは、そういうことも好きだったからね――。

一つの仮説

カメラを使って、トリック写真を撮ることができる。合成写真はその一つだ。多重露光もそれに属する。

通常、シャッターを押したら、フィルムを巻き上げ、次のコマを写すための準備をする。しかし、フィルムを巻き上げず、同じコマに別の光景を写すと、二つの絵柄が一緒くたになるわけだ。

たとえば、石壁の前にいる人物を撮り、次に同じコマで花畑を撮ると、花畑の中にいる人物の写真ができあがる（実際には、いろいろな条件やコツが必要だが）。

また、長時間露光という方法もある。たとえば、三脚に固定したカメラを都会の街角に設置して、ビルの一階部分にピントを合わせ、その手前の道路と歩道を構図に入れる。シャッター・スピード優先オートにセットし、シャッター・スピードを極端に遅くするのだ。レンズには、減光フィルターを付けるのを忘れてはならない。

するとどうなるか、背景のビルは動かないのではっきり撮りこまれ、その前で動く車や人物は、あたかもそこにいなかったような絵柄になる。

もしも――もしもだが、寿太郎さんの書斎で、それと同じことが、人間の目を通して実現されたのだとしたら。

副団長さんと綾子さんの前には犯人がいたのだが、何かが作用して、二人には見えなかったとしたら――。

となると、僕がすることは一つだ。

レンズのフィルターを変えるのだ。見えていると思われる世界を、別の違った世界にするために。

第24章 迫島拓の帰還

1

寿太郎叔父様が亡くなり、〈梅屋敷〉はひっそりと死んだようになった。もともと重苦しい雰囲気が漂っていた上、今はそれが濃縮されて淀んでいる。どの部屋に入っても、線香の煙が体にまとわりつく。家族が続けて三人も亡くなったが、私にできるのは、仏壇の線香の煙を絶やさないようにすることだけだった。

奈津お祖母様、久寿子お義母様、竹見おばさんは、ずっと自室に閉じこもっている。悲しみと絶望に押し潰されてしまったのだろう。だから、食事の用意の他、様々な家事や雑事をこなすのは、私と通いの若いお手伝いさんの二人だった。

私は、もう何も考えないようにしていた。考え始めると、生きていることが嫌になりそうだった。次々と重なる不幸のために、感情も壊れかけている。

ただ淡々と、日常の生活を送るだけ。茉奈がいたから、まだ辛抱できる状態だった。

屋敷には、大勢の警察官が押し寄せ、犯罪の証拠や犯人を捜し出そうと頑張っていた。けれども、あの人たちに何ができるかは疑問だった。和壱さんを殺した犯人も、東真お義父様を殺した犯人も、花琳さんを殺した犯人も、未だに逮捕できないのに……。

2

北の離れでの惨劇が起きて、三日目の朝になった。

玄関脇の小部屋で、私が神棚に酒や榊などをお供えしていると、迫島さんがふらりと入ってきた。

「——綾子さん。車を返しにバイク屋に寄って、副団長さんから事件の話を聞きました。大変だったようですね。あなたは大丈夫でしたか」

「えっ……はい」

思いがけず迫島さんの声を聞き、顔を見たら、私はほっとして、ろくに返事もできなかった。

「まさか、寿太郎さんが亡くなるとは。僕はまったく想像もしていませんでした。だいたい、彼の死の状況だと、それも例の童謡の第一番に相当してしまいますし……」

カメラマンはかなり悄気《しょげ》た様子で、声を低めて言う。

「また、拳銃で……」

「和壱君の時と同じというわけですね」

私は頷いた拍子に足の力が入らなくなり、踏み台に腰を下ろした。顔を上げるのが辛くて目を伏せると、すぐ横に迫島さんが屈みこむ。そして、黙ったまま、私の背中を優しくさすってくれた。

「迫島さん……私、恐くて……それに、茉奈に何かあったらと思うと……」

「綾子さん。もう少しの辛抱です。明日の夜までには僕が事件を解決して、犯人を暴きます。約束しますから」

顔を上げると、迫島さんは真剣な目をしていた。

「お願いします……」

「それでは、日曜日の夜、この屋敷で何があったのか、教えてください。その後に、他の人たちからもお話を伺うつもりです——」

私たち二人は、洋間に移動した。ソファーに座って、彼に私の知っていること、見聞きしたことをすべて語った。

「——解りました。あなたは素晴らしい観察者だ。状況が目に浮かぶようですよ」

「お役に立ちましたか」

「ええ、充分です。密室殺人の謎はこれからきちんと推理を組み立てますが、あの事件が何故起きたかは、これまでの事件の流れと照合して、ほぼ見当が付きそうです」

「……本当ですか」

彼の説明や答に、私は頼りがいを感じた。

「綾子さん。これから僕は、北の離れの中を見てきます。警察の鑑識員などはいますか」

「いいえ。調べは昨日で終わったようで、今日いる警察官は外の見張りだけです。でも、部屋の前には立入禁止のテープが貼られています」

「それなら、無視して入ってみます。その後は、村へ出掛けて、事件の夜にこの屋敷にいた人たちにも、話を訊いてきます。夕方までには戻ってきますから。

あと、明日あたり、村である出来事が起きるはずで、かなり騒然となるでしょう。そうなったら、あなたはこの屋敷に、話し合いに参加していた人と、〈藤屋敷〉の主立った人たちを集めてください。そうしたら、事件は終わりになるでしょう」

「終わり？〈藤屋敷〉の方々もですか？」

私は驚き、混乱しながら訊きかえした。

「はい。幸佑さん、幸乃さん、澪乃さんには来てもらいましょう。あちらの人たちも被害者であるわけで、一連の殺人事件について、真相を知る権利があると思うんです」

「真相？」

「そうです。全員が集まったところで、僕が事件の謎解きをしたいと考えています。それによって、犯人が特定されて、あらゆることが解決されるでしょう！」

迫島さんは自信に満ちた目で、力強く請け合った。

3

迫島さんの言ったことは、本当だった。

翌日の午前中に、村中が大騒ぎになったのである。東京の警視庁から刑事が二人やって来て、迫島さんの案内の下、ある者を、犯罪の容疑者として捕まえたからだ。

その人物は、東京で何か悪事を働いたらしいのだが、詳細は解らなかった。そのため、様々な噂が飛び交い、この村で起きた連続殺人事件の犯人ではないかと、皆が口々に言い立てた。

そして、午後六時。〈梅屋敷〉の座敷に大勢の人が集まった。寿太郎叔父様が殺された日に、この屋敷にいた人たちはもちろんのこと、不平屋の五郎じいさんをお供にして、〈藤屋敷〉の三人——幸佑さん、幸乃さん、澪乃さん——も来ていた。

幸佑さんと幸乃さんは、憮然とした表情で座布団に座っていた。澪乃さんは挑戦的かつ侮蔑的な目で、〈梅屋敷〉の人々の視線を撥《は》ね返していた。

その様子を見て、〈梅屋敷〉派の人たちは眉をひそめたり、露骨に嫌そうな顔をしている。

幸乃さんは和装の喪服姿で、髪もきちんと結っていた。化粧も濃く、喪に服しているというよりは、戦いに臨むというような感じだった。

娘の澪乃さんは、黒いワンピースに白真珠のネックレスというシンプルな装いで、美しさが際立っていた。

幸佑さんは頬がこけて目の隈も濃く、無精鬚が目立つ。黒い背広とネクタイは両方よれよれで、かなりうらぶれた感じに見える。

こちらの奈津お祖母様と久寿子お義母様は、ずっと啜り泣いていた。竹見おばさんも、肩をがっくりと落としたまま。三人は、〈藤屋敷〉の人間が〈梅屋敷〉の座敷に上がっても、何一つ文句を言わなかった。気力や生気も、いつもの気位の高さも失せてしまっている。

人数が多かったので、三つの座敷の間の襖は取り払われ、一つの大きな部屋にしてあった。その広い空間に不穏な空気や猜疑心、不信感が満ち、ドス黒い憎悪までが混ざりこんでいる——少なくとも、私にはそう感じられた。

皆がそれぞれの席に座り、お茶などを配り終わったところで、迫島さんが上座に立った。その横には、県警の相葉刑事と栃山刑事もいた。私は、お義母様の横が空いていたので、茉奈をお手伝いさんに任せてから、そこに正座した。

迫島さんは全員の顔を見まわし、ゆっくりと口を開いた。

「――皆さん。お集まりいただき、ありがとうございます。今日、村に警視庁の刑事たちが来て騒ぎが起きたことは、もうお聞きおよびかと思います。そのことを含めて、一連の事件について、僕から説明をしたいと思います」

「説明って何だ。殺人事件の犯人を暴くと言うのか。花琳を殺した奴が誰か、教えてくれるのか」

〈藤屋敷〉の幸佑さんが、掠れた声で喧嘩腰に言った。

「何もかも〈アヤの呪い〉よ。寿太郎さんも、あんな不思議な死に方をしたんだし。やっぱり〈赤婆〉が正しかったんだわ！」

金切り声で、郵便局長の奥さん――元子さん――が鋭く言う。それを聞いてざわめきが起き、皆の猜疑心に満ちた目が私に集まった。

迫島さんは、幸佑さんの方に顔を向けた。

「あなたもご存知かと思いますが、僕は和壱君の訃報を聞いて、この村にやって来ました。そして、彼の亡くなった時の状況を聞いて、自殺はあり得ないと考えました。そこで、勝手ながら、事件について調べ直すことにしたのです。

ところが、残念なことに、悲劇は続きました。複数の犠牲者が出てしまい、そのことを踏まえて推理を組み立てた結果――遅きに失した感はありますが――僕は事件の全貌を看破することができたのです。

したがって、僕はこれから、犯人の名前を皆さんに告げます。様々な謎に関する真相も説明しましょう。

そうすることで、この村で起きている惨劇に、決定的な終止符を打ちたいと思うのです」

口を挟んだのは、気難しい顔をした彰晏和尚様だった。

「迫島さん。今日、あの男が捕まり、警視庁へ連れていかれたというのは、いったいどういうことなんじゃ。東京で何か悪事を働いたと聞いたんじゃが、この村の事件とどんな関係があるのじゃ。あの男が、村の連続殺人事件の犯人だったのかね？」

「ねえ、あたし、さっきまで出掛けていたからよく知らないんだけど。いったい誰が捕まったの？　その人が、和壱兄さんたちを殺した犯人ってことなの？」

きょとんとした顔で尋ねたのは、麻里子さんだった。

カメラマンの目が、真っ直ぐ彼女に向く。

「麻里子さん。警視庁の刑事にある情報を与えて、この村に来てもらったのは僕です。そして、連行されたのは——寺男の丸井聡と名乗っていた男です」

4

「えっ、あの真面目そうな人が!?」

大声を上げ、麻里子さんは驚きに目を丸くした。

「じゃあ、あいつが花琳を殺したのか！　それから、和壱たちも！」

こめかみに青筋を立てて、幸佑さんが怒鳴った。

私は和壱さんの名前を聞いて、氷の錐を心臓に突き刺されたような冷たい痛みを覚えた。

「いや、待て、待て、迫島さんや。丸井聡と名乗っていた男、とはどういう意味じゃ？　わしは、彼を寺男にした時、前に住んでいた所の住民票や免許証を確認したんじゃが」

和尚様の言葉に、迫島さんは、前髪をかき上げながら答えた。

「戸籍や偽造免許証などは、闇ルートで販売されていて、ある程度の金を出せば、東京の秋葉原《あきはばら》や山谷《さんや》などで入手可能です。路上生活者などから戸籍を買い取り、新しい身分を欲している人に売りつけるバイヤーがいるんですよ。

彼はそれらを使って丸井聡に成りすまし、この村に来たんです。ある目的を持って」

「ある目的じゃと。それは何じゃ？」

迫島さんがこちらを横目で見て、

「綾子さんを殺すことです。そのために寺男になり、機会を窺っていました。切通しでの落石により、綾子さんが危険な目に遭ったこともあるのですが、あれも彼の仕業でしょうね」

と、きっぱり答えたので、皆の視線が私に集まった。様々な思惑や疑惑が表情に浮かんでいて、私は気まずさと息苦しさを覚えた。

「綾子さんを殺す？　いったい何故じゃ。それに、あの男はそもそも何者なんじゃい!?」

興奮した和尚様は、顔を真っ赤にして問いただした。

「彼の本名は、〈笠原道夫《かさはらみちお》〉です。綾子さんの義理の妹、美里《みさと》の夫です」

それを聞いて私は驚き、息が詰まった。そして、恐怖が胸の中で膨れあがった。

他の人たちは、何がなんだか解らないという顔だった。

「義理の妹？　どういうことかね、迫島さん？」

首を傾げながら尋ねたのは、大林郵便局長さんだった。

「綾子さんの実の父である清澄太市《たいち》氏は、大酒飲みで極度のギャンブル好きでした。酔っ払っては、妻や娘の綾子さんに暴力を振るうなど、虐待を繰りかえしていたんです。仕事は町工場の職人。新小岩の自宅にある小さな作業場で、がらくたのような道具ばかり作っていて、自ら〈町の発明家〉と名乗っていたそうです。

最初の妻——綾子さんの母親——は、早くに亡くなりました。その後、父親は娘のいる女性と再婚し、綾子さんには血の繋がらない義妹ができたんです。それが美里という女です。

その後も、父親は相変わらず、綾子さんに暴力を振るい続けました。継母と義妹も綾子さんを邪魔者扱いして、虐めてきました。それで、高校を中退した綾子さんは家出して、父親たちと完全に決別しました。一生会わないと誓ったのです。

東京へ行って調べてみたところ、綾子さんの継母は、二年前に交通事故で亡くなっていました。美里が笠原と結婚したのは、その一年前。それから、父親と三人で暮らしていました。

したがって、綾子さんは、美里の夫である笠原道夫のことは知りません。顔も見たことがなかったのです」

私はやっとのことで、口を開いた。あの父たちのことを考えると、怒りに体が震えた。

「……迫島さんが今、おっしゃったとおりです。私は、義妹が結婚したことは、何となく耳にしてましたけど……笠原という男のことは、いっさい存じません」

「だったら何故、丸井は——いや、笠原は、綾子さんを殺そうなどと考えたんじゃ、迫島さん？」

眉間にしわを寄せ、和尚様が質問した。

「理由は二つあります。一つは、綾子さんの父親は、肝硬変が悪化して、今年の初め頃に亡くなっていたのです。その死体を、笠原夫婦は作業場にある冷凍ストッカーの中に隠し、氷漬けにしていました。

実を言うと僕は、いくつかの事柄から、寺男――笠原――のことを疑っており、彼が綾子さんの親族、義妹の夫ではないかと推測しました。そこで東京へ行き、新小岩にある彼らの家をこっそり調査したのです。

近所でそれとなく聞いてみると、今年に入ってから、父親の姿を見た人がいません。それで、作業場に忍びこみ、死体を発見して、警視庁の懇意にしている刑事に報せたというわけです。

彼らが父親の死を隠していたのは、年金詐欺を働くためです。父親の死を役所に届けなければ、年金がずっと支払われますから。それを知られない内に、綾子さんを殺そうと狙ったわけです」

「何と言うことじゃ……」

「二つ目の理由は、もっと直接的な犯行動機に繋がります。父親は過去に、愚にも付かない発明品や製品をいろいろと作りましたが、売れる物がなくて、ずっと貧乏でした。

しかし、父親が作ったある品物に目を付けた大手メーカーがあったのです。そのメーカーは、父親の代わりに特許を取ってやり、昨年、契約を結びました。その結果、ものすごい大金ではありませんが、父親の下に持続的にお金が入るようになったんです。

けれど、父親が死んだとなると、その遺産を継ぐのは娘二人です。二等分しなくてはなりません。場合によっては、血の繋がる綾子さんだけに相続権があるかもしれません。また、犯罪を企てたのも、たぶん、父親が遺書を書いていなかったからでしょう。

そのため、笠原夫婦は、自分たちの取り分が減るのを嫌がり、独り占めしようと考えたのです。年金詐欺のこともあったので、父親の死亡届を出さず、死体を冷凍ストッカーに隠しました。近所の人たちには、父親は病気で寝込んでいると偽っていたのです。

とはいえ、いつまでもそんな欺瞞《ぎまん》を継続することはできません。いつかは、父親の生存に疑問をいだく人が出てくるでしょう。そこで、義妹夫婦は綾子さんを殺そうと考え、夫の道夫が偽名を使い、この村に入りこんだわけなのです」

私の体を、氷のような冷たい戦慄が走り抜けた。私は恐怖に身震いしながら、怒りに満ちた声で言った。

「私は、あんな男の遺産なんて、一円も要りません！」

迫島さんは私の目を見て、しっかりと頷いた。

「そうですね。綾子さんの気持ちはそうでしょう。けれど、笠原夫婦には、あなたがどう動くか解らなかった。相続放棄をするかどうかが心配で、信じられなかったのです。

だから、自分たちの手で、あなたを排除しようと思った。それが成功したら、父親が病死したことにして、役所や周囲に報せようと画策していたのでしょう」

麻里子さんは口を少し尖らせ、

「ねえ。最初にあのおじさんがこの村に来たのは、八月の頭頃じゃなかった？」

と、誰にともなく尋ねた。

迫島さんは頷いた。

「そのようですね。笠原は、公共事業の作業員と偽って、この村に下見に来たのです。その時、前の寺男の橋本仁さんと居酒屋で知りあい、懇意になりました。

橋本さんから、半年後に寺男を辞めると聞きましたが、それまで待っていられません。それで笠原は、

〈二の湯屋〉で橋本さんを撲殺し、事故死に見せかけたのです。そしてまんまと、自分が新しい寺男の座に納まったのでした」

5

「何と言うことじゃ！　わしはすっかり、あの男に騙されておったのか！」

天を仰いで、和尚様が嘆いた。

「すると、迫島さん。あの男が、一連の殺人を犯した殺人鬼だったのかね。前の寺男さんを皮切りに、和壱君や、東真さんや、花琳さんや、寿太郎さんまでも――」

と、大林郵便局長さんが怯えた顔で言うのを、

「ちょっと待ってください。順を追って説明しますから」

と、迫島さんは手を上げて遮った。そして、座敷中を見まわした。

「ご存知のとおり、僕はカメラマンです。写真の撮り方というのは、カメラマンごとに特徴があり、好みの方法があり、お気に入りの仕上げ方法があるんです。

たとえば、風景写真ばかり撮る人、人物写真ばかり撮る人、動物写真ばかり撮る人がいるように。あるいは、ヌード写真を撮るのを専門にしていて、必ず幻想的な仕上がりになるよう、紗がかかった絵になるフィルターをレンズに付けて撮影する人もいます。

それと同じで、犯罪行為にも、犯罪者それぞれの癖というものがあります。外国の例ですが、男性の殺人鬼は暴力的傾向があり、銃殺や撲殺を選択することが多い。女性の殺人鬼は毒殺を好む傾向がある――

とかです。

　そういう観点から見ると、今回、この村で起きた一連の事件にはおかしなところがあります。寺男の橋本さん、東真さん、花琳さんの三件の殺人は、突発的で腕力に頼っており、短絡的です。しかし、和壱君と寿太郎さんの殺害は密室殺人であり、計画的に思えます。

　ですから、その両グループの殺人が、同じ人間によるものだとはとても信じられません」

「じゃが、落ちていたメモから、あんたは、犯人が〈アヤの呪い歌〉を基にして、連続殺人を行なっていると指摘しとったじゃろうが」

　和尚様が訝しげな顔で言うと、迫島さんは、

「はい、そうです。けれど、僕は間違っていました。童謡の一番は、和壱君の死にも、寿太郎さんの死にも当てはまります。それだけでも、寿太郎さんの死が予想外の出来事だったと解りますし、二人の死の異質さが際立ちます」

　と、何か考えを巡らせるような顔で答えた。

「どういう意味じゃ？」

「要するに、橋本さん、東真さん、花琳さんの三人を殺した犯人と、和壱君、寿太郎さんを殺した犯人は別々の人間だ、ということです。

　さらに言えば、童謡連続殺人を示唆するメモを書き、それを現場に落としておいた人物も、さらに別の人間である可能性が高いのです」

「何じゃと！　三人も犯人がいたと言うのか！」

　和尚様が嘆くように言い、皆の間にも驚きとざわめきが広がった。私にも信じられない。

「メモを落とした人間は、殺人犯ではありません。ただ、僕の調査や、警察の捜査を攪乱した罪はあるかと思います。この村で起きている事件全体を、〈アヤの呪い〉のせいにするのが、あの落ちていたメモの狙いでしょう」

迫島さんが指摘すると、

「ふざけるな！　そんな与太話を信じられるか！　笠原という奴が俺の花琳を殺した犯人なら、理由は何なんだ！」

と、幸佑さんが怒りを爆発させた。

迫島さんは、彼の方へ視線を向けた。

「殺害動機は、花琳さんが、笠原のことを怪しんでいたからです。彼女はホステスをしていたので、お客の顔を覚えるのが得意だったでしょう？」

「そ、そうだ――」

「笠原は、彼女の働くお店に行ったことがあるんです。花琳さんは、どこかの社長が連れてきた男のことを、かつての同僚に電話して、誰だか知らないかと訊いていました。その男こそが、笠原だったんです。僕と綾子さんが、お寺にある〈梅屋敷〉の墓地へ行った時のことです。そのすぐ側で、笠原が落ち葉などの掃除をしていましたが、花琳さんと徳島五郎さんも墓参りに来ていました。

僕がカメラで写真を撮り始めると、笠原がすぐに止めに入りました。『墓地では、参拝に来ている方の写真を撮るのは、遠慮してください』と言って。でもそれは、自分の顔が写真に写りこむのを心配したからだと思います。

何しろ、他人に化けており、これからまだ綾子さんの命を奪おうとしているのですからね。素性がばれるような証拠は、いっさい残したくなかったのでしょう。

また、花琳さんが別れ際に、僕に問いかけました。

『――ねえ、あんた、もしかして、亀戸に住んでいなかった？　あの辺の飲み屋で、会ったことがあるような気がするけど。あたし、水商売が長いから、一度会った人のことは、案外覚えているのよね』

と、いうふうにです。

でも実は、それは僕に言ったように見せかけて、僕の後ろにいた笠原にそれとなく告げた言葉だったんです。

それから、僕や綾子さんが〈藤屋敷〉を訪れた時のこともあります。花琳さんは綾子さんに、

『知りあったばかりの男には、気をつけなさい。今、あたしが東京の友人に頼んで、調べているから――』

と、耳打ちしたそうです。

綾子さんは、知りあったばかりの男というのが、近くにいた僕のことだと思われたようです。しかしこれも、笠原のことを指していたわけです。

そして、笠原の方も、自分が花琳さんに疑われていることに気づきました。それで、彼女を〈藤の池〉に電話で呼び出し、無惨にも命を奪ったのでした」

「だけど、花琳さんに掛かってきた電話の相手は、女性だったはず。しかも警察は、東京からの電話だったと言っていたわよ」

澪乃さんが首をひねりながら尋ね、カメラマンは冷静に返答した。

「それは、寺にいた笠原が、東京にいる妻の美里に電話して、自分が『〈藤の池〉で待っているから、話

し合いをしたい』と、花琳さんに伝えるよう指示をしたのでしょう。それであの朝、美里が公衆電話を使って、〈藤屋敷〉に電話を入れたんです」

「くそう、あの男！　俺の花琳を——絶対に許さん！」

幸佑さんはさらに興奮して怒鳴り、澪乃さんは、そんな伯父に同情の目を向けた。

「何も、花琳さんを殺さなくても……」

「くそう。だいたい、あの寺男が花琳を手に掛けたのだとしても、切っ掛けは、その女のせいじゃないか。しかも、あの男はその女の親戚で、金目当ての犯行なんだろう。やっぱり、最近、この村で起きた事件は、〈アヤ〉のせいに決まっている。いいや、その女こそが、恐ろしい呪いに満ちた〈アヤ〉なんだ！」

幸佑さんは憎悪に歪んだ顔で怒鳴り、私を真っ直ぐに指さした。

第25章 迫島拓の推理①

1

私は恐怖に縮み上がった。自分の体や心が一枚の紙で、それが乱暴に、びりびりと引き裂かれた感じがした。

幸佑さんの怒りや悲しみはもっともだ。最愛の女性の命が、暴力によって奪われたのだから……。

だが、迫島さんは、断固とした口調で言った。

「幸佑さん。綾子さんのせいというのは、違っています。確かに、和壱君と綾子さんの帰還が無関係とは言えません。ただ、花琳さんが殺されたのには、彼女自身にも幾分かの責任があったのです」

「どういうことだ!?」

怒りで顔を赤くし、幸佑さんが憎々しげに言った。

「花琳さんは寺男と以前の店で会ったことを思い出し、少なくとも〈丸井〉という名でないことに気づきました。東京にいるホステスの友人に、『偽名を使うなんて、あの男は怪しいわ。ちょっと突っついたら、いいお小遣いをくれそう』と、話していたそうです。

ですから彼女は、笠原に、『あなたの正体を、みんなにばらしてもいいのよ』などと、脅迫じみたことを言っていた可能性が高いんです。それで、身の危険を感じた彼が、花琳さんの口封じに動いたのでしょう」

「迫島さん。あんた、東京のホステスから、どうやってそんなこと訊き出したんだ？」

米沢のおじさんが興味津々の顔で尋ねた。

「若い女性ですからね、『花琳さんの悪事に協力していたとなると、警察の心証が悪いですよ』と、アドバイスしただけです。彼女は花琳さんに命じられ、警察には肝心なことを隠していたため、少し突っついたら、教えてくれました。

それと、花琳さんが勤めていたお店の支配人からも、有益な証言を得られました。彼女が馘首《くび》になったのは、お客さんの弱味をネタに、口止め料を要求したことがあったからだそうです。何人かのお客が、店に苦情を申し入れたとか。

幸佑さんだって、その辺のことは、薄々知っていたのではありませんか。その証拠に、〈藤屋敷〉に来た彼女とすぐに結婚しようとしなかった。つまり、何か気がかりなことがあったのでは？」

そう指摘されると、図星だったのか、幸佑さんは悔しげに呻いた。

迫島さんは前髪をかき上げ、一同を見まわした。

「今も言ったとおり、橋本さん、東真さん、花琳さんを殺したのは笠原道夫です。しかし、和壱君、寿太郎さんを殺した犯人は、また別にいるのです。この点をよく踏まえて、僕の推理の続きを聞いてください」

すると、杉下助役さんが、チョビ髭を指で撫でながら、

「東真さんは本当に優しくて、善人でした。とても、あんな目に遭うような人じゃなかったのに……」

と、泣きだしそうな声で呟いた。

迫島さんは目をしばたたき、先を続けた。

「東真さんが殺された理由は、二つあると考えています。その一つは、花琳さん同様、笠原にとっての危険人物になったからだと思います」

「どういうことかね？」

「東真さんが殺される前のことですが、彼と青田副団長さんと僕とで、ちょっと酒を飲んだことがあります。この家の洋間で、綾子さんも同席していました。

その時、東真さんが、こう言ったんです。

『このところ、村の中に不穏な気配が漂っていることは感じます。それに、ちょっと気に掛かる人がいて、今朝、寿太郎君にも相談したのですが、一笑にふされてしまいました――』

この言葉から、東真さんが誰かを疑っていたことが解ります。それがきっと笠原だったのでしょう。笠原にしたら、東真さんは花琳さんと同様に、自分の犯罪計画の邪魔になる存在になったわけです」

それを聞いて、私は思わず口を挟んだ。

「待ってください、迫島さん。たとえあの男の正体が、私の義妹の夫だったとしても、彼には東真お義父様を殺す機会はないはずですが。

というのも、あの晩、〈一の湯屋〉へ向かったお義父様が忘れ物をされたので、それを持って私はすぐに追いかけました。そして〈川の小径〉の坂を下って、小川に架かった橋を渡った所で、後ろから来たあの男に呼びかけられました。そこからは、一緒に〈一の湯屋〉に向かったんです。

私たちがあの温泉に着いた時、もうお義父様は湯船で亡くなっていました。ですから、あの男には、お義父様を殺す機会も時間もなかったはずです」

「その橋というのは、僕が、青いプラスチックのドラム缶に寄りかかって倒れ、小川に落ちた所ですよね？」

私の言葉を予期していたらしく、すぐに迫島さんは訊きかえしてきた。

「はい……」

「落ち葉を片付けるためのそのドラム缶は、二つありましたね。僕がその一つを小川に落としたから、残ったのは一つです。

しかし、東真さんが亡くなったあの夜、残りの一つも、橋の所にはありませんでした――」

そう言ってから、迫島さんは視線を、米沢のおじさんに向けた。

「米沢さん。流れ去ったドラム缶のことを、〈藤屋敷〉の方に報せてくれるとおっしゃっていましたね？」

「すまん。面倒だったから、消防団に言っただけだ。滝壺の管理もやっているからな。で、公平に電話したが――」

「青田副団長さんですね？」

米沢のおじさんが頷くのを見て、迫島さんは副団長さんの顔を見た。

「俺と、産廃会社に勤めている〈藤屋敷〉派の小杉《こすぎ》で、二つの滝壺を見たけど、ドラム缶はなかったよ。だから、もっと下流に流されたんだと思う。あれはプラスチック製で軽いからな」

副団長さんの返事に、今度は迫島さんが頷いた。

「では、残っていたもう一つのドラム缶の行方ですが――」

と言い、彼は〈藤屋敷〉派の五郎じいさんに尋ねた。

「徳島さん。お訊きしますが、あの青いドラム缶を片付けたり、置き場所を変えたりしましたか」

「えっ？　いいや。まだ落ち葉を溜めてもいないのに、移動させるわけがなかろうが」

口をへの字に曲げたまま、五郎じいさんが答えた。

「すると、橋の所にあったドラム缶が一つ、もしかしたら行方不明になっているかもしれません。皆さん、このことを覚えておいてください。

次の問題は、東真さんがどこで殺されたのか、ということです。綾子さんたちの話を信用すると、〈一の湯屋〉の中ということになりますが――」

「寺男や、〈二の湯屋〉の方からやって来た修一のおっちゃんの証言もある。疑いようがないだろうが」

不機嫌な面持ちで言ったのは、副団長さんだった。

「しかし、寺男――笠原――の正体が暴かれた今、彼の言葉を信用できますか」

と、迫島さんは言いかえし、そのまま私の方へ顔を向けなおして、

「綾子さん。笠原が東真さんを殴り殺した場所が、実は小川の橋の所だったと言ったら、あなたはどう思われますか――」

と、問いかけてきた。

どういう意味だろう……そんなはずは……。

私は混乱して、何も言えなかった。

「――でも、それが真実です。笠原が東真さんを撲殺した場所はあそこであって、〈一の湯屋〉ではありませんでした」

「そんな馬鹿な——あり得ん！」

目をぎょろりと剝き、和尚様が大きな声を上げた。

「どうしてですか？」

「確かに、綾子さんが来る寸前に、笠原が東真さんを殺す機会はあったかもしれん。そして、足音が聞こえたので物陰に隠れ、この人をやり過ごしてから、後ろから声を掛けたとも考えられる。

しかし、それからは、ずっと二人一緒だった。じゃから、笠原が、東真さんの遺体を〈一の湯屋〉まで運ぶことなどは絶対に無理だ。できるはずがない！」

迫島さんは、全員の顔をゆっくり見ながら、説明を始めた。

「笠原が、あの橋の所で東真さんが来るのを待ち伏せしていたのか、偶然出会って犯行に及んだのか、それは解りません。しかし、殺意を持っていた笠原は、手頃な石を拾って、東真さんを殴り殺したのです。

その後、笠原は、側にあったドラム缶に死体を押し込み、小川に突き落としました。ドラム缶は流されてすぐに操川に達し、さらに渓流を下ります。最後は〈一の湯屋〉の横にある滝壺に落下し、はずみで蓋が外れ、死体は水面に放り出されました。

それで、綾子さんと笠原が〈一の湯屋〉に着いた時、遺体が湯船の縁近くに浮かんでいたんです。ただ、ドラム缶の蓋が外れたのは、笠原にとっては予想外のことだったでしょうが」

それを聞いた和尚様が、驚き顔で確認した。

「では、こういうことなのかね、迫島さん。橋の所から〈一の湯屋〉まで、坂道を下っている綾子さんや笠原と並行して、一歩先に、ドラム缶に入った遺体が川を流れていったと？」

「そうです、和尚様。二人はゆっくり歩いていたし、〈一の湯屋〉の手前では、篠田さんと挨拶を交わしました。ですから、ドラム缶が先に滝壺に到着する充分な時間があったのです」

「笠原は、それを予期しておったのかな？」

「いいえ、たぶん違います。彼は、ただ単に死体を始末しようとして、ドラム缶を川へ流しただけなのです。ところが、偶然の悪戯によって、希れにみる死体移動トリックが成立してしまったわけなのです」

私は、まだよく理解できず、

「ですけど、迫島さん。私たちが〈一の湯屋〉に着いて中を覗いた時、お義父様の遺体はもう、湯船の方に沈んでいましたが……」

と、あの時見たことを思い出しながら言った。

迫島さんは、きっぱりと首を振った。

「そうではありません。綾子さんは、笠原の言葉と行動によって、そう信じこまされてしまったのです。扉を開けて中を見た笠原は、ドラム缶の蓋が取れて、遺体が出てしまったことに気づきました。しかも、湯船と滝壺を仕切る岩の縁のすぐ側に、遺体が浮かんでいました。

それで笠原は、とっさに演技をしたのです。湯船に飛びこみ、湯船の縁の所までがむしゃらに進んで、遺体を滝壺の水面の方から、仕切りの岩の上に引き上げたのです。

そして同時に、あなたに向かって、

『大変だ！　東真さんが湯船に沈んでいる！　溺れたんだ！　綾子さん、誰か呼んできてください！　急いで！』

と、叫んだのですね。

びっくりしたあなたは、湯屋の中を覗きました。その時見た様子を、よく思い出してください。東真さんの遺体は仰向けで、岩による仕切りの上に上半身が載っていたんですよね。下半身は、滝壺側にありましたか。湯船側にありましたか」

私は目を瞑り、記憶を探りながら答えた。

「……ええと、滝壺側です」

「そうでしょう。しかし、湯船の側から仕切りの岩へ体を引き上げたのなら、下半身は湯船の方にあり、湯に浸かっていたはずなんです」

迫島さんの丁寧な指摘に、確かにそうだと、私にも納得がいった。

「滝壺には、砂防堤に引っかかって、蓋が取れた青いドラム缶が浮かんでいました。それは昼間、僕が小川に落としたものではなくて、笠原が東真さんの遺体を入れて流した方だったんです。

僕が倒したものは、副団長さんが言われたとおり、すでに砂防堤の縁を越えて、もっと下流へ行ってしまったのだと思います」

杉下助役さんが、

「ふうむ。実に驚くべきことですね」

と、感心したように言った。

和尚様は、禿頭を撫でながら確認した。

「笠原は、偶然によって生じたドラム缶の死体移動トリックを利用し、綾子さんをアリバイ証人に仕立てたんじゃな。ずっと一緒にいたのだから、東真さんを殺せるわけがないと」

「はい、そうです。しかも、それは咄嗟《とっさ》の判断でした。小川の橋の所で彼が最初に考えたのは、死体がすぐに見つかってはまずいということ。だから、川のはるか下まで流して、殺人の発覚を遅らせようとしたんでしょう。

とにかく笠原は、悪巧みに関しては、かなり頭の回る男だったんでしょうね。そのことは認めるしかありません」

迫島さんは断言した。

2

「ねえ、ねえ、迫島さん。だったらどうして、笠原はその時、綾子さんも殺さなかったの？」

揃えた前髪の下にある大きな目を、麻里子さんはカメラマンに向けた。

「それには、三つの理由があると考えます。一つは今言ったとおり、綾子さんを利用してアリバイ作りをしておけば、自分への疑惑を逸らすことができるからです。

二つ目は、ちょうど通りかかった篠田修一さんに、綾子さんと一緒にいるところを見られたからです。にもかかわらず、綾子さんの命を〈一の湯屋〉あたりで奪ったら、篠田さんの証言で、自分が真っ先に疑われる。笠原はそう思って、手出しをやめたのだと思います」

「じゃあ、修一のおっちゃんのお陰で、綾子さんは助かったのね」

麻里子さんはほっとしたように言った。

そう指摘されても、私は自分の命が危ういところだったと知り、怯えて、寒けがしたほどだ。

「三つ目の理由は何だったの、迫島さん？」

元子さんが、横から尋ねた。

「笠原は、綾子さんを殺害しようとこの村へ入りこみました。しかし、その実行を、もしも別の人間がやってくれたらどうでしょう。そうなれば、目的が達成された時にも、自分への嫌疑は掛からないでしょう」

「別の人間がやるって、どういう意味だ？」

と、眉間にしわを寄せた米沢のおじさん。

「和壱君を、遊技室の密室で殺した人間——仮にXと呼びます——が、綾子さんの命を奪うのです。そうすれば、笠原は自らの手を汚すことなく、狙いを遂げられます。

要するに、笠原とXは、ある時点から結託していたと思うのです。そして、交換殺人というほどではないが、互いの利益のために共謀したわけです。

というのも、Xは、和壱君が村に帰ってきた時から、彼を排除しようと考えていたからです。そしてある時、笠原が前の寺男を殺して後釜に座ったことに気づきました。それで、彼を自分の犯行に利用しようと思いたったわけです」

「それは誰なの？　まさか、この屋敷の人間？　今ここに、そのXがいるって言うの？」

麻里子さんは遠慮なく尋ね、興味津々の顔で部屋中を見まわした。

「Xの正体を告げる前に、もう一つ、皆さんに理解しておいてほしいことがあります。童謡殺人を示唆する、被害者の名前が並んだメモ。あれを書いたのは誰かということです。

また、綾子さんがこの屋敷に来てから、二通の脅迫状がポストに投げこまれました。『彼女はアヤの生まれ変わりだから、この村から出ていけ』というような内容でした。

動機から考えて、メモを書いたのも脅迫状を書いたのも、同じ人物だと思われます。Xより先に、そちらが誰なのかを明らかにしましょう」

「脅迫状を書いたのは、〈赤婆〉か、あの婆さんのまわりの誰か——〈藤屋敷〉派のモンだろうさ」

米沢のおじさんが、幸乃さんたちの方を横目で見た。

「何だと。ふざけるな！」

幸佑さんが怒声を上げるのを、迫島さんが手振りで諫め、話を続けた。

「米沢さん。〈赤婆〉が関係するという点は、真相からは遠くない推測です。

——ええと、青田副団長さん。あなた、顔色が悪いですね。どうかしましたか」

「えっ、お、俺か——い、いや、別に」

迫島さんが尋ねると、副団長さんはびくりと体を震わせ、大きな手を顔の前で振った。

「副団長さん、単刀直入に訊きますよ。脅迫状二通と、〈藤の池〉であなたが見つけたというメモ。あれらは、あなたが書いたものですよね？」

迫島さんは、確信に満ちた口調で確認した。

「お、俺が!?　い、いや、違うぞ！」

上擦った声で否定し、副団長さんはまたも手を振った。

「だめです、どう考えてもあなたしかいないんですから。あのメモはあなたが書き、自ら見つけたかのような演技をしたんだ。正直に認めた方が身のためですよ」

「う、嘘だ！　俺じゃない！」

副団長さんが額に汗を浮かべ、強く否定した。

「迫島さんや。何故、副団長がそれらを書いたと思うんじゃ」

と、和尚様が質問し、大林郵便局長さんも不思議そうな顔で、それに続いた。

「副団長と彼の父親は、誰よりも〈藤屋敷〉の人間を嫌っている。いつも、文句ばかり言っておるんだ。〈梅屋敷〉を侮辱したり攻撃したりするような脅迫状を、書くとは思えんが――」

その言葉に、カメラマンは食いついた。

「そう。そこなんですよ、動機に繋がる重要な点は。副団長さんのお父さんは、何故、そんなに〈藤屋敷〉派を憎んでいるんです？」

「それは、彼が子供の頃に親に捨てられ、バイク屋の爺さん婆さんに救われたから――」

と、郵便局長さんは言いながら、はっとした顔になった。見ると、お義母様をはじめ、他にも同じような表情をした人がいる。

「綾子さん以外、ここにいる皆さんはご存知ですね。副団長のお父さんは、本当は、〈藤屋敷〉派の者の子供だった。しかし、幼い頃に孤児になり、〈青田バイク商会〉のお年寄り夫婦にもらわれて、育てられた。だから、〈梅屋敷〉派に恩義があり、〈藤屋敷〉派を激しく憎んだ――ということを。

では、副団長さんのお父さんの、血の繋がった両親というのは何者でしょうか。

僕は村人の話を聞き集め、そこからこう推測しました。実の母親は、あの〈赤婆〉――明科さく――という人ではないかと」

迫島さんはそこで言葉を切り、皆の反応を待った。だが、誰も口を開かなかったので、先を続けた。

「〈赤婆〉は、若い頃には、二人の子供を持つ母親でした。しかし、幼い弟が〈アヤの池〉に落ちて溺れ死んでしまいました。そのため、彼女は自責の念に囚われ、気を病んでしまいました。そして、兄の方の育児を放棄して、この村を去ったのです。その、残された兄が、副団長さんのお父さんなのですね。

――どうですか。僕の考えは間違っていますか。まあ、警察が戸籍謄本を調べれば解ることですが」

迫島さんの淀みのない推察を聞き、私は、村の人間関係の複雑さに驚いた。

「解りました。急いで確認しましょう」

と、相葉刑事が渋い顔で言った。

他の人たちは、顔を見合わせて戸惑っている。

和尚様が腕組みして、喉の奥で唸った。

「ううむ。ここにいる誰もがそうじゃろうが、そんなことは、まったく忘れておったわい。あまりに昔の出来事でな」

「だけど、迫島さん。なんで、青田副団長さんが脅迫状を書いたり、妙なメモを残したりするの？」

麻里子さんが首を傾げて問いかけ、郵便局長の奥さんも納得いかない顔で、

「副団長さんの家族のことと、最近の殺人が、どう結びつくのかねえ」

と、不満げに漏らした。

青田副団長さんは強張った顔で俯き、拳を握りしめていた。何かを必死に我慢している感じだった。

迫島さんは、そんな彼を見ながら言った。

「元子さん。青田副団長さんにとって、〈赤婆〉は血の繋がった祖母です。だから、日頃、〈藤屋敷〉派のことを悪し様に言っていたとしても、彼女には同情している部分もあったんですよ。

もちろん、父親や村人の手前、正直に自分の気持ちを表明することはできませんでした。その複雑な感情は、ずっと隠しているつもりでした。

ところがそこに、和壱君と綾子さんがやって来ました。その途端、〈赤婆〉が〈アヤの伝説〉に取り憑

かれたようになってしまった。当然のことながら、ほとんどの村人から――〈藤屋敷〉派の人たちからも――〈赤婆〉は嘲りの対象になって、馬鹿にする人も多かった。

副団長さんは、それが我慢できなかったのでしょう。だから、原因となった和壱君と綾子さんに怒りを覚え、『この村から出ていけ！』という脅迫状を投げこんだわけです。

その後、事件が続いても、綾子さんはこの屋敷に居着いたまま。ますます〈赤婆〉もヒステリックになっていく。それで、彼は二通目の脅迫状を書きました。

しかも、事件全体を見ていく内に、この村に伝わる〈アヤの呪い歌〉と妙に符合することに気づいたのです。

だから、名前を並べたメモを書き、死んだ人を線で打ち消し、花琳さんが殺された時に、わざと〈藤の池〉の近くで拾った振りをしたのですよ。

僕はまんまと、それに引っかかってしまいました。殺人と〈アヤの呪い歌〉の共通性に思いあたり、『童謡殺人が行なわれている』などと騒いだんです。それで、副団長さんが目論んだとおり、〈赤婆〉が言っていたことは正しかったのではないかと、皆も思いなおしました。

無論、僕が童謡との関連性に気づかなければ、副団長さんがそれとなく示唆したのでしょうが――」

すると、青田副団長さんはがばっと立ち上がり、部屋の中央に進み出て、いきなり土下座したのだった。額を畳に擦り付けながら、

「すみません、皆さん！　迫島さんが言ったとおり、脅迫状やメモは俺が書いたんです。あまりに、ばあちゃんが馬鹿にされてばかりで、不憫だったものですから！」

と、大声で謝罪したのだった。

「副団長さん。あなたは池の中に、彼岸花を投げこみましたか」

迫島さんが確認すると、副団長さんは激しく首を振った。

「い、いいや！　俺はしていない。俺じゃない！　ただ、池に浮かんでいる真っ赤な花を見て、〈アヤの呪い歌〉のことを思いだしたんだ！　それで急いでメモを書き、草むらの中で見つけたと嘘を吐いたんだ！」

「ならば、あれは犯人が投げこんだか、あるいは、花琳さん自身が摘んだ花なのでしょうね――」

しんとして、誰も口を開かない。痛いような沈黙が広がった。

しばらくして、和尚様が咳払いし、

「――迫島さん。副団長は、一連の殺人には関与しとらんのじゃな？」

と、低い声で確認した。

「はい、無関係です」

「そうか――じゃが、副団長。お前さんがやったことは、大勢に迷惑を掛けた。しかも、捜査妨害じゃぞ。解っておるのか」

「はい。申し訳ありません！　俺が馬鹿でした……」

副団長さんは頭を上げず、悲痛な声で返事をした。

「久寿子さんや。副団長のことをどうするかね。何か考えは？」

和尚様に尋ねられ、うなだれていたお義母様は、ゆっくり顔を上げた。

「どうでもよろしい。愚か者は放っておきましょう」

と、弱々しい声で答えた。

「ならば、後で、刑事さんにたっぷりと叱ってもらおうか――副団長、迫島さんの話が終わるまで、自分の席に戻って反省しておれ」

和尚様は厳しい口調で命じた。

副団長さんは悄げきった態度で、すごすごと下がった。

その様子を横目で見ながら、お義母様が硬い表情で、カメラマンに質問した。

「それなら、迫島さん。和壱や弟の寿太郎を殺した犯人は誰なんです？」

迫島さんはお義母様の方を向き、ゆっくりと言った。

「まず、和壱君の命を奪った人の名前を言いましょう――それは、寿ヽ太ヽ郎ヽさヽんヽでヽすヽ」

第26章　迫島拓の推理②

1

「和壱君を殺したのは、彼の叔父である寿太郎さんでした。つまり、笠原道夫と結託していたXとは彼なのです」

迫島さんが室内を見まわし、自信に満ちた声で断じた。

線香臭い空気が、びしりと凍りつく。

驚きが大きすぎて、誰もが言葉を失っていた。

私も血の気が引いて……。

「――ま、待って！　じゃあ、寿太郎おじさんを殺したのは誰なのよ？」

最初に気を取り直した麻里子さんが、上擦った声で尋ねた。

「彼の命を奪ったのは――」

と、迫島さんが言いかけた時、お義母様が体を前のめりに崩しながら、

「……寿太郎が……まさか……どうして？」

と、喘いだ。私はあわてて、腕を回してその体を支えた。

自分の弟が、自分の息子を殺したと糾弾されたのだ。ショックを受け、信じがたいのも当然だろう。

迫島さんは、そんなお義母様へ、いたわりの目を向けた。

「久寿子さん。あなたは、寿太郎さんのことを疑ったことはありませんでしたか」

「……な、何も、なかったわ」

お義母様は顔を歪め、声を絞り出した。

「寿太郎さんは、自分の感情や殺意をうまく隠していたみたいですね」

「迫島さん。どういうことなのか、詳しく話してくれんか。彼が犯人だとは——あまりにも思いがけんことで、わしらはまったく訳が解らん」

彰晏和尚様が、混乱した表情で催促する。

カメラマンは深く頷き、居住まいを正した。

「僕の印象では、寿太郎さんは、非常にプライドが高い人であり、ナルシストでもありました。本当は、〈梅屋敷〉の当主になりたかったし、村長など権威のある地位に就きたかった。皆から常に、〈梅屋敷〉の長男として一目置かれたいという欲求を持っていたはずです。

しかし、姉の久寿子さんがいたので、その野望をじっと秘めて生きていたんです。八年前に和壱君がこの屋敷を出ていった後、彼は姉がいつか亡くなるか、引退する時期が来るだろうと期待し、じっと我慢して待っていたのです。

要するに、寿太郎さんの性格は、地方の政治家に多いタイプでしょう。本当は立候補したいのに、『皆さんから強く推されたので、出馬することにしました』などという、お為ごかしを言う人と同じですね。

ところが、最近になって和壱君が、家に戻ってきた。彼は跡取りにはならないと言明しましたが、久寿子さんがそれを許すはずはない。しかも、和壱君は、皆さんに何度も頼まれ――仕方なくですが――将来は、村長に立候補することも考えると、言いだしました。

そのため、いつかは〈梅屋敷〉の家長になる、という寿太郎さんの計画が狂ったのです。彼は内心、怒り心頭に発していたでしょう。だから、邪魔者となる和壱君を憎み、排除することに決めたのでした。

そして、あの八月三十日の夜、寿太郎さんは非情にも、遊技室で和壱君を撃ち殺したのです」

迫島さんはそこまで話し、皆が理解しているかどうか確認するように、見渡した。

チョビ髭の助役さんが、うろたえぎみに質問した。

「ですが、迫島さん。いったいどうやって、殺したんです？　寿太郎さんは、一足先に遊技室を出ていき、残ったのは我々だけでした。それに、状況から言っても、あそこは完璧な密室だったはず。寿太郎さんであれ、誰であれ、和壱君を殺すことなんて、不可能でしたが？」

「ええ、確かにそう見えました。遊技室の中で銃声が鳴り響き、和壱君が殺された時、ドアの前や陳列廊下の先には、青田副団長さん、綾子さん、杉下助役さん、大林元子さんがいました。

遊技室の窓は二つあるが、後で確認されたところでは、どちらも鍵が掛かり、網戸が閉まっていた。しかも、窓の外には間隔の狭い格子がはまっているから、鍵が開いていたとしても、人が出入りできる状態ではない。

また、室内――和壱君の遺体の側に落ちていた拳銃は、格子と格子の間を通せない大きさでした。銃弾は、彼の右のこめかみに撃ちこまれていて、接射された痕や火薬の発射残渣も付着していました。

つまり、犯人は彼のすぐ横に立っていて、銃口をこめかみに押しつけるようにして、拳銃の引き金を引いた――そういう状況です。

なのに、犯人は遊技室の中におらず、空中にかき消えてしまったとしか思えません。その意味では、完璧な密室殺人だったと言えるでしょうね」

「私もあの場にいたからね、まったく信じられませんよ。人間の仕業とはとうてい思えない」

助役さんは首をひねり、怯えた目で言った。

「迫島さんや、説明を頼むぞ。いったい、どうすれば、そんなことができるんじゃ？」

和尚様は、一同の、知りたいという気持ちを代弁した。

「あの時、寿太郎さんは、皆さんより先に遊技室を出ましたね。それは、殺人トリックを実行するためだったのです。

彼は自室に引き上げる振りをして、北の離れの所にある裏口から外に出ました。そして、遊技室の南側に回り、窓の外から室内に一人でいる――中央に置かれたテーブルの脇に立つ――和壱君を、拳銃を使って撃ち殺したわけです。それが、あの不可解な殺人の根本的な方法でした」

「馬鹿な。窓には格子があり、鍵が掛かり、銃弾は和壱のこめかみに接射されている。当然、犯人は部屋の中、しかも彼の側にいたに違いない――たった今、あんたはそう言ったじゃろうが」

「和尚様。僕は、そう見えるような状況だったと説明しただけですよ」

「じゃが――」

「順を追って説明しましょう。寿太郎さんが用いたトリックは、一種の遠隔殺人なのです。その準備は、あの夜の集まりよりも一時間以上前に始まりました。

まだ皆さんが来る前に、寿太郎さんは遊技室に入り、南の窓の、西側の端を少しだけ開けておきました。

網戸も一緒にです。一番端にある格子と次の格子の間の幅ほどで充分です。

次に、土蔵の資材置き場から、米沢のおじさんが使っている低い脚立と、植木の冬囲いなどに用いる白竹、それから、細紐も持ってきます。白竹は五メートルほどの長さのものが使われたと思います。

遊技室の南側にある窓の外に来て、地面に置いた脚立に乗ります。次に、白竹の先を、格子の間と窓の隙間から中に差しこみます。格子と格子の間は三センチほどですから、拳銃は通らなくても、細めの白竹なら通すことが可能です。

この準備ができたら、寿太郎さんは細紐を手にして、遊技室に戻ります。白竹の先端に、銃弾を込めた拳銃の握り部分を細紐で結びます。また、引き金にも、もう一本の細紐を掛けておきます。そして、二本の細紐の反対側を長く伸ばして、窓と格子の隙間から外へ出します。

つまり、引き金に掛かった細紐を外から引っ張れば、拳銃から銃弾が発射される仕組みです。もう一本の細紐は、引っ張ると弛んで、白竹から拳銃が離れるような結び方をしておきます。

米沢さんから聞きましたが、過去に、寿太郎さんは、冬囲いの手伝いをしていたことがあるそうです。若い頃には、ヨットも趣味にしていたとか。したがって、いろいろな紐の結び方に精通していたはずです。

ここまで準備ができたら、白竹の先に付いた拳銃をできるだけ窓の方に寄せておきます。最後にカーテンを閉めて、テーブルに座る者から見えないようにします。

そして当然のことながら、拳銃を撃った後は、二本の細紐を、窓の外から引っ張って回収してしまいます。拳銃は死体の側に落ちますから、白竹の方を外へ出してしまい、格子の間から指を入れて窓と網戸を閉めてしまえば、殺人工作の八割は終わります」

「す、すると、その仕掛けを使って、寿太郎さんは、建物の外から、室内にいる和壱君を撃ち殺したと言うのですか！」

チョビ髭の助役さんが、驚いた顔で叫んだ。

迫島さんは、そうです、と頭を縦に振った。

「集会が終わる頃には、寿太郎さんは、遊技室の南側にある窓の外に潜んでいました。皆さんが退室すると、和壱君が一人で後片付けを始めます。これはいつものことですから、彼の行動を、寿太郎さんは予想できました。

寿太郎さんは、脚立に乗って窓の隙間から中を覗きつつ、拳銃が先に結ばれた白竹をゆっくり差しこみ、カーテンの端を銃身の先で少し横に動かします。そうすれば、部屋の中央あたりの様子が見えますね。和壱君がテーブルの南側に立ち、東側にあるドアの方を向いた時、寿太郎さんはさっと白竹を押しこんで、和壱君のこめかみの所まで拳銃の先端を送りました。そしてすかさず、引き金に掛かった細紐を引っ張ったのです。

この瞬間、銃声が鳴り響き、発射された銃弾が和壱君の頭に撃ちこまれたんです。

はたして和壱君は、自分の頭の横に銃口があることに気づいたでしょうか。察知できたとしても、最早、恐ろしい凶弾から逃れる術《すべ》はありませんでした——」

2

室内は、無気味なほど静まり返った。

全員が、驚愕と怖れで言葉を失っている。

奈津お祖母様、久寿子お義母様の顔は血の気を失い、真っ青だ。

迫島さんの脇に立つ刑事さんたちは、ずっと蠟人形のように無表情だった。

迫島さんはお膳から茶碗を手に取り、冷めた緑茶で口を潤した。それから、推理の先を続けた。

「――白竹には節がありますから、けっこう丈夫です。先端に拳銃が結び付けてあっても、たいしてたわみはしません。また、中空なので、それ自体はかなり軽くて扱いやすかったと思います。

銃弾を頭に受けた和壱君は、床にばったり倒れました。外にいる寿太郎さんは、銃弾を発射した途端、握りを白竹に結んである方の紐を弛めて、拳銃をその場に放り出しました。拳銃は上手い具合に、和壱君の血に染まった頭のすぐ横に転がりました。

さらに、寿太郎さんは、急いで白竹と細紐を引っこめ、部屋から出してしまい、網戸と窓を閉めます。脚立から飛び下り、それらの道具を持って遊技室を離れました。

彼は裏庭の植木の根元に、道具一式を投げこんでおきました。まだやることがあって急いでいたのと、誰かに姿を見られたら万事休すなので、あわてて隠したのでしょう。もちろん、次の日以降、こっそり片付けておこうと思ったのは言うまでもありません」

「じゃあ、灌木の陰にあった、あの白竹や脚立なんかは――」

啞然としていた米沢のおじさんに対して、迫島さんは頷いた。

「ええ。事件があったあの夜の遅くに、あなたは庭を見まわり、資材置き場の扉に鍵を掛けましたね。それで翌日以降、寿太郎さんは、その道具類を元の場所にしまうことができなくなったのです」

「で、俺が見つけて、片付けたってわけか」

「そういうことです。ただそのお陰で、僕は、寿太郎さんが使ったトリックに思いあたりました。ですから、米沢のおじさん、あなたの手柄でもあるんですよ」

迫島さんに誉められ、米沢のおじさんは、照れたように頭の後ろをかいた。

「それから、僕がこの殺人トリックに気づいたのは、マイマイガの卵のお陰でもあるんです」

「どういうこと？」

と、麻里子さんが尋ねた。

「左端の格子とその右の格子の間で、下の枠の所に、黄色くて小判型をした、変なものが付着しているのを見つけたんです。米沢さんに訊いたら、マイマイガの卵だということでした。本来なら、まん中が膨れているわけですが、何かでこすったかのように、潰れていました。

それで、誰かが格子の間から白竹を差し込み、出し入れした際、マイマイガの卵を削ぎ落とす感じになったのだと思ったわけです」

「あの糞忌々しいマイマイガの卵が、推理のヒントになったわけか。これまた驚いたな」

と、大林郵便局長さんが目を丸くした。

「話を戻します。和壱君を殺害し終えた寿太郎さんは、北の離れにある裏口に取ってかえしました。そして、銃声を聞きつけた振りをして、急いで遊技室の前へ駆けていったのです。

彼は、綾子さんを副団長さんに託して、看護婦経験のある元子さんとで、遊技室へ入りました」

「ええ、ええ。そうでしたとも」

郵便局長の奥さんは深く頷いた。

「寿太郎さんは、元子さんに、床に倒れている和壱君の具合を確認させました。その間に、南側と北側のカーテンや、その後ろにある窓を調べる振りをしました。

元子さん。カーテンの布は、二つある窓の前に、それぞれ二枚ずつ掛かっていましたね。寿太郎さんは、南側の窓の前にあるカーテンを、どんなふうに開けましたか」

「そ、そうね。あたしは和壱さんの具合を見るのに忙しくて、よくは見ていなかったんだけど、最初に左側――入口に近い方――のカーテンを開いたわ。そして、カーテンの後ろにある窪みに入り、窓枠に手を掛けて、『鍵が掛かっている』とか何とか言ったのよね。

で、彼は振りかえると、もう一枚のカーテンも開いたわけ。それから、暖炉の方に行き、さらに、北側の窓とカーテンの具合も調べていたわ」

迫島さんは、満足げに頷いた。

「僕はたった今、殺人工作の八割が終わったと言いましたね。残りの二割が、部屋の中に入った寿太郎さんの手で、この時に行なわれたのです。

つまり彼は、元子さんの注意が和壱君に向いている間に、南側の窓のクレセント錠を素早く掛けたわけです。そして、カーテンの後ろには誰もいないし、窓もしっかり閉まっていると言って、その印象を元子さんに深く植えつけたのでした。

どの道、窓の外には面格子がはまっていますから、誰もそこから出入りできない――皆がそう思っています。寿太郎さんの行動を怪しまなかったのも、仕方ありません。

あと、元子さんの証言では、彼がカーテンに触った時に、その後ろにいた茶色い蛾が舞ったということでしたね。覚えていますか？」

「確かに、あれは蛾で……マイマイガだったわ」

青ざめた郵便局長夫人が、掠れた声で返事をした。

「たぶん、室内の光に誘われた蛾が、外から入ってきたのでしょう。これも、窓と網戸が少し開いていたことの証拠になるかもしれません。

また、寿太郎さんは、元子さんの目を盗んで、和壱君の書き置きを――遺書として――暖炉の上にこっそり置いたのだと思います。この書き置きは、和壱君が、八年前にこの家を出る時に残したものです。それを、寿太郎さんがずっと隠し持っていたのです」

迫島さんは、県警の刑事たちが、並んでいる本の間から、和壱さんの古いノートを見つけたことを説明した。

「――そのノートの一ページを切り取り、和壱君は、家出する時に、書き置きをしたのですね。

というわけで、こうした一連のトリックによって、和壱君が自殺をしたように見える状況が形作られたのです。これが、あの不思議な密室殺人の真相なのです」

3

「ううむ。何と言うことじゃ。寿太郎が、自分の甥に、そんな恐ろしいことを……」

和尚様が、天を仰ぐようにして嘆いた。

麻里子さんが、私のお腹のあたりを見ながら言った。

「ねえ、迫島さん、ちょっと質問していい？　寿太郎おじ様が和壱兄さんを殺したんだったら、どうして綾子さんを引き留めたりしたの。この人には屋敷から出ていってもらった方が、おじ様にとっては都合が良かったはずよ。

だって、この人は妊娠していて、和壱兄さんの子供を身ごもっているんだから」

カメラマンは、彼女の方に顔を向けた。

「寿太郎さんにとっては、綾子さんとお腹の中の子供は、自分が家長となることの邪魔にはなりません。男子であれ女子であれ、その子が育って成人になるまで、二十年もあるんですから。

むしろ、綾子さんが一度屋敷を去って、のちのち戻ってきたら——彼女やその子から、正統な跡取りであることを主張されたり、財産の分与を要求されたりすることの方が面倒です。裁判にでもなったらなおさらです。

だから、綾子さんと子供を自分の手元に置いておき、手なずけた方が得策だと考えたのでしょう。

また、笠原との密約もありました。結託する代わりに、寿太郎さんが綾子さんを殺すという約束です。

したがって、彼女がこの屋敷にいた方が、機会を窺いやすいわけです。

正直なところ、寿太郎さんが、綾子さんを本気で殺すつもりだったのか、あるいは、どこかの時点で笠原を排除する気だったのか、それは僕にも解りません」

「寿太郎と笠原との接点は、いつ、どこで、どのようにできたんじゃね」

和尚様が、眉間にしわを作って尋ねた。

「原点は、興信所の報告書でしょうね」

カメラマンはすぐさま答えた。

「というと？」

「和壱君が、子連れの綾子さんと同棲を始めた時、久寿子さんが心配して、寿太郎さんに相談しました。息子が悪い女性に騙されているのではないかと懸念したからですね。

そこで寿太郎さんが、知りあいの興信所に頼み、二人の身辺を探らせました。その報告書によって、彼は、綾子さんの身内に関する情報を得たわけです。そのため、どこかの時点で、新しい寺男が彼女の親戚――義妹の夫――だと気づいたのでしょう。

さらに、寿太郎さんは、自分の計画に笠原を利用することを思いつきました。それで密かに接触し、交換殺人めいた計画を持ちかけたのだと思います。自分が綾子さんを殺す代わりに、笠原には、必要な時に手助けをしてくれと頼んだのでしょう」

「家長となるには、東真さんも邪魔だと考えたのかね？」

「当初、東真さんのことは、計画には入っていなかったはずです。あの人は身分や役職などには興味がないので、寿太郎さんの野望の障害にはなりませんから。

ただ、東真さんが笠原のことを怪しみだし、寿太郎さんに相談したのが不運でした。すぐさま、寿太郎さんは、笠原に身の危険が迫っていることを報せたので、あの〈一の湯屋〉での事件が起きたわけです」

迫島さんは悲しげな調子で、そう説明した。

「二人が結託していたという、証拠はあるのかね」

郵便局長さんが、首を前に出すようにして尋ねた。

「明確なものはありませんが、電話が状況証拠になるのではないでしょうか――相葉刑事。離れにある外線を調べてくださいましたか？」

と、迫島さんは、横に座っている年輩の刑事に尋ねた。

「確認しましたよ。この屋敷には、二本の電話線が引いてあります。そして、北の離れの方の回線から、何度か、寺男――笠原――が暮らす、お寺の庵《いおり》に電話が掛けられていたことが解りました。また、その逆もありました」

と、相葉刑事は、皆に報告したのだった。

4

「ああ……寿太郎……なんて、馬鹿な子なんじゃ……」

奈津お祖母様が突っ伏すようにして、悲痛な嗚咽を上げ始めた。竹見おばさんが、その背中を抱えながら、懸命にさすった。

私の隣では、お義母様の肩が震えていた。皆から顔をそむけ、血が出るほどきつく唇を噛んでいる。怒りと悲しみを、必死に抑えている感じだった。

「……お前は、何てことをしてくれたんじゃ……寿太郎……」

お祖母様の嘆き声が、皆の心に突き刺さった。

分家の花枝さんも、元子さんも、それにつられて啜り泣く。気づくと、私の目にも涙が滲み、目の前の畳の目が歪んでいた……。

寿太郎……さん……あなたが、私の和壱さんを殺しただなんて……。

怒りや悲しみ、絶望感……様々な感情が、私の心を引き裂いていく……。

……でも、一つだけ、心が軽くなることがあった。

和壱さんは、自殺したわけではなかった。私や、茉奈や、お腹の中の子供を捨てて、一人であの世に行ってしまったのではない……。

「……綾子……」

……微かな温もり……私の手に、誰かの手が重ねられた……。

久寿子お義母様だった。ハンカチを目に当てながら、体をこちらに向け、もう片方の手で、膝の上にある私の手を握っていた。

「……寿太郎が……ごめんね」

お義母様が頭を下げた。肩が小刻みに震えている。

「……馬鹿なことをして……家長の座なんて……そんなに欲しけりゃ、あげたのに……」

お義母様の言葉には、後悔と、激しくたしなめるような感情が溢れていた……。

5

「――迫島さんや。しかしじゃな、和壱を殺した犯人が寿太郎だったのなら、彼を殺したのは誰なんじゃ?」

……和尚様の声が耳に入り、まだ事件の解明が続いているのだと、私は気づいた。

聞いておかなくては……。

私は袖で涙を拭い、他の人たちの方を見た。

「あれも、密室殺人だったんでしょう? 寿太郎おじ様を拳銃で殺した犯人は、あの部屋にどうやって入り、どうやって逃げ出したの!?」

麻里子さんが語気強く質問し、

「扉の前には、綾子さんと、副団長がおったんですよね？」

と、助役さんが尋ねたので、皆の視線が、私と、うなだれている副団長さんに集まった。

迫島さんは、手にしていた茶碗を下に置いた。

「そうです。北の離れの中、書斎兼作業場の中には、寿太郎さんしかいませんでした。室内には、誰かが隠れるような場所もありません。扉の前には、綾子さんたち二人が立っていました。

しかも、窓は鍵が掛かっており、夕方のにわか雨によって、外の地面はぬかるんでいました。そこには、誰の足跡も付いていませんでした」

「きっと、あれも笠原の仕業よ！　自分の正体を知っている寿太郎おじ様が邪魔になって、撃ち殺したのよ！」

麻里子さんが甲高い声で叫ぶと、首をひねった元子さんが、

「部屋の中に、拳銃も、薬莢もなかったのよね。そう聞いたわよ。犯人が持ち去ったんでしょう？」

と、迫島さんに尋ねた。

「はい。まったく不可解ですね。これまた、見事なほどの密室殺人です。ただそれは、特異な条件と数奇な偶然が重なった結果、生じた出来事だったのです。

この謎解きをする上で重要なのは、遊技室での殺人との違いです。どちらも凶器は銃弾でしたが、今、元子さんが言われたように、寿太郎さんの死に場所には、拳銃は落ちていませんでした。また、和壱君の時のように、自殺にも見せかけていません。

そこで、僕は考えてみました。僕が生業とするカメラにおいては、トリック撮影というものがあります。一例は合成写真で、様々な方法がありますが、代表的なもので言えば、まずは背景を撮影し、別の場所

で撮影した人物を重ねます。すると、その場所にいるはずのない人間が、あたかもいたような写真になるわけです。

ですから、寿太郎さんの死に関しても、これと同じような錯誤があったのではないか——そう僕は、想像を巡らせてみました」

「どういう意味よ！　じれったいわね！　はっきり言ってよ！」

麻里子さんはぷんと頬を膨らまし、拳を上下に振った。

「簡単に言えば、あれは偶発的な事故でした。しかし、必然的な要素もあって、密室殺人ではないものが密室殺人に見えてしまったわけです」

迫島さんはそこでいったん言葉を切り、皆を見まわした。

「あんたはもしかして、あの部屋には、寿太郎を殺した犯人などいなかった、とでも言いたいのかな？」

眉間にしわを寄せて、和尚様が確認した。

「はい、和尚様。そのとおりです。重なり合った現象から、まるであの部屋には誰かがいて、寿太郎さんを撃ち殺し、魔術のごとく消え去ったように見えたのです。しかしそれは、あることが意図せず作用した結果、不可思議性を構築したにすぎないのです。

具体的に言えば、真相の根幹はこうです。作業机の上にあった弾薬が暴発して、寿太郎さんの胸に銃弾が命中しました。そして、心臓に恐ろしい損傷を与えて、彼を永久に死の世界に追いやったわけです」

自信を持って言いきり、迫島さんは、皆が自分の説明を理解するのを待った。

第27章　迫島拓の推理③

1

「ああ、もう！　頭に来ちゃう！　さっきも言ったわよね。あたしたちにも解るよう、もっと簡単に説明してよ！　だって、あそこには、拳銃も薬莢もなかったんでしょう。だったら、何が暴発するっていうのよ！」

麻里子さんが癇癪を起こした。

「麻里子さんや、そうガミガミ言いなさんな。迫島さんの推理をじっくり聞こうじゃないか」

大林郵便局長さんが、渋い声で彼女をたしなめた。

迫島さんは頭の後ろをかきながら、口を開いた。

「それでは、具体的に言いましょう。銃声が鳴り響いた時、あの書斎には寿太郎さんしかいませんでした。他に誰かがいたとしても、扉も窓も使えず、あの密室から逃げ出すのは無理な状況でした。

そこで、僕は考えてみました。まずは、あの現場を目撃した青田副団長さんと、綾子さんの証言は重要です。二人が見聞きしたことの中に、密室殺人の謎を解くヒントがあるのではないか――。

傷付いた寿太郎さんは、作業机の前に仰向けに倒れていました。その横には椅子も転がっていたのです。ということは、椅子に座った彼が作業机に向かっていて、銃弾が胸に命中し、その衝撃で真後ろに――背中から――倒れこんだ状態と推測できます。

銃弾は近距離から発射されたものでした。彼の前にあったのは机と南側の窓だけです。しかし、窓は閉まっていて傷一つなく、外の地面は雨でぬかるんでいました。足跡もありません。犯人が外から銃弾を撃ちこんだという可能性は否定されます。

また、彼が座っていた真正面の、窓の下の所に、二つに割れた銅鏡がありました。詳しく観察すると、銃弾が当たって破壊されたことが解りました。

僕は最初、椅子に座る彼の背後にいた誰かが、拳銃を撃ったのだと思いました。彼が振りかえったので、銃弾は左胸から背中を抜けて、窓の下にある銅鏡に当たった。その結果、銅鏡は二つに割れ、銃弾が跳ね返り、部屋の中央あたりに落ちた――という具合にです。

しかし、もう一つの可能性にも、後になって気づきました。本当は逆ではないかと。銅鏡に当たった銃弾が跳ね返って、寿太郎さんの胸を貫いたのかもしれません。

ただし、それが正解なら、机に向かって座っている寿太郎さんと銅鏡の間に、拳銃があったことになります。さもなければ、机の上に、銃弾を発射する装置でも置かれていたのでしょうか。

一例として、銃弾の薬莢の口径にちょうど合うような細めの金属製のパイプ。それを、拳銃の銃身代わりに使う方法があります。そのように自作したものは、鉄パイプ銃などと呼ばれています。

ただ、警察が来て室内を調べた時には、怪しいものは――材料としても――ありませんでした。綾子さんも見てはいないようです」

迫島さんは、青田副団長さんの方を見やった。

「副団長さん。あなたは、拳銃もしくはそれの代わりになるようなものを、あの作業机の上で見ませんでしたか」

急に迫島さんに尋ねられ、はっと顔を上げた副団長さんは、

「い、いや、な、何も。何も見なかった」

と、うろたえながら答えた。

その顔を、迫島さんはじっと見つめた。

「解りました。信じましょう。しかし、まだ一つ、隠していること——というか、僕らや警察に話していないことがあるんじゃないんですか」

「えっ、ええ——」

「作業机の上には、小型の万力が載っていましたね。そこに、何か挟まっていたのではありませんか」

副団長さんは目を逸らし、迫島さんは話を続けた。

「あなたは真っ先にあの書斎に駆けこんで、まずは、作業机の上で倒れているガス・バーナーを起こし、火を消しましたね。

その時、万力に挟まっていたある物を、綾子さんの目に触れないよう素早く取り外したはず。そして、ズボンのポケットに隠し入れましたよね？」

「な、何を——」

副団長さんの顔中に、脂汗が浮かんでいた。

「もちろん、薬莢ですよ」

「──やっ、薬莢？」

「あの時の状況について、綾子さんはこう言っていました。バーナーの火をあなたが消した後、『それから、副団長さんは、叔父様の横に膝を突いた。胸に右手を重ね、傷口から溢れ出る血を止めようとした。同時に、ポケットから出した左手の指を首筋に当て、脈の具合を計った』

──とです。

ポケットから左手を出したのなら、その前にポケットに左手を入れる必要があります。つまり、あなたは万力から素早く薬莢を取りのぞき、それをポケットに隠したのです。その時に、焼けた薬莢で指先を火傷したんでしょう？」

「な、何で、俺が、そんなことを──」

焦った顔で、副団長さんは反論しようとした。

「その薬莢を一目見て、あなたは、暴発的な事故が起きたことに気づいたからですよ。そして、薬莢がなければ、誰かが拳銃で寿太郎さんを撃ったように見える。

そうなれば、この事件も、一連の連続殺人の一つに加えられるでしょう。しかも、〈赤婆〉の言っていることが正しいということになる──そう期待したからです」

「おい、青田！　てめえ！　さっきから聞いていりゃあ、捜査妨害ばかりしやがって！　お前のせいで、花琳を殺した犯人の逮捕や、事件の解決がこんなに遅れたじゃないか！

〈赤婆〉がみんなから虐げられ、不憫だからだと！　ふざけるな。そんなのは、あのばあさんの自業自得だ！」

顔を真っ赤にして怒ったのは、〈藤屋敷〉の幸佑さんだった。

迫島さんは、横にいる刑事に質問した。

「相葉刑事。寿太郎さんの命を奪った銃弾ですが、線条痕は付いていましたか」

「いいえ、迫島さん。線条痕はありませんでした」

返事を聞いて、カメラマンは一同を見まわした。

「通常、拳銃やライフル銃などを撃つと、発射された銃弾に線条痕が付きます。弾を真っ直ぐ飛ばすには螺旋状に回転した方が良いので、銃身の内側には、斜めに溝が切ってあるからです。それが、銃弾の表面に傷を付けるわけですね。

この線条痕の模様は銃ごとに違っており、人間の指紋のように、発射した銃を特定することができます。しかし、パイプ銃などの場合には線条痕が付きません。逆に言うと、今回の銃弾には線条痕がなかったので、拳銃から発射されたものではない——そう断定することができるわけです」

「誰が、そんな仕掛けをしたんですかね？」

助役さんが眉をひそめ、尋ねた。

「弾薬を万力に挟んだのは、寿太郎さん自身です。それをバーナーの火が炙り、銃弾を発射させてしまった——これが、あの時の暴発の正体だったのです」

「何故、寿太郎はそんなことを？　それで自殺しようとしたのかね。それとも、わざと怪我をして、自分も誰かに襲われたと主張し、疑いを逃れようとしたのか」

と、不思議がる和尚様。

迫島さんはすぐに答えず、うなだれた副団長さんに声を掛けた。

「あなたに、もう一度尋ねます。あなたは薬莢を隠しましたね。その薬莢をどうしましたか」

副団長さんは目を落としたまま、力なく答えた。

「……申し訳ありません、皆さん。この件も、迫島さんの言うとおりです。俺が、薬莢を隠しました……その薬莢は、今、持っています……これです……」

ズボンのポケットから、彼はハンカチに包んだものを取り出した。

2

「――ありがとう」

迫島さんは前に出て、青田副団長さんからそれを受け取った。

ハンカチを開くと、茶色い薬莢が出てきた。

迫島さんは、栃山刑事からビニールの袋をもらい、薬莢をその中に落とした。そして、電灯の明かりにかざすようにして、じっくり観察した。

「表面に新しい引っ掻き傷がありますね。たぶん、ドライバーの先か何かで傷付けたのでしょう。というのも、松脂がこびり付いているし、焼け焦げてもいます。

たぶん、寿太郎さんは松脂を、ドライバーで削ったり、バーナーの火で溶かしたりして取ろうとしたのでしょう。それで、あの暴発が起き、予期せず銃弾が飛び出したというわけです」

迫島さんは、証拠品を栃山刑事に渡した。

米沢のおじさんが、顎を指でしごきながら言った。

「どうして、寿太郎さんは、バーナーなんかで炙ったりしたのかねえ。弾薬の中には火薬が入ってるんだ、危ないのは解りきったことだぞ」

「火薬は湿気っていて、まったく使えないと思っていたのでしょう。が、それは間違っていたわけです。後で刑事さんたちには、小型万力と作業台の上を調べていただこうと思います。発射残渣が検出されたら、僕の推理が正しかったことが立証されるでしょう」

「解りました。鑑識に命じておきます――」

相葉刑事はしっかりと頷いた。

「おいおい、待ってくれ、迫島さんや。わしはよく話が解らん。その弾薬を、寿太郎はどこで手に入れたのじゃ。もともと、持っておったのか。だとしても、何に使おうと思ったんじゃろう？」

と、困惑した顔で和尚様が尋ねた。

「それに、どうして、薬莢のまわりに松脂が付いていたの？　あの人は何故、それを取りのぞこうとしたのかしら、迫島さん？」

分家の花枝さんも、自問気味に言う。

「僕はこう想像しています。寿太郎さんは、モーゼル拳銃用の弾薬をいくつか、階段下の簞笥の奥に隠しておいたのです。引き出しの後ろにある秘密箱の部分に入れてあり、警察が見つけるとは思わなかったんですね。

ところが、発見されてしまい、困った状態になった。というのは、別の拳銃かパイプ銃を使って、さらに誰かを殺そうと計画していたからでしょう。

それで、別の銃弾を入手する必要ができたわけですが、彼は思い出したのです。以前、〈奥の山〉から採取した松脂の塊の中に、古い弾薬が一つ閉じこめられていたのを。

その弾薬というのは、たぶん、昔、子供の頃の和壱君たちが〈奥の山〉で拳銃を撃って遊んだ時の残り物です。松の木の洞に隠しておいたのが、忘れ去られてしまった。そして、長い年月の間に、松脂が弾薬を包んでしまったのでしょうね」

迫島さんは、〈藤屋敷〉を訪れた時に、澪乃さんから聞いた話を皆に説明した。

「兄と和壱さんは、寿太郎おじさんに拳銃で遊んでいるところを見られ、さんざん叱られました――」

と、彼女もそのことを認め、皆は納得したようだった。

でも、私はあることに気づいて体が震えた。拳銃で和壱さんを撃ち殺した寿太郎さんが、昔、和壱さんが隠した銃弾で命を落とした――まるで、和壱さんが、自分自身で復讐を果たしたかのように思えたからだ。

杉下助役さんが、そう言えば、と指摘した。

「寿太郎さんは、琥珀だの鉱石だの化石だのを、たくさん棚に飾っておりましたなあ」

カメラマンはしっかり頷いた。

「そのどこかに、松脂の塊も並んでいたのでしょう。琥珀色をしているので、よく見ないと、中に封印されているものが、昆虫だか、爬虫類だか、弾薬だかは解りませんからね。

考えようによっては、エドガー・アラン・ポーの有名な推理小説『盗まれた手紙』みたいに、堂々たる隠し場所と言えるでしょう」

3

迫島さんは、チョッキの裾を下に引っ張った。

「――以上が、一連の事件に関する僕の推理と説明です。笠原夫婦は、東京の警視庁によって取り調べを受けており、近い内に逮捕状が出るでしょう。またその後は、こちらの県警によっても取り調べがされるはずです。

よって、彼らの犯罪行為に対して、いずれ正義の鉄槌《てっつい》が下されるのは間違いありません。

寿太郎さんの私利私欲に満ちた行動に関しては、相葉刑事さんたちが入念に捜査して、犯罪の実像を奇麗に炙り出してくれることと思います。そうなれば、僕の推理の正当性も立証されるでしょう。

――というわけで、この村で起きた悲惨な事件に関する僕の話は終わりです。何かご質問はありますか」

迫島さんが皆を見まわすと、米沢のおじさんが挑むように質問した。

「なあ、迫島さんよ。あんたは、〈アヤの呪い〉についちゃあ、どう考えているんだい。あれはやっぱり、古臭い迷信にすぎないのかね。

それに、〈奥の山〉の宝物は見つかったのかい。〈梅屋敷〉と〈藤屋敷〉の対立を大きくした原因の一つは、あるかどうかも怪しい、謎の宝物のせいなんだがね」

迫島さんは肩をすくめた。

「〈アヤの呪い〉は単なる迷信でしょう。大昔の人間が信じるのは仕方ありませんが、この科学全盛の現代に生きる人が、闇雲に信じるのはどうかと思います。

たとえば、〈アヤの池〉が赤くなる理由です。あの池を観察した僕は、水中にたくさんの水草が生えているのに気づきました。そして、池の周囲を歩いてみて、ある考えが浮かびました。

それで、東京に行き、知りあいの大学教授二人に尋ねてみたんです。一人は地質学に精通した人で、もう一人は化学に精通した人です」

「何が解ったんだ？」

「〈アヤの池〉には、西側にある湧き水がチョロチョロと注ぎこんでいますね。普段は、操川の水は流れこんでいない。そうですよね？」

「ああ、そうだな」

米沢のおじさんは頷いた。

「ただ、大きな地震で地形が変わった時とか、強力な台風が来て操川が氾濫した時には、その水が大量に〈アヤの池〉にも流れこみます。それにより、湧き水が溜まった池の水と、操川の水が混ざり合うわけですね。

すると、ある種の化学反応が起きて、それが作用し、水草を濃淡のある赤色に変化させるんです。だから、池全体が血の色に染まったように見えるんですよ」

「あの無気味な赤色の正体がそれか」

「はい。水草の色が反映して、水面が赤く見えるんですね」

「ねえ、迫島さん。それが事実なら、どうして今まで、誰にも解らなかったのよお？」

麻里子さんが質問し、カメラマンは即答した。

「皆さんは――村人全員が――〈アヤの池〉に多大な怯えを感じている。まして、赤色に染まった時には禍が起きるからと、怖がって近づかない。誰かが研究しようとしても、祟りがあるからと許さない。それで、僕のように真相には気づかなかったんです」

「迫島さん。実際には、どういう作用から水草が赤くなるのかしら？」

興味津々の顔で、元子さんが尋ねた。

「〈二の湯屋〉から〈アヤの池〉に行くには、操川の上にかかった丸太橋を渡り、岩場を少し下りますね。その岩場をよく調べたところ、あちこちが白茶けていました。また、細かい半透明の石の欠片のようなものが付着していました。水晶のようにも見えましたが、落ちている石で叩くと簡単に欠けました。つまり、硬度のある水晶ではなかったんです。

その付着物の正体は塩でした。いわゆる岩塩ですね。試しにちょっと舐めてみたら、塩辛かった。しかも、あの岩場には、たくさんの岩塩が混ざっています。

つまり、何か災害があって操川が溢れると、その水が岩場を通って岩塩を溶かしながら、〈アヤの池〉に流れこむ。よって、〈アヤの池〉に溜まっている水の塩分濃度が上がり、水草に影響を与えるわけです。

大学の教授に聞いたところ、水草の種類によって、水の塩分濃度で色素が変化するものがあるそうです。もちろん、塩分が濃すぎたら、たいていは枯れてしまいますけどね」

「ううむ。そんな奇妙な現象があるのか。知らんかったわい」

和尚様が腕組みし、感慨深そうに言った。

「教授から、世界のあちこちで、実例がいくつもあると教えてもらいました。たとえば、〈中国の死海〉と呼ばれる運城塩湖《うんじょうえんこ》という所です。そこの水が、時折、〈血の赤色〉と呼ばれるように変色するそうです。

その湖には、塩分を好む藻類である〈ドナリエラ・サリナ〉という種類が繁殖しています。塩分が濃くなると、その藻類とバクテリアとが組み合わさって、水の色が赤く見えるようになるみたいです。また、オーストラリアのヒリアー湖や、イランにある湖でも、同じような現象が時々起こるんです
――」

迫島さんは、足下に置いてあったショルダーバッグの中から、大きな写真を何枚か取り出した。それは外国の湖を写したもので、確かに湖面が赤く染まっていた。

順繰りに、皆がそれらを見ていく間も、カメラマンは話を続けた。

「今も言ったとおり、〈アヤの池〉が赤くなるのは大雨や台風、地震などの災害の後、特に操川が増水した時です。これは、災害に気をつけろという自然界からの警告でもあります。昔の人はそれを、〈アヤの呪い〉や〈アヤの祟り〉と受けとめ、恐れおののいたのでしょう。

また、近々に起きた悪い出来事や禍を、〈アヤの池〉の変色に結びつけることもあった。本来は、大きな災害が起きたら赤くなるはずが、赤くなったから、災害や禍があると言い伝えられた。つまり、長い年月の間に、原因と結果が逆になってしまったわけですね」

「なるほどな。そういうことじゃったか……」

和尚様は目を瞬き、掠れた声で言った。

4

迫島さんは、和尚様から米沢のおじさんへ目を向け、残念そうに言った。

「〈奥の山〉の宝物については、申し訳ありませんが、何の発見もありませんでした。昔から、皆さんが

様々な場所を探しても見つからなかったのだから、やはり存在しないのでしょう。きっと道造翁が、双方の屋敷の方々や、村人たちを騙したに違いありません。あるいは、皆の混乱を見て嘲笑うのも目的だったのかもしれません」

迫島さんは、あえて、双子の娘の出自に関することには言及しなかった。だが、

「まあ、双子の娘――奈津さんや芙由さん――の結婚に関しても、腹に一物持っておったご仁ですからなあ」

と、杉下助役さんがチョビ髭に触りながら言い、同意するように何人かが頷いた。

「他に、僕にお訊きになりたいことがありますか」

迫島さんは、座敷中を見まわした。

「う、うむ。これから、わしらはどうなるのかな。あるいは、どうすれば良いのじゃろう。また、警察はどう動くのかね」

和尚様が尋ねると、相葉刑事が立ち上がった。

「私からまず、お答えしましょう。今、迫島さんから聞いた推理の数々は、確実性が高いと私も思います。しかし、警察としては、それを鵜呑みにはできません。きちんと証拠を集め、下支えをする必要があります。それによって、事件の全容を隅々まで明らかにしていくのが、我々の仕事です。

ですから、まだ何日かは、この〈梅屋敷〉の中と村の中で、捜査を進める必要があります。皆さんにはご不便をかけることも多いかと思いますが、どうぞご協力をお願いいたします。

それともう一つ。事件が続いて、すでに村内にはマスコミの人間が入ってきています。明日以降はさらに多くのマスコミが押し寄せ、野次馬的な一般人まで集まるかもしれません。村民たちに対する誹謗中傷

や、実害もあるでしょう。よって、皆さんも充分に気をつけてください。

無論、我々も警備の人員を割き、駐在と連係して、皆さんの安全を図っていく所存です。村の方でも、役場を中心に対策を練っていただいた方が良いでしょう」

それを受けて、迫島さんがまた発言しようとすると、すっと、〈藤屋敷〉の幸乃さんが立ち上がった。こちらが怯むような、厳しい表情をしていた。

「〈梅屋敷〉の皆さん。私たちはもう充分にお話をうかがいましたので、失礼します――兄さん、澪乃――」

彼女が言うと、幸佑さんも澪乃さんも腰を上げた。

幸乃さんは、横目で冷たい視線を私に投げかけた。

「――そちらの方に直接的な責任はないにせよ、彼女の親族や、寿太郎さん、青田副団長さんらがしでかしたことで、〈藤屋敷〉や村全体に大きな被害が出ました。

当方の場合だと、幸佑兄さんの連れ合いになるはずだった花琳さんが殺され、警察がうちにも捜査に入っています。大変な迷惑をこうむっているわけです。

久寿子さん。当然、〈梅屋敷〉は、この責任を取ってくださるんでしょうね」

目にハンカチを当てていたお義母様は身じろぎし、ゆっくりと顔を上げた。それから、背筋を伸ばして、幸乃さんの方を真っ直ぐに見やった。

そして、意外なことに、お義母様はお膳を前にどかしてから、頭を深々と下げて、土下座したのだった。

「幸乃さん――〈藤屋敷〉の皆さん。大変、申し訳ありません。今回のことは、すべて、私たち〈梅屋敷〉に非があります。特に、寿太郎のしたことは許されることではありません。心からお詫び申し上げます」

〈藤屋敷〉の三人は、お義母様の姿を見下ろしたまま、じっと黙っていた。

すると、さらに驚いたことに、俯いて泣いていた奈津お祖母様も、娘と同じように、やはり土下座したのである。

「幸乃さん、幸佑さん、この度は、うちの者たちがどう言っていいか解らぬほど、ひどい真似をしでかしたのう。口で詫びたくらいじゃ許されることではなかろうが、これこのとおり。年寄りの顔に免じて、どうか許しておくれでないか――」

〈藤屋敷〉の三人は、背中を震わせている奈津お祖母様の姿に気圧されたのか、顔を見合わせた。

それから、幸乃さんがふっと息を吐くと、

「――伯母様、久寿子さん」

と、声を掛けた。

私を含め、他の者たちは皆、静かに見守るしかなかった。

「〈梅屋敷〉の謝罪を受け入れましょう。伯母様、久寿子さん。これからいろいろと難儀なことがあると思いますが、私たちにできることならお手伝いしますし、同じ村民として支えます。いいえ、支え合いましょう――」

「えっ……」

お義母様とお祖母様が、驚いた表情で顔を上げた。

幸乃さんは淡々と話を続けた。

「久寿子さん。お互い、祖父の呪縛に囚われたままというのは気分が悪いでしょう。それではまるで、

〈アヤの呪い〉ではなく、〈道造の呪い〉に怯えて暮らすようなものだわ。この馬鹿馬鹿しい状況を、そろそろ終わりにしてもいいと思うのよ」

「……そ、そうね」

お義母様は、戸惑いながら、やっとのことで頷いた。

「事件がきちんと解決して、お互いの家の葬儀が終わり、村が平穏に戻ったら、あらためて話し合いましょう。どちらかの屋敷で顔を突き合わせて――」

幸乃さんはそう言い残し、兄と娘と共に座敷を出ていったのだった。

第28章　事件の後で

1

——迫島さんが、和壱さんの死を含む一連の事件に関する推理を披露してから、早くも一週間が過ぎた。

警察の人たちは毎日やって来て、寿太郎さんの部屋がある北の離れを中心に、〈梅屋敷〉の中を詳しく調べていた。制服姿の知らない人たちがいるお陰で、落ち着かない日々が続いている。

夜になって警察の人たちが引き上げると、広い屋敷の中はひっそりと静まりかえる。肌を通して骨まで冷えるような寂しさが、そこら中に漂っていた。

奈津お祖母様も久寿子お義母様も、自分の部屋に閉じこもってしまい、滅多に出てこなかった。お祖母様の介護のかたわら、家事の遣りくりを我が物顔に支配していた竹見おばさんも、すっかり気落ちしている。その結果、屋敷内のことは、私と、通いの若いお手伝いさんとで回していくしかなかった。

毎朝、私は神棚や仏壇を調えてから、皆の食事を用意した。その後、あわただしく茉奈を幼稚園に送りとどける。ただ、茉奈も事件の影響を受けており、おどおどして、口数が少なくなっていた。

実際のところ、幼稚園の先生たちも、他の子供たちのお母さん方も、私にはよそよそしい。誰もが困ったような、同情するような表情を浮かべている。

他にも、屋敷の掃除、昼食の用意、洗濯物の取りこみ、スーパーでの買い物、夕食の用意——と、私は淡々と日課をこなしている。

食事を、お義母様やお祖母様の部屋に運んでも、

「食欲がないのよ」

「後で食べるよ」

と、小声で言うだけで、二人はほとんど料理に手を付けない。このままでは心身に良くないと思うが、私にはどうしようもない。

警察の手助けをするためなのか、毎日、迫島さんは顔を出した。そして、その後の捜査の進展について、情報をくれた。

「——笠原はすべて白状しましたよ。何もかも、僕の推理どおりでした。妻の美里の方は、ずっと黙秘を続けています。やはり、女の方がこういう場合には強いですね」

迫島さんは、苦笑しながら言うのだった。

また、彼は、お祖母様やお義母様の話し相手になろうと苦心し、茉奈の気を引くような遊びを教えてくれもした。本当にありがたい……。

彼は外部の人間ではあったけれど、〈梅屋敷〉にも〈藤屋敷〉にも属さないため、村人からの反発は少なく、ある種の信頼を得ていた。彼の説明によって、〈アヤの呪い〉——少なくとも〈アヤの池〉の言い伝え——が、科学的に否定されたことは、早い内に村中に知れわたった。〈赤婆〉を含む村人の多くが、人生観が変わるほどのショックを受けたようだ。

犯罪者を出した家として、〈梅屋敷〉の威信は地に落ちてしまった。すでに、村の勢力図は一変していて、〈梅屋敷〉派の者たちは肩身の狭い思いをしている。

その分、〈藤屋敷〉とその一派の勢力が拡大した。次期村長や他の要職も、すべてあちらの人たちが務めることになるのは間違いない。

迫島さんは、〈藤屋敷〉にも時々顔を出していたので、あちらの様子なども教えてくれた。

それによると、幸佑さんは気落ちしたままだ。しかし、亡くなった人が花琳さん一人だけだった分、〈梅屋敷〉ほど沈んだ雰囲気にはなっていないらしい。

何にせよ、いろいろな悲劇の名残が、少しずつ、時によって押し流されていく……。

2

十月も下旬になると、秋の空気に肌寒さが混じるようになり、村全体で紅葉の色合いも深まった。

その日の夕方、ふらりとやってきた迫島さんは、奥の滝の周辺で、とてもいい写真が撮れたと満足そうに言った。それから、

「すみません。夕食をお願いできませんか」

と、遠慮なく頼んできた。

もちろん、私が断わるはずがない。

お義母様は会社に出掛けていて留守だったため、一応、お祖母様に了解を得ようと思った。

「――せっかく来てくださったのに悪いんじゃが、どうも体がだるうてな。迫島さんには、お前から宜し

く伝えておくれ。夕食のことは任せるから、あの人の好きな物を存分に出しておあげ」

お祖母様は重い口振りで言い、私を台所に追いやった。

私とお手伝いさんが夕食の支度をする間、迫島さんは、広い座敷で、茉奈の遊び相手をしてくれた。このところ暗い顔をしていた茉奈だが、迫島さんがいると、コロコロと笑い転げている。

夕食の席は、迫島さんと私と茉奈だけだった。ここでも、迫島さんは茉奈に、世界各地の珍しい体験談を披露して、楽しませてくれた。茉奈のこんな明るい表情を見たのは久しぶりだった。

夕食後、私は彼を洋間に案内した。

台所をざっと片付けて、コーヒーを淹れて戻ると、迫島さんはカメラの手入れをしながら、ステレオで音楽を聴いていた。

カメラを脇に置いた彼は、私の渡したコーヒー・カップに口を付け、顔をほころばせた。

「いやあ、美味しいなあ。僕は紅茶党ですけど、こんなコーヒーなら、毎日飲みたいですよ。きっと和壱君も同じ気持ちだったでしょうね。淹れ方がいいんですかね。何か、コツのようなものがあるんですか」

「ドリップ式の時には、ゆっくりと、少しずつ、熱湯をコーヒーの粉の上に注ぐだけなんです」

「なるほど。蒸らす時間が大切なんですね」

「はい……」

頷きながら、何かが心の奥で引っ掛かった。

どこかで同じような会話をしたような気がする。

あれは――。

そうだ、頼まれて、東真お義父様の書斎にコーヒーを運んだ時のことだ。優しく微笑みながら、お義父様が誉めてくれたんだった……。

目頭が少し熱くなり、私は横を向き、瞬きして堪えた。いつも優しく、温かい振る舞いで接してくれたお義父様――あの方も、もうどこにもいない。

私がいなければ、和壱さんも、お義父様も、今頃ここで一緒に、コーヒーを飲みながら談笑していたかもしれない……。

いいや、もうそんなことを考えてはいけない。茉奈のためにも、お腹の子のためにも、私自身が前向きに生きていかないと……。

私がエプロンの裾でそっと目頭を拭うと、カップを静かに置いた迫島さんが口を開いた。

「綾子さん。彰晏和尚様から聞きましたが、明日、弁護士さんが来て、ここで重要な集まりを開くそうですね。あなたをこの家の養女にすること、そして、改名のための書類を作る予定とか」

私は深く息を吸った。

「そうなんです。あの時に決まったとおりに」

「なるほど……和壱君とあなたが結婚したら、彼は、茉奈ちゃんを養女にするつもりだったんですよね。それが一代遡ったと言えるのかな……でもね、綾子さん」

迫島さんは言葉を切ると、私の顔を真っ直ぐに見つめた。その眼差しの鋭さと共に、次の言葉が耳になだれ込んできた。

「お尋ねしたいことがあります。あなた、実はその話を断わって、近く、この屋敷を出ていくつもりなんでしょう?」

「えっ?」

と、目を見開き、私は言葉が続けられない。

「この村を去るつもりですよね？」

畳み掛ける迫島さんに対して、何も言葉が出ない。

「――どうして、それが？」

と言うのが、精一杯だった。

「さっき、西の離れにあるあなた方の部屋に、茉奈ちゃんの遊び道具を取りに行ったんです。その時、寝室の入口近くに置いてある二つのスーツケースが見えました。それに、部屋中がきちんと片付いていました。ですから、たぶんそうではないかと」

「……ええ」

仕方なく、私は頷いた。洞察力の鋭い迫島さんには何も隠せない。

「どう言い繕っても、私がこの村に来たから、和壱さんと結婚しようとしたから、あの恐ろしい事件が起きたんです。〈梅屋敷〉の方たちにも、村の方たちにも、申し訳なくて……。

それに、余所者の私には、この屋敷で暮らす資格なんてありませんから」

迫島さんは眉を寄せて、考え深げな顔になった。

「そんなことはないでしょう。和壱君は、あなたに安住の地を与えようと、ここへ連れてきたんです。それに、あなたのお腹の中には、和壱君の子供がいる。その子は、〈梅屋敷〉の血を受け継ぐ立派な子孫です」

顔から血の気が引いた。唇が震える。でも、言わなくてはいけない……。

私は俯いて、お腹に片手を当てた。

「迫島さん。正直にお話しします。実は、この子は……本当は和壱さんの子供じゃないんです……私、結婚したいあまりに、彼を騙したんです……」

声がかすかに震えた。目を合わせられない。

小さなため息が聞こえた。

「嘘を言ってもだめですよ、綾子さん。和壱君の位牌に誓って、そんなことが言えますか」

少しだけ顔を上げると、迫島さんの瞳が優しい光を放っていた。

「……でも……もう、決めたんです」

迫島さんは、前髪をかき上げながら言った。

「あなたも、けっこう頑固者ですね。まあ、和壱君が一度は出た実家ですから、居心地が良いとは言えないかもしれませんが……。

でもね、綾子さん。和壱君も、あなたと子供のことを考えて、覚悟を決めて戻ってきたんでしょう。あなたは引け目を感じているようですが、そんな必要はないんですよ。

何故かと言うと、お腹の中の子供同様、あなたにも、この〈梅屋敷〉で暮らす資格が充分にあるからです」

資格？　どうして、この私に？

迫島さんは瞳を煌めかせると、口元に軽い笑みを浮かべた。

「実は、そのことをあなたと相談しようと思って、今日は寄ったんです。明日は、弁護士さんが来ることになっているわけですから」

「な、何でしょう？」

「僕の話をじっくり聞いてください。あなたと茉奈ちゃん、それから、生まれてくる子供にとって、すごく大切な提案があるんです――」

3

そして、翌日。

昼食後。来客を私が出迎え、応接間に案内した。

全員が揃ってから、私も席に着いた。お手伝いさんは、お茶を配った後、台所へ戻った。

顧問弁護士の高橋次郎さんが、お祖母様と彰晏和尚様の間に座っていた。他には、久寿子お義母様、竹見おばさん、そして、迫島さんという顔ぶれだった。

「――さあ、それでは、高橋。始めておくれ」

お祖母様が、弁護士さんに向かって低い声で言った。

濃い灰色のスーツを着て、黒縁眼鏡を掛けた弁護士さんは、

「はい、大奥様――」

と、答えた。膨らんだ茶色い鞄から、書類やペンを取り出す。

和尚様が咳払いしながら、説明を始めた。

「綾子さん。高橋弁護士が、二種類の書類を用意してきてくれた。あとは、お前さんが署名をするだけじゃ。一つは、お前さんの改名に関する書類。もう一つは、久寿子さんとの養子縁組の書類じゃ。正式な手続きがすめば、お前さんは晴れてこの関守家の人間となる。

そうなれば和壱も、きっとあの世で喜ぶじゃろう。お前さんがこの〈梅屋敷〉で幸せに暮らせることを、あの子は望んでいたのじゃから……」

その優しい言葉を聞いて、自然と、私の目から涙が一しずく、頬を伝った。

弁護士さんが何枚かの書類をテーブルの上に並べ、私に声を掛ける。

「綾子さん。それではまず、改名の書類の方から――」

「あのう、その前にいいですか、高橋弁護士。あなたにぜひ、お尋ねしたいことがあるんです」

迫島さんが、真面目な顔で割って入った。

弁護士さんは、ペンを持った手を止めた。

お祖母様もお義母様も、口を挟んだカメラマンを不思議そうに見やる。

「何でしょうか、迫島さん」

弁護士さんは、許可を求めるようにお祖母様の方を見てから、静かに訊きかえした。

「単刀直入に伺います。それは、〈奥の山〉にあるという宝物のことです。高橋弁護士、あなたは、道造翁が隠したという宝物が何なのか、正体をご存知なのでしょう？」

「正体、ですか――」

目を大きく見開き、弁護士さんは焦った顔で訊きかえしたが、迫島さんは構わずに、

「知っていますよね？」

と、畳み掛けた。

お祖母様とお義母様も、ぎくりとした表情で、二人の男性の顔を見つめた。

「迫島さんや。どうして今、そんなことを言いだしたんじゃ？」

和尚様が問うと、迫島さんはにこりと笑った。

「皆さん。僕は〈奥の山〉の宝物の話を聞いて、ずっと不思議に思っていたんです。だって、肝心の宝物の正体を知る人がいなければ、何かを発見しても、正解かどうか判断できませんよね。道造翁の遺言に従えば、宝物を見つけた者が、〈奥の山〉全体の所有権を得ることになっている。

となると、本物の宝物かどうかを判定しなければなりませんし、正解なら、その者に〈奥の山〉の所有権を法的に移す必要があります。正式な書類手続きが行なわれるはずで、そういった業務に相応しいのは、当然のことながら、弁護士さんです。

よって、遺言状と同じく、その辺の指示も、書類の形できちんと記されているに決まっています。かつ、その内容を、弁護士さんは充分に把握しているはず——どうですか」

迫島さんに問われ、弁護士さんは戸惑った表情を浮かべた。

「高橋。今、迫島さんが言ったことは本当かい。宝がどんなものかを説明した書類があり、お前がその内容を知っているのかい？」

お祖母様の声は、問いつめるようでもあり、話を疑っているようにも聞こえた。

弁護士は一瞬目を閉じると、深く息を吸ってから、

「……はい、そのとおりです、大奥様」

と、肯定した。

「お前、今までずっと黙っていたの？　どうして？」

お義母様は眉をひそめ、上擦った声で尋ねた。

弁護士さんは小さく頭を下げ、返事をした。

「申し訳ありません。道造様にそのように命じられたからです。遺言状には、別に指示書もありまして、後者は、我が弁護士事務所への命令が書かれておりました。

後者の方では、宝物の発見者が現われるまでは、そうした事情は隠さねばならない、秘密にせよ、との注意が記されていたのです。

と言いますのも、我が事務所が宝物の正体を承知していることが世間に知れますと、どんな妨害工作や懐柔策が行なわれるか解らないからです。道造様は、そこまで視野に入れて、遺言と指示書を私どもに託したわけです」

「それで、宝物って何なの？　今なら言えるでしょ」

お義母様の詰問に、弁護士はきっぱりと首を横に振った。

「いいえ。まだ申し上げられません。迫島さんのお言葉を借りるなら、正解者が出た時にだけ、真実を、皆さんが知るところとなります」

お祖母様は訝しげな表情を浮かべ、カメラマンの方へ顔を向けた。

「迫島さんや。どうして今頃、〈奥の山〉の宝物の話なんぞを持ち出したのかね。この前、お前さんは、宝物が何だか解らないと言っておったろうが」

「はい、奈津さん。僕には解りません。発見できませんでした。けれども、僕以外の人が、それをとうとう見つけ出したのではないかと思うのです」

「それは誰じゃ。うちの、〈梅屋敷〉のモンなのか」

迫島さんは、朗らかな視線をすっとこちらに向けた。

「ええ、〈梅屋敷〉の人です。それは、この綾子さんです——そうですよね、綾子さん？」

第29章　新しい居場所

1

「――そうですよね、綾子さん？」

迫島さんの言葉に、皆の顔がいっせいに私に向いた。

息が、詰まる。

「……はい」

こらえ切れない震えが体を走ったが、何とか首を縦に振った。

「本当なの、それは？」

お義母様が、私の顔をじっと見つめる。

「たぶん……解ったと思います」

「じゃあ、説明なさい。宝物とはいったい何のことで、〈奥の山〉のどこに埋まってるのか」

「それは……」

言葉に詰まった。皆は納得してくれるだろうか――。

高橋弁護士さんも、何かを期待するような目で、私の顔を見た。

「それでは、綾子さん。どうぞおっしゃってください。正解かどうか、わたくしが判断いたします。正解であれば、〈奥の山〉全体が、財産としてあなたのものとなります」

私は小さく頷いて、お祖母様、お義母様、竹見おばさんの顔を順番に見ていった。

「……その前に、皆さんに申し上げたいことがあります。私は、今回の様々な事件について、とても……責任を感じております。和壱さんが亡くなったのも、私をここに連れてきたから、ではないかと……。私がこの屋敷に来なければ、彼は死ななかったかも……そう思うと、とても心苦しくて……。……やはり、私はここを去った方が良いのではないかと……そう考えていました」

「何を馬鹿なことを。お前は、和壱が選んだ人なんだよ。それに、お腹には、和壱の子がいるじゃないの！」

お義母様の言葉には、強く真剣な響きがあった。

「そうじゃ。赤ん坊は、これからの〈梅屋敷〉を託せる、大切な子供じゃ。うちにはもう、その子しかおらんのじゃから……」

お祖母様も叱るような、そして、必死にすがるような口調で言った。

思わず頭が下がる。

「ありがとうございます。確かに、お腹の子には、その権利があるでしょう。でも……」

「でも、何だい。あんたも、この屋敷でずっと暮らしたらいいじゃないか」

お祖母様に続いて、お義母様も肩を震わせながら訴えた。

「綾子。お前は母親として、ここで、その子を育てればいいのよ。茉奈ちゃんもいるんだし。お願いだから、出ていくなんて、そんなこと――」

その目には、涙が浮かんでいる。

「そう言っていただけると……本当に……感謝しかありません。生まれてくる子も、お祖母様やお義母様の下《もと》にいた方がきっと幸せに……でも……」

「でも、何なの？」

「……一つ、皆様にお願いしてよろしいでしょうか」

「早く言いなさい」

お義母様は強張った顔で催促した。

「……私は、お金も、力も、特別な技能も、何も持っていません。ですから、これからもずっと〈梅屋敷〉で暮らしていくとなると、いろいろな面で、皆さんに頼るしかありません。

……それが恥ずかしく……申し訳なくて……とても嫌なんです。ですから……」

私は目を瞑り、大きく息を吐いた。心臓の鼓動が高鳴る。

「……高橋さん。私の発見が正解なら、私は〈奥の山〉とその宝物を、すべて頂戴できるのですね？」

と、目を開いて尋ねた。

「はい。あなたのものになります」

老弁護士は深く頷いた。

「たとえば、宝物が定期的に収穫できる農作物のようなものなら、私はこれから先、それを売って収入を得てもいいのでしょうか」

「ええ。商売として成り立てば、ですが」

弁護士さんは慎重に答えた。

「農作物って？　何のことだい？」

お祖母様が、半信半疑の顔で問いかける。

迫島さんは、優しい目でこちらを見ている。他の人たちの視線は、鋭くて厳しい。

私は唾を飲みこむと、はっきり言葉に出した。

「〈奥の山〉の宝物とは、真榊《まさかき》のことだと思います」

2

「——真榊？」

最初に訊きかえしたのは、お義母様だった。疑うように眉をひそめ、目を細めている。

「真榊って、神棚に供えている、あの葉っぱのことかね」

不思議そうな顔で尋ねたのは、竹見おばさんだった。

私は頷くと、皆の顔をぐるりと見まわした。

「はい。その真榊です。〈奥の山〉に生えているたくさんの真榊が、道造翁が遺した〈宝物〉に違いないと思います」

「訳が解らんねえ。あんなものが——ただの木の枝と葉っぱじゃろ」

お祖母様は首を傾げながら呟く。それから、弁護士さんの方を向いて、

「高橋。綾子の言ったことで間違いないのかい。今のが正しい答えなんかね？」

と、尋ねた。

「はい、大奥様。綾子さんが言われたとおり、真榊こそが〈宝物〉です。道造様のご遺言にしたがい、〈奥の山〉も宝物も、この瞬間から、すべてこの方の所有となりました」

弁護士さんは、厳めしい顔で断言した。

「ううむ、真榊とはな——とても信じられん。さんざん目にしとったあの樹が宝とは——何だか、拍子抜けしたわい」

目を丸くして言ったのは、和尚様だった。

「でも、どうして真榊がお宝なの。そんな価値があるとは思えないけど」

首を傾げるお義母様へ向かい、私は首を振った。

「いいえ、お義母様。価値は充分にあるんです。昔、他所から来た人が〈奥の山〉を丸ごと買いたいと、申し入れたそうですね。それは、真榊がたくさん生えていることを知ったからなんです」

「どういうこと？」

「常に、この屋敷でも神棚に供えているように、真榊は神事には欠かせないものです。祭壇の両側に立てる祭具の一つにもなっています。

榊には種類があって、真榊は本榊《ほんさかき》とも呼ばれています。西日本には普通に生えていますが、寒さに弱い性質で、東日本にはあまり見られません。

なので、東日本では、真榊の代わりに〈ひさかき〉を使うのが普通です。漢字だと、本榊と区別するために非榊とか、葉が小さいことから姫榊と書きます。両方とも常緑樹で、枝振りや葉の形がとても似ていますが、よく観察するとはっきりと違うんです」

「榊にも、本物とまがいものがあるってことなの？　考えたこともなかったわ」

お義母様が呆れたように言い、迫島さんが口を挟んだ。

「この村には複数の温泉がありますね。ですから、たぶん、〈奥の山〉全体が地熱で温かいのではないでしょうか。それで、真榊が生育できるんでしょうね」

それを聞いて、お祖母様が苦笑いを浮かべた。

「まったく、埋まっとるどころか、目の前に生えとるモンの価値も解らんかったとは、間抜けじゃった。父さんも、あの世で嘲笑っとることじゃろうな」

私は、もっと詳しく説明することにした。

「お義母様。本物と偽物、というのとはちょっと違います。葉が似ているから、椿を代用する地方もあるそうですけど、それに比べれば、真榊と姫榊はよく似ていますから。

このお屋敷では、庭や〈奥の山〉から真榊を切ってきてお供えします。でも、他所の町の人や都会の人は、真榊や姫榊を、お花屋さんで買うんです。お葬式の時は、業者さんが花の問屋さんなどから仕入れます。

つまり、真榊には値段が付く、売り物になる、ということなんです。

念のために、隣り町の花屋さんなどに訊いてみました。姫榊の売値は二束一対で五百円くらいで、仕入れ値はその半分以下だそうです。それが真榊ならもう少し、百円から二百円高くなり、都会ではその倍の売価になるようです。

また、真榊は一年中、お花屋さんや問屋さん、このあたりの神社などでも必要とされます。だから、売り物になると思うのです。それが塵も積もれば、ある程度の収入になるのではと、私は考えました」

迫島さんは、にこにこしながら口を開いた。

「道造翁も、〈奥の山〉を買い取りたいとの申し出を受けてから、理由を探ろうと山を調べ直し、真榊のことに気づいたのではないでしょうか。

そして、これを遺産に組みこんだら面白いことになりそうだと——考えたかどうかは解りませんが、そのカモフラージュのために、徳川の埋蔵金の噂をあえて流したのかもしれませんね」

お祖母様は、弁護士さんに顔を向けた。

「高橋。もう一度訊くけど、本当に、それで間違いないのかい？」

「はい、大奥様。後ほど、それに関する道造様の指示書を持ってまいります。また、〈奥の山〉の帰属変更に関する書類も用意いたします」

「そうなると、〈藤屋敷〉や村の人たちにも、広く報せないといけないわね、お母さん？」

と、お義母様は嬉しそうに尋ねた。

「改名と養子の手続きがすんだら、お披露目をして、その時に宝物のことも発表すればいいさ、久寿子」

「ええ、そうしましょう。竹見おばさん、段取りをお願いしていいかしら」

「承知しました。お任せください」

竹見おばさんが頭を下げると、お祖母様は、私の顔を探るように見た。

「綾子。念のために訊くんじゃが、宝物のことは、お前が自分一人で気づいたのかい。もしや、この迫島さんに入れ知恵されたんじゃなかろうね？」

「ははは。嫌だなあ、奈津さん。僕は発見できなかったって言ったじゃないですか。これは、綾子さんの独自の考えですよ」

迫島さんは大げさに手を振り、きっぱり否定した。

お祖母様は顔をほころばせて、

「まあ、いいわ。今まで誰にも解らんかった宝の正体をはっきりさせられたんじゃ、それもこの〈梅屋敷〉のモンがね……それだけでもありがたいことじゃ」

と、ほっとした表情で何度も頷いた。

お義母様も目尻を下げ、私の顔を見ながら、

「たとえ、迫島さんが教えたのだとしても、それだけ、お前のことを気に掛けてくれる人がいるってことだから。ありがたいわねえ」

と、心が温まるような言葉を述べた。

「これもきっと、和壱坊ちゃんの〈徳〉ですよ。迫島さんという友人がいて、その人をこの村に呼び寄せたのは、和壱坊ちゃんですから」

竹見おばさんも、ほっとした顔で言う。

私はまた、深呼吸した。もう一つ言わなければならないことがある。

「お祖母様、お義母様。お願いがあるのですが」

「何だい？」

と、すっかり表情を和ませたお祖母様が、穏やかな声で尋ねかえす。

「赤ん坊が無事に生まれて、あまり手が掛からないようになったら、私にも商売をさせてください。真榊の卸《おろし》業をやってみたいんです。

そして、そこから得られる収入は、持参金のような扱いで、〈梅屋敷〉で管理していただけないでしょ

うか。もちろん、〈奥の山〉もです」

お祖母様とお義母様、竹見おばさんは顔を見合わせた。

「――まあ、かまいませんよ。やってみたらいいわ」

と、お義母様のお許しが出て、

「都会はよう知らんが、この村じゃ、みんなで子供を育てるなんて当たり前のことじゃからな。あまり気を張らんで、できることをしたらええじゃろ」

と、お祖母様も嬉しい言葉を掛けてくれた。

「茉奈ちゃんや赤ん坊のことは、この家のみんなで協力しますからね。心配しなくても大丈夫よ」

と、竹見おばさんも言葉を添えた。

弁護士さんが小さく咳払いをして、口を挟んだ。

「実際のところ、〈奥の山〉全体を所有するとなると、たいした額ではありませんが、綾子さんにその固定資産税を払う責務が生じます。

また、林業者に木々の伐採を任せており、そこからの利益もあって、細かい金銭的問題が――」

「高橋。それは今までどおり、うちの会社の経理で処理しますから。法的な手続きは、あなたの所でやってちょうだい」

と、お義母様が遮った。

「まあ、何にしろ、女同士で仲良くやるんじゃな。これからこの人は、完全に〈梅屋敷〉の人間になるんじゃから。

それに、寿太郎のことがある。この屋敷の者は、しばらくは肩身の狭い思いをするじゃろう。だからなおさら、家族で支え合っていかねばならんぞ」

和尚様が改まった調子で言い、皆も神妙に頷いた。

確かに、和尚様の言うとおりだった。

男たちが亡くなり、奈津お祖母様、久寿子お義母様、竹見おばさん、私、茉奈と、女だけの屋敷になってしまった。それに、生まれてくる赤ちゃん――何だか、日に日に、女の子ではないかという気がしている。

和尚様はカメラマンの方に向きなおり、小さく頭を下げた。

「迫島さん。あんたに礼を言わせてくれ。お陰で、和壱の死の謎も、村に澱んでおった〈アヤの呪い〉も、奇麗に払拭された。暗い思いが積もりすぎて凝り固まった村に、新鮮な風穴が開いたようじゃ。それに比べ、事件全体を通じて、わしには何の力もなく、右往左往するばかりじゃった。寿太郎を含め、多くの者の苦悩を掬《すく》いとってやれんかった……」

迫島さんはあわてて手を振り、

「いえいえ。和尚様は村の精神的支柱です。あなたの存在によって、この村の均衡は保たれているんです。和尚様の応援があったから、僕は村の人たちの話が聞けて、いろいろな情報を得られました。こちらこそ、ありがとうございました」

と、丁寧に頭を下げた。

「〈アヤの呪い〉なんてものは、昔話の向こうに霞《かす》んでいってほしいわね。〈アヤの呪い歌〉だって、私は気持ち悪くて大嫌いなのよ」

お義母様が心中を明かすと、竹見おばさんが、

「村人が〈アヤの呪い〉のことを忘れたら、この人も、改名なんてしなくてすむのにねえ」

と、しみじみ言った。

「私のような年寄りが生きている内は、残念じゃが、すぐに偏見はなくならんかもなあ。この村には、昔気質の頑迷な老人がたくさんおるから」

お祖母様は私の顔を見て、すまなそうに言った。

「僕はいろんな場所へ旅して知っていますが、その土地土地で、時間の流れ方は違っています。こういう田舎の場合、季節はゆっくりと移ろいます。昔からの因習や風習が根強く染み付いていますから、それを払拭するのは容易ではありません。

しかしながら、村人全員が協力し、良い点は残して、悪い部分は正していけば、いつかは素晴らしい変化が起きるはずです。この村に関しても、そう期待して、努力していけばいいんです」

迫島さんは、温かく微笑みながら、そう指摘した。その表情は柔らかく、穏やかで、和壱さんが見せてくれたものに、よく似ていた。

こほんと、弁護士さんが空咳を立てた。

「それでは、皆さん。綾子さんに関する二つの手続きを、終わらせてしまいましょう――」

3

――そして、私は〈梅屋敷〉の一員になった。

関守由梅希《ゆうき》として、新しく生きていこう。

和壱さんが側にいてくれたら、どんなに心強かったか。彼も、新しい命の誕生を楽しみにしていた。だから、赤ちゃんを無事に産み、立派に育てたい。

この〈梅屋敷〉で。

この梅里村で――。

閉幕

1

「――迫島のおじちゃん。本当に帰っちゃうの？」

茉奈が、かたわらに立つ迫島さんを見上げ、残念そうに言った。

「うん。ひとまずね。でも、またお正月の後に来るから」

迫島さんは腰をかがめ、茉奈の頭を撫でながら優しい声を掛ける。

「本当？」

「うん。本当だよ。村の冬の風景を写真に撮りたいし、茉奈ちゃんや、茉奈ちゃんのお母さんに会いたいからね。約束するよ――」

墓地のまわりの樹々は、その葉を朱や紅、緋色といった色彩に変化させ、秋らしい模様を織りなしている。周囲の山も美しい衣装を着て、空気は冷たく、透きとおっていた。

〈梅屋敷〉では、東真お義父様、寿太郎さんの葬式が終わった。そして、先延ばしになっていた和壱さんの四十九日の法要も執り行なわれた。あの恐ろしい一連の事件の後だけに、家族と懇意にしている村人だけという、本来の〈梅屋敷〉の格式からすれば、かなりひっそりしたものだった。

新しく花を供えて祈り、捧げたお線香の煙が、墓石に沿って静かに立ち昇る。

「――和壱君。また来るよ」

迫島さんは、墓石の横にある真新しい石板を名残惜しそうに見た。

その石板には、東真お義父様と和壱さんの名前が刻まれている。寿太郎さんの遺灰は、久寿子お義母様の判断で、お寺預かりとなっている。

「ありがとうございます。いろいろとお世話になりました。事件を解決してくださって、和壱さんもきっと喜んでいると思います」

私は頭を下げ、あらためて迫島さんに礼を言った。

「僕はまた、何度もここに来ますよ。パンフレット用の写真を撮る仕事もありますが、やはり、和壱君をお参りしたり、綾子さん――じゃなかった由梅希さんと、茉奈ちゃんと、和壱君の子供に会ったりしたいですからね」

迫島さんは、人懐こい笑みを浮かべた。そこには、人をほっとさせる温かさがある。

「はい。お待ちしています」

私たちは、お寺の坂道をゆっくりと下っていった。その間も、迫島さんは――たくさんの荷物を持っているのに――あちこち写真を撮ることをやめなかった。

バス停でもう一度挨拶を交わしていると、ちょうど、ボンネット・バスが走ってきた。

この村を初めて訪れ、このバスを見た時、私は何て古い車を使っているのだろうと驚いた。まるで昭和初期の映画を観ているようだった。

けれども今は、そののんびりした雰囲気が好ましい。

「じゃあ、おじちゃん、またねえ！」

バスに乗りこんだ迫島さんに向かって、茉奈が大きく手を振る。

座席に荷物を下ろした彼は、窓ガラスを押し上げ、中から手を振りかえした。

「茉奈ちゃん、また会おうね。それまで元気で。もうすぐお姉ちゃんになるんだからね！」

彼は、私と目が合うと、もう大丈夫ですよ、というふうにしっかり頷いた——。

2

ボンネット・バスが坂を下っていき、カーブの先に見えなくなった。

私は左手で膨らみ始めたお腹に触れ、右手で茉奈の手を取った。

「——さあ、お屋敷に帰ろうね、茉奈」

「うん、大きなおやしきに！」

無邪気に答える茉奈の顔に、もう寂しげな色は見えない。

日の落ちるのが早くなった。

西へ傾いた太陽が、もう少しで山の端に隠れる。西の空が茜色に染まりだすと、〈奥の山〉からカラスの鳴き声が聞こえてくる。初めてここに来た時は、その鋭い声に無気味さを感じて驚いたけれど、だんだん慣れてきた。

あの墨色の鳥たちは、ただ、『家に帰ろう』と誘いあっているだけなのだ。

「からす　なぜ　なくの——」

茉奈は、明るい声で、童謡〈ななつのこ〉を歌いだした。

本書は書き下ろしです。
この物語はフィクションです。
実在の人物・団体とは一切関係ありません。

呪縛伝説殺人事件

2022年8月30日　第一刷発行

著　者――羽純未雪／二階堂黎人

発行者――南雲一範

装丁者――奥定泰之

校　正――株式会社鴎来堂

発行所――株式会社南雲堂

東京都新宿区山吹町361　郵便番号162-0801

電話番号　(03)3268-2384

ファクシミリ　(03)3260-5425

URL　https://www.nanun-do.co.jp

E-Mail　nanundo@post.email.ne.jp

印刷所――図書印刷株式会社

製本所――図書印刷株式会社

ISBN 978-4-523-26609-9　C0093

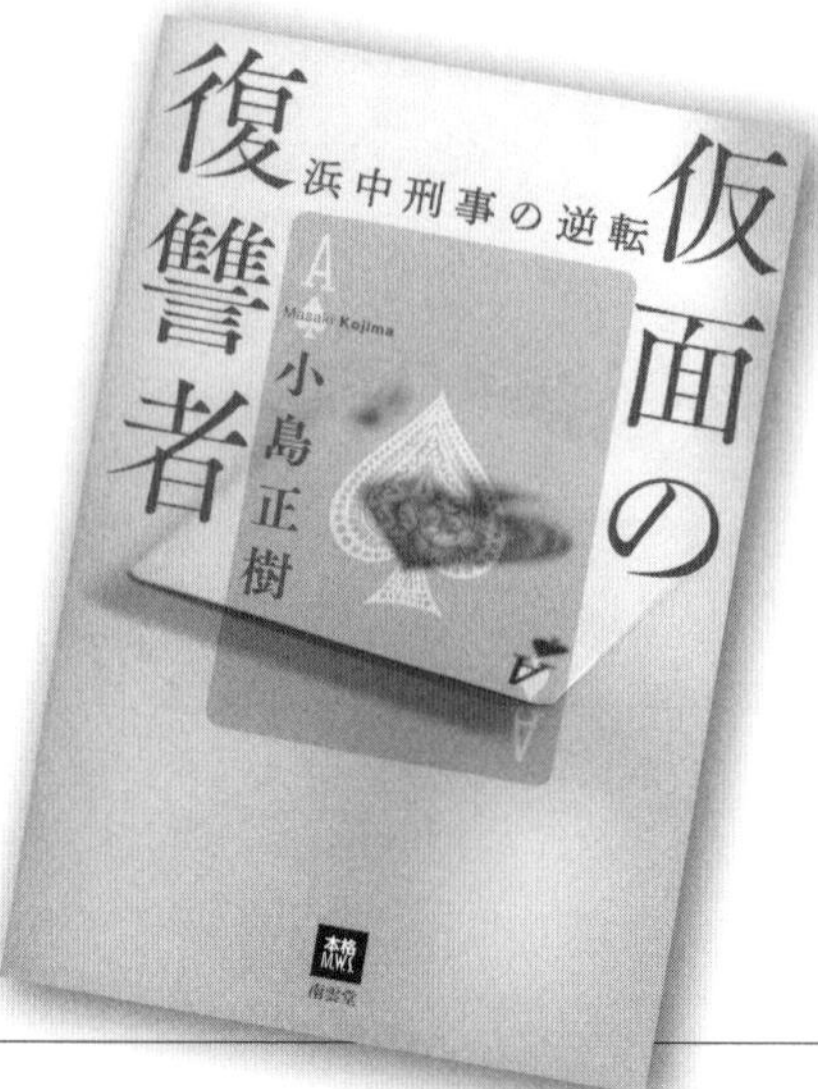

監視カメラの網をくぐりぬける
見えない殺人者！
人情派のミスター刑事・浜中康平が
悲しき復讐者の仮面を剝がす！

島田荘司・二階堂黎人監修
本格ミステリー・ワールド・スペシャル

仮面の復讐者

浜中刑事の逆転

小島正樹［著］

四六判上製　352ページ　定価一九六〇円（本体一八〇〇円＋税）

会社社長が渋川市の自宅で殺害された。その右手の近くにはスペードのエースが置かれていた。事件を担当する捜査一課二係の浜中康平は麻薬取締官から被害者が麻薬取引にかかわっている可能性があり、半年前から自宅をカメラで監視していたとの情報を得る。カメラの映像を見せてもらう浜中達だが、そこには犯人と思しき人物は映ってはいなかった。

人は多面性を持つ
さながら阿修羅のごとく
槙野・東條シリーズ最新作

島田荘司・二階堂黎人監修
本格ミステリー・ワールド・スペシャル

四面の阿修羅

吉田恭教［著］

四六判上製　352ページ　定価**一九六〇**円（本体一八〇〇円＋税）

晴海ふ頭近くの空き地で男性のバラバラ死体が発見され、捜査一課の長谷川班が捜査に乗り出す。司法解剖の結果、遺体の傷すべてに生活反応が認められ、被害者が生きたまま四肢と首を切断されたことが判明。しかも、頭部には「生ゴミ」の貼り紙まであり、長谷川班のエース・東條有紀は、事件の猟奇性の裏にある動機を探る。しかし……。

卵の中の刺殺体
門前典之
世界最小の密室
本格
南雲堂

講談社〈手塚治虫漫画全集〉創刊や
長篇アニメ『100万年地球の旅　バンダーブック』の
制作など非常に活動的だった70年代後半の
手塚治虫の足跡をまとめる。

僕らが愛した手塚治虫《推進編》

二階堂黎人［著］

A5判並製　360ページ　定価二四二〇円（本体二二〇〇円＋税）

手塚マンガ愛好家であり、手塚治虫ファンクラブの会長もつとめたミステリー作家の二階堂黎人が、自身のマンガ受容史を手塚治虫のマンガ家活動の様々と重ねる形で話をまとめる。一九七七年から七八年の手塚治虫の活動を主に扱い、手塚治虫が『ブラック・ジャック』や『三つ目がとおる』でヒットを飛ばし、手塚プロがふたたびアニメーションの制作をスタートする、非常に活動的な時期を精緻に描く日本漫画史の評伝、第五弾。